TJUVARNAS MARKNAD

JAN GUILLOU:

Om kriget kommer 1971

Det stora avslöjandet 1974

Journalistik 1976

Irak – det nya Arabien (med Marina Stagh) 1977

Artister (med Jan Håkan Dahlström) 1979

Reporter 1979

Ondskan 1981

Berättelser från det Nya Riket (med Göran Skytte) 1982

Justitiemord 1983

Nya berättelser (med Göran Skytte) 1984

Coq Rouge 1986

Den demokratiske terroristen 1987

I nationens intresse 1988

Fiendens fiende 1989

Reporter (reviderad utgåva) 1989

Åsikter 1990

Den hedervärde mördaren 1990

Gudarnas berg 1990

Vendetta 1991

Ingen mans land 1992

Den enda segern 1993

I Hennes Majestäts tjänst 1994

En medborgare höjd över varje misstanke 1995

Hamlon 1995

Vägen till Jerusalem 1998

Tempelriddaren 1999

Riket vid vägens slut 2000

Arvet efter Arn 2001

Häxornas försvarare. Ett historiskt reportage 2002

JAN GUILLOU

Tjuvarnas marknad

ISBN 91-642-0132-5

© Jan Guillou 2004
Utgiven av Piratförlaget
Omslag: Kaj Wistbacka, illustration
Ateljén Arne Öström, form
Flikillustration: Eric Thunfors
Tryckt hos ScandBook, Falun 2004

PROLOG

DET VAR EKONOMIN som avgjorde. En och annan kollega skulle förstås säga att inbrott inte var särskilt sexigt att utreda och det låg väl en hel del i det, men det var ändå ekonomin som avgjorde. Samtliga polisdistrikt i Storstockholmsområdet hade ställts inför sådana besparingskrav att alla hade minskade utredningsresurser. Det var som en direkt order från, ja från vadå? Riksdagen antagligen. Men ordern var ändå enkel och konkret. Minskade utredningsresurser betyder färre uppklarade brott: ni poliser får själva bestämma hur ni ska prioritera.

Och det var just det han och hans kolleger nu satt och gjorde i rasande takt, eftersom de hade ett av årets två stora avskrivningsmöten. Ett avskrivet ärende är ett avklarat ärende och inte att förakta, som någon av de äldre kommissarierna brukade skämta. Det var åtminstone bra för statistiken.

Terje Lundsten var en av de yngre kommissarierna och enligt både sina närmaste chefer och kolleger en bra utredare, en uppfattning han själv delade även om han inte kunde sätta fingret på vad det egentligen betydde. En sorts känsla kanske, han kunde bläddra igenom en tunn utredningsmapp där föregående kolleger inte kommit så långt och snabbt göra ett överslag hur lång tid och hur mycket budget det skulle kosta att fullfölja just det ärendet. Och om det i så fall var värt den ansträngningen. Inte i pengar räknat, utan i tid, den tid ärendet skulle dra från viktigare utredningar. På grund av denna förmodade kalkyleringsförmåga satt han nu här i det stora sammanträdesrummet klockan 08:15, strax efter morgonmötet med dess ovanligt livfulla bataljskildringar från gårdagsnatten.

5

Bäst, åtminstone i underhållningsavseende, var väl historien om det gigantiska villabråket. En grillfest i villaträdgård hade urartat därför att rivalen till den man som just återförenats med sin fru, därför den stora festen, hade uppenbarat sig i trädgården mitt i grilloset från andra sittningen, när somliga fylltrattar sagt sig vara hungriga och ville grilla nytt. Klockan hade varit närmare två på natten och det var redan fågelsång och ljust ute.

Ungefär så långt hade det polisbefäl som kom först till platsen kunnat fastställa händelseförloppet. Resten var en enda röra, med ett hagelgevär i huvudrollen, gråt, skrik och hotelser. Hursomhelst hade värden för aftonen, han som just återförenats med sin fru, skjutits i vänster smalben med hagelgeväret, oklart av vem och varför. Åtta personer sov nu ruset av sig nere i fyllecellerna för att kunna höras under ordnade former framåt lunchtid.

Terje Lundsten smålog åt tanken på att få ansvar för den utredningen. Det var ju knappast något svårt ärende, allt skulle till slut gå att få ihop. Men Gud så tjatigt.

Stora sammanträdesrummet låg mitt inne i huskroppen med fönster som bara vette ut mot de två korridorer där utredningsrotelns 25,3 man hade sina små holkar till identiska tjänsterum. Jo, enligt budget var man 25,3 man och ingen orkade längre skämta om vem som var den där 0,3. Den enda belysningen kom från neonrör bakom vita plastgaller i taket. Sammanträdesborden var i någon sorts grön hårdplast och stolarna i lackerad furu på stålramar. Varken ljus eller fågelsång nådde dit in, trots årstiden.

Avskrivningarna löpte på fort och smidigt. Den av kollegerna som varit förste föredragande hade i huvudsak haft en bunt ärenden som enligt brottsbalken betecknades som olaga diskriminering, vilket kunde förefalla som en onödigt högtidlig beskrivning av vad det rörde sig om: araber eller andra kulörta gentlemän som inte kommit in på krogen i shoppingcentret eller på pizzerian borta vid avfarten mot Stockholms city.

Eftersom kollegan upplysningsvis inlett sin föredragning med att meddela att den kammaråklagare som fått de här utredningarna på halsen var aktivt ointresserad av att fullfölja dem, så var avskrivningarna självklara. Det var ju ändå rent formellt kammaråklagarens beslut, eftersom det för en gångs skull fanns misstänkta och identifierade gärningsmän, dörrvakterna nämligen.

Åklagaren hade ändå uttalat någon kryptisk synpunkt om att han ville ha hela avskrivningsgruppen bakom sig i beslutet, eftersom det på något sätt skulle vara mer demokratiskt, en synpunkt som väckte viss munterhet runt bordet.

För att själv ha ryggen fri om det blir skriverier, tänkte Terje Lundsten. Okej, inte mig emot. Vill inte åklagarna så blir det ändå inget av saken. Dessutom hakar de där ärendena ändå alltid upp sig på frågan om ord mot ord. Den kulörte gentlemannen hävdar att han inte kom in på krogen därför att han var etniskt diskriminerad och dessutom hade han en kompis, av samma kulör, som kunde vitsorda att han blivit kallad blatte av dörrvakten.

Och dörrvakten hade ett vittne, det hade de alltid, som intygade hans version, att blattarna ifråga icke kunnat beredas tillträde till lokalen då det framgick av tal och åtbörder att de var påverkade av alkohol eller andra droger samt att de vid detta besked, som meddelats dem korrekt och lågmält, blivit så hotfulla att de måste omhändertas, det vill säga misshandlas med batong, men att de absolut inte i minsta avseende, då dylikt var helt främmande för krogens alltigenom laglydiga regim, blivit etniskt diskriminerade.

Avskrivning, så klart, tänkte Terje Lundsten. Givetvis var dörrvakterna skyldiga, givetvis var deras brott allvarligt, särskilt med tanke på att det kunde framkalla än värre brott, skjutna dörrvakter och ytterligare två för många araber inne på förbrytarutbildning på Kumla eller Norrtäljekåken. Men ändå givetvis avskrivning. Åklagaren måste bevisa, nämndemännen var vita, målsägandena araber. Utredningsresurser och domstolsresurser rakt ner i toaletten. Det var ekonomin som avgjorde.

Sammanträdet fortsatte utan överraskningar. Snatterier med vagt signalement, några ficktjuvsbrott som hörde förra sommaren till, säsongen hade ännu inte börjat, väskryckningar, ett par underliga överfall mot äldre med något som beskrevs som karatesparkar (hade den brottsserien fortsatt hade saken kommit i ett annat läge, men den upphörde), rån av mobiltelefoner och vissa modekläder bland berusade ungdomar, olaga hot, missfirmelse av tjänsteman och andra motanmälningar från yngre kolleger som ändå inte haft behov av att värja sig med sådana påhitt eftersom det bus de gripit, och som i sin tur anmält dem för så kallat polisvåld, ändå vikt ner sig till slut. Och så förstås diverse tillgreppsbrott och inbrotten i lägenheter och villor.

Viss brottslighet kunde ligga till sig i högarna och plötsligt lösa sig själv, om den fick ligga tillräckligt länge och man dessutom hade tur. För några år sedan hade en överfallsvåldtäktare härjat i utkanterna av traktens köpcentrum, sådant som pressen älskade eftersom pressen älskade mardrömmar. Han hade lämnat spår efter sig, hårstrån på ett offer, sperma på ett annat och hudavskrap under naglarna på ett tredje som varit mest aktiv i att försöka värja sig. Alltså hade man hans DNA och det begrep till och med pressen. Men trots att man visste att det var samme gärningsman var offrens signalement motstridiga. Två av kvinnorna beskrev mannen som oriental, även om de använt andra ord. Den tredje och yngsta kvinnan var helt säker på att han var infödd vit stockholmare. Men hon misstroddes till en början av utredarna eftersom hon var miljöpartist och sådana ansågs mindre trovärdiga på olika, delvis oklara, grunder. Bland annat att miljöpartister kunde tänkas vara ovilliga att peka ut blattar.

När gärningsmannen åkte fast, kvarhållen på brottsplatsen av två joggande flygkaptener som haft både telefoner och personsökare med sig i joggingslingan, visade han sig vara vit, ostraffad och före detta student från Handelshögskolan. En sådan som aldrig skulle ha kunnat gripas annat än på bar gärning.

Den gången klarades alltså fyra grova våldsbrott upp på ett bräde. Brott kunde således, fast alltför sällan, lösa sig själva medan de låg på hög.

En liknande tanke eller föreställning hade Terje Lundsten själv haft när han sparat en bunt villainbrott. Han tyckte att de hörde ihop på något sätt. Det var tidsramen, naturligtvis. Men det var också något i tillvägagångssättet, även om det brukar vara tämligen enahanda när det gäller villainbrott. Folk satsar pengar på en gedigen dörr vid villans huvudingång, gärna ek, gärna dubbla sjutillhållarlås. Och så lämnar de altanen på husets baksida med en fönsterdörr som praktiskt taget kan brytas upp med handkraft. Det var inte den detaljen, för så såg det för det mesta ut. Men tjuvarna i just de här åtta fallen, som alltså låg relativt tätt inpå varandra i tid, hade exempelvis inte svinat ner på brottsplatsen. De hade inte slagit sönder, inte planlöst vräkt ut alla byrålådor huller om buller på golven så att de inte ens skulle ha kunnat hitta något intressant i röran. De hade inte lämnat några spår, inte ätit, druckit, rökt eller skitit på mattan någonstans, inget DNA således, och bara intresserat sig för intelligent tjyvgods som kontanter, klockor, silver och i något fall vapen.

Terje Lundstens känsla hade sagt honom att just de här villainbrotten hörde ihop och därför kunde sparas en omgång genom avskrivningskvarnen. Fast nu föreslog han ändå att man skulle avskriva alla åtta och skämtade trött om det man alltid skämtade, att en avskrivning är i alla fall inte ouppklarat och således uppklarat. Fast det var väl tveksamt om skattebetalarna skulle instämma i den analysen. I Storstockholmsområdet det året hade det begåtts 3 696 inbrott och mindre än 8 procent av dem var uppklarade i den mening som just skattebetalarna lade i ordet, att gärningsmännen åkt fast och att åtminstone delar av stöldgodset hade kommit tillbaka till ägarna.

Hursomhelst hade man nyligen tagit tre man nästan på bar gärning, på väg bort från brottsplatsen i en vit Dodgevan som de begåvat nog tycktes använda gång på gång, just den vittnesiakttagelsen fanns i en av Terje Lundstens sparade utredningar. Alltså skulle tjuvarna in på grov stöld för tionde eller tolfte gången – deras avsevärda rutin stämde väl med deras ordnade uppträdande på brottsplatserna – och deras fängelsestraff skulle bli detsamma oavsett antalet villainbrott. Det var visserligen fullt möjligt, rentav sannolikt, att det skulle gå att binda just det här gänget till Terje Lundstens lilla hög av avskrivningsobjekt. Men det skulle i så fall vara slöseri med utredningsbudget. Åtta avskrivningar på ett bräde med gott samvete var inte illa.

Terje Lundsten återvände till sitt tjänsterum på gott humör. Sexton meter blåa, röda, gula och gröna A4-pärmar i trista bokhyllor i ljusbrun träfanér, ett litet ovalt sammanträdesbord med två besöksfåtöljer med grovt marinblått tyg i stolsryggarna och inte en enda personlig tillhörighet, inte ens foto på fru och barnen, i all synnerhet inte någon jävla blomma. Men där fanns ändå något vackert, som en lättnad efter avklarad vårstädning. Hans skrivbord var tomt och med sig från avskrivningsmötet hade han bara tre tunna mappar i rött. Han siktade noga och hoppade upp jämfota och slog fullt godkänt den lediga handflatan i taket. Det var hans mått på välbefinnande rent fysiskt, klarade han av det var han i form. Han hade varit tillräckligt flitig i motionsslingan där de två flygkaptenerna på stand by hade tagit hans våldtäktsman.

Solen hade flyttat sig från det sämsta morgonläget så här års och bländade honom inte och visade inte ens på allt damm i rummet när han satte sig vid skrivbordet med sina tre återstående röda mappar. Nu skulle han ge järnet, jobba hårt.

För vissa brott avskriver man inte oavsett ekonomin. Mord är det mest uppenbara, en mordutredning kan visserligen åka ner i en källare någonstans, inte ens Terje Lundsten visste var, med noteringen "ej spaningsresultat". Men ett mord kunde inte avskrivas på något sammanträde, bland annat därför att det dröjde 25 år innan brottet lagligen preskriberades.

Han hade alltså ett mord och två knivöverfall med sig tillbaks från det stora städmötet. Hans omtalade känsla sade honom att det fanns ett samband mellan brotten, ironiserade han med sig själv. Sambandet var nämligen uppenbart eftersom alla tre gärningarna utförts med kniv och gärningsmannen var okänd och de två överlevande offren, en flicka i övre tonåren och en kvinnlig pensionerad frälsningssoldat, inte kände vare sig varandra eller gärningsmannen, som de båda beskrev som något över medellängd, svensk eller "svensk med brytning" (vilket betydde vit). De hade attackerats helt oprovocerat, "som en blixt från klar himmel" som de båda hade formulerat det. Han hade gått förbi dem och de hade känt "liksom ett knytnävsslag" mot ryggen och den äldre kvinnan hade traskat vidare närmare 100 meter innan hon började ana oråd av att det rann blod ur båda näsborrarna. Hon hade velat komma bort från brottsplatsen så fort som möjligt och ville inte ställa till bråk, hade hon förklarat den med tanke på hennes tillstånd märkligt långa promenaden ända fram till den upplysta ingången till köpcentrum. Där hade hon fallit ihop, eftersom hennes vänstra lunga var punkterad.

Den yngre kvinnan hade haft en liknande upplevelse, fast på en plats med bättre belysning, nära pendeltågsstationen.

En galning som inte var tillräckligt galen för att sitta inspärrad, vilket få galningar var efter den senaste psykiatrireformen, gick alltså lös och kunde närsomhelst knivhugga ett nytt offer, mest sannolikt men inte säkert en kvinna. Det fanns inget samband mellan honom och offren, inget rationellt motiv. Han kunde vara en sådan som hörde röster inom sig som beordrade honom att överfalla granntanterna med ett samurajsvärd eller köra sin bil i full fart in på en gågata i Gamla stan eller med en järnstång överfalla "trollen" eller om det var hoberna eller något annat fanstyg. Han var den svåraste att finna om han inte fanns kvar yrande och hyttande på brottsplatsen. Samurajmannen, bilmördaren och järnstångsmannen på tunnelbanestationen i Åkeshov, för att ta sommarens tre senaste exempel, hade alla funnits kvar skrikande och fäktande på brottsplatsen. Men knivmördaren i Västernorrort var på fri fot.

För Farbror Gösta hade blivit mördad alldeles i närheten av de andra brottsplatserna, såvitt man kunde förstå på hemväg efter en av sina spelningar med kompisarna uppe på äldreboendet i centrum. Farbror Gösta, alla kallade honom så, var gammal storbandsmusiker och spelade saxofon, både tenor och baryton. Han var omtyckt av alla och

11

känd eller åtminstone igenkänd av de flesta i området eftersom han brukade sitta och spela på eftermiddagar och tidiga kvällar nere vid fontänerna på torget. Han var änkling sedan många år och levde enkelt. Hade han några fiender så var det sedan långt tillbaka i livet, och husrannsakan i hans lilla tvåa hade inte gett någon som helst ledtråd, trots att han skrivit dagbok i alla år. Det var annars den detaljen som gjort de ursprungliga utredarna nere vid våldsroteln rätt optimistiska. Hade han haft några fiender så borde man ju hitta dem i dagboksanteckningarna. Man fann visserligen två möjliga fiender, även om det var tveksamt om de var till den grad aggressiva att de skulle ha kunnat mörda för de gamla men väl redovisade oförrätternas skull. Emellertid visade sig dessa båda preliminärt misstänkta ha fullgott alibi, eftersom de lämnat jordelivet långt före Farbror Gösta.

På hemväg hade han just passerat ett övergångsställe utanför centrums ljuskällor och där på andra sidan vägen, ett hundratal meter från hans pensionärsbostad, hade man hittat honom. Han var dödad med åtta knivhugg genom ryggen och hade dessutom fått halsen avskuren. Ett brott i raseri, eller ett vansinnesdåd.

Detta är inte ekonomi, det är tvärtom just den här jäveln jag skall ta och för en gångs skull håller nog skattebetalarna med mig, tänkte Terje Lundsten och vek upp de tre röda utredningsmapparna framför sig. Om det fanns fler samband mellan de tre brotten, vilket verkade rimligt att tänka sig, så var det ändå första gången som utredningsbyråkratin fört ihop de tre fallen, just här och nu på Terje Lundstens skrivbord. Därmed ökade chanserna högst avsevärt att man skulle kunna få tag på mördaren innan han gjorde det igen.

En hel del förhör, kanske alla, måste göras om. I de tunna oavslutade utredningsmapparna, som fått börja ligga till sig i väntan på en lycklig slumpens lösning, fanns kanske ett eller annat samband som syntes redan vid första genomläsningen. Exempelvis hade en anonym telefonanmälare i fallet med frälsningssoldaten talat om en knäpp jugge som ibland gick och mumlade för sig själv. Och den yngre av de två överfallna kvinnorna hade hört något från en av sina bekanta om en mumlande jugge i baseballkeps. Uppgiftslämnaren hade sagt sig tro att hon till och med skulle komma på ett namn, bara hon fick tänka lite till.

Terje Lundsten kände vittringen. Han hade redan börjat fundera på hur han skulle sätta samman utredningsgruppen när telefonen ringde. Det var högste chefen för hela distriktet som ringde från en trappa upp och femton korridormeter bort.

"Hej Terje, du kommer kanske inte att tro på vad jag säger så ta ett djupt andetag!" befallde chefen i ett tonfall som om han hade mycket bråttom och således mycket lite tid för diskussion.

"Vi får väl pröva vad jag kan tro", svarade Terje Lundsten så neutralt han förmådde.

"Du är kallad till en utredningsgrupp inne i city som ska syssla med några särskilt magnifika villainbrott."

"Det har jag svårt att tro", svarade Terje Lundsten.

"Ja du ser, vad var det jag sa! Och det är värre än så. Du kommer att få en kvinnlig chef."

"Kvinnlig chef kan jag ta, men inte gärna det där med några jävla villainbrott. Vem är det som har bestämt det här?"

"Jag själv, polismästaren inne i Stockholm och… hur underligt det än kan låta, rikspolischefen."

"Rikspolischefen? Villainbrott? Det är väl ändå orimligt, vad har det med oss här ute i Västernorrort att göra?"

"Det vet jag inte, annat än att ett av de där inbrotten som är så särdeles viktiga tycks ha inträffat i vårt område. Igår natt, mitt under det sorglustiga hagelgevärsgrillandet som tydligen tog all vår uppmärksamhet. Men kom upp till mig så ska jag bevisa att det jag säger är sant."

"Villainbrott? Varför just jag?"

"Därför att du är en av våra bästa utredare!"

"Just därför borde jag väl ändå syssla med viktigare saker… "

"Kan man tycka. Men det ska du inte. Kom upp nu så ska jag förklara!"

Terje Lundsten, ung kommissarie, påstått skicklig utredare, inte 40 fyllda och i god form, lyckligt gift och med besvärlig tonårsdotter, en fullkomligt normal snut med andra ord, hade blivit förflyttad till det onormala, ut på tjuvarnas marknad där han inte hörde hemma eftersom han hade så mycket viktigare saker att syssla med och dessutom just rensat sitt skrivbord och fyllt sina lungor med optimism. Han vek med en trött suck ihop de tre röda mapparna och stoppade undan dem i ett rött tomt pärmställ bakom sig i bokhyllan. Sedan sträckte han sig efter sin kavaj, drog åt slipsknuten och gick upp till sin chef.

I.

HON KÄNDE SIG som turist i sin egen stad. Visserligen kunde hon
namnet på varenda gata i Stockholms city, kom till och med ihåg
enkelriktningarna på Östermalm och hon hade bott i Stockholm i
hela sitt liv. Men att bara promenera på måfå hade hon inte gjort
sedan tonåren. Och så var det den svarta byxdräkten som hon plöts-
ligt fått för sig att ta fram från sitt gömsle längst inne i garderoben.
Den var för uppseendeväckande för jobbet och för enkel för fest och
hade alltså bara blivit hängande. Men nu gick hon där, nästan som en
turist och dessutom ledig mitt på eftermiddagen. Det var overkligt,
det var hon men ändå inte hon, och staden började se ut som någon-
ting hon läst om i en broschyr och som därefter visade sig stämma
ganska bra. "Runt Montmartres pittoreska gränder flockas konst-
närerna och säljer mer eller mindre äkta konst till ibland något god-
trogna turister." Visst, så hade det varit i Paris.

Hon hade inte bråkat det minsta när han ville ta med sig de två
imitationerna av Buffet som de köpt på det som blev deras enda läng-
re utlandsresa. En enda resa på nästan tretton långa och ärligt talat
rätt meningslösa år som bara varit en svagt men obönhörligt sluttan-
de transportsträcka mot skilsmässa. Men nu hade han hämtat sina sis-
ta prylar, sina jaktvapen, kläderna, sportpriserna från ungdomen och
ett litet, visserligen varierat men ytterst torftigt bibliotek som domi-
nerades av deckare och amerikanska vapentidskrifter. Och därefter
hade de tagit varandra i hand men inte sagt något och han vände i
dörren och gick och hon stängde den försiktigt bakom honom, lyss-
nade efter hans försvinnande steg i trappan och andades djupt några

gånger. Det var det hela, sedan var det över.

Hon gick förbi Dramaten där folk mycket riktigt satt och solade på den breda trappan precis som det antagligen stod i turistbroschyrer om Stockholm att de skulle göra. Ute i allén på Strandvägen var hon först nära att bli påkörd av några ilsket pinglande cyklister som for fram som dårar bland promenerande pensionärer och dagisbarn i signalfärgade små västar. Halva asfaltbeläggningen ute i allén var tydligen cykelbana, efter den upptäckten gick hon säkrare.

Fönstren i Strandvägens sekelskiftesfasader blänkte i solljuset och hon försökte komma ihåg några adresser till den elit av landets förbrytare som bodde där uppe och som fortfarande befann sig på fri fot eftersom de blivit alldeles för rika för att åka fast.

Vid Djurgårdsbron övervägde hon att försöka hitta ett bord på någon av de överfulla bryggrestaurangerna precis som en turist borde göra, men när hon fick veta att det var minst tjugo minuters väntetid avstod hon och fortsatte över bron ut mot Gröna Lund. Just när hon passerat bron fnittrade hon till vid tanken på att ännu en boja hade släppt, hon skulle göra sig av med sitt idiotiska efternamn. Järneklov. *Järneklov!* Det var ofattbart att Hasse som ändå var otvivelaktigt intelligent och hade koll på tillvaron i största allmänhet hade kunnat hitta på ett så idiotiskt namn. Möjligen hade det varit avsett att vara lustigt, åtminstone för honom.

Hon strosade vidare i sin ovana frihet, i sin nya identitet som det kändes, upp till trädgårdarna och serveringen vid Rosendal innan hon bestämde sig för att nu fick det bli kaffe och något onyttigt, väntetid eller inte. Men hon fick ett ledigt bord genast och satt snart med sitt kaffe och kladdigt wienerbröd och betraktade människorna runt serveringen med sina nya fria ögon. De utländska turisterna hade tydligen börjat komma till stan och hon roade sig en stund med att gissa nationaliteter. Baseballkepsar på äldre feta män – amerikaner. Högljudda personer i grupp – tyskar. Nästan som svenskar fast med stor ryggsäck på pappa – norrmän.

Mannen som stod avvaktande vid serveringen och spanade efter ett ledigt bord var givetvis också utlänning eftersom han bar ett paraply på en strålande junidag med glesa cirrusmoln och milda vindar. Han såg dessutom lite för snygg ut för att vara svensk, även om hon inte riktigt kunde tolka den ingivelsen. Hon betraktade honom mera noga och insåg för sent sitt misstag när han upptäckte att hon såg på honom och deras ögon möttes. Han slog ut med armarna i en skämtsam gest och gick utan att tveka fram till hennes bord.

"Förlåt madame, jag hoppas jag inte besvärar", sade han med något som hon uppfattade som tydlig fransk brytning, i vart fall påminde han om tevereklamen för franskt kaffe.

"Hurså besvärar?" svarade hon som om hon inte förstod vad saken gällde.

"Eftersom alla bord är upptagna måste jag ju tränga mig ner hos någon och ni, madame, förefaller utan tvekan som den mest intelligenta personen här. Och dessutom är era ögon absolut vackrast."

Han slog frågande ut med handen mot den vita gjutjärnsstolen mitt emot hennes. Och hon var redan så överrumplad av hans osvenska beteende att hon inte sa nej utan bara nickade stumt. Dessutom hade han väckt hennes nyfikenhet.

"Varifrån kommer du?" frågade hon när han hade fått beställa sitt kaffe.

"Från... jag bor på Corse... vad heter det på svenska? Korsika."

"Du talar väldigt bra svenska."

"Åh ni är alltför vänlig madame, men det beror möjligen på att jag är svensk", svarade han med ett brett leende.

Hon insåg genast att det var sant. Han lät som en fransman men hans grammatik var perfekt, möjligen lite ålderdomlig men perfekt. Han var klädd i en grågrön tweedkavaj med mockabeslag på armbågarna, mossgrön linneskjorta, grå slips, rostfärgade manchesterbyxor och bruna skor med perforeringar. Bortsett från att det var ett signalement som stod ut så var det snyggt. Han såg ut som en av de medelålders bögarna som gick fram och tillbaka i slow motion i reklam för klädfirman Dressmann. Men bög var han inte, bestämde hon. Hennes nyfikenhet ökade och hon slog vad med sig själv om att hon skulle ha klurat ut honom inom tjugo frågor.

"När var du sist i Sverige?" började hon.

"Det är mer än 40 år sen jag lämnade Sverige", svarade han lite sorgset.

"Och varför har du kommit tillbaks, för att hälsa på det gamla landet?"

"För att begrava min far. Min mor är också död men jag kunde inte komma till hennes begravning så... ja."

"Förlåt, det var inte min mening att... "

"Åh genera er inte, madame! Det är ingen stor sak för mig på det viset... det var ju ändå så länge sen vi sågs inom familjen."

"Men 40 år är ju en väldigt lång tid att vara borta och ändå gjorde du inte ens minsta lilla fransyska visit?"

"Fransyska?"

"Ja förlåt, jag kände mej plötsligt lite vitsig. Fransysk betyder av någon anledning kort, en fransysk visit är ett kort besök."

"Javisst ja, jag kommer ihåg det när du säger det. Lustigt uttryck. Nej, jag rymde ju, var bara 16 år. Jag skämdes väl dom första åren, antar jag. Sen... ja sen blev mitt liv sådant som det inte var avsett att bli, åtminstone inte som mina föräldrar avsett. Jag drog ett streck över hela mitt förflutna, kanske man skulle kunna säga."

Hon rörde om i sitt kaffe, drack upp den sista skvätten och spelade lite överraskad av att kaffet tog slut, ett trick som var så lättgenomskådat att det fungerade som en tyst överenskommelse. Han ordnade fram kaffe åt dem båda och hon fick tid att försöka planera sin fortsatta frågelek. Hur många frågor hade hon gjort av med? Bara tre hittills, det borde gå inom tjugo.

"Har du inga vänner och bekanta kvar i Sverige?" fortsatte hon frågesporten när de hade fått sitt kaffe.

"Nej, eller ja. Jag vet inte, jag hade bara en vän i Sverige, fast en god vän, vi stod varandra mycket nära. Men han finns inte i telefonkatalogen."

"Men har du försökt med nummerbyrån?" frågade hon och ångrade sig genast över att ha slösat en fråga på en upplysning som hon kunde ha fått i alla fall.

"Ja, men där sa dom att hans nummer är hemligt. Och… ja, jag vet inte vad jag ska tro om det, jag föreställde mig aldrig att han skulle ha hemligt nummer, han skulle ju bli advokat. Jag vill inte veta något som bara skulle göra mig besviken."

"Vad heter han?"

"Erik Ponti, vi var skolkamrater… "

"Erik Ponti!?"

"Ja? Vi gick på en förfärlig internatskola och… "

"Vi ringer honom", sade hon beslutsamt, tog upp sin mobiltelefon ur fickan och slog numret till Sveriges Radio. Hon noterade nöjt att mannen mitt emot tappade ansiktet till slut. Han var alltså någon sorts bedragare, kanske specialiserad på ensamma kvinnor över en viss ålder, kanske hade den svarta byxdräkten lockat honom till fel byte. Hon log överdrivet vänligt mot honom efter att ha frågat efter Ponti och blivit kopplad. Men han svarade inte och när hans röstbrevlåda kopplades in insåg hon det vettlösa i att försöka börja förklara att vi visserligen inte känner varandra men det är så att jag sitter här på kafé med en man som jag inte vet vad han heter och som säger att ni är goda vänner. Knappast en övertygande framställning. Hon slog av samtalet.

"Du kom bara till hans magnetofon?" frågade mannen.

"Magnetofon?" frågade hon tillbaks och höll på att bita tungan av sig för den bortslösade frågan.

"Ja alltså, man spelar in… "

"Jo just det, röstbrevlåda heter det på svenska nuförtiden. Och jag kunde ju inte gärna… jag visste ju inte vad du heter."

"Mitt namn är Pierre Tanguy."

"Det är inte direkt ett svenskt namn."

Det sista räknades inte som fråga, det var ett konstaterande.

"Nejvisst. Det är komiskt på sitt sätt med tanke på hur det blev i livet, för det är ju faktiskt ett franskt namn. Eller bretonskt rättare sagt, *mon* farfar var alltid mycket noga med det där. Heter det förresten bretonskt eller tänker jag bara på franska. Från Bretagne alltså. Bretanskt?"

"Jag vet inte, fast bretonskt låter ju lite elegantare. Men okej, då kan vi ju ringa honom igen."

Hon slog numret på nytt och blev på nytt kopplad till Erik Pontis röstbrevlåda. Men när hon skulle börja förklara sig tog mannen som sade sig heta Pierre Tanguy över telefonen. Fast det han sade till röstbrevlådan gav henne knappast någon ny ledtråd.

"Bonjour mon vieux copain, voici Pierre Tanguy! Je me trouve dans ce moment à Stockholm, en effet dans un petit café à Djurgården qui s'appelle... vad heter det här stället?"

"Rosendals slott."

"... qui s'appelle Château Rosendal encore pour... vi är kvar en timme?"

Hon nickade.

"... pour une heure. Il est maintenant quatorze heures trente-deux, je répète, quatorze heures trente-deux. Si tu viens, tu viens. Si non tu peux me trouver à l'hôtel Diplomat à Strandvägen. Man får aldrig ge efter för ondskan! Salut!"

När han tankfullt räckte tillbaks hennes telefon bet hon ihop för att inte slösa mer frågor. Om mannen som kallade sig Pierre Tanguy var en bedragare, vilket tills vidare var arbetshypotesen, skulle han lätt slinka undan från de närmaste och mest uppenbara frågorna. Bättre att spara på frågor och låta honom förklara sig.

"Du kanske undrar varför jag talade franska?" började han som hon beräknat.

Hon nickade långsamt och eftertryckligt.

"Det var det språk vi använde ibland på den där vedervärdiga internatskolan när vi ville tala ifred. Det var engelska och tyska som man prioriterade på den tiden i skolorna. För mig var det redan då till hälften modersmål, men han var rätt bra i franska, han har ju ändå latinsk bakgrund. Men vem är han nuförtiden, känner du honom eftersom du kunde ringa så där utan vidare?"

"Nej, men han är en av landets mest kända journalister och han jobbar på Sveriges Radio och det numret råkade jag kunna."

"Journalist? Så Erik blev journalist… kuriöst. Är han en bra journalist?"

"Han är en av dom mest kända i landet och det har han varit länge."

"Och hur ska jag tolka det? Mer kaffe förresten?"

"Det var inte meningen att du skulle tolka det, jag är inte särskilt förtjust i journalister och vad kaffet beträffar så är läget snarare tvärtom… om du ursäktar mig ett ögonblick?"

När hon gjorde en ansats till att resa sig var han blixtsnabbt framme vid hennes stol och drog ut den och satte sig inte förrän hon hade kommit några meter bort.

I kön till damtoaletten, denna de svenska restaurangernas förbannelse, räknade hon igenom sina frågor. Hon hade fortfarande elva frågor kvar till tjugo, hade ännu inte förlorat tävlingen.

En sammetsögd gråsprängd man, eller gentleman fick man nog säga, mitt i medelåldern. Elegant klädd, väluppfostrad som en gammaldags överklassperson. Det var ena sidan.

Andra sidan var detaljer på hans händer och i hans ansikte. Att använda ordet väderbiten vore en underdrift. Näsan var knäckt vid åtminstone ett tillfälle, snyggt restaurerad men i alla fall, ett vitt ärr lyste fortfarande igenom solbrännan mitt över näsroten. Vid vänster tinning och höger kind något som såg ut som gamla ärr efter knivhugg. Inte precis någon börsnisse eller vanlig internatskolegosse. Vältränad var han förstås, men det hade hon bortsett från av gammal vana eftersom de flesta av hennes manliga arbetskamrater genom åren sett ut på det sättet. En filmgangster således, fransk filmgangster.

Hon gjorde en ironisk min åt sig själv för denna lysande slutsats och irritationen växte av att hon hörde fnitter inifrån den enda dammuggen.

"Öppna, det brinner!" ropade hon och bankade handflatan mot toalettdörren och två tonårsflickor kom utfarande och hon smet in och slog igen dörren bakom sig.

När hon kom tillbaks till bordet reste sig mannen som kallade sig Pierre Tanguy med någon sorts självklar reflex och drog ut stolen åt henne. Det förvånade henne inte den här gången, motsatsen hade varit mer uppseendeväckande.

"Jag måste verkligen få tacka dig", sade han när han gått runt bordet och satt sig. "Jag blev så nedslagen av att Erik Ponti hade hemligt telefonnummer att jag nog gav upp där. Men nu verkar det som om vi kommer att träffas och det är fantastiskt! Efter alla dessa år... åh, får jag bjuda dig på middag ikväll, och... vad heter du?"

"På den första frågan är svaret naturligtvis nej och på den andra frågan är svaret Ewa Järn... förlåt, Ewa Johnsén."

"Du har just bytt namn, du har just skilt dig?"

"Ja. Hur visste du det?"

Där rök ännu en onödig fråga på väg mot tjugo, insåg hon. Fast å andra sidan kunde hans eventuella förklaringar leda vidare.

"Du höll på att säga fel på ditt efternamn. På din vänstra ringfinger syns märket efter en ring. Men medan du var borta gjorde jag ett litet experiment. Jag frågade några gäster på måfå om dom visste vem Erik Ponti var. Och det visste dom."

"Jaha", konstaterade hon, noga med att inte uttala det som en fråga.

"Och det får mig att tro, att du tror att jag satt här och gjorde mig märkvärdig med en berömd vän för att lättare kunna bjuda dig på middag."

"Det ligger i farans riktning, som juristerna skulle säga."

"Därför har jag ett förslag."

"Jag lyssnar."

"Jag sa till honom att vi skulle sitta kvar en timme, eller hur?"

"Såvitt jag kunde förstå, ja."

"Jag uppgav tiden till 14:32 och om Erik Ponti kommer före 15:32 så äter vi middag tillsammans?"

"Det är taget. Men vi har ett problem."

"Inte om han kommer, a deal is a deal som barbarerna säger."

"Jo men så här. Jag kan i kväll. Men inte i morgon kväll för i övermorgon skall jag vara som en hök på jobbet, fast stjärnögd och utan minsta blodstrimma i ögonen."

"Men i morgon bitti har du... vad heter det, sovmorgon?"

"Just precis. Och om Erik Ponti verkligen kommer, och ni inte har setts på hundra år, och han är den ende vännen du har i Sverige... så..."

"Så vadå?"

"Skulle det inte kännas aningen konstigt för dej att förklara att hej, kul att ses men nu är det så att jag ämnar uppvakta en dam, nämligen den här som heter Ewa. Och hoppas vi kan ses nån annan dag men vi kan väl ta en kopp kaffe i alla fall!"

Han kastade huvudet bakåt i ett gapskratt som antingen var fullkomligt spontant eller fenomenalt spelat.

"Madame! Jag är absolut säker på att vi skulle kunna få en mycket givande kväll tillsammans! Får jag för säkerhets skull, ifall jag förlorar vadet, ändå bjuda på ett glas vin medan vi väntar in de avgörande 26 minuterna?"

Han är bra, faktiskt mycket bra, tänkte hon roat. Jag ska alltså få ett glas vin, tiden går och sen, om ganska exakt 25 minuter får man tänka sig, ett nytt glas vin och så vidare. Intressant.

"Gärna ett glas vitt i så fall."

"Sauvignon blanc eller chardonnay? Det är det som vinlistan har att erbjuda."

"Som sagt, ett glas vitt."

"Jag förstår", sa han fort utan att röra en min och vinkade till sig den unge servitören med ring i örat och ropade "garçon" åt honom vilket gav henne en ny association till reklamfilmerna med bögar i slow motion.

"Vad heter det på svenska numera?" frågade han när han beställt två glas av något som hon förmodade var det ena eller det andra av det han föreslagit.

Hon tänkte snabbt för att inte förlora en fråga i onödan. Han menade antagligen vad *garçon* hette på svenska.

"Vi har inget ord", svarade hon och insåg genast att hon gissat rätt på frågan utan att slösa motfråga själv. "Man säger ingenting, man vinkar, säger 'urschäckta' eller något liknande när man får ögonkontakt. Men det finns inget sånt där praktiskt ord som på andra språk."

"Tja, dom ord vi hade när jag var ung var inte så lyckade, jag förstår att dom ramlat ur språket. Till manliga servitörer sa man *vaktmästarn* och till kvinnorna *fröken*, vilket inte alltid var så lyckat om dom var dubbelt så gamla som man själv. Jag minns en gång när Erik och jag var i Stockholm samtidigt, vilket tyvärr inte var så ofta under skoltiden eftersom han alltid hade permissionsförbud. Men hursomhelst skulle vi gå på krog, fastän vi förstås var olagligt unga. Men vi hade ju pengar och kunde föra oss, som det hette. Så vi gick på fiskrestaurangen Sturehof där borta vid... vad heter det där stället med svampen?"

"Stureplan."

"Just det. Stureplan. Finns krogen kvar?"

"Ja, men inte särskilt mycket fiskrestaurang längre, tror jag. Numera ett sånt där ställe med för hög musik och med slynglar från den nyrika överklassen."

"Guud så förfäärligt!" imiterade han skickligt. "Nyrika ska man se upp med. Nå, där var vi i alla fall för att dricka en flaska vitt vin. Det var en robust fiskrestaurang på den tiden, men med den svenska specialiteten mattvång. Så Erik, som förde sig med mindre osäkerhet än jag, förklarade att vi inte var så hungriga utan kanske bara hade tänkt oss en liten... *dégustation?*"

"Smakbit eller macka antar jag?"

"Och med trött min kastade 'fröken', denna mycket ampra och bastanta fröken, fram smörgåslistan. Erik beställde med lika trött, fast världsvan, min två mackor med *si-krom*. Servitrisen tittade, fortfarande trött, där han pekade i listan och konstaterade att herrarna alltså ville ha sikrom. Du märker att jag pratar nervöst i väntan på att tiden skall gå ut?"

"Ja, men du gör det bra. Det är just såna detaljer som övertygar, som får mig att nästan börja tro att du är god vän med Erik Ponti." Den unge servitören med ring i örat kom fram med deras immande glas med vitvin och Pierre Tanguy skålade med henne precis lika avmätt artigt som hon hade väntat sig.

"Jag utgick från att du föredrog chardonnay", sade han när han försiktigt ställde ned sitt glas.

"Du utgick från att jag inte hade en aning om vilka viner du talade om och så räddade du situationen. Snyggt!" rättade hon.

"Jag trodde ni hade börjat dricka mer vin i Sverige på senare år", fortsatte han utan att med en min bekräfta att hon träffat rätt.

"Ja, men såna som jag dricker mest vin ur lådor."

"Hela lådor?"

"Nej... alltså bag-in-box, små papplådor med en liten kran på."

"Det är alltså lite enklare viner?"

"Ja, det är själva affärsidén skulle man kunna säga. Men du föredrar vin som man dricker ur flaskan?"

"Touché! Men inte direkt ur flaskan, jag bor ju ändå i Frankrike sen snart 40 år. Herregud det känns nästan overkligt att sitta här och tala svenska igen, det är lite drömlikt, som om jag gör det men ändå inte. Franskan ligger före i huvudet och så översätter jag till svenska."

"Korsika trodde jag inte var så där självklart franskt."

"Touché igen, vi har till och med en egen befrielserörelse. Men jag har bott ett tiotal år utanför Marseille också. Det är bara tre minuter kvar tills tidsfristen går ut."

"Jag vet. Men då har jag ett förslag. Du säger mig vem du är, vad du jobbar med och var du har fått alla pengar från, som jag gissar att du har. Och om jag gillar det du säger, och tror något sånär på det, så äter vi middag i kväll men inte i morgon kväll."

"Mm... fast jag vill modifiera förslaget", svarade han dröjande. "Du berättar om dej först, för jag blir inte klok på dej, du är en blandning av så mycket. Sen svarar jag, lika sanningsenligt som du. Och om vi gillar vad vi hör... "

"Ja, men du först, på den punkten viker jag mig inte", envisades hon.

"Om jag ljuger finns risken att du avslöjar mig. Men om jag talar sanning finns risken att du reser dig upp och går", suckade han spelat uppgiven.

"Just det! Så då kör vi!"

"Okej. Då tar vi ett djupt andetag. För det första är jag pensionär... "

"Det är du för ung för."

"Inte i mitt yrke. För det första är jag pensionär. Jag bor vackert om jag får säga det själv i en villa utanför Calvi på Corse... Korsika. Jag är frånskild sen rätt många år, mitt yrke var en påfrestning för all kärlek, dystert men ofrånkomligt. Jag är ekonomiskt oberoende, åtminstone med de krav jag har på livet, litteratur, goda viner, musik, en och annan skål med kamrater på vissa högtidsdagar då man sjunger för mycket. Och tja, det är väl det väsentliga."

"Då har jag en enkel och klar fråga. Varifrån kom din förmögenhet?"

Han tvekade länge, snurrade vinglaset och höjde det plötsligt mot henne och drack ur allt som fanns.

"Jag är tjuv, en mycket framgångsrik tjuv. Fast som jag sa, pensionerad", sade han beslutsamt och ställde ned vinglaset med en hastig rörelse som han hann bromsa centimetern före marmorbordet.

"Och du?" fortsatte han med en gest som skulle se uppgiven ut.

"Jag är polis."

Han stirrade först häpet på henne och sedan lutade han sig fram nästan som i kramp och började skratta, ett skratt som skulle ha exploderat om han inte ansträngt sig till det yttersta för att kväva det. Hon rycktes med och bara sekunder senare vrålade de båda av skratt så att de andra gästerna vid borden omkring genast började stirra ut dem med svensk misstanke om att de druckit för mycket.

"Då utgår jag från... ", stönade han medan han drog fram en näsduk ur bröstfickan för att torka skrattårarna ur ögonen, "då utgår jag från att vi kommer att ha en utomordentligt trevlig middag tillsammans!"

"Absolut!" fnittrade hon. "Mitt umgänge med tjyvar har annars alltid varit rätt dystert!"

"Och mitt umgänge med poliser har ända till denna lyckliga stund varit ytterst sparsamt!" fortsatte han så att deras skrattsalvor tog fart på nytt.

Det var just så, vrålande av skratt, som en andfådd Erik Ponti fann dem. Han var, strikt mot sina vanor, flera minuter försenad.

* * *

Och enligt den dagens vansinniga logik satt hon några timmar senare vid ett överdekorerat bord med styv duk och silverkandelabrar och väntade på Grand Hôtels franska restaurang.

De hade kramat om varandra, Erik Ponti och mannen som nu tvivelsutan var Pierre Tanguy, på ett sådant sätt som män bara gör på en fotbollsplan. Det måste finnas en mycket ovanlig kärna i en vänskap som kan blixttända så där efter 40 år hade hon hunnit tänka innan Erik Ponti upptäckte henne, ursäktade sig för sin oartighet och presenterade sig som om hon inte skulle veta vem han var.

Men kvällens middag kunde han inte komma med på. Han hade flera sändningar under kvällen som handlade om den senaste direktörsskandalen. När Pierre Tanguy då hade frågat honom vilken restaurang i Stockholm som serverade det bästa franska köket tog han upp sin telefon och beställde bord åt dem just där hon nu satt. Sedan hade han kört dem i sin Alfa Romeo fort, smidigt och inte helt laglydigt, Pierre till Hotell Diplomat på Strandvägen och henne hem till Kungsholmen. Han och Pierre skulle träffas nästa dag.

Hon kände sig inte helt bekväm som ensam väntande dam på lyxrestaurang. Det var inte det överlastade möblemanget, de överdekorerade borden och personalens högdragna vänlighet, det som förmodligen bara skulle vara elegans. Det var de andra gästerna, ett gäng ryssar som drack konjak som vin till maten och några tjyvar i smoking, så-dana som Erik Ponti skulle syssla med denna kväll, som drack champagne och skrek av skratt. Ryssarna hade dramatiskt missförstått hennes yrke, en av dem viftade med tungan åt henne och hon kunde inte låta bli att le åt honom över hans misstag, vilket förstås gjorde saken än sämre. Men hon var ju ändå inte vilken blondin som helst och hon var sedan länge väl medveten om det. Hon var en blondin med polisbricka. Det lät mycket bättre på engelska: you think I'm a fucking nigger and you may be right, but I'm a fucking nigger with a badge and a gun, your worst nightmare! Snuten i Hollywood antagligen, i vart fall en av Hasses gamla favoritrullar, han var ju trots yrket inte rasist.

Hon hade valt konferensuniformen, en kostym hon hittat på Armanis Emporium på Biblioteksgatan, största modellen med några utläggningar eftersom Armani inte gjorde kläder för kvinnliga poliser. Att hon kommit för tidigt var inte att undra på, en man som angav tiden till 14:32 skulle inte komma för sent.

Mycket riktigt kom han på sekunden och han var inte klädd i smoking som hon hade fruktat utan i en mörkblå kavaj med ljusblå skjorta och sidenslips i samma färg som kavajen fast med små silverglänsande romber i, och så grafitgrå byxor och svarta skor, också nu sådana med små perforeringar. Han upptäckte henne blixtsnabbt, viftade utan att vara ovänlig bort den personal som kommit fram för att leda honom till bords och gick långsamt mot henne medan han slog ut med armarna i en gest som säkert tydde på stor uppskattning, och när hon som av svensk vana försökte resa sig för att hälsa skyndade han på stegen så att han hann fram för att trycka ner henne i stolen igen, milt men bestämt med en hand mot hennes högra axel samtidigt som han tog hennes hand och snuddade vid den med sina läppar innan han fort satte sig och grep efter servetten.

"Förlåt att jag är lite sen", sade han med en urskuldande handviftning.

"Du kom ju faktiskt på sekunden!"

"Jag kom ju efter dej, jag hoppas att dom ryska busarna inte har besvärat dej?"

"Dom har inte hunnit så långt, jag har bara suttit här några minuter. Hur visste du att dom var ryssar?"

"Därför att dom har stora plakat över huvudena där det står MAFIA med kyrilliskt alfabet. Har du hunnit titta på matsedeln? Vill du att jag skall välja vinerna?"

"Nej på första frågan, ja på andra."

De ägnade sig en stund åt matsedeln. Tupptestiklar, som hette något som såg mycket elegantare ut i den franska texten, kalvbräss, gåslever, anklever med krusiduller av något slag, havskräftor med pilgrimsmusslor, lättgrillade med en mysko sallad med balsamicovinäger, hummer på ditt eller datt sätt.

Hon gissade att han på något sätt var typen för tupptestiklar och var frestad, om inte annat så för skämtsamheten att föreslå det, men hon stannade ändå försiktigt vid havskräftorna och pilgrimsmusslorna.

Därefter gissade hon att han åt mörkt kött, helst blodigt, men bestämde sig, efter att först ha funderat över invecklad kyckling med långt franskt namn, för att gå halva vägen och valde kalvfilé med pimmelipom och duddelidu, gudskelov var matsedelstexten både på franska och svenska.

Han visade inte med en min att han skulle ha valt något annat, berömde henne för hennes goda smak, viftade till sig hovmästaren, gled snabbt in på franska när han uppfattade det som enklare, ursäktade sig plötsligt och förklarade att *madame* var svensk och så lät de som den franska kaffereklamen en stund innan proceduren var över.

"Varför valde du hemmaplan när du äntligen kom till Sverige?" frågade hon.

"Därför att jag tror att *la cuisine suédoise* har genomgått dramatiska förändringar de senaste 40 åren, som jag inte känner till, åtminstone inte än på ett tag, därför att jag är en tjuv med hederskänsla som absolut inte vill göra bort mej i sällskap med en snut, särskilt inte en vacker snut. Kan man säga snut på svenska utan att det är oförskämt?"

"Det beror på. Vi säger det själva till varandra. Du vet, om man är vit måste man säga *afroamerikan*, om man är svart kan man säga *nigger*, eller eventuellt något ännu värre som jag inte tänker säga."

"*Alors* ... eftersom jag är vit ber jag om ursäkt."

"Ingen anledning, vänner till oss får säga snutar. Du och Erik Ponti måste ha stått varandra mycket nära?"

"Ja, vi var rumskompisar på den där abominabla internatskolan. Jag var den fete plugghästen, han slagskämpen, ungefär som yin och yang, vi var ett litet embryo till en... en *résistance*... ursäkta mej ett ögonblick!"

Som om han haft ögon i nacken uppfattade han miner och en del gester som inte kunde missförstås bland de fyra ryssarna några meter bort, reste sig lugnt, gick dit bort, lade tillgjort vänskapligt vänsterhanden på värste ryssens vänstra axel, lutade sig ned och viskade någonting i busens öra och klappade honom därefter aningen för hårt på kinden. Det tog bara några sekunder. Sedan gick han lika lugnt tillbaks och satte sig, ryssarna satt då redan som änglar och tog försiktigt, nästan viskande upp sin konversation på nytt.

"Vad i hel... vad sa du till honom!?" väsviskade hon med uppspärrade ögon och ena handen för munnen som för att förhindra fnitter.

"Förlåt avbrottet... åh, jasså det? Jag förklarade bara vänligt och formellt att du var polis och kunde arrestera dom omedelbart om dom inte uppförde sig."

"Det tror jag inte ett ögonblick på. Talar du ryska?"

"Inte särskilt väl, men i mitt förflutna har jag haft en del med elaka ryssar att göra och kan åtminstone de fula orden."

"Jag blir vansinnig om du inte berättar vad du sa! Titta, dom sitter ju som små änglar."

"Det vore mig fullkomligt främmande att åtèr... återge den konversationen för en dam."

"Jag är för fan ingen dam, jag är snut! Förresten talar du som i en teaterpjäs ibland."

"Jag ber om ursäkt, det går nog över om jag är hemma ett tag till, men det är det där med att jag först tänker orden på franska och så snabböversätter jag till svenska, därav dom idiomatiska bristerna, men om vi bara... "

De avbröts av en kypare som kom med vin till förrätten, ett vin hon inte kände igen och inte heller hade väntat sig att känna igen – "chardonnay, din favorit", förklarade han medan hon serverades två fingerborgar högt i glaset och kyparen försvann bort med min som en dromedar och flaskan sträckt framför sig.

De skålade. Hon försökte verkligen ärligt känna efter om detta var vad det borde vara enligt åtbörder från kyparen, det bästa vita vin hon i så fall druckit i livet. Kanske det, förmodligen, i vart fall det dyraste och förresten är inbillningen säkert viktigare än den objektiva smaken, om det nu fanns en sådan.

"Låt oss nu tala om dej i stället", sade han när han ställde ned vinglaset. "Vilken sorts snut är du?"

"Du sa s-ordet igen!"

"Jag vet, men jag har tänkt lite på det där. Tjuvar säger också snut, *flic* på franska. Det vore väl ändå hyckleri av mej att säga något annat? Dessutom är vi vänner och det gav ju dispens. Så, vilken sorts snut är du?"

"En annan sak först. Du sa att du var den fete plugghästen och Erik Ponti var slagskämpen?"

"Ja?"

"Och sen blev det tvärtom?"

"Ja, han har lagt ut, haft ett stillasittande jobb, det har inte jag. 40 år är en lång tid. Som ung och fet är man intellektuell, eller tvärtom. Man förstår sig aldrig på James Joyce lika bra som när man är 16 år och fet."

"Men idag är du slimmad och intellektuell?"

"Inte annat än i någon sorts fransk borgerlig mening. När jag kom ner bedövade jag mig i flera år med Claude Simon och sånt där. Idag ... jag vet inte, antagligen mer skeptisk, mer konservativ. Den där Houellebecq har jag svårt för, en fåne som epaterar borgarna genom att, förlåt, masturbera sig igenom våld och äckel som inte finns annat än i hans fantasi, men inte i verkligheten, menar jag. Effektsökeri är det sämsta, det som är längst bort från ärlighet och konst i den meningen... men det var ju dej vi skulle tala om?"

Hon räddades av gonggongen som det kändes eftersom de tillkrånglade havskräftorna kom in, brödbitar skulle bytas ut, vin fyllas på samt en fingerborg vatten skulle hällas i det glas hon ändå inte hade rört. Han sa något som antagligen betydde "god aptit" och de åt en minut under tystnad. Den här gången var hon säkrare i sitt omdöme. Bättre tillkrånglade havskräftor hade hon aldrig ätit.

"*Alors...* ", sade han när han lade ner kniv och gaffel i kors efter de första tuggorna. "Det var dej vi skulle tala om. Vilken sorts snut är du?"

"Jamen bara en fråga till om dej och... "

Han höll upp händerna i en avvärjande gest.

"Världen är full av män som talar om sig själva, det vet du. Och här sitter jag, man utan tvekan, fast med en vacker snut. Nå?"

"Jaha, förhöret är oundvikligt", suckade hon medvetet överdrivet. "Jag är allt, jag har 14 år i jobbet, om man räknar polisskolan. Fast först läste jag juridik. Har hämtat fyllerister från Centralen i början, när man är sämst på sånt, dom yngsta får alltid skitjobben. Sen har jag gått kurser, jobbat på våldet, på snusket, till och med en sväng på spaningsroteln, nya kurser och nu sen ett år på ekobrottsmyndigheten och... "

"Förlåt att jag avbryter, vad har du för grad?"

"Jag är polisintendent."

"*Pardon?* Vad betyder det?"

"Steget över kommissarie."

"Det var som sa... förlåt! Låt mej då gissa, din man som du just skilt dig från var polis, är polis menar jag, men du är nu två, tre grader över honom?"

"Exakt."

Han log och återupptog demonstrativt långsamt ätandet och hon följde med i en känsla av att de dansade och att det var han som förde, med viss självklarhet så här på fransk hemmaplan.

Snart attackerades de så intensivt med ny mat och nytt vin, rödvin i dammig flaska och dromedarminer från vinkyparen som hade en sorts brosch med vindruveklase på kavajslaget, att det tog tid innan samtalstråden kom tillbaka.

"Vilket är ditt svåraste fall just nu?" frågade han en bit in på kalvfilén.

"En sån där", sade hon och nickade med huvudet åt fintjyvarna, som det hette på yrkesspråk och som satt bortanför de ryska gangstrarna och fortfarande drack champagne. "En sån där som har stulit hundra miljoner, fast det inte heter stjäla utan finare saker när såna som dom gör det. Jag vet att han är skyldig, men jag får inte åklagaren med mej på en husrannsakan, hon vågar inte."

"Och vad skulle du hitta vid en husrannsakan?"

"Skriftlig bevisning, jag vet att den finns där."

"Du vet att den finns där?"

"Ja."

"Hurdå?"

"Därför att... det kan jag inte säga. Men låt mig säga så här, jag har hört honom själv berätta om bevisningen."

"Och det har väl i så fall åklagaren också hört?"

"Du är inte så dum för att vara tjyv, jag insåg för sent att jag sa för mycket. Men telefonavlyssning tillhör det vi snutar absolut aldrig får så mycket som viska om. Men visst, åklagaren vet lika mycket som jag. Men hon vågar inte, tjyven är för fin och för rik."

Just där släppte han, mot såväl rim och reson som manlig logik, konversationen och blev en stund tankfullt tyst, nästan lite frånvarande och sedan talade de om likgiltigheter som utsikten mot slottet från deras bord, varför slottet inte var fasadbelyst som det skulle ha varit i Frankrike, åtminstone så här i juni när det bara skulle behövas någon timmes elkostnad per natt, eller om att det inte funnits vare sig pizzerior eller hamburgersyltor på den tiden han och Erik Ponti hade varit unga och att raggarna inte fanns kvar av det rimliga skälet att deras bilar drog tre eller fyra liter blybensin per mil eller att skvallerpressen var densamma, tydligen, i Frankrike som i Sverige om det gällde kungligheter eller, vilket förstås var hetare, att den som stjäl för 20 000 kommer i fängelse men den som stjäl en miljard blir oantastlig, ungefär som att en rik man i USA oavsett ras, religion eller politisk anknytning, kan lämna blod och DNA och strumpor efter sig på mordplatsen men ändå komma undan därför att han har tillräckligt många miljoner dollar att spendera på advokater.

Han föreslog inte att hon skulle promenera med honom till Hotell Diplomat för någon sorts "sängfösare", detta löjliga ord, trots den lättillgängliga undanflykten att det var så nära Grand Hôtel. I stället följde han henne hela vägen upp till Wargentinsgatan på Kungsholmen, ända till hennes port.

Hon kvävde en plötslig impuls att be honom följa med upp. Han försökte inte bjuda sig själv, sa inte ett ord, visade ingen besvikelse utan kysste henne svalt och torrt på handen när han gick.

När hon låg i sin säng ångrade hon sig och tyckte samtidigt att hon inte var riktigt klok, som om hon överdoserat sin nya frihet.

II.

EN DEL AV GRABBARNA ansåg att det dödande skottet mot en elefant tillhörde livets i särklass största upplevelser. Ingenting var som att se sex ton braka omkull sekunderna efter döden.

Henric Gundell höll inte med och han visste ändå vad han talade om, eftersom han varit först i gänget med elefantjakt. Det är klart att det var stort, i mer än ett avseende. Man siktade strax ovanför snabelroten och mellan ögonen, ett träffområde stort som Dagens Industri. Det var ett fint minne som han ofta kört genom minnets replay.

Det var en ensam stor gammal tjur, betarna visade sig sedan väga i 90-pundsklassen. Den glodde tankfullt mot honom, hade just vänt sig om och hans white hunter viskade att han måste skjuta omedelbart. Han uppfattade inte smällen och kände inte av rekylen, men han hörde hur den tunga kulan smackade in i tjockhudingen med samma ljud som när en baseballspelare får in en perfekt träff. Det var ett fint minne. Den kvällens Gin & Tonic i campen efter duschen, afrikanerna släpade upp vatten från floden som de fyllde i upphissade bensinfat utanför tälten, smakade sagolikt.

Betarna stod nu äntligen uppmonterade längs dörren till herrrummet och det var en utmärkt plats. Fruar och kvinnor gillade inte det där med att skjuta elefanter, men alla grabbar som skulle in i herrrummet på grogg och eftersits – "tala affärer" – måste gå in mellan elefantbetar som var högre än dem själva. Det var sådant som gjorde intryck, oss jägare emellan. Nästan ingen kunde gå in mellan elefantportalen utan att fingra på betarna och därmed kom hans överläge automatiskt vid groggen, oavsett om man skulle diskutera problem eller bara prata skit.

Henric Gundell kunde i värsta fall spela konsult en stund, ge rådet att resa till Lukwika-Lumesule Game Reserve i södra Tanzania, i närheten av gränsen till Moçambique, för där hade man inte bara de största elefanterna utan också goda bestånd av sabelantilop, kudu och leopard. Det var sådana upplysningar, alltid framförda liksom i förbigående, som brukade ta ner den kaxigaste jävel. Så slapp man allt snack om vem av de andra som hade skjutit flest älgar under hösten eller störst guldbock i Ungern under våren. En framgångsrik företagsledare måste vara psykolog. Att driva företag var inget för dunungar, det var krig. Och i krig är alltid psykologin av största betydelse, sedan Alexander den Store och framåt.

Henric Gundell hade inställt dagens fyra sammanträden, även med dem som flugit över från London och sagt sig ha "ganska brådskande och lätt oroande problem". Hans jakttroféer från förra året hade nämligen kommit i lastbil direkt från Arlanda ut till hans pensionärsbostad, som han så fyndigt brukade skämta om Håtuna, ett slott med medeltida anor där någon adelssprätt nyligen men inte en dag för tidigt fått lämna plats åt en som förtjänade stället.

Personalen från DHL kånkade in trälåda efter trälåda och ställde upp dem i halvcirkel på det gropiga månghundraåriga stengolvet ute i stora entréhallen. De förbannade afrikanerna tog alltid sådan tid på sig, där fanns inget intresse för service och att hålla avtal trots att de alltid ville ha betalt i förskott. Man kunde få vänta i åratal på troféer från Afrika.

Han hade klätt sig i jeans, som en vanlig hygglig kille och han höll en hammare i handen. Han ville själv vara med och bryta upp trälådorna för han var inte den som backade för lite kroppsarbete, fast hans tid egentligen var för dyrbar för sådant. De två lokalt inhyrda snickarna stod och blängde misstänksamt vid dörren in till första salongen där de bogmonterade djuren skulle upp på noggrant markerade platser. Men han ville inte att de själva skulle bryta upp lådorna eftersom de inte begrep värdet i troféerna och transportförsäkringen inte gällde längre. I värsta fall kunde de skada något på pin kiv. De var förmodligen typiska kvällstidningsläsare och vad sådana ansåg om ledningen för svenskt näringsliv gjorde han sig inte längre några illusioner om. För, som han brukade säga, svenskarna är det enda folket på jorden som inom sig bär en avundsjuka starkare än sexualdriften. Det gick alltid hem i middagstalen.

Redan innan den sista trälådan kånkats in från lastbilsflaket hade han börjat kallsvettas vid tanken på att buffeln inte skulle vara med, den betydde mer än allt annat tillsammans. Men ingen av lådorna han sett var stor nog för att kunna innehålla en bogmonterad afrikansk buffel och när han sprang ut för att kontrollera lastbilsflaket var det oemotsägligen tomt. Han skällde ut pojkarna från DHL utan att på något sätt, åtminstone inte synbart, kunna sätta skräck i dem även om han hotade med att se till så att de fick sparken. En av dem svarade bara sävligt, retsamt sävligt medan han lade in en osmakligt stor snusprilla, att det här var vad som fanns på deras rekvisition, att allt hade varit inlåst i en stålnätsbur på Arlanda och att det inte varit något fel på låset. Ville han klaga så fick han vända sig till kontoret för nu hade de inte tid längre eftersom de jobbade för brödfödan. Han tyckte sig höra en oförskämt insinuant betoning av ordet *jobbade*, men viftade bara åt dem att de kunde sticka, eftersom han redan tagit fram sin telefon och slagit snabbnumret till sin sekreterare.

Hon började genast tala om besöket från Londonkontoret och vädjade till honom att komma in till stan. Hon var visserligen inte en person som man bad dra åt helvete, då hade hon inte varit hans sekreterare, men han avbröt henne ovanligt bryskt och bad henne ta fram telefonnumret till jaktmäklarfirman i Dar es-Salaam. Hon knotade och så sade han att hon kunde ringa om en timme så skulle han se om han kunde pressa in Londonbesöket i sitt dagsschema, men just nu var det inte möjligt. Det var i alla fall det besked han lät förstå att hon skulle vidarebefordra, även om det möjligen kunde förefalla egendomligt i kombination med kravet att omedelbart få telefonnumret till en jaktfirma. Han fick numret och knappade in det i tele-

fonens minne samtidigt som hon läste upp det, en av de finesser han
själv varit med om att införa på de nya mobiltelefonerna, ett måste
för en jäktad affärsman i elitserien. Sedan gick han in till de två häng-
iga hantverkarna, sade åt dem att de kunde börja bryta upp lådorna,
fast försiktigt, kastade ifrån sig hammaren på stengolvet och fortsatte
upp på sitt ännu inte färdiginredda arbetsrum. Den svarta sjöeken
hade inte kommit, inte heller teleskopet.

Han satt en stund för att se på utsikten nedför den långa allén av
lindar, eller om det var almar, för att lugna ned sig innan han slog
numret; en av fördelarna med Afrika är ju att de inte har någon tids-
skillnad, inte mer än Helsingfors i alla fall.

Han fick inte tag på chefen i Dar es-Salaam utan någon ställföre-
trädare som lät som afrikan och var lika undfallande som korkad. Det
var någon undanflykt om att bufflarnas öron tog mer tid på sig att
torka när man gjorde bogmontage än vad det tog för exempelvis
sabelantilop och oryx och att det var känsligt att stoppa dem i trans-
portlådor då. Han förklarade att i så fall fick de väl sätta hjälm på buf-
feln eller något annat lika innovativt, bara de kunde sända den per
omgående. Och det spelade ingen roll om det skulle kosta extra,
money was not an issue, men buffeln måste fram. Han underströk att
han var den svensk som rekommenderat åtminstone hälften av den
tanzaniska firmans kunder från svensk businessvärld, men han avstod
från att hota med rättsliga åtgärder eftersom det skulle låta som ett
mer än lovligt tomt hot för en afrikan. Morot var bättre än piska för
sådana. Men buffeln måste iväg, med eller utan torkade öron. Han
krävde att chefen för firman, så fort han kom in, skulle ringa det
mobilnummer han uppgav och som gick till honom själv direkt
dygnet runt och bara var avsett för ytterst viktiga samtal.

Adrenalinet pumpade fortfarande runt i kroppen på honom när
han på nytt betraktade allén bort mot nordost; därifrån han nu satt
hade husets herrar alltid kunnat se besöken från Stockholm komma i
sina hästdragna vagnar. Flera av slottets ägare, långt bak i tiden, hade
varit grevar och riksråd. Ursprungligen var det ätten Sture, eller om

det var Sparre, som hade låtit uppföra byggnaden, åtminstone dess medeltida grund.

Men det var inte till så stor glädje just nu. Buffeln måste komma fram till 60-årsdagen. Att huset i övrigt skulle kunna vara klart till dess var bara en fråga om pengar. Men buffeln måste fram i tid. Den betydde mer än allt det andra, till och med elefanten.

Han hade nämligen aldrig varit så nära döden. Han fick omedelbart handsvett när minnet slog till på repetition, obönhörligt som en maskin, han ville egentligen inte minnas.

Nick, hans PH, som var den engelska förkortningen för *professional hunter*, hade redan gett honom ett råd som på grund av den lakoniskt slagfärdiga formuleringen var omöjligt att glömma: "Vad du än gör, spring inte. Tänk på att allting i Afrika springer, klättrar eller i värsta fall krälar fortare än du kan springa. Stå kvar och skjut, stå alltid kvar!"

Nick och han själv och den afrikanske spåraren som han glömt namnet på hade förföljt en gammal buffel i mer än åtta timmar. De skulle ha gett upp om inte Nick sagt att såvitt han kunde bedöma var det en buffel med utlägg i rekordstorlek, mer än 42 tum trots att den var så gammal och gamla bufflar brukade nöta ner sina horn. Det skulle vara värt en del besvär, som Nick formulerade saken med en underbar anglosaxisk underdrift. Ingen av de andra grabbarna var i närheten av rekordböckerna, trots att många förstås skjutit buffel.

Nick var en atlet med svällande lårmuskler, dessutom bara något över 30 år och van vid hettan, den långa marschen bekom honom förmodligen inte särskilt. Den satans buffeln fick vittring av dem två gånger och gick undan, inte för att de gjorde något fel utan för att vinden kantrade oberäkneligt, och det förlängde plågan. Buffeljäveln lade sig inte ens ner för att vila i skuggan under middagshettan. Vid det laget hatade han djuret som ställde till med så mycket besvär.

Till slut, när middagssolen redan börjat sänka sig, fann de buffeln i en lergrop där den låg och gonade sig med gyttjebad. Det var spåraren, vad han nu hette, som löste det skenbara mysteriet hur en tusen kilo tung buffel bara kan försvinna på slät mark mellan glesa och låga acacior. Nick hade skickat upp honom i ett av de eländiga taggiga träden för att spana.

De smög försiktigt fram mot gyttjegropen, mot vinden och med vapnen skjutklara, Nick med sin 458:a, en kaliber som han själv brukade betrakta som onödigt kraftfullt. På den tiden var han utrustad med en 375 Holland & Holland, visserligen den klenaste kalibern som var tillåten för buffel.

De hade solen i ryggen. Även om buffeln kikade upp från sin badkarskant skulle han förmodligen inte se dem klart, viskade Nick. Planen var att de skulle skymta buffeln innan han anade dem, smyga runt gyttjegropen för att få in sina skott i sidan på djuret. Det var nog inget fel på den planen.

Om man skall skjuta mot en anfallande buffel framifrån är risken stor att man träffar den tjocka hornplattan mitt i pannan utan att göra särskilt stor skada, kulan sprängs och vinklar av. Eller också träffar man i mulen och ställer visserligen till med ett formidabelt blodflöde som i sinom tid dödar buffeln men saknar betydelse de närmaste och avgörande sekunderna. Om det värsta inträffar, att buffeln kommer rakt framifrån, måste man hålla säkert över hornen i mittlinjen, så att man slår av den jävelns ryggrad och det blir tvärstopp.

Allt detta visste han, allt detta hade han repeterat som en skolelev tillsammans med Nick. Han hade till och med fått studera anatomiska bilder med de olika träffområdena i genomskärning. Och han var en man känd för sin enastående förmåga att snabbt tillgodogöra sig teoretiska kunskaper och omsätta dem i praktiken; han hade börjat som kemist, gått ett varv genom konfektindustrin innan han hamnade i elitserien. Han var också känd för sitt mod i hårda förhandlingar med de tuffaste grabbarna. Så på papperet, som det hette i sportsammanhang och föralldel även i hans egna sammanhang, var han rent darwinistiskt den mest tänkbart lämplige buffeljägaren. Ingen av grabbarna skulle betvivla det.

Men när den satans buffeln plötsligt, som om den haft ett sjätte sinne, misstänksamt bligade upp över kanten till gyttjegropen, "dom glor på en som om man är skyldig dom pengar", som en amerikan sagt, så skymdes bogarna av högt gräs. Han siktade och försökte hitta en bra träffyta, han var fortfarande kall och behärskad, ingen skulle kunna påstå något annat. Men gräset skymde och hans hatt föll ner så att han inte såg klart i kikarsiktet och svett rann svidande in i ögat framför linsen. När han försökte rätta till hatten och få bort svetten såg buffeln förmodligen rörelsen och anföll blixtsnabbt.

Det var femtio meter, han hade några sekunder på sig. Han svepte svetten ur ögat och tänkte att han måste stå kvar, han anade hur Nick hade höjt sitt vapen bakom ryggen på honom men han visste att Nick inte skulle skjuta först. Det var inte vad sådana som Nick fick betalt för.

Han siktade med god marginal ovanför de ogenomträngliga hornen och tryckte av och hann se att buffeln ryckte till och att ett stycke hud och blod från ena ländryggen sprutade iväg bakåt, en för tillfället harmlös träff. När han laddat om och försökte sikta igen såg han bara ett svart suddigt monster i kikarsiktet, han hade haft för stor förstoring uppvriden.

Det var då han sprang. Han sprang i panik rakt ut åt sidan och buffeln som såg rörelsen gick som en spansk tjur på arenan efter skynket och vek av efter honom och han var följaktligen en sekund eller två från döden.

Men när buffeln vände fick Nick, som givetvis stått kvar utan att röra sig, ett läge och sköt den i halskotpelaren. Själv hade han då snubblat och fallit och buffeln låg plötsligt döende så nära honom att han kunde känna dess fuktiga andedräkt. Så kom buffelns långa stönande dödsvrål.

Det nästa han mindes var att Nick kom glatt leende emot honom med hans 375:a i handen och sade någonting om att så dyra vapen skulle man inte kasta ifrån sig men att det gick ju bra i alla fall. Nick tände en cigarrett och räckte över den till honom och frågade om han var allright. Han mindes inte vad han svarade, eller ens om han tog emot cigarretten, men hela den övriga sekvensen trodde han sig minnas som en videoinspelning.

Det finns minnen man inte kan försköna, åtminstone inte för sig själv. Och den sanna historien, om hur han sprungit i panik och riskerat att dö av dumhet, var knappast den version som han berättat för sin fru när hon mötte honom på Arlanda. Eftersom han inte ville oroa henne, man måste visa hänsyn mot sin fru.

Men olyckligtvis hade en av hans underlydande kommit förbi minuterna innan och naturligtvis stannat för att utväxla några artigheter med chefens fru och lika naturligtvis tvingats stå kvar när chefen kom.

Så redan från början hade den förskönade versionen haft ett vittne från jaktklubben. Och på nästa jaktmöte måste det därför slås fast att han stått kvar som ett isblock inför den anfallande buffeln och på kort håll, tolv meter ungefär, träffat mitt i ryggraden och med god marginal ovanför hornplattan.

Det var nog lögnen som mer än skräckminnet gav honom handsvett när han tvångsmässigt upprepade minnesbilderna för sig själv. Han hade kukat ur, det var ju nu, i ensamhet utan någon som kunde höra hans tankar – om Gud fanns skulle inte ens Han ha fått höra detta – som detta var enda sanningen: han hade sprungit som en idiot och Nick hade räddat hans liv.

Efteråt i campen när han något tillkämpat firade buffeln med champagne av förvånansvärt hygglig årgång, särskilt för att vara ute i Afrika, hade han försiktigt antytt för Nick att det inte fanns något behov av att sprida detaljerna i historien om detta möte med döden. Men Nick, som genast tycktes genomskåda honom, log bara med sin vita perfekta tandrad och förklarade på sin släpiga sydafrikanska accent att det fanns fler historier från Afrika som inte kom ut än dem som berättades hemmavid eller stod i jakttidningar.

Så var det, helt enkelt. Nick hade följt rika vita män fram till mer än 400 bufflar och mellan tummen och pekfingret hade han väl själv skjutit åtminstone 300 av dem. Det var inte mycket att göra väsen av.

Dels envisades besökarna, särskilt de från Europa, med för klena kalibrar, dels kunde vadsomhelst inträffa i jakt och det visste väl alla. Dessutom lade han till som i förbigående att det knappast vore någon lysande affärsidé att sprida skvaller om kunderna. Men ett gott råd vore kanske att byta till en mer seriös kaliber nästa gång.

Det rådet hade han spritt bland grabbarna som ord från en som visste vad han talade om och han hade en god idé om vad de skulle komma att ge honom i 60-årspresent eftersom inköpet smugit förbi vid någon attestering: en engelsk dubbelbössa med öppna riktmedel i kaliber 416 Rigby med vad som att döma av priset måste vara fantastiska gravyrer med inläggningar i guld och elfenben.

Men sanningen gick inte att komma ifrån. Han hade sprungit som en kärring och Nick hade räddat livet på honom. Varje gång han såg upp mot buffeln när den väl hängde på väggen skulle han för någon kall sekund minnas. En hemlighet mellan honom själv och honom själv, men också en uppfordran till ödmjukhet. Det var med ödmjukhet han skulle beskriva "Afrikas farligaste vilt" (fast flest människor förargligt nog dödades av flodhästar i Afrika). Och han skulle tona ner det där med det perfekta ryggradsskottet rakt över den ogenomträngliga hornskölden på tolv eller om han sagt femton meters håll. Det gällde att komma ihåg vilket, det var inte bra med jakthistorier som förändrades från gång till gång och många av grabbarna hade minne som elefanter.

Han skulle tona ner överdriften, det var hela saken. Där fanns dessutom en bonuseffekt i det att han inte framstod som skrytsam.

Han var lugn på nytt, handsvetten kändes inte längre, men det luktade svagt obehagligt från armhålorna. Fast han var ju arbetsklädd och på landet, så det var på sätt och vis i sin ordning. Han borde gå ned och sätta fart på snickarna som nog brutit upp lådorna vid det här laget.

Hans telefon ringde, den telefon som bara ett utvalt fåtal kunde ringa på i extremt viktiga angelägenheter. Han svarade barskt på engelska i tron att det var den där jaktmäklaren i Dar es-Salaam som genast krupit till korset. Men det var hans sekreterare. Hon förklarade att han verkligen måste komma till sammanträdet med den brittiska – hon sade inte engelska, perfekt som hon var – gruppen eftersom det handlade om någon bonushistoria som skandalpressen i London var på väg att få vittring på och det, enligt vad som sagts, kunde innebära obehaglig publicitet.

Han gav med sig, buffeln hade ju ändå inte kommit och de andra troféerna skulle väl hantverkarna klara av med måttliga instruktioner. Om cirkus en timme, en och en halv timme, rättade han sig, kunde han vara på plats. De fick vänta tills dess. Hon verkade lättad när hon tog emot beskedet, förmodligen hade man legat på henne hårt för att få loss honom till ett sammanträde.

Jävla engelsmän, tänkte han. När de säger "brådskande och lätt oroande" så menar de inte vad de säger – "urgent and slightly disturbing", förmodligen – utan de menar att taket har fallit in. Ytterligare skriverier om ledningsgruppens så kallade förmåner i den så kallade fria pressen, en samling hårdskjutna hyenor, var inte något att se fram emot.

Men han hade redan öppningsrepliken klar till sammanträdet: "Mina herrar, det här var inte en helt lyckad nyhet."

* * *

Ewa Johnsén kom till det nya jobbet ungefär som hon hade tänkt sig, utsövd, i god tid och skärpt som en hök och möjligen också stjärnögd, åtminstone i den meningen att hon inte var motsatsen. Han hade inte ringt, men även om han gjort det skulle hon ha vidhållit att hon måste förbereda sig för första mötet.

Hon hade förutsett oväntade problem och så blev det också. Ingången till gruppens lokaler låg på Bergsgatan, gamla Säpoingången som numera tillhörde Stockholms tingsrätt. Men där fanns inte längre någon vakt som sorterade under polisen så hon fick gå tillbaks samma väg hon kommit, upp till huvudingången på Polhemsgatan för att kvittera ut nycklar och det tjocka kuvert med handlingar som hon begärt fram om sina nya medarbetare. Tanken hade varit att hon före första mötet skulle läsa på lite och få en bild av vad man skickat på henne, fågel eller fisk.

Det var inte första gången hon satt i en specialkommission. Men en tidig lärdom av sådana arrangemang var att den distriktschef som måste avstå en man eller två, särskilt en chef i ytterområdena med kronisk personalbrist, skulle tänka efter noga innan han valde ut dem som han måste hänga av från det dagliga jobbet på hemmaplan. Antingen skickade en sådan chef iväg sitt utredningsess för att på något sätt hedra det egna distriktets färger. Eller också gjorde han sig av med en påse nötter för att minska belastningen nu när han ändå måste skicka någon.

Hennes plan var alltså att snabbt räkna ut vem som var vem bland dem hon skulle chefa över, det kunde vara vissa fördelar med att ha den bilden åtminstone ungefärligt klar för sig redan vid första mötet. En del av de beslut man måste fatta redan då kunde annars få både långtgående och plågsamma efterverkningar om man satte fel man på fel jobb.

Ändå hade hon fått börja med att städa, visserligen inte så förvånande eftersom städning säkert stod på alla besparingslistor.

De hade fått fyra rum i fil uppe i Säpos gamla lokaler. Rummen var stora men låg högt upp och skulle kunna bli plågsamt varma senare under sommaren, om man inte var klar med jobbet dessförinnan. Någon annan specialutredning hade häckat däruppe i en eller annan månad, ett gäng som hade hållit på med en galen kvinnomördare som slog till mot slumpmässigt utvalda offer i vitt skilda delar av Storstockholm, Östermalm, Vällingby och Täby, varmed han lyckats välja brottsplatser så att han prickade in tre olika polisdistrikt. Men hans brottslighet var av den arten att såväl polisledning som allmänheten såg allvarligt på den, alltså hade det blivit specialutredning med folk från alla tre distrikten.

Vad utredningen åstadkommit var oklart eftersom en vanlig

patrullbil till slut tagit den jäveln på bar gärning, åtminstone enligt den officiella versionen. Hursomhelst var gärningsmannen, döpt till Spökmördaren av pressen, i tryggt förvar och hade erkänt allt han var misstänkt för och lite till, med förklaringen att "rösterna" hade sagt honom att alla kvinnor var hans fiender. Det kunde visserligen vara sant i just hans fall, men för något decennium sedan hade han blivit betraktad som galen och hamnat på hispa. Nu skulle han betraktas som frisk och hamna på någon av säkerhetsanstalterna. Svenska mördare hade genomgått ett dramatiskt mentalt tillfrisknande under senare år vilket hade med politik och inte psykiatri att göra.

Oavsett hälsotillstånd var Spökmördaren i alla fall tagen av banan och därför hade de fyra ostädade rummen på Bergsgatan blivit lediga lagom till den kommission hon själv skulle leda. Det minsta hörnrummet var enligt normal rutin chefsrummet, vilket också framgick av hennes föregångares namnskylt. Hon kände igen namnet, han var en så kallad legend bland mordutredare.

Men även om han rensat ut allt ur sitt tillfälliga tjänsterum innan han gick tillbaks till sitt gamla borta på våldsroteln så hade han glömt en portfölj med något som hon bedömde som överskottsmaterial, en sorts utredningsslask, när hon tittade i den. Bokhyllorna var visserligen avröjda från sina utredningspärmar, men dammiga, liksom skrivbordet. Hon hade gått ut på toaletten, hittat en handduk som hon blötte och så hade hon gått tillbaks in för att riva av det värsta på sitt skrivbord och de närmaste bokhyllorna innan hon satte sig för att läsa. Naturligtvis fann han henne med städtrasan i handen när han kom för att hämta sin portfölj.

"Tjena", sade han. "Irwing, kommissarie på våldet. Det var jag som häckade här. Glömde den där portföljen, du har väl inte tjuvkikat, va?"

"Tjena", svarade hon avmätt. "Nej, jag tjuvkikar aldrig."

"Bra, fortsätt med det. Och vad ska nästa gäng syssla med här uppe i avskildheten?"

"Villainbrott."

"Åh fan!" sade han och höjde förtjust på ögonbrynen. "Utreder vi sånt nuförtiden?"

"Ja, tydligen", svarade hon lite surt.

"Och med kanslist och allting. Ja missförstå mej inte, det har dragits in alldeles för många kanslister, såna som du gör större och viktigare jobb än vad ni nog själva tror ibland."

"Om jag ska få ordning på utredningsarbetet här så beror det nog inte i första hand på kanslistfunktionen", svarade hon giftigt. Men han uppfattade inte faran.

"Ta det nu inte så, lilla gumman", sade han och blinkade vänligt mot henne när han gick runt skrivbordet och tog upp sin kvarglömda portfölj. "Jag menade vad jag sa, såna som du gör en helvetes nytta, det finns alldeles för få som dej. Håll nu pli på grabbarna, va, och låt dom inte tracka dej."

Tekniskt sett var hon hans överordnade och tre eller fyra dräpande repliker susade genom hennes huvud, men ändå log hon bara som ett fån när han glatt vinkande gick därifrån, hans aningslöshet var fullkomligt avväpnande. Man får vara tacksam så länge dom inte klappar en i stjärten, tänkte hon, men ändrade sig fort. Tvärtom, *det* hade ju varit det perfekta läget att presentera sig mer tydligt. Hon hade varit chef över män tillräckligt länge för att kunna lägga band på sig. Det gällde att inte smågnälla utan att klappa till hårt men sällan.

Hon hade bara en halvtimme kvar att bläddra igenom meriterna för de fyra män hon nu skulle chefa över. Men det räckte. En av dem, han från Västernorrort, var rena flygaresset som utredare och praktiskt nog överordnad de andra i grad eftersom han var kommissarie. En av kriminalinspektörerna verkade också vara en högst kvalificerad utredare och de andra två föreföll som nötter som deras chefer tagit chansen att tillfälligt göra sig av med.

Då var det bara att ta ett djupt andetag och köra.

"Mina herrar", började hon med en sedan länge intränad dröjande ironi i ordet herrar när hon hade dem framför sig i det tomma och ostädade sammanträdesrummet; de hade alla kommit i tid.

"Jag heter Ewa Johnsén och kommer närmast från Ekobrottsmyndigheten och höga vederbörande har i sin visdom bett mig leda den här kommissionen. Om nån undrar vad vi heter kan jag glädja er med att det är 'Kommissionen för avancerade villa- och lägenhetsinbrott i Storstockholm'. Ren poesi enligt min mening... "

Hon log lite och väntade in deras blickar och såg dem en och en i ögonen innan hon fortsatte.

"Nu vet jag förstås vad ni tänker. Nämligen samma sak som jag själv när jag fick det här jobbet. Varför i Herrans namn ska vi avsätta resurser på sånt? Men det *finns* skäl. För det första en samstämmig övertygelse mellan hela det högsta chefsgänget i stan. För det andra, vilket kanske förklarar det första, är brottsoffren i dom fall vi har framför oss inte vilka som helst. Samtliga är inihelvete rika. Och sådana brottsoffer har en märklig förmåga att övertyga höga polischefer om vad som bör prioriteras i polisens arbete. Men så en sak till, enligt min mening den viktigaste. Vi har fem inbrott med oss i påsen just nu och det lär nog bli fler. Men dom inbrotten svarar mot ett sammanlagt stöldvärde kring 50 miljoner. Vi snackar inte vanliga små villainbrott här. Vi snackar kriminalhistoria. Och då finns det bara en sak som gäller, särskilt som vi redan sitter där vi sitter. Vi gillar läget och nu ska vi ta dom jävlarna. Några frågor eller invändningar så långt?"

Naturligtvis sade ingen någonting eftersom inget fanns att invända.

"Eftersom det här är vårt första möte", fortsatte hon snabbt, "så föreslår jag att vi börjar enkelt. Var och en föredrar sitt fall, eller för din räkning Muhr, två fall. Men kortfattat, bara så att vi ser vad vi har att jobba med. Sen kör vi vidare med förslag och startar första arbetsdagen. Vill du börja, Terje! Du har ju det färskaste spåret, varsågod!"

Hon var rätt nöjd. Hon hade varit kortfattad och talat utan att tveka och hon hade inte sagt ett ljud om kvinnor och män. Möjligen var det ett litet fel att kalla esset Terje vid förnamn och påsen nötter vid efternamnet Muhr. Hon skulle inte göra om det.

Terje Lundstens föredragning var föredömligt kort. Jättevilla vid sjö i närheten av Sollentunavägen mot Arlanda. Dörrar, gallergrindar och larm forcerade utan svårighet, vilket tydde på tillgång till nycklar. Tidpunkten förvånansvärt väl vald, ägarna var bortresta på något bröllop eller liknande i Frankrike. Konstföremål, juveler, jaktvapen och vin hade stulits och dessutom familjens ena bil i garaget, självfallet den dyraste. Såvitt man visste hittills inga spår, men fingeravtrycksundersökningarna skulle ta tid eftersom det förmodligen fanns hundratals avtryck från ägarfamiljen att sortera bort. Ägarna var ännu inte säkra, men uppskattade värdet på det stulna till mellan fem och tio miljoner.

Han slutade sin föredragning med det korthuggna konstaterandet som fick alla poliser i rummet att tänka samma sak. *Mellan* fem och tio miljoner. Somliga har det bra. Somliga vet inte ens om man robbat dem på fem eller tio millar. Måste tydligen räkna efter lite först.

Medan föredragningarna gick vidare blev det snart uppenbart för alla i rummet att man måste ha med samma liga att göra och Ewa antecknade flitigt dels sådant som hade med samband att göra, dels sådant som hon måste ha blixtsnabbt klart för sig när snacket gått laget runt. Dessutom gjorde hon en sidospalt för sådant som hade med killarna själva att göra och som kunde ha betydelse för hur hon bäst skulle få dem att jobba tillsammans.

Det tog en timme, lite utdraget på slutet, mest för att den där Erik Muhr, den ende överviktige i sällskapet, och möjligen den ende korkade, hade två fall från Djursholm att redogöra för och hela tiden blandade ihop dem.

"Jaha", sade hon när Muhr började tveka sig till tystnad och de andra såg upp mot henne. "Jag hoppar tills vidare över det praktiska om arbetsordning. Vi har en kanslist förresten, hon heter Gunilla Österman och kommer på måndag. Eftersom var och en ska ha alla utredningar i sin egen bokhylla så kommer ju kopieringsarbetet att ta tid, men det slipper vi alltså från och med måndag. Så låt oss då utan krusiduller försöka se vad vi har framför oss. Vi har hört om fem inbrott. Vad är det som förenar dom, låt oss börja med det. Vilka är dom gemensamma nämnarna? Någon? Lundsten!"

När hon sagt *någon* tvekade de förstås, alltså gav hon fort ordet till Terje eftersom hon kände sig rätt säker på att han skulle bli bäst.

Det stämde åtminstone på så vis att hon i sina egna anteckningar kunde följa honom punkt för punkt.

Det som förenade de fem inbrotten var att de för det första ägt rum vid en perfekt tidpunkt. Alla brottsoffer hade varit bortresta vid tiden för inbrottet och det måste tjuvarna ha känt till. En gång kunde de haft tur. Men fem perfekta tidpunkter var omöjligt slump.

För det andra hade tjuvarna haft tillgång till avancerade dyrkar och tekniken att använda sådan utrustning, vilket inte var så vanligt. Alternativt hade tjuvarna varit försedda med nycklar, vilket var mer troligt.

För det tredje hade de i samtliga fall forcerat koderna till tjuvlarmen, alla brottsplatserna hade varit larmade. Alltså måste de på något sätt ha snappat upp koderna. Eller kunnat dem från början.

Det sista var en slutsats som hon själv noterat med ett frågetecken, eftersom den var obehaglig. Men räknade man bort den teoretiska möjligheten att tjuvarna var elektronikgenier, vilket Terje Lundsten tycktes ha gjort ganska obekymrat, så pekade misstanken åt att man hade att göra med folk som bestal sig själva av antingen det vanliga skälet, vilket var försäkringsbedrägeri. Eller också något annat, betydligt mer gåtfullt skäl.

För det fjärde, fortsatte Terje Lundsten medan han sneglade i sina anteckningar, så kommer tjuvarna såvitt vi kan förstå till fots, packar bilen i garaget full och snor dessutom bilen. I alla fem fallen – till och med när det gäller vårt enda lägenhetsinbrott, det på Strandvägen.

För det femte var valet av stöldgods närmast identiskt från brottsplats till brottsplats. Tjuvarna hade stulit konst och juveler i samtliga fall, vin i tre fall och jaktvapen i två fall.

"Tack!" sade Ewa. "Någon här runt bordet som ser ytterligare nån gemensam nämnare?"

Hon väntade sig inget svar på den frågan, det esset Terje från

50

Västernorrort sagt var just det som stått i hennes egna anteckningar och förhoppningsvis i åtminstone någon av de andras.

"Låt oss bara spåna en stund innan vi blir praktiska", fortsatte hon. "Vad är mest underligt i det här? Mycket är underligt men vad är mest underligt?"

"Att dom här så kallade brottsoffren har blivit trodda", började Claes Stålhammar som höll i ett inbrott på Lidingö och kom från stöldroteln i city. "För jag menar... inget av dom här så kallade brottsoffren tycks ju ha nåt besvär med försäkringsbolagen. Påstått inbrott utan åverkan på dörrar eller fönster och dessutom forcerade larm...? Och så försvunna grejor för miljoner? I vanliga fall, jag menar ett sånt där inbrott där det stulna godset är värt vad det brukar vara, säg tretti-förtitusen, så skulle försäkringsbolagen ha levt djävulen. Och i vanliga fall skulle folk haft förtvivlat svårt att berätta vad dom blivit av med och framför allt att styrka det. Men nu verkar det som om dom så kallade brottsoffren hade en färdig lista med priser och allt. Jag har slavat i inbrottsbranschen rätt länge men något liknande har jag inte varit med om."

Det blev tyst runt bordet. Alla såg på henne, hon måste säga något fort och utan att tveka.

"Bra iakttagelse Claes, jag menar det där med perfekta listor på stöldgodset, vi får kolla upp det med försäkringsbolagen. Annars låter sej just försäkringsbolagens ovanliga tillmötesgående förklaras i åtminstone ett fall. Brottsoffret i fråga var höjdardirektör på just det försäkringsbolag som tydligen utan knot gjort sej berett att punga ut. Och nu tänker vi förstås alla samma sak. Men jag skulle tills vidare föreslå att vi avstår från det, för hur lustigt det än kan verka så kan även dirrar på försäkringsbolag vara brottsoffer. Så låt oss tills vi eventuellt vet bättre skippa det där med *så kallade* brottsoffer. Mera som är underligt? Förslag? Börje?"

Börje Sandén var kriminalinspektör från stöldroteln i city, således kollega till Claes Stålhammar. Men han verkade fåordig och det var viktigt att dra in honom i samtalet.

"Ja alltså... ", började han osäkert och såg sig snabbt omkring. "Jag har ju en vinkällare på min lista. Och så fanns det två till, en i Djursholm och en på Lidingö var det väl? I samtliga tre fall tycks tjyvarna ha tagit precis en låda, det är tolv flaskor har jag fått lära mig. Dom hade flera tusen pannor vin till sitt förfogande men tog bara en låda. Och vi har ju märkligt detaljerade uppgifter här, flaska för flaska. Men värdet på en låda vin i mitt fall ute på Lidingö var 178 560 kronor och om jag minns rätt nånting strax över 200 000 där ute i Djursholm och det tredje var väl nåt liknande. Och det här är ju jävligt underligt alltså."

"Hur menar du då?" hjälpte hon till med att fråga. Han verkade besvärad över att tala om detta aparta ämne.

"Jo, alltså två saker. För det första undrar jag hur i helvete tolv pannor rödtjut kan kosta närmare tjugetusen per panna. För det andra, om det nu fanns tusentals flaskor i dom här vinkällarna, varför snodde dom inte mer?"

Det uppstod en stunds grubbel runt bordet, både vad gällde vinpriser och det rent polisiära mysteriet om varför tjuvarna inte tog mer.

"Dom använde husets bil i samtliga fall", prövade Terje Lundsten till slut. "Dom fyllde bilen till max, så att dom själva och stöldgodset fick plats, ska vi säga att dom var tre, fyra stycken. Tavlorna tog plats, dom själva tog plats. Och förresten finns i så fall en ännu underligare variant på dyr sprit i mitt fall. Dom så kallade... förlåt, *brottsoffren* i det här Sollentunaslottet påstår på fullt allvar att dom blivit av med en halvpanna whisky till ett värde av närmare, och jag skämtar inte, 300 000 kronor."

"Det var det jävligaste! Men *det* kommer väl ändå inte försäkringsbolaget att gå på!" stönade Stålhammar.

"Skulle inte alls förvåna mig", svarade Terje Lundsten. "Kvittot på inköpet finns, vänta låt mej se... Jo här! En halv flaska, en halvliter alltså, whisky av märket Macallan av årgång 1927 inköpt på nåt som heter Whisky House på Londons flygplats... Heathrow... just det, 20 000 pund. Blir närmare 300 000 kronor. Måste vara en jävligt god whisky. Ännu märkligare är att flaskan stod kvar på köksbordet lite mer än halvdrucken. Dom jävlarna hade använt mätglas tycks det, för det stod intill. Dom hade delat rättvist, tagit en sexa var, vetenskapen har nämnligen visat att det är 14 centiliter kvar i flaskan som dom generöst lämnade åt ägarna och... "

Där avbröts han av samtliga i rummet som samtidigt vrålade åt honom om fingeravtryck och DNA och han höll ironiskt avvärjande upp händerna.

"Nix! Det skulle jag knappast tro. Våra tekniker är visserligen inte färdiga än och glas och mätglas har ju åkt till SKL i Linköping. Det här var ju i förrgår, men nej, vi får utgå från att det inte finns intressanta fingeravtryck på glasen, som förresten stod avdiskade och fina på diskbänken så vi kan glömma det där med saliv och DNA. Det enda vi kan glädja oss åt är att flaskan nu är beslagtagen som bevismaterial. Vi har 14 väldigt intressanta centilitrar whisky i ett beslagsförråd nånstans och jag skulle vilja se den av våra tekniker som inte provsmakade i rent kriminalvetenskapligt syfte."

"Hur fan hittade dom just den flaskan?" undrade Muhr, vilket fick Ewa att tänka att han kanske inte var så korkad i alla fall. Det var en bra fråga.

"Därför att dom så kal... därför att *brottsoffren* hade monterat upp flaskan bakom glas och ram i hallen. Med en liten skylt som förklarade vad den kostade. Nej! Det finns nog inga fingeravtryck på glassplittret heller, även om vi förstås undersöker den möjligheten."

En matt tystnad sänkte sig kring bordet. Det var som om en halvliter whisky hade slagit ut all tankeverksamhet hos fem poliser samtidigt.

"Vi tycks ha två möjligheter även om jag inte, lika lite som ni, antar jag, vill att vi ska börja spekulera. Men det är omöjligt att låta bli, så okej!" sade Ewa energiskt som för att väcka upp dem alla efter whiskychocken.

"Antingen har vi att göra med kriminalhistoriens mest fenomenala liga av gentlemannatjuvar eller också är det här ett insiderjobb. Så tänker väl samtliga här i rummet befintliga snuthjärnor. Dom här tjuvarna verkar ha så kallad god smak när det gäller vin och sprit i alla fall. Så mycket är ju klart. Men då inställer sig frågan om dessa underverk till tjuvar är likadana när det gäller konst och juveler. Vi vill alltså veta hur dom har valt. Hur gör vi?"

"Ta konsten", började Terje Lundsten eftersom ingen annan tycktes vilja börja. "Varför har dom tagit just dom tavlor dom tog? En lista på alla konstverk från varje brottsplats med andra ord. Och så får vi väl gå nånstans där vi kan lära oss. Samma med juvelerna och vinet. Och så kommer vi förstås till det jobbiga, det som kommer att ta mest tid… "

Han väntade artigt in slutsatsen på den självklara frågan om vad som skulle ta tid och vara jobbigt. Det hade varit bra om någon av de andra sagt det, tyckte Ewa. Men de såg mest ut att fortfarande grubbla över en halvliter whisky.

"Okej, då börjar vi så här", sade hon till slut. "Vi har alltså en lång rad tuffa förhör framför oss, tuffa för oss själva menar jag. Vi ska tala med alla dom här brottsoffren, vi ska reda ut sambanden mellan dom olika familjerna, såna finns säkert. Dom vi frågar kommer efter en stund att bli förbannade och skrika åt oss att vi väl ändå inte kan misstänka dom själva, vilket vi gör. Vi börjar med fruarna. Det är lämpligt att vi är två vid varje sånt förhör och att en av oss är kvinna, om ni förstår vad jag menar, jag ska inte sitta här och enbart reda ut era tjänstebilsförhållanden. Och vad har vi mer som första ingång?"

De kom snabbt fram till att konst, juveler och vin måste analyseras långt över någon närvarandes förmåga: varför hade just *de* konstverken stulits? Varför just *de* juvelerna, varför just *de* vinflaskorna?

Det mesta av allt stöldbegärligt gods hade ju funnits kvar på brottsplatsen. Det måste finnas någon rim och reson i tjuvarnas urval.

Lite skämtsamt uppgivet utnämnde hon de två kriminalinspektörerna från city, Börje Sandén och Claes Stålhammar till konstexperter. Erik Muhr från Roslagens polisdistrikt, där Djursholmsvillorna märkligt nog sorterades in, fick tillsammans med Terje Lundsten bli juvelexpert. Det var en bra idé att plocka ihop den smartaste och den dummaste en stund, tänkte hon. Och själv åtog hon sig att bli vinexpert, eftersom det föreföll som minst attraktivt.

Hon hade i alla fall druckit chardonnay med en fransman, tröstade hon sig.

Medan de andra började ringa sina samtal för att inleda den oändliga raden av förhör med rika hemmafruar och jäktade direktörer som hade för vana att tala till poliser som tjänstefolk gick hon in på sitt kala tjänsterum som kunde förbli hennes från allt mellan en vecka till fyra år och bläddrade upp Systembolaget i telefonkatalogen. Någonstans måste en blivande vinexpert börja.

När hon funnit numret och sträckte sig efter telefonen ringde den, som om hon hade väckt den i samma ögonblick hon rörde sig hastigt.

"Polisintendent Ewa Johnsén?" hörde hon Erik Pontis röst när hon kommit över sin häpnad och lyft luren.

"Ja. Hej, hur hittade du mej?"

"Ovanligt krångligt, man kan bli vansinnig på polisens växel, men det har du väl hört förut. Du tycks vara chef för en specialutredning om villainbrott?"

"Det trodde jag var hemligt."

"Inte enligt växeln när jag väl kom förbi pratmaskinerna och fick tag på en människa. Stör jag?"

"Nej, men jag har inga kommentarer till nånting."

Han skrattade högt i luren och sa att hon påminde honom om Albert Engström och när hon då självklart motfrågade hurså, berättade han historien om Kolingen som enligt en tuschteckning gick fram till förnäm dam, mycket förnäm dam i Stockholm och frågade om damen visste hur man kom till Döbelnsgatan. Och då svarade hon att för det första var hon ingen "dam" och för det andra grevinnan Björnstjerna och – med näsan i vädret: "Jag vet *ingenting!*"

"Kort sagt", fortsatte journalisten, "jag söker dig inte i tjänsten utan helt privat, jag hörde att du och Pierre hade en trevlig kväll. Och nu är det så här att jag ska ha en liten middag till helgen, lite vin och lite mat och både Pierre och jag skulle tycka att det vore väldigt trevligt om du kunde komma?"

Hon ville omedelbart svara ja men bromsade sig. Hon ville inte visa sig för angelägen utan hellre bli övertalad. Nyss var hon beslutsam chef för fyra medelålders snutar och plötsligt tänkte hon på Pierres handkyssar och kände sig förvandlad till tonåring.

"Du är bra på vin, va?" frågade hon.

"Jaa…?" svarade han häpet. "Jag har ärligt talat stark motvilja mot dom som skryter med att dom är vinkännare. Men låt mej säga så här. Jag har en vinkällare som omfattar fyratusen nummer och jag kan försäkra dej att jag kan leva upp till dina vildaste förväntningar, åtminstone i det avseendet."

"Är du inte rädd att någon stjäl den?" retades hon.

"Stjäl den? Det tog mig två dagar att bära in allt det där. Tjuvar har väl inte så gott om tid, det är svårt att transportera och omöjligt att kröka upp. Men kommer du? Både jag och Pierre skulle tycka att det vore väldigt trevligt om vi kunde ses igen."

"Vore?"

"Ja?"

"Du talar också som i en teaterpjäs."

"Också?"

"Ja. Pierre låter så där. Var det nåt ni lärde er på internatskola?"

"Nej, där lärde vi oss helt andra saker. Kommer du?"

"Mycket gärna. Men jag har ett villkor."

"Ja?"

"Jag vill att du och Pierre lär mig lite om vin och då menar jag faktiskt allvar. Jag jobbar delvis med några mystiska vinstölder."

"Det är klart…", svarade han dröjande. "Det är klart vi hjälper dej med vad vi kan om vin. Men en sak måste du tänka på i så fall. Jag är journalist."

"Jag vet det. Och?"

"Det sätt du ställer frågor på kan få mej att bli aktiv journalist, jag menar så att jag oavsett om jag vill det eller inte räknar ut vad du håller på att utreda. Och får jag reda på nåt intressant brukar jag berätta det för mina lyssnare, så att det står i kvällstidningarna och dina kolleger läser det."

"Och hur löser vi det problemet?"

"Enkelt. Du är som uppgiftslämnare skyddad av svensk grundlag, du får i stort sett ge mej vilken som helst information straffritt och ingen får efterforska dej som min källa. Och jag förråder dej aldrig, enligt samma grundlag."

"Då förstår jag inte problemet."

"Så här. Du kan säga vad du vill, du är min källa. Jag publicerar ingenting mot din vilja. Men när ditt jobb är klart så är det en story. Och den får jag och ingen annan."

"Låter enkelt. Fast ändå ett överdrivet arrangemang för att bara tala lite om vad vissa vintjuvar tar och inte tar."

"Har du listor på vad som stulits?"

"Ja."

"Ta med dom, sen kommer du nog att få veta vad du behöver om dina vintjuvar."

* * *

Själva båthyran för en dag var 100 000 jämnt, men då ingick gratis champagne. Det senare försäljningsargumentet påminde Henric Gundell om den lilla våtvarma handduken man fick i business class fast allt annat lika med passagerarna i apklass. För själva måltiden ombord och vinerna skulle man emellertid betala extra, mot en särskild faktura. Varför båtuthyrarna ville ha just den ordningen förstod han inte, det hade möjligen med skatteregler att göra men det saknade ändå betydelse. Det var en imponerande båt, två salonger, fyra sovhytter förutom besättningens små krypin i förpiken och ett härligt akterdäck som man kunde använda både för cocktail och för att duka upp måltider på. Och uppsplittade räkningar var inget problem, koncernen hade många små konton på transportsidan där just den här utflykten kunde försvinna in i sifferdimman. Styrelsen skulle dessutom knappast komma med invändningar om han uppvaktade CH lite extra på en födelsedag.

Det var visserligen inte jämna år han fyllde, men CH hade betytt mycket för koncernen under de senaste två åren. Hans kreativitet var enastående och den analys han presenterat på senaste styrelsemötet om hur man kunde utvidga konceptet inbäddade vinster var närmast lysande. En kille som CH skulle man vara rädd om, synd bara att han hade en tendens att fega ur.

Men det skulle väl gå att komma till rätta med om man ordnade en så här glad liten fest. Henric Gundell hade bara sagt att han och Peppe, och fruarna, skulle komma ut till Sandhamn tidigt på fredagskvällen och bjuda på en liten matbit i all stillsamhet. CH torde då ha föreställt sig en kväll i stöket på Sandhamns värdshus eller på Klubben, men knappast att få se yachten Bermuda glida in mot hans brygga lastad med hummer, ostron och champagne och annat som hörde sjölivet till.

CH skulle mjukna fort, det gjorde han nästan alltid om han sattes under press eller överrumplades eller smickrades tillräckligt. Allt skulle ordna sig.

Henric Gundell svor över hantverkarna som hade rubbat hans dagsschema så att han var tvungen att ställa in två sammanträden. De skulle ha kommit till Håtuna klockan 07:00 men kom inte förrän en och en halv timme senare och skyllde dels på att någon av dem haft besvär med en barnleverans till dagis, av alla omöjliga svepskäl för en stor stark karl, dels på att någon inte lämnat ut reservdelarna till luftfuktningsanordningen på överenskommen tid. En vinkällare måste ha både jämn temperatur och jämn luftfuktighet och de uppnästa engelsmännen vägrade att leverera vinet innan allt var förberett in i minsta detalj. Egentligen var det inget att gnälla över eftersom det bara var proffsighet, men krånglet ledde ju till förseningar och Henric Gundell var en man som hatade förseningar lika mycket som mångordiga ursäkter och opålitliga hantverkare. Håtuna måste bli klart i tid, det var hela saken och det jävliga var att problemen inte ens hade med pengar att göra utan med folk som inte levde upp till sitt ord. Som jaktmäklaren i Dar es-Salaam som fortfarande inte hade kunnat lämna ett klart och tydligt besked om när buffeln skulle komma.

Det hade alltså blivit en stressig dag och när han väl stod uppe i badrummet på Strandvägen och betraktade sig själv i de stora speglarna, som de jävla hantverkarna hade monterat i dvärghöjd vid första försöket så att man fick börja om och ta ytterligare förseningar, så andades han högt och ljudligt några gånger för att lugna ner sig och komma i bättre balans.

Han var seglarklädd, första gången han fått chansen att ta på sig den outfitten. Mörkblå club jacket med guldknappar med ankare, vita linnebyxor och bruna amerikanska seglarskor med vita gummisulor, blå- och vitrandig skjorta, öppen i halsen med en inte för stor sidenscarf i stället för slips och med en näsduk i samma mönster som scarfen i bröstfickan. Inte illa, en man i sina bästa år. Eller om man skulle vara ärlig mot sig själv, och det skulle man alltid, var han väl visserligen fortfarande en guldbock, som bland de ungefärligen fem procent största råbockarna som skjuts varje år, men förbi maximum, en returbock alltså. Men fortfarande guldbock, det var det väsentliga.

Frågan var om han skulle ta på sig den vita seglarmössan som han fått av grabbarna när han blivit vd, som för att symbolisera vem som var kapten på skutan. Han prövade. Det såg visserligen elegant ut, men han hade hyrt båten med besättning och där fanns förstås någon kapten och det var knappast meningen att han själv skulle kunna förväxlas med personalen. Å andra sidan, om han inte använde seglarmössan nu så skulle den väl aldrig komma till användning.

Det var det där förbannade tramset med "vett och etikett" också. En del av grabbarna hade rentav gått på kurser, eller i smyg inhandlat facklitteratur i ämnet, fast de aldrig skulle erkänna det. Och Peppes fru, som var född med sådant, smålog alltid lite försmädligt mot honom, det var åtminstone så han kände det. Och skulle nu chefen eller kaptenen på båten ha sådan där mössa? Och om han nu hade de här jävla seglarskorna som måste vara helt rätt åtminstone på dagen, vad hände efter klockan 18 eller om det var 19, när man inte fick ha bruna skor längre?

Förresten var det väl inte direkt en kaptensmössa, den hade ju Kungliga Svenska Segelsällskapets emblem ovanför skärmen. Han hade blivit medlem i KSSS någon gång redan på det tidiga 80-talet när det fortfarande var segling och golf som gällde. Och punktligt betalat medlemsavgifterna. Alltså kunde han ha mössan. Och för säkerhets skull kunde han packa ner svarta skor i resväskan och se vad de andra gjorde efter klockan 18 eller om det nu var 19.

Det gällde att kunna improvisera, tänkte han och log med brett isärdragna läppar mot sig själv i spegeln. Hans tänder kunde varit snyggare, det fick man medge. Men de var i alla fall hans egna och ingenting var onaturligt hos honom, han hade jävlarimej aldrig fettsugit sig eller något ännu värre. Han skulle snart fylla 60 men utstrålade fortfarande mycket kraft, han var lång och inte särskilt fet. Möjligen kunde det vara en tanke att ändra frisyr och ge fan i det där med att kamma över flinten.

Han insåg att han måste ha seglarmössan med sig ut i alla fall, det kunde ju blåsa ute på havet och hans hår gjorde sig inte i stark vind. Det var nog bara att gå till beslut. Han måste ändra på håret.

Det smällde i en dörr långt borta i lägenheten och han hörde sin hustrus steg över parkettgolven. Han såg på klockan, hon hade kommit på minuten som hon sagt att hon skulle göra, som hon för övrigt alltid gjorde. Packat det lilla som behövde packas hade hon förstås redan gjort, regnkläder och sydvästar eller vad det hette fanns redan ombord, det ingick i servicen. Carin var en klippa, man kunde alltid lita på henne. Han smet fort ut ur badrummet så att hon inte skulle komma på honom med att stå där och spegla sig i all sin marina glans för då skulle hon ha skrattat åt honom.

Han var redan på strålande humör när han en kvart senare gick med Carin under armen tvärs över Strandvägen, dagens alla irritationsmoment var som bortblåsta i den lätta sommarvinden och han var helt fokuserad på det som gällde de närmaste timmarna, att ha det jävligt trevligt och att ordna några hundra miljoner. Hyrbåten låg parkerad så nära att det nästan var som om det varit deras egen kajplats, det gick kanske att ordna förresten men då måste man ju ha båt också. De var tio minuter tidiga, som han hade beräknat, så att personalen kunde ta dem med runt på en snabb husesyn och Carin kunde få välja sovrum. Det var djupblå heltäckande mattor överallt, välputsad mässing och mahogny, fullt i sin ordning och ungefär som han hade föreställt sig.

Personalen hade hunnit ställa fram champagnekylarna och mackorna på akterdäck innan Peppe och Louise dök upp. De var imponerade fast de höll masken och Peppe var klädd i mörk kostym (och svarta skor) som om han skulle till jobbet; Louise hade som man kunnat förutse klätt sig mer sjömansmässigt. Hon gjorde aldrig fel på sådant.

Henric Gundell kände hur humöret fortsatte att stiga. När båten, eller man kanske skulle säga fartyget om en bjässe i den här klassen, lade ut stod de alla på akterdäck och såg lustigt nog åt samma håll, upp mot Strandvägens fasader. De var ganska nyinflyttade alla fyra och hade kanske inte hunnit vänja sig vid var de faktiskt bodde numera. Koncernledningen tog väl hand om de sina och både Peppe och CH hade varit översvallande tacksamma när han berättat för dem vilka lägenheter han lyckats fixa. Det var en tacksamhet som kanske skulle visa sig vara en klok investering för alla parter, redan innan kvällen var till ände.

Han väntade med att låta öppna champagnen tills de kommit en bit ut från kajen. Man kunde ju aldrig riktigt veta var journalisthyenorna höll till, det hade han fått lära sig hårdhänt. Ett foto på koncernchef på alltför stort akterdäck med champagneglas i handen kunde lätt missbrukas.

Han skämtade om saken när de en stund senare stod där med glasen fästa vid en liten hållare på tallriken med canapéer just som de passerade Wallenbergs villa ute vid Täcka udden.

"Skål!" sade han triumferande och höjde sitt glas mot den vita villan. "Er har vi ju att tacka för en del i livet, även om ni nog tillhör en svunnen tid!"

Tyst för sig själv lade han till att han numera utan att överanstränga sina resurser skulle ha kunnat köpa villan, kontant om så krävdes. Men vissa saker sade man inte högt eftersom svenskar var lite känsliga när det gällde andras framgångar. Det fanns inget land där avundsjukan var så djupt rotad som i Sverige och det kunde man sorgligt nog upptäcka till och med i kretsen av egna medarbetare.

"Vi hade i alla fall tur med vädret", sade hans hustru med en ton av underförstådd retsamhet som alltid provocerade honom.

"Hurså? Och vad hade vi otur med?" motfrågade han onödigt aggressivt.

"Nja, otur var det väl inte precis", fortsatte hon i samma tonfall. "Men jag tyckte du sa att vi skulle ta sjötaxi ut till Sandhamn."

"Ja? Det är just vad vi gör, fast med sovrum och medföljande krog så vi slipper ränna omkring där ute och få sand i skorna. Och det var ju vi som skulle stå för middagen och på krogarna där ute blir man bara fotograferad av hyenorna."

"Jamen det var väl väldigt omtänksamt av dej", retades hon vidare.

Louise ställde genast ner sitt champagneglas, tog Peppe under armen och sade att de bara skulle gå ner och installera sig i hytten och snart vara tillbaka. Hon var utrustad med radar den kvinnan, eller också hade hon bara sett på honom att han var nära att bli förbannad och valt exakt rätt ögonblick för att dra sig undan.

"Jag vill förstås inte ha nåt bråk, jag tyckte bara att du hade vräkt på lite överdrivet", sade Carin såfort de blivit ensamma.

"Och jag vill *absolut* inte ha nåt bråk", svarade han buttert. "Tvärtom, tanken var att vi skulle få det trevligt och att CH skulle bli glatt överraskad och förresten behöver jag... hur är det ni kvinnor säger? *Rå om* honom lite i kväll, det är hela saken."

"Du är rädd att han ska fega ur?"

"Ja, det är ju en svaghet han har."

"Och om han inte fegar ur, hur mycket tjänar han på din manöver?"

"Lite drygt hundra."

"Då skulle det förvåna mig mycket om han inte morskade upp sig lite."

"Mej med, men nu talar vi om nåt annat. Vill du se hur det ser ut på kommandobryggan?"

Resan ut till Sandhamn gick fort, båten var mycket kraftfull och de behövde ju inte angöra några hållplatser. Det tog knappt tre flaskor champagne och lite småprat om de vanliga ämnena, den sjunkande kvaliteten till och med på affärstidningarnas journalister, om stackars Percy som fått ta så mycket stryk för sin pension, några av grabbarna hade sagt att han tog det mycket hårt och mest satt och deppade för sig själv. Och så om opålitliga hantverkare.

Båten var för djupgående för att kunna ta sig in ända till CH:s nybyggda brygga bortanför Fläskberget. När de ankrat upp precis utanför och personalen höll på att förtöja förtampen vid en av de stora och uppenbart nyinhandlade signalfärgade bojarna kom ett barn ner på bryggan för att köra bort dem, det måste ha varit CH:s yngsta grabb.

Henric Gundell tog fram sin telefon och ringde upp till huset och förklarade läget, han gick till och med upp på fördäck och vinkade med sin seglarmössa för att bevisa vilken ovanlig sjötaxi han valt för transporten. Sedan stängde han av sin telefon och knappade in hänvisningen till sin sekreterare, fredagskväll eller inte, men nu fick han inte störas av ideliga telefonsamtal. Inte ens om det gällde den amerikanska fusionen som tydligen hängde på ett hår.

CH och Lena kom ner hand i hand till bryggan efter en kvart, avspänt seglarklädda liksom han själv, där fick Peppe en liten rättvis näsknäpp för sin mörka kostym. Personalen ombord körde in den vita jollen till bryggan och när CH och hans till hälften dödsbantade Lena steg ombord möttes de av champagneglas, kindpussar från fruarna ombord och alls inte onaturlig entusiasm över hur trevligt det var att ses. CH och Lena visades genast runt på husesyn, om man nu sade så om en båt. De höll varandra i händerna på nytt och Henric Gundell påminde sig om att han inte med en min fick visa vad han egentligen tyckte om Lena.

Han hade svårt med grabbar som dumpade hustrun när barnen vuxit upp och skaffade sig en ny som var till hälften den första både när det gällde ålder och vikt. En riktig karl betedde sig inte så. Dessutom var det mer än lovligt naivt att tro att man var manligt oemotståndlig för kvinnor som kunde ha varit ens döttrar eller närapå. Unga bantningskvinnor ville bara åt pengarna, även om man kunde undra vad de egentligen hade för glädje av det när de aldrig åt någonting och inte tålde vin. De klädde sig dyrt och handlade en helvetes massa skor och det var deras enkla form av parasitism. Det var lite märkligt att intelligenta män som CH inte förstod hur mycket en sådan nyinhandlad fru sänkte dem själva i omgivningens ögon när de sprang där och höll handen.

Det enda rättvisa straffet för sådana grabbar var om de åkte på en ny kull barn, unga arbetsskygga kvinnor som gifte sig rikt var ju så gott som undantagslöst maniskt intresserade av att föda barn. Fast CH hade kommit undan med ett enda, sedan hade hon väl börjat få ångest över sin figur och kommit fram till att hennes modersinstinkter och plikter var avklarade med ett barn. Särskilt om hennes prestation bestod i att föda en son och den rika torsken bara hade döttrar dessförinnan.

Han påminde sig på nytt att han inte fick visa vad han tyckte om Lena. För här gällde det att vara en god värd, något som han hade omvittnad talang för, och att ha det förbannat trevligt.

Ostron, hummer och sjötunga med diverse franska viner som såg dyra ut, han kände bara till ett av dem som personalen bar fram till honom för avsmakning och han var återhållen och lite finurligt hemlighetsfull när han gav vinerna sitt godkännande; allt detta och liknande var garanti för trevligt umgänge, särskilt som sommarkvällen var fin och ostronen kalorifattiga. Och inte ett ljud talade man om affärer så länge fruarna var kvar och alla satt vid samma bord ute på akterdäck. Peppe berättade apropos hummer att man hittat amerikanska humrar i Oslofjorden, någon måste ha dumpat levande hummer. Och nu fanns en risk att amerikanarna även på hummerfronten skulle visa sig vara de starkaste, så att det antingen blev infertila bastarder eller sämre humrar ända ner till västkusten.

När fruarna kände på sig att det var dags att dra koftorna tätare kring axlarna, huttra lite och bege sig till aktersalongen satt de tre männen kvar och rökte en cigarr, som de ändå måste röka utomhus eftersom Lena påstod sig inte tåla tobaksrök, något hon förmodligen lärt sig i USA, gick Henric Gundell nästan rakt på sak, fort och liksom närmast i förbigående.

”Fint ställe du har här ute, CH… varje gång jag kommer ut i skärgårn så här års smyger sej tanken på att jag kanske skulle gjort som du i stället för att satsa på Håtuna… ”, började han tankfullt när han agnade kroken, liksom långt borta från jobb och affärer.

”Jo, visst är det fint”, svarade CH aningslöst. ”Men du har ju det där med jakten och det blir det inte mycket av här ute.”

”Nej, det är förstås det som avgör, åtminstone för min del. Fast så här på sommaren är det inte mycket till jakt. Åtminstone inte i Sverige. Och så sitter man där som vanligt och måste fatta beslut. För jag menar, man kan ju inte ha båda delarna… eller det kanske man kan… apropos det! Har du funderat färdigt om det där med att styra om bonusberäkningen från resultatet till kassaflödet?”

Han blåste ut rök och såg bort mot en gråtrut som gled förbi i den ljusa skymningen, tungt lastad som det verkade, suckade nöjt och sträckte på sig som om han nästan glömt bort sin egen fråga. Han visste mycket väl att CH inte skulle våga byta ämne.

”Det är ju inte helt oproblematiskt… ”, var det enda fegisen till slut fick ur sig.

”Du menar med tanke på hur den manövern gick i Ericsson?”

”Ja bland annat. Det väckte mycket ont blod, du fick ju själv ta mycket skit för den grejen."

Karljäveln var på defensiven och det osade rädsla från honom. Nu gällde det att ta det mycket lugnt.

"Jo Ericsson, ja. Tajmingen var inte så lyckad eftersom vi gick 30 miljarder back dom följande två åren. Förlåt att jag skrattar, det där är verkligen ingenting att skratta åt och hyenorna gjorde ju stort nummer av att bonusen såg ut att öka i takt med företagets röda siffror. Men du vet lika väl som jag att det nya systemet är sundare och på lite sikt jämnade det ändå ut sej och idag är det ingen som gnäller."

"Men med nuvarande kassaflöde i koncernen skulle det inte göra så stor skillnad för oss som är närmast berörda, skillnaden blir bara att bonustaket riskerar att försvinna."

"Det är en risk som jag tror att både du och jag skulle kunna ta och det tror jag Peppe är helt införstådd med, eller hur Peppe?"

Peppe hade lydigt suttit intill och sett ut som om han tänkte på annat eller drabbats av ett plötsligt ornitologiskt intresse. Fastän han måste ha lyssnat med varje nerv i kroppen, det var 150 på ett bräde som stod på spel för Peppe.

"Va? Förlåt... jasså ni talar om förändringen av Fortune Builder, det nya bonusprogrammet?" spelade Peppe lojalt med i komedin. "Jo, såvitt jag förstår kommer styrelsen att känna sej helt komfortabel med den förändringen, det är ju inget särskilt dramatiskt."

"Såvida inte kassaflödet plötsligt ökar eller att det rasar in oväntade pengar på exempelvis en försäljning?" invände CH nervöst. Han var nära att svälja betet nu. Hans administrativa talanger var ovärderliga för det som skulle ske, man måste ha med honom i samma båt.

"Jo, det är klart", suckade Henric Gundell lite trött och slängde cigarren över relingen ut i mörkret. "Men det enda i den vägen jag kan se just nu är att sälja sjöförsäkringsbolaget Triton till Den Norske Bank."

"Var nånstans skulle i så fall den köpeskillingen hamna?" flämtade CH.

"Mellan fyra och fem, skulle jag tro", svarade Henric Gundell och vände sig samtidigt om med ett flin mot CH, som genast börjat räkna på vad det skulle betyda för hans egen bonus. Och säga vad man ville om CH, men räkna kunde han.

Och det han borde ha räknat ut på fem sekunder var att han själv skulle få över 100 millar av den kakan. Även om han hade ett rejält sommarställe med sjöutsikt på en av Sveriges dyraste tomtmarker och 400 kvadrat och även om ett sådant sommarställe gick på 20 millar så skulle han inom loppet av en månad kunna tjäna in, mellan tummen och pekfingret, fem liknande ställen. Tog han inte betet nu så gjorde han det aldrig.

"Men Triton är ju koncernens kassako… liten marknadsandel visserligen men det är ju ändå i Norge. Och som vinstprognoserna ser ut nu… även långsiktigt, varför sälja i det läget?"

Jag har honom inom en minut, tänkte Henric Gundell. Den som börjar resonera om själva tidpunkten för ett djärvt beslut har redan vikit ner sig.

"I teorin har du naturligtvis alldeles rätt CH, åtminstone om man stirrar alltför närsynt ner i bara siffror", började han farbroderligt. "Men på lite sikt är det en sund affärsidé, vi kan inte med en så liten marknadsandel bekämpa norrmännen på deras hemmaplan. Jag tvivlar inte ett ögonblick på att det här är en förändring som är bäst för företaget, väntar vi för länge drar vi på oss en alternativförlust. Men skit i det nu. För en tanke som slagit mej allt oftare på senare tid är att du själv borde få mer uppskattning för ett fint och uthålligt jobb. Tro mej, det här är en bra förändring för oss alla."

"Ja verkligen för oss alla", underströk Peppe och reste på sig som om samtalet var slut och allting avgjort och började gå mot dörrarna till aktersalongen. En besättningsman höll genast upp dem för honom och det hördes förvånansvärt glada skratt därnerifrån, fruarna hade tydligen kul fastän de var så olika.

"Ja, vad säger du, det kanske börjar bli lite kyligt?" avslutade Henric Gundell och lade armen om CH:s skuldror och skakade honom lite lätt. "Vi kanske inte ska vara oartiga mot våra fruar?"

Nu skulle det bli av, tänkte han när de gick mot aktersalongen. Utan CH:s fingerfärdighet hade det blivit svårt, men nu skulle det bli av och det hade till och med gått aningen lättare än han hade väntat sig. I sämsta scenariot hade CH börjat ifrågasätta turordningen, varför man först måste göra om bonusprogrammet så att dess nuvarande begränsning trollades bort, och först därefter driva igenom försäljningen av Triton och sätta sprutt på kassaflödet.

Men den som kunde tjäna drygt 100 millar på att inte ställa en pinsam fråga var osedvanligt korkad om han inte höll käften. Feg var visserligen CH, men långt ifrån dum.

Nu skulle det bli av och om Henric Gundell räknade rätt hade han just tjänat 310 millar och närmade sig därmed det magiska miljardstrecket. Bara de riktigt stora grabbarna tävlade i den ligan. Nu gällde det bara att försöka ha trevligt resten av kvällen, och det borde vara problemfritt. Och som för att muntra upp sig ytterligare tänkte han den lustiga tanken att han mycket väl skulle kunna betala kvällens utflykt ur egen ficka.

* * *

Den morgonen hade Ewa Johnséns utredningsgrupp sitt första sammanfattningsmöte, hon hade bestämt den ordningen, att man skulle stanna upp då och då och jämföra erfarenheter och slutsatser.

"Gomorron. Härmed förklarar jag första sammanträdet i Stockholmspolisens samt dito Västernorrorts och Roslagens förening för dyrbar konst öppnat", började hon. Det var lika bra att slå an en skämtsam ton från början, för detta möte skulle nog inte sakna sarkasmer om både det ena och det andra. Killarna log blekt mot henne.

"Vi har alltså preliminärt bildat oss något på konstens, antikviteternas och juvelernas område", fortsatte hon och gjorde en konstpaus. "Vad beträffar vinkunskapen, som är mitt eget ansvarsområde får vi vänta med föredragningen till måndag morgon eftersom jag ämnar intensivstudera vin under helgen."

Det gick hem, de skrattade uppskattande.

"Och då blir ju genast frågan om vi begriper något av det andra bättre nu. Vad säger du, Claes? Vad berättar konststölderna om våra tjyvar, förutom det vi vet, att dom har dyr smak?"

Hon hade kastat ut första bollen till kriminalinspektören Claes Stålhammar från Stockholms city som hon hittills höll som nummer två i kompetens efter esset från Västernorrort. Stålhammar och kollegan Sandén hade fått uppgiften att analysera just konsten i stöldlistorna från de fem inbrotten.

Stålhammar suckade teatraliskt och slog upp en pärm med anteckningar.

"Uppriktigt sagt vet vi inte så mycket mer", började han. "Av det stöldvärde vi hittills har att jobba med, cirkus 50 miljoner, så är tre femtedelar konst. Om vi börjar med familjen Lundbäck i Djursholm så har dom alltså blivit av med en styck A Edelfelt som heter 'Skeppsbyggaren' och är värderad till 1 350 000 spänn, en styck C F Hill 'Stenbrottet' för 1 800 000, en styck Eugen, det uttalas så och inte 'åjgen' har jag fått lära mig, alltså Eugen Jansson som heter 'Afton' för 1 550 000 och slutligen själva höjdaren, katten Jeppe till det facila priset av 4 250 000 kronor. Summa i runda slängar 9 miljoner i tavlor från en och samma kåk med katt och allt."

Församlingen rynkade pannorna och sneglade på varandra.

"Hur fan kom katten med i det här, han Jeppe, och hur kan en kattjävel kosta över fyra miljoner?" frågade Erik Muhr som vågade visa sig dum först.

Han kanske inte är så dum i alla fall, tänkte Ewa, lättad över att inte själv ha behövt ställa frågan.

Claes Stålhammar sken genast upp av att ha lyckats med sitt skämt. Han och Muhr såg ut som varandras motsatser, tänkte Ewa, en lång smal och blond, en kort mörk och plufsig. Stålhammar sträckte nöjt på sig.

"Ja, det är ju inte vilken kattjävel som helst", sade han. "Vi snackar alltså självaste Jeppe och jag har ett porträtt på honom här nånstans."

Han rotade lite i sin pärm och höll snart upp en färgbild på strimmig katt som låg i gräs på en sommaräng och tycktes trivas.

"Men det är ju en vanlig bondkatt!" fnös Erik Muhr.

Okej, han är lite korkad i alla fall, tänkte Ewa.

"Visst", instämde Stålhammar. "Visst är det en vanlig bondkatt, men den var favoritkatt hos konstnären Bruno Liljefors, han med örnarna som kniper en liten and eller hare, ni vet. Men Jeppe blir... hur ska jag säga det här artigt och i damsällskap? Han blir mycket dyrare än örnarna därför att de rika fruntimren är trötta på vad deras män vill ha över soffan, nämligen blod och död och naturens hårda lag. Alltså vill fruarna ha Jeppe när mannen tjatar om örnar och duvhökar. Ja, som ni hör har Börje och jag varit i kontakt med expertisen."

"I och för sej utmärkt", avbröt Ewa just när den något för muntre Stålhammar skulle fortsätta. "Men låt mej bara påminna dej för första och sista gången att jag inte är ditt damsällskap utan din chef och så glömmer vi det där."

"Visst... jag ber så mycket om ursäkt", sade han stukad.

Nu hade hon sagt ifrån en gång men skarpt och räknade med att inte behöva upprepa sig.

"Jaa? Varsågod och fortsätt, Claes", tillade hon betydligt mjukare.

"Jo alltså... tjuvarna stal för ungefär 9 miljoner konst i den här villan. Men det fanns lika mycket kvar på väggarna i pengar räknat och ja... såvitt vi förstår tog dom helt enkelt dom tavlor som gick in i bilen i garaget, en BMW X5, en sån där värsting bland stadsjeeparna. Så här tycks vi ha ett mönster. Tjuvarna tar helt enkelt vad som får plats i bilen. Med ett undantag, hos familjen Elgin i Djursholm. Där försvann en tavla av en konstnär som heter I Grünewald, tavlan är döpt till 'Apachedansen' och är värderad till 4,5 miljoner. Men av måtten att döma kan den omöjligen ha gått att knyckla in i en Volvo S 70."

"En Volvo?" undrade Erik Muhr som tydligen och till Ewas tillfredsställelse tog ansvar för att ställa enkla och skenbart dumma frågor som andra helst avstod från. "Om dom här... *brottsoffren* ägde en tavla för 4,5 miljoner, hur kommer det sig att dom inte hade en häftigare bil?"

"Det var fruns shoppingbil, det stod en Jaguar kvar i garaget", förklarade Stålhammar med en axelryckning. "Dom kanske inte kunde tjuvkoppla, eller lösa koden eller nåt."

"Fanns det takräcke på Volvon?" frågade Terje Lundsten.

"Ja faktiskt, men att köra en tavla för fyra miljoner på ett takräcke... ?"

"Försvann det någon matta just vid det inbrottet?" fortsatte Terje Lundsten.

Stålhammar såg både missnöjd och lite tillplattad ut när han rotade bland sina papper. Det syntes på honom att han helst ville kunna svara nej på frågan.

"Jo men faktiskt... ", muttrade han när han funnit vad han fruktat. "Dom stal en styck, få se... antik Täbriz, 630 gånger 350 centimeter, värde drygt en miljon. Jo, jag vet vad du tänker Lundsten, det går alltså utmärkt att svepa tavlan i mattan och något säger mig att om vi kollar vädret den dan så var det i vart fall inte ösregn."

När Stålhammar hade genomfört hela sin redogörelse för vilken konst som hade stulits på fem inbrott för ett värde av 30 miljoner så kom han, återigen på gott humör, fram till sina slutsatser.

Tjuvarna valde ut den dyraste konsten med en enda inskränkning, att den måste rymmas i den bil de också tog med sig.

Fast den konst som stals var, med några små undantag, litografiska tryck av Chagall, en skulptur av någon E Degas, etsningar av Picasso och liknande småsaker, alltså *små* saker, omöjlig att sälja vidare. En sådan som katten Jeppe till exempel, var visserligen värd drygt 4 miljoner i Sverige, men jämförelsevis värdelös utomlands. Och i Sverige skulle varenda konsthandlare och auktionist omedelbart känna igen en stulen Jeppe. Och ingen synnerligen rik privatperson, och andra privatpersoner kom givetvis inte ifråga, skulle väl rimligtvis köpa en Jeppe av någon som knackade dörr eller om han blev inbjuden till specialvisning i ett bakre rum på särskilt skum liten konsthandel. På så vis var konststölderna svårbegripliga.

Möjligen kunde man tänka sig förklaringen att tavlorna inte var stulna i vanlig mening, utan kidnappade. Den dessängen hade förekommit en del på senare år. Tjuven låter försäkringsbolaget välja mellan att punga ut 4,5 miljoner för en Jeppe, eller att köpa tillbaks kattfan för en miljon och tjäna mellanskillnaden.

"Hurdå?" avbröt Erik Muhr med ännu en lika nödvändig som kanske dum fråga. "Då gör sig bolagen skyldiga till häleri, väl?"

"Inte nödvändigtvis", sade Ewa. "Häleribrottet är krångligt, men det förutsätter ändå ett uppsåt att, som det heter, införliva det stulna godset, eller det gods man borde misstänkt ha varit stulet, med den egna förmögenhetsmassan. Och det uppsåtet kan man ju inte tillskriva försäkringsbolagen, utan bara vinstintresse och det är sällan brottsligt. Vilka försäkringsbolag har vi att göra med?"

"Bara If och Trygg Hansa", svarade Claes Stålhammar som fått frågan.

"Då kontaktar vi dom, fast dom brukar vara lite ovilliga i såna här ärenden, men vi får ju veta förr eller senare i alla fall. Sammantaget alltså när det gäller konsten: tjyvarna tar det dyraste med reservation för vad som ryms i den bil dom också stjäl. Dom tar i huvudsak tavlor som blir omöjliga att sälja vidare. Är det rätt uppfattat, Claes?"

"Ja, det är dom slutsatser vi har dragit."

"Bra. Då fortsätter alltså detta lilla kulturmöte med juveler och silver. Och vad finns att säga i den delen, Terje?"

Han blev överraskad av att få ordet så abrupt men fann sig ungefär lika fort som hon hade väntat sig.

Enligt vad han och kollega Muhr hade kommit fram till (bra att han nämnde Muhr, tänkte hon) var mönstret klart när det gällde juveler, men mindre klart när det gällde silver.

Vad juvelerna beträffade hade tjuvarna fortfarande en dyrbar men ändå något rå smak. De tog nygjorda smycken med stora ädelstenar, smycken som alltså lätt kunde slaktas. De hade genomgående ratat allting typ mormors gamla rubinhalsband, inga så kallade släktklenoder saknades. Typiskt var däremot en ring i platina från en juvelerare i New York, inhandlad förra året, med en diamant på 6,76 carat, inköpspris nära två miljoner. Platinadelen i det värdet kunde man bortse från, det var själva diamanten som var grejen och den var inte slipad i något ovanligt mönster utan tvärtom i ett av de vanligaste. På världens svarta marknader skulle den vara värd omkring en miljon och den var lätt att sälja. Tjuvarna tog systematiskt sådana stenar.

"Hur stor är en sån diamant?" frågade Börje Sandén, det var det första han yttrat på hela mötet.

"Bra fråga, vi undrade ju själva", nickade Terje Lundsten. "Förresten tror jag det heter briljant när stenarna är slipade. Hursomhelst, som din långfingernagel ungefär."

"På en ring?"

"Ja. Din eller min fru skulle bli utskrattade."

"Jag är skild", svarade Börje Sandén surt.

"Förlåt. Min fru skulle i alla fall se löjlig ut, en sån ring syns på mer än tio meter."

"Och hur är det med silvret?" frågade Ewa fort för att få bort pinsamheten.

Vad gällde silvret gav stöldlistorna en mer komplicerad bild. Där fanns sådant som påminde om Jeppe och hade sitt stora värde i Sverige men knappast utomlands, exempelvis en kaffekanna av en M Åström från 1764, värde 1,8 miljoner, kandelabrar av någon Ronander, precis som rocksångaren fast från 1762, värde 1,9, ljusstakar av en Norling från 1698 fast bara värda 1,1. Men å andra sidan fanns också sådant som påminde om den där diamanten, typ "terrin med lock", det betydde soppskål, av någon K Kelson för 2,5 eller kallskålsskål, vadfan det nu var, om det hade någon större betydelse, av en herr H Wittkopf för 1,5. Och bland sådant som nog ännu enklare kunde säljas utomlands kunde man räkna in exempelvis ett schackspel från Tyskland för 1,7 och ett par engelska kandelabrar till fyndpriset 600 000.

En sorts matt tankfullhet bredde ut sig i rummet.

"Vadfan är det för människor som har såna här prylar i sina hem?" frågade Erik Muhr med sin tydligen osvikliga förmåga att säga högt vad andra tänkte. "Prylar för tiotals miljoner, varför har dom inte sånt i bankvalv eller digitalt?"

"Det ska du och jag börja lära oss redan klockan 10:00 hos en fru Lundbäck ute i Djursholm, det var hon som blev av med den där diamanten", svarade Ewa med en nick mot Muhr. "Och då gör vi så här under resten av dagen innan vi tar helg. Du Terje, får åka iväg och driva på teknikerna på ditt eget inbrott där ute i Sollentunatrakten. Från och med nu gäller att den tekniska biten måste bli mer noga genomförd på såna här inbrott och ditt är det färskaste. Dom tidigare brottsplatserna är sannolikt så kontaminerade nu att det blir meningslöst att leta spår, men fram med förstoringsglaset där ute i Sollentuna. Claes och Börje, ni får ägna dagen åt försäkringsbolagen, snacka med dom som vet nåt om den här kidnappning-av-tavla-rutinen med åtföljande lagligt häleri, eller vad vi ska kalla det. Och ja, det var väl det hela. På måndag kommer vår kanslist, vi ses klockan 08:00 då. Och trevlig helg!"

De kom inte med invändningar och ställde inga frågor och visade inga miner. Det här skulle gå bra, ingen av dem visade minsta spasm av att ha kvinnlig chef. Alla skiljdes avspänt vänskapligt.

Erik Muhr körde bilen ut till Djursholmsvillan där de skulle träffa sitt första brottsoffer, en fru Linda Lundbäck utan angivet yrke. Erik Muhr satt vid ratten enligt de underförstådda och oskrivna polisreglerna. Inte för att han var man utan därför att hon var chef.

De passerade Stocksund i maklig takt och under tystnad. Hon noterade att Erik Muhr till skillnad från de flesta poliser höll strikt på hastighetsbegränsningen. Men när de kom in i röran av småvägar inne i själva Djursholm hittade han som i sin egen ficka, det var ju hans distrikt, vilket med god marginal tjänade in eventuellt förlorade minuter ute på motorleden. Huset de stannade vid såg spökligt ut, mörkbrunt trä, svarta fönsterfoder och skulpterade drakhuvuden i någon sorts vikingastil som stack ut från taknockarna.

"Tänk på att somliga kärringar här i Djursholm kan vara rätt griska och börja gnälla redan när dom ser en bandspelare", meddelade han resignerat när de steg ur bilen.

"Jag antecknar, jag är van att göra det. Du börjar och jag tar den jobbiga delen på slutet", svarade hon utan att invända mot uttrycket kärringar. Hon hade själv liknande förväntningar.

De ringde på dörrklockan och plockade fram sina polislegitimationer. Inne i huset genljöd den bekanta klockklangen från Big Ben.

Linda Lundbäck som öppnade efter andra påringningen motsvarade på intet sätt deras förväntningar. Först trodde de att hon var dotter eller någon sorts städhjälp, eftersom hon var klädd i grå amerikansk träningsoverall med text från något universitet, hade håret uppsatt i hästsvans och var helt osminkad.

"Förlåt min casual dress, jag ska ut på min joggingrunda efter besöket, trevligt att ni kunde komma", hälsade hon i ett enda andetag och visade in dem i den dystra borgen utan att kasta ens en blick på deras legitimationer.

De gick genom en mörk hall med träpaneler på väggarna och en lång serie små tavlor som föreställde engelsmän till häst, förmodligen på rävjakt, innan de kom in i ett ljusare sällskapsrum med stora bulliga, vinröda lädermöbler och två soffbord i någon sorts ljus mahogny med mässingsbeslag. De avböjde kaffe och sjönk ner i de kvidande lädermöblerna, såg sig automatiskt omkring och upptäckte genast det stora tomma utrymmet över den öppna spisen. Alltså var det lätt att inleda samtalet.

"Det var där uppe Jeppe hängde, antar jag?" började Erik Muhr.

"Ja, det kan man kalla bortsprungen katt", svarade hon med ett svagt leende.

"Ja som jag sa i telefon", fortsatte Muhr. "Vi har tillsatt en särskild undersökningsgrupp inom Storstockholmspolisen för att utreda bland annat det inbrott som drabbat dej och din familj… förlåt jag antar att vi är du med varandra?"

"Absolut", svarade hon otåligt som om frågan var helt onödig.

"Jo som sagt", fortsatte Muhr. "Vi har alltså bildat en särskild utredningsgrupp och det innebär att vi kommer att gå väldigt grundligt tillväga och då är vi också beroende av ditt och andras tålamod."

"Oroa dej inte kommissarien! Tvärtom har ju både jag och min man gnällt över ert bristande intresse, hittills menar jag. Så det är bara att fråga på, vad vill du veta?"

"Rätt mycket är jag rädd, rätt mycket som också kan verka oviktigt eller vid sidan av saken och som sen kanske också visar sig vara det", fortsatte Muhr i samma lågmälda stil som han hade börjat. "Vi tar tavlorna först, enligt våra uppgifter rör det sig alltså om… jo här har jag det. En Edelfelt, en Hill, en Eugen Jansson och sist men inte minst katten Jeppe. Det stämmer? Förlåt, och till ett värde som närmar sig 9 miljoner, det stämmer också?"

"Absolut."

"Och försäkringsbolaget, det är If har jag förstått, har inte ställt till med några besvär?"

"Nej, naturligtvis inte, varför skulle dom göra det?"

"Dom brukar vara rätt petiga. Särskilt om det gäller inbrott utan spår av det vi kallar åverkan. Inga uppbrutna dörrar, inga sönderslagna fönster, larmkoden forcerad och så vidare. Men inget trassel?"

"Nej, och jag förstår fortfarande inte riktigt varför dom skulle trassla. Vi kan väl inte gärna misstänkas för att stjäla konst från oss själva?"

Muhr lät sig inte bekomma av hennes självklart väntade aggressioner inför de följande frågorna om vilka personer som hade tillgång till larmkoderna i huset (han tog sig till och med smidigt förbi problemet med svart städhjälp), om var hon och hennes man hade befunnit sig vid tiden för inbrottet och vilka som kände till att de skulle vara bortresta vid just den tidpunkten.

Där uppstod värst krångel. De hade, tillsammans med sin son för övrigt, varit på en gård i Sörmland för att de var bjudna på bröllopsmiddag av några av sina närmaste vänner som gifte bort en dotter. Det förelåg till och med ett tryckt inbjudningskort med namnen på

76

samtliga 35 gäster och Muhr lyckades utan att börja argumentera få den alltmer förorättade kvinnan att gå och hämta inbjudningskort och bordsplaceringslista från någon sorts arkivpärm. Men han fick lova att lämna tillbaks dem.

Han var bra, faktiskt mycket bra, tänkte Ewa. Ganska snart i sådana här förhörssituationer började målsägandena, eller om det i själva verket var tjuvarna eller bedragarna, reaktionen blev ändå densamma, visa irritation och otålighet. Och än värre skulle det bli om en stund och hon var inte längre säker på att det var så klokt att byta förhörare när de väl kom dit. Bättre om hon bara hade suttit kvar och antecknat i all stillhet. Men sagt var sagt och nu var det svårt att ändra på den instruktionen.

Hon blev inte klok på Muhr, ibland fågel ibland fisk. Han tog sig elegant förbi frågan om försäkringsbolaget hade hört av sig i ett så kallat kidnappningsärende. Först fick han henne själv att medge att det var självklart att de stulna tavlorna inte utan vidare kunde säljas vidare på någon svart marknad. Hon visste till och med att häleri var ett perdurerande brott, hon använde rätt term, som aldrig tog slut eller preskriberades. Alltså kunde man inte låta dyrgriparna ligga i någon skyddad förpackning i 25 år och sedan ta fram dem simsalabim.

Och följaktligen till frågan hur de skulle ställa sig till ett anbud från försäkringsbolaget att köpa tillbaks sin konst. Hon uppgav då tvärsäkert, som om det vore fullkomligt självklart, att kom ett sådant anbud skulle hon och hennes man utan vidare lämna tillbaks försäkringspengarna. Hon verkade förstå sig på konst och dessutom äkta intresserad.

Muhr fick henne på lite bättre humör genom att be henne berätta om den icke stulna konsten som fanns kvar i huset och de togs på en liten rundvandring till de angränsande rummen där det till exempel hängde lika många Isaac Grünewald som Sigrid Hjertén. Orsaken till denna jämställdhet, förklarade hon, berodde inte bara på att Grünewald och Hjertén hade varit gifta. Det råkade nämligen förhålla sig så att hennes man föredrog Grünewald och hon själv Hjertén, så varje gång han köpte en tavla fick hon kompensationsköpa.

Tavlorna som hängde kvar var samtliga uppenbart för stora för att klämma in ens i en BMW X5. Den nya bilen hade för övrigt levererats med förtur, så den kom redan efter en månad.

Linda Lundbäck berättade med någon sorts avspänd humor och hur mycket Ewa än väntat sig att hon skulle tycka illa om detta *brottsoffer* så blev det svårt att göra det. Att vara rik var inte förbjudet. Och hon visade inga som helst tendenser till mallgroderi och hon svarade som det föreföll ärligt och obesvärat på alla frågor som inte var av just den karaktär man nu skulle komma in på. Vilket dessvärre skulle bli Ewas eget ansvar, en situation hon själv försatt sig i genom att mer eller mindre fördomsfullt felbedöma situationen.

"Om jag då får fortsätta", började Ewa på nytt när de satte sig efter sin lilla konstrunda. "Så undrar vi hur väl, eller ens alls, du och din man känner dom andra familjerna som råkat ut för vad vi nog tror är samma liga. Det gäller alltså familjerna Hermelius och Starling på Lidingö, Elgin här ute i Djursholm och Johansson i närheten av Arlandavägen?"

Hon hade framställt frågan så självklart hon förmådde men såg genast det hon på goda grunder varit rädd för, hur ögonen smalnade av misstänksamhet på Linda Lundbäck. Det var bara att vänta på smällen och gilla läget.

"Med all respekt, låt mej först ta avstånd från själva frågan... ", började hon sammanbitet och med ett språk som visade tydligare än hennes ansiktsuttryck att hon kort tappat kontrollen. Hon bet ihop och andades in innan hon fortsatte.

"*Affirmative*, skulle man kunna säga. Ja. Arvid och jag känner dom du nämnde, mer eller mindre visserligen. Vill du att jag ska specificera!"

"Nej, inte tills vidare. Har ni några gemensamma städerskor, ja alltså vi bryr oss inte om betalningsrutinerna som min kollega redan förklarat. Men gemensamma städerskor eller hantverkare eller andra som kan ha tillgång till larmkoderna."

"Inte vad jag vet."

"Nehe. Känner era barn varandra, jag har förstått att det finns en sju, åtta ungdomar i den här vänkretsen?"

Hon fick inget svar, bara en fientlig blick och kollega Muhr hade drabbats av ett plötsligt men djupt intresse för en oljemålning som föreställde ett ryttarslag. Snart skulle det bli dags för ramsan.

"Är det plötsligt vi själva som är misstänkta! För att ha stulit våra egna tavlor, smycken och bilar?"

"Nej, det är det naturligtvis inte."

"Jag tror jag föredrar att fortsätta samtalet med kommissarien här, om du inte misstycker?"

"Kriminalinspektören. Men jag är rädd att jag har samma frågor i så fall", svarade Muhr lågt men såg henne stint i ögonen.

"Men vad är det här! Spelar ni elak polis – snäll polis med mig?"

"Snälla Linda, ta nu ett djupt andetag", förberedde hon ramsan. "Du och din man är självklart inte misstänkta för nånting, lika lite som era vänner. Det är vår utgångspunkt. Men nu är det så här. Vi har just börjat undersöka en brottsserie och då jobbar vi, i brist på tydliga spår, i cirklar från centrum och utåt skulle man kunna säga. Det gäller alltså att kunna utesluta den innersta cirkeln först. Och när det är klart rör vi oss vidare ut i periferin, det är så vi jobbar och motsatsen är till och med svår att föreställa sig om du tänker efter. Tyvärr ska vi sitta och ställa såna här frågor till dina vänner också, och dom kommer också att bli förbannade på oss. Och vi kommer att envisas tills vi kan röra oss utåt i cirklarna och vad det gäller först är att städa bort den innersta av dom. Kan vi fortsätta?"

"Ja, förlåt mitt utbrott. Jag trodde du var nån sorts sekreterare som bara la sig i, jag ber om ursäkt."

Faran var inte över, det gällde att hitta på något som kunde vända stämningen. Hon ställde desperat en fråga hon redan visste svaret på.

"Hur gammal är din son? Jag har sett i papperen att du har en son och en dotter."

"Va? Vad har det med saken att göra? 23 år, hurså?"

"Men det är väl ändå inte möjligt?" spelade Ewa överraskad. "Fick du barn när du gick i sexan eller sjuan? Förlåt om jag... det var inte meningen... "

Tricket gick hem. Linda Lundbäck brast i skratt, förtjust skratt. Hon meddelade att hon faktiskt var 44 år gammal och Ewa, som hade hennes födelsenummer i akten framför sig, spelade oerhört förvånad och sade sig ha gjort en total missbedömning eftersom Linda såg ut som om hon inte var en dag över 35 och smickret bet.

Fan, att vi alltid går på sånt, tänkte Ewa. Fast å andra sidan är det ju så att denna ständigt gympande, joggande och skönhetsopererande syster faktiskt ser tio år yngre ut än vad hon är.

Hon fick sonens telefonnummer utan knot och bytte med lätt hand till ett ämne som hon inte visste om det var känsligt eller ej.

"Jo, en sak till om dom här tavlorna. Har dom på nåt sätt ett gemensamt ursprung? Jag menar eftersom dom inte går att sälja... skulle det kunna finnas någon som ville ha tillbaks dom?"

"Kan jag knappast tro", svarade Linda Lundbäck påtagligt road. "Buckan kräver knappast tillbaks."

"Förlåt? Vem är Buckan?" hann Erik Muhr några tiondels sekunder före sin chef.

"Bukowskis auktionsfirma, fast stammisar säger Buckan, eller hur?" svarade Linda Lundbäck med ett ögonkast mot Ewa som för att låtsas gemensam insikt.

"Så under dom senaste åren har du och din man i stort sett fyllt huset med konst som ni köpt på Bukowskis auktionsfirma?" förtydligade Ewa.

"Absolut. Och jag ser en del följdfrågor framför mig nu även om det nog är ett sidospår", svarade Linda Lundbäck utan indignation. Hon verkade snarare självironisk i sin fortsättning.

"Storyn är nämligen enkel. Min man är bondson och första studentexamen i familjen. Själv är jag lärardotter och från början hade vi bara en sak gemensamt, nämligen extremt höga skolbetyg. Vi fick båda stipendier som gjorde det möjligt att studera i USA, fast föräldrarna fick hjälpa till och man fick jobba extra med att vända hamburgare och liknande. Jag läste till en BA med konsthistoria som huvudämne, det är först på senare år som ungdomar väljer studielinje med tanke på framtida inkomster. Arvid blev motsvarande civilingenjör. Det var där vi träffades, i Boston, blev dramatiskt förälskade och gifte oss idiotiskt medan vi fortfarande studerade. John är faktiskt född i USA och följaktligen dubbelmedborgare. Vi var i valet och kvalet om vi skulle bli amerikaner, men det var på Reagans tid, vi är båda demokrater om du undrar. Anyway, vi trodde mer på Sverige för barnens skull och flyttade hem med, åtminstone i mitt fall, en tämligen värdelös amerikansk examen och sen levde vi ett rätt vanligt liv, om ni förstår vad jag menar, alltså med löner som ni själva har. Lägenhet på Kungsholmen, en trea på Hantverkargatan, ganska nära polishuset förresten, fullt normalt."

"Fjärran från vikingaborg i Djursholm och Sigrid Hjertén", fyllde Ewa i med någon sorts förhörsreflex. Hon förstod inte vart historien var på väg eller vad som egentligen skulle förklaras.

"*På* Djursholm, är man fiiin säger man på Djursholm", rättade Linda Lundbäck tydligt road. "Men för något drygt tiotal år sen startade min man eget, en firma som hette Lundback Computer Innovations, eller nåt i den stilen, jag kommer faktiskt inte ihåg. Och det gick väldigt bra."

"Jag tror vi ser det", intygade Ewa. "Inte för att jag tror det har så mycket med saken att göra, men varför gick det så bra?"

"Det var den euforiska IT-tiden, firman sålde ingenting och gjorde ingenting men hade en spännande *vision*. Det betyder närmast fundering, fundering om vad man kanske skulle kunna göra med datorer i framtiden. Jag är humanist, jag förstod inte det där, även om min man visat ett enastående pedagogiskt tålamod. Anyway, gick det plötsligt att sälja firman för 170 miljoner till några galna amerikaner som sen sålde den vidare efter en vecka till ett ännu högre pris till ännu galnare amerikaner. Jag antar att en hel del berodde på att Arvid liksom jag själv är halvamerikan. Och sen började vi gå på Buckan, konstintresserade som vi är. Ska ni inte fråga mig om ringen? Vi firar varje bröllopsdag i USA."

"Jag får verkligen gratulera", sade Ewa nästan helt uppriktigt, trots att bedrägerilagstiftningen hade farit som en svart skugga genom rummet. "Nej, ringen är i rent polisiär mening mindre intressant än den stulna konsten. En diamant på över 6 carat kan säljas varsomhelst och närsomhelst men det kan inte konsten. Den var alltså en present på bröllopsdagen?"

"Ja, men nästa år är det silverbröllop och Arvid har lovat mig att vi ska tillbaks till samma affär."

"Då ska vi inte besvära dig mer idag utan tackar för din tid. Fast jag har bara en fråga kvar som säkert inte har någon betydelse, bara det att jag blev personligt nyfiken. Poliser tar sig ofta nya och konstiga namn, jag har faktiskt hetat Järneklov själv och… "

"Järneklov! Fyfan vad töntigt!" avbröt Linda Lundbäck glatt men inte skadeglatt.

"Ja, jag vet. Handklov, järnklov, haha. Men bland dom fem familjer vi har att jobba med hittills, jag säger hittills för vi tror att det blir fler, hittar jag namnen Hermelius, Elgin och Starling. Kort sagt, är rika människor i det här avseendet lika töntiga som poliser?"

"Intressant om det fanns några band mellan rika och poliser, även om jag måste medge att jag tvivlar på den saken", sade Linda Lundbäck med varje tecken på aggression som bortblåst. "Hermelius är en latinisering och borde betyda den som är innesluten i en burk, sardin typ. Starling är lika påhittat, det är engelska och betyder stare eller något sådant, jag är inte så bra på pippisar. Och vad Elgin beträffar råkar jag till och med veta vad dom hette innan. Och det blir ju egentligen groteskt komiskt med tanke på våra just nu gemensamma intressen."

"Hurdå?" frågade Muhr tiondelen före Ewa.

"Jo *El*gin, med betoning på första stavelsen, råkar vara namnet på en av världens häftigaste konsttjuvar och det vet man kanske om man har min bakgrund men det har förbanne mej inte våra vänner Elgin och jag har aldrig vågat berätta för dom."

Hon gjorde en retsam konstpaus men ingen av de två poliserna ställde följdfrågan utan väntade bara in hennes fortsättning.

"Lord Elgin stal inte vilken konst som helst, utan något av det häftigaste i den mänskliga konsthistorien", fortsatte Linda Lundbäck. "Han stal friserna på självaste Parthenon, relieferna uppe på templet, ni vet. Han var gubevars lord och engelsk ambassadör i Turkiet, Grekland hörde till Turkiet på den tiden, vi snackar alltså mitten av 1800-talet. Så på hans begäran hackades friserna ner från templet och skeppades hem till lordens privata trädgård i England och efter hans död köpte British Museum in hela rasket från dödsboet. Än idag pågår ett gräl mellan Grekland och England och som snu... förlåt poliser, kan ni väl ana argumenten?"

"Låt mej gissa", sade Ewa. "Grekerna hävdar att det är häleri och ett perdurerande brott och engelsmännen hävdar att stölden är preskriberad?"

"Absolut! Så en stöld är inte alltid en stöld, åtminstone inte när det gäller oersättlig konst. Förlåt om jag var otrevlig förut. Men om vi är klara för idag så har jag åtminstone 300 kalorier att göra upp med, men snälla, om ni vill nåt mer så ring gärna så ses vi igen. Det var hemskt trevligt att träffas!"

Hon reste sig upp och tog fram ett pannband som hon drog över sitt hår och rättade till hästsvansen. Gesten var inte ovänlig, men tydlig.

"Jag tar tillbaks det där om grisk kärring", muttrade Erik Muhr när de satt i bilen och på nytt passerade Stocksund i laglig hastighet.

"Instämmer", sade Ewa. "Du gjorde ett bra förhör, fick mycket bättre kontakt med henne än jag. Vi måste kanske förbereda oss bättre för den här tunga delen av såna här samtal, det går nog inte att improvisera hursomhelst."

"Äh!" svarade han generat med blicken stint riktad framåt i körriktningen. "Dom där jävlarna är inte alltid vad man tror. Och förresten tog ju du den svettiga biten. Tror du att det är ungarna?"

"Jag tror ingenting. Av princip alltså. Men det är klart att vi får ta tag rejält i både ungarna och städerskor och Securitaspersonal och vad det kan vara. Någon kunde ju koderna."

"Såvida inte någon hade en liten magisk manick som knäckte koderna."

"Det tror jag inte på."

"Inte jag heller, men man vet ju aldrig."

* * *

Den helgen började inte bra. Hon var missnöjd med sin insats ute hos miljonärskan i Djursholm, Muhr skulle i stort sett ha skött det hela bättre på egen hand och det hade sannerligen inte varit hennes tanke när hon skulle agera det kvinnliga stödet i förhören. När de kom tillbaks till Bergsgatan sade hon åt Muhr att ta tidig helg och satte sig vid datorn några timmar. Först skrev hon ut sina förhörsanteckningar och sedan listade hon alla de namn som funnits på bröllopsfesten i Sörmland där herr och fru Lundbäck befunnit sig när de blev bestulna. Det var bra att börja med sådant mekaniskt arbete om man kände sig låg och oinspirerad. När hon var färdig med dessa rutinsysslor stoppade hon det tryckta inbjudningskortet och placeringslistan i ett kuvert, tog fram ett visitkort och skrev ett litet tack för lånet men tvekade just när hon skulle klistra igen kuvertet. Ewa Järneklov, polisintendent, Ekobrottsmyndigheten stod det på kortet. Det var inte bara det fåniga namnet som hon inte längre ville kännas vid som verkade fel. Rika människor i Djursholm uppskattade nog inte chefspersoner på Ekobrottsmyndigheten, det skulle bara ge dem en konstig föreställning om att det förhöll sig just så som det kunde verka i förhören, att det var de själva som var misstänkta i första hand. Hon skrev en liten hälsning på en lös papperslapp och undertecknade bara Ewa Johnsén, Stockholmspolisen.

Men därefter var det dags att arbeta sig ut på okänd mark, en spaningsrunda i datorernas värld. Hon knappade in födelsenumren på de fem männen i de bestulna familjerna och körde dem mot både kriminalregistret och det mer giftiga registret PBR, polisens belastningsregister där alla synder var för evigt till skillnad från i kriminalregistret.

Det gav inte mycket men det hade hon inte heller väntat sig. Brottsligheten i denna lilla grupp var statistiskt sett långt under genomsnittet. Ett fall av ofredande, vilket var oförskämdheter utan handgripligheter, i vart fall inte våld, på krogen. Några fortkörningar, en misshandel i ungdomen. Herrar Lundbäck, Johansson, Starling, Hermelius och Elgin framstod snarast som medborgerliga föredömen. Åtminstone när det gällde enklare brottslighet.

Kronofogdemyndigheten tycktes aldrig ha hört talas om någon av dem.

Där hade hon gissat på en större möjlighet att få någon träff. Män som berikar sig över en viss nivå blir fartblinda och tar risker och plötsligt har de spelat bort en stor del av sin förmögenhet och då kommer desperationen och de mer vildsint oöverlagda handlingarna. Det var visserligen en ganska allmän erfarenhet uppe på Ekobrottsmyndigheten att det fanns sådana samband, men ändå lite svårt att förstå. En man som ägde 100 miljoner blev galen om han förlorade 50. Något som knappast skulle drabba den som ägde 100 000 och förlorade hälften. Vilket en stor del av svenska folket nyligen gjort när de skulle dresseras till aktiespekulanter och lurades investera sina pensionspengar i Telia, av regeringen utnämnd till den snorsäkra folkaktien. Även om det lurade folket säkert var förbannat så hade folket ändå inte visat någon som helst tendens till sådan galenskap som den man som förlorade hälften av 100 miljoner.

Men inget av inbrottsoffren uppvisade minsta tecken på ekonomiska svårigheter och när hon gick in på deras skatter förstärktes bara bilden av god ordning. En av dem var direktör på ett försäkringsbolag och hade en årslön, inklusive bonus, som hans sekreterare skulle behöva 125 år för att jobba ihop. Fast anställning med trygg lön, som det brukade heta. Hans förmögenhet var visserligen misstänkt liten, man kunde få intrycket att han antingen konsumerat 60 miljoner rent de tre senaste åren i följd – ungefär 200 000 om dagen efter skatt – och det tände förstås varningssignalen att han grävde ner pengarna i fjällen, som det hette i somliga kretsar, att man alltså hade hemliga konton i Schweiz eller något ännu skummare ställe. Men inte ens den lilla förhoppningen fick hon behålla särskilt länge. Han hade skaffat sig en större jordbruksfastighet och där försvann förmögenheten skattetekniskt in i ett svart hål. En känd teknik på senare år.

Näste man i raden hade ännu inte kommit på att köpa slott eller herrgård eftersom han öppet redovisade en förmögenhet på 70 miljoner, alltså sådan som blivit över när han trollat bort den på tavlor och antikviteter och ädelstenar som inte räknades som förmögenhet. Han var egen företagare och tog visserligen inte ut mer än 282 000 kronor om året i lön. Men det betydde väl att han anslöt sig till den rätt vanliga men småsnåla principen att inte ta ut mer än vad som räknades som pensionsgrundande för egenföretagare. Allt över det beloppet blev i den meningen pengar i sjön och därför måste just inkomstsiffran 282 000 vara en av de vanligaste i Sverige.

Och på liknande sätt såg det ut också för de andra männen i raden. Ingenting skumt, inga skulder, inga svårigheter ekonomiskt, inga dramatiska förändringar och egentligen ingen brottslighet över nivån ofredande och fortkörning. Tills vidare måste slutsatsen bli att alla dessa män var bortom varje rimlig misstanke. Allt kan visserligen inte utläsas ur kronofogderegister, skattelängder och polisens belastningsregister. Siffrorna kan visa upp en objektivitet som bara är sken, någon kan vara utpressad, ha en dyrbar älskarinna, vara beroende av droger eller småpojkar eller annat som det finns starka skäl att dölja. Men inte heller sådana mänskliga svagheter skulle ha gett utslag på ekonomier på den nivå det nu handlade om. Alla dessa män låg med god marginal inom gränsen för de en tiondels promille rikaste människorna i landet. Om någon av dem skulle syssla med inbrott så berodde det antingen på någon okänd sinnessjukdom eller på en ännu inte skådad form av svart humor.

Återstod alltså barnen i familjerna. Det fanns åtta barn i kretsen, tre flickor och fem pojkar i åldrarna mellan 17 och 28. Hon laddade ner dem från folkbokföringsregistret. Det skulle bli tungt men ofrånkomligt, man fick ta fram uppgifterna för hand, genom förhör, och därefter rita upp ett socialt schema mellan barnen, dra in deras närmaste vänner och kanske leta i periferin strax utanför den kretsen.

Det som Storebror hade kunnat meddela om inbrottsfamiljerna hade således inte lett till någon som helst genväg eller något inspirerande uppslag eller glad överraskning. Alltså ledde den smalare och mer besvärliga vägen vidare över stock och sten, ett stort antal otrevliga förhör med vilt förorättade människor, som dessutom hade sannolikt goda grunder för att känna sig förorättade. Ändå måste det göras. Det fanns ingen annan väg.

Hon gick ner i polishusets gym för att avreagera sig, det brukade fungera och det gjorde det också den här gången. Hon hade sitt klädskåp kvar men hade inte varit där på länge och därför blev det kommentarer från grabbarna, som det brukade bli för en kvinnlig kollega som inte var igenkänd, alltid lika lustiga och alltid ungefär desamma. Denna milda form av sextrakasserier skulle förstås upphöra i samma sekund de fick klart för sig att hon i grad låg en nivå över kommissarie. På så vis var det närmast smickrande att bli förväxlad med yngre kriminalinspektörer som sysslade med sexbrott eller så kallad kulturrelaterad brottslighet, den senast politiskt kommenderade modeflugan inom polisorganisationen.

Fredagskvällen blev egendomlig, inte dyster men egendomlig. Hon hade inte vant sig vid att vara frånskild, att leva ett eget liv. Fredagskvällar brukade alltid betyda umgänge med kolleger antingen hemma eller borta, med starköl som dracks direkt ur burken och alltid ungefär samma människor och samma samtalsämnen. Eller också hade hon och Hasse suttit ensamma med superpizza och vin framför teven tills det var dags för sex och godnatt.

Det var som om hon hittills hade varit alltför känslomässigt upptagen med skilsmässan och ännu inte ställt in sig på de praktiska konsekvenserna, att ändra efternamn och återuppliva en del gamla vänskaper till exempel. Öl eller vin var i alla fall ingenting för ensamheten hemma en fredagskväll, hon visste inte ens om det fanns något hemma.

Hon hade sovmorgon ända till klockan 08:00 på lördagsmorgonen, återigen ovan vid att vakna både ensam och kristallklar i huvudet och i ett rum som inte luktade svett och karl. Hon åt cornflakes och gick tillbaks till gymet, som var fullkomligt tomt vid den här tiden eftersom onyktra poliser så dags sov och nyktra poliser fanns i jourtjänst och man blivit strängare med både innebandy och muskelbygge på tjänstetid. Det var spöklikt i ensamheten i ett stort polisgym. Inte därför att hon kände minsta rädsla för våldtäktsmän eller liknande, hon var ju en blondin med polisbricka, utan därför att det var overklighet. Det var som på film, ungefär som när hon tog den där första promenaden ut på Djurgården och träffade Pierre.

Hon gick hem och duschade, det var ju bara ett par hundra meter, så kunde hon tvätta håret också. Wargentinsgatan var en osedvanligt trist liten gatstump och för den som inte var polis kunde det inte finnas minsta glädje med att bo där, men för henne och Hasse hade det varit ett fynd. Andra kolleger bodde oftast långt ute i förorter med konstiga namn som Blåsut och kom ibland för sent till möten och inställningar med olika förklaringar av trafikpolitisk natur. Hon själv och Hasse kom märkligt nog ännu lättare för sent, visserligen aldrig mer än halvannan minut.

I duschen bestämde hon sig för att annonsera om lägenhetsbyte i Polisnytt, eftersom adressen skulle vara mest attraktiv just för poliser. Hon riskerade förstås att få alltför många optimistiska svar från Blåsut och liknande, men hellre många svar och något att välja mellan än få svar efter en annons i morgontidning. Nytt liv krävde ny bostad, det var tydligen en av många självklarheter som började komma ikapp henne nu när det känslomässiga med Hasse var över.

När hon blåst håret torrt tog hon på sig jeans och fleecetröja och gick på långpromenad, samma route som när hon träffat Pierre. Men även om hon gick precis samma väg som den gången så hade den nya friheten förlorat sin särskilda känsla. Snart blev hon otålig och ville tillbaks till jobbet men hade för mycket tid att slå ihjäl och tvingade sig att gå långsamt utan att svettas.

Tillbaks uppe vid skärmen tog hon fram kompletta listor över de vinkällare som hade bestulits och en notering till var och en vilket urval tjuvarna hade gjort. Hon roade sig med att göra några grafiska dokument för att förtydliga och noterade prydligt de frågor hon skulle ställa till Ponti. När hon betraktade de oändliga raderna av franska vinnamn slogs hon kort av misstanken att ingen människa skulle kunna analysera det här och att hon skulle komma lika okunnig från Ponti som hon kommit dit. Fast då fick hon väl gå någon annan väg, exempelvis över Systembolaget som varit meningen från början. Och förresten hade hon garderat sig på fredagsmorgonens kontrollmöte med att säga att hon skulle intensivstudera vin över helgen. Det hade grabbarna uppfattat som ett skämt, så om hon trots allt kom tillbaks med intressanta kunskaper på måndagsmorgonen så var det bara bonus.

Hon kände sig både otålig och otillfredsställd. Det var flera timmar kvar tills hon skulle vara hos Ponti och här vid datorn fanns inget mer att göra. Det gick inte att bygga vidare utan fler förhör, både med de bestulna familjernas alla vuxna medlemmar och deras barn och med Securitas säkerhetsansvariga och försäkringsbolagen och inget av det kunde hon om än aldrig så arbetsvillig åstadkomma en lördagseftermiddag. Hon gick hem och städade.

Han bodde som hon hade föreställt sig när hon hörde adressen, de Geersgatan på Gärdet, femte våningen. Redan omgivningen fick henne att tänka på sina föräldrar, fint men lagom fint, medelklass men lite högre medelklass, bildning och stil och besvikelse över en dotter som bara blev polis (tills pappa förstod att polisintendent motsvarade åtminstone överstelöjtnants grad), damer som promenerade med mycket små hundar och barn som lekte snällt och väldresserat. Trapphuset var klätt i marmor, men diskret svensk marmor i grönt, beige och lite svartvitt, som på de gamla nedlagda dårhusen. Lagom fint, återhållet och god smak, åtminstone förr i världen.

På väg upp i hissen bytte hon till sina högklackade skor; för att slå ihjäl mer överbliven tid hade hon promenerat hela vägen och nu försvann sportskorna ner i den rymliga axelremsväskan.

Till hennes förvåning öppnade Ponti dörren i förkläde framför en fond av himmelsk matlagningsdoft och bakom honom dök Pierre upp med en handduk i händerna.

"Tänk att äntligen få krama en snut!" hälsade Ponti och kysste henne obesvärat på båda kinderna. "Välkommen, stig in!"

Pierre såg ut som om han tvekade, men när hon tog ett steg mot honom gjorde han om kramen och kyssarna men lite mer reserverat. Eller om det var nervöst.

Hon och Pierre satte sig ner i det stora vardagsrummet medan Ponti sprang ut i köket, slamrade med någon kastrull och kom tillbaks med en öppnad flaska vin och tre glas.

"Jag hörde att du var förtjust i fransk chardonnay", sade han utan märkbar ironi när han höjde sitt glas mot henne och Pierre.

Också där inne såg det ut som hon hade väntat sig. Böcker längs alla väggar, få utrymmen för konst, halvmoderna möbler i den där återigen lagom fina stilen som inte var för modern och inte för gammal, det verkade som lite funkisutställning, smäckra möbler i ljust trä och grå ull, tunna svarta järnräcken, vita matta lampskärmar och svarta lampfötter.

Det kändes fel att börja gräva fram vindokumenten ur axelremsväskan nu när Pierre var här, också han en timme för tidigt. Men det var inte mycket att göra åt, jobb var jobb och överenskommelse var överenskommelse. Det var väl bara att försöka gilla läget.

Erik Ponti hjälpte henne genom att slå ut med händerna och säga att både han och Pierre såg fram emot vinproblemet och gärna ville klara av jobbet innan hans kolleger och vänner kom, för då skulle det snabbt bli högljutt.

"Okej, då kör vi", sade hon och drog fram sina dokument ur väskan, noga med att inte låta sportskorna skymta. "Kort föredragning. Här är tre vinkällare med komplett innehåll och på figurerna intill ser ni dels vad som stals ur vilken vinkällare, dels var dom stulna flaskorna var placerade. Ganska utspritt, som framgår. En hel del annat stals vid dom här inbrotten också, men nu är jag bara ute efter att förstå hur tjyvarna tänkte just när det gällde vin. Exempelvis: hur kan man gå in i en så välfylld vinkällare och hitta det dyraste vinet? Har tjyvarna nån särskild smak, och säger deras val av flaskor nåt mer än att dom vet vad som är dyrt? Har dom till exempel valt nåt som går särskilt lätt att sälja vidare? Och finns det förresten en svart marknad för vin som för annat stöldgods? Och hur lång tid behövde dom för en sån här manöver? Ungefär så, till att börja med. Nej, just det. En sak till. Vi har anledning att tro att dom bara kan ta en enda låda, tolv flaskor alltså, på varje ställe."

"Varför det?" frågade Pierre. "Är det en *sportive... en tävling?"

"Nej. Dom stjäl en bil samtidigt och har annat stöldgods att tänka på, dom har bara plats för en låda vin."

"Kul!" sade Erik Ponti och höjde på nytt sitt glas. "Dom där frågorna ska vi nog kunna besvara, åtminstone i huvudsak. Skål och välkommen! Förlåt, det skulle jag ha sagt genast. Får vi bara titta lite närmare på dina listor?"

De båda männen började läsa och peka, först allvarligt men snart under stigande munterhet. De kommenterade vinmärken och fann sådant som fick dem att rynka pannorna och ibland le och vid ett tillfälle till och med gapskratta. Hon avvaktade lugnt, oförmögen att tolka deras reaktioner. Plötsligt började de viska inbördes på franska tills Erik Ponti tycktes ge med sig och resignerat nickade bifall.

"Förlåt barnsligheterna", sade Pierre. "Både Erik och jag har egna vinkällare... det där var nog franska? Konstigt nog heter det väl egen vinkällare, som om vi skulle ha samma. Men i alla fall, jag har aldrig sett Eriks vinkällare och vi skulle ju ändå gå dit ner för att hämta upp vin för kvällen. *Alors* ... mitt uppdrag blir då att stjäla ihop en låda vin av den där klassen du har i dina fall och göra det på mindre än tio minuter, även om vinkällaren alltså är primavista. För en bra tjuv som jag bör det inte vara några problem."

I hissen ner verkade Erik Ponti mest generad medan Pierre demonstrativt gnuggade händerna och mjukade upp fingrarna.

Nere i källaren gick de genom en lång och kal gång där det luktade fräscht och nymålat, tvärtemot vad hon hade föreställt sig om vinkällare. De kom till en diskret grå pansardörr med kodlås och larm och Erik Ponti slog koden och öppnade dörren, tände ljuset, klev åt sidan och visade in dem.

När hon steg in före de två männen häpnade hon över att ett så relativt litet rum, det kunde inte vara mer än 12-15 kvadratmeter, kunde rymma en sådan enorm mängd flaskor. De låg i järnhyllor med små fack från golv till tak, en rad längs de två långväggarna och en dubbelrad i mitten så att rummet avdelades med två smala gångar.

Pierre såg sig snabbt omkring, utan att verka vare sig imponerad eller förvånad, tömde en trälåda på två återstående vinflaskor som stått nära dörren och tänkte efter en kort stund innan han bestämde sig för vart han skulle gå.

Det som därefter följde föreföll henne som en häpnadsväckande uppvisning. Pierre hade snabbt hämtat två flaskor rödvin på ett ställe, ställt ned dem i trälådan och därefter gått åt ett helt annat håll och återvänt med två flaskor vitt.

Erik Ponti betraktade utan att röra en min Pierres val, men nickade nästan omärkligt. Pierre hördes glatt mumlande borta i vinkällaren och var snart tillbaks med nya fynd. Inom fem minuter, Ewa hade tagit tid, var trälådan fylld med tolv flaskor, tio röda och två vita. Pierre gjorde segertecken och Erik Ponti tyst applåd.

"Driver ni med mig?" frågade Ewa. "Hur fan ska jag veta vad som ligger i den där lådan?"

"Den här lådan motsvarar det som tjuvarna tog i dina exempel, vår idé var att visa dig hur lätt det var att plocka ihop den, Pierre har ju aldrig satt sin fot här nere."

"Och den där lådan skulle vara värd ett par 100 000?" frågade Ewa fortfarande osäker på om de drev med henne.

"Ja."

"Hur ska jag veta det, jag ser ju bara tolv pannor vin?"

"Du kan skriva upp vad vi har i lådan och kolla mot auktionslistor på internet", föreslog Pierre. "Tillåt mig i så fall att presentera... här har vi två flaskor Château d'Yquem 1939, två Romanée-Conti 1985, två Pétrus från -61, två Cheval Blanc från -45, två Latour från -82..."

"Tack, det räcker, jag tror er!" avbröt Ewa. "Så Pierre var här för första gången och hittade det dyraste så snabbt?"

"Han var här för första gången, ja. Och han hittade det dyraste, i stort sett. Man skulle kunna göra det lite dyrare och lite billigare, men det här är ett urval som är bättre än vad dina tjuvar gjorde."

"Men om den där vinlådan är värd omkring en kvarts miljon, är inte det lite perverst?"

"Jo, det kan man tycka. Det är därför man aldrig ska tala om priset på det vin man dricker", Ponti skruvade lite på sig.

Pierre påpekade glatt att de där bourgognerna från Romanée-Conti var från -85 och inte fick bli för gamla men förstås skulle passa utmärkt till deras lilla svensk-korsikanska symfoni på ripa och vaktel. Och så ställde han utan invändningar från Erik Ponti ner två av sina fynd i en liten flätad korg med fack som såg ut att vara till för just vinflaskor. Sedan plockade de fort ihop vad som behövdes ytterligare för kvällen under kort fransk konversation och gick ut och låste dörren efter sig.

De åkte upp i hissen under tystnad, nu tycktes Pierre äntligen ha märkt att Erik Ponti var lite besvärad och slätade ut sin upprymda min. Det var en trång hiss för tre personer och en rejäl vinkorg, hon kände värmen från Pierres kropp och hann tänka att det kunde ha varit muntrare läge än så här för att tycka om det så mycket som hon ändå gjorde.

När de kom in i lägenheten igen ursäktade sig Pierre med någon syssla ute i köket, Ponti serverade henne vitt vin på nytt och höjde avmätt, eller om det var blygt eller besvärat glaset mot henne. Hon insåg plötsligt att det var ett fruktansvärt gott vitt vin, med en rund smörig smak som aldrig tycktes ta slut.

"Nu ska vi klara av dina frågor", sade Ponti. "Men låt mig först säga en annan sak. Ingen av ens mina närmaste vänner har varit med om en så här... en så här prisfixerad tur till vinkällaren. Jag hoppas du förstår det."

"Visst. Men jag måste ha underskattat journalistlönerna", svarade hon i ett misslyckat försök att skämta bort det som tydligen var pinsamt.

"Det är faktiskt en sorts arv", svarade Ponti lågt.

"En sorts?" högg hon till som av ren förhörsreflex utan att kunna hejda sig.

"Ja, noga räknat en gåva, en donation."

"Vem får för sig att skänka vin för miljoner till en journalist?"

"Det märks att du är snut, du skulle ha blivit en utmärkt intervjuare i direktsändning."

"Ja förlåt, men även om jag varit byråsekreterare på kommunikationsdepartementet på lappliseavdelningen så hade jag blivit lika nyfiken. Och hur löste du skattefrågan?"

"Donatorn var vänlig nog att förutse det problemet så han löste det. Hela operationen, som han skulle ha sagt, är laglig till punkt och pricka."

"Såvida vi inte betänker den i och för sig inte helt kristallklara lagstiftning vi har som reglerar mutor och bestickning", retades hon.

"Men du är ju fenomenal! Tänk om alla snutar vore såna. Jag går i alla fall loss även på den delen, för att använda samma uttryck som dina förbrytare. Men nu vill jag antingen ha hit min advokat eller återvända ner till cellen och vänta på vilka bevis ni har."

"Förlåt, jag är faktiskt bara nyfiken. Låt mig fråga så här i stället. Hur många såna här vinkällare finns det i Sverige, jag menar privata?"

"Du menar i samma prisklass? Inte många, högst ett hundratal om man räknar in allt som tillkommit från IT-bubblan och framåt."

"Är det någon skillnad mellan din vinkällare och dom jag hade med mig i dokumentationen?"

"I värde är skillnaden inte så stor. Men det där var nyinredda vinkällare och min är 10 år gammal. Dina vinkällare är en sorts paketlösning, instant vinkällare skulle man kunna säga, från noll till hundra på en sekund."

"Hur vet du det?"

"Årgångarna för det första. Dina vinkällare dominerades exempelvis av -90 och -95 för Bordeaux, i och för sig utmärkta årgångar, jag har försökt köpa på mig en del själv. Men det där som Pierre stoltserade med där nere går inte längre att få tag på, dina vinkällare ligger alltså 10 år efter min."

"Vadå inte få tag på? Vad beror det på?"

"Japanerna."

"Vadå japanerna?"

"Jo, dom japanska direktörerna började inte bara klä sig i amerikanska kläder när Japan blev ekonomiskt starkt, dom fick också för sig att dom skulle dricka väldigt dyrt franskt vin till sushin i stället för japanskt öl och whisky. Och det hände för något mer än 10 år sen och priserna steg som raketer. Det är så i världen, det dricks mer dyr champagne i Texas än i Frankrike."

"Du sa att årgångarna var det första som fick dig och Pierre att dra slutsatsen att det här var vad du kallade instant vinkällare. Vad var i så fall det andra?"

"Du har en märklig förmåga att komma ihåg, dej skulle jag inte vilja bli förhörd av, eller dej borde jag anställa på ekot som lördagsintervjuare, välj vilket."

"Snicksnack. Vad är det andra?"

"För det andra har dina vinkällares ägare ingen smak. Jag menar förstås inte att det är någon dålig smak man läser ut ur dom där listorna, det är vinkällare i toppklass både vad gäller pris och kvalitet. Vad jag menar är att dom inte har någon personlig smak. Där låg i spikraka rader fem lådor utmärkt Saint Emilion, fem lådor Pauillac, fem lådor Médoc, fem lådor Pomerol och så vidare, alltså från olika vindistrikt i Bordeaux. Men så ser det inte ut hos mej, eller hos Pierre eller nån annan som samlar vin. Man har sina preferenser, om det varit tio lådor av nån av de där sorterna, okej, men där låg allt i militärisk ordning, ungefär som på en restaurang."

"Okej, vi lämnar det. Men tillbaks till tjyvarna."

"Ja, just det. Tillbaks till tjuvarna."

"Med goda vinkunskaper kan en tjuv i rätt vinkällare lätt stjäla ihop en sån där låda?"

"Visst. Både Pierre och jag hade kunnat få ihop till och med en dyrare låda än dom exempel vi hade framför oss. Och på samma tid som Pierre visade, det finns alltid nån sorts logik i hur en vinkällare är upplagd, annars hittar ingen. Men Pierre och jag är båda vintokiga, det är rätt lustigt. Vi var ju bara 16 år när vi sågs senast, vi kom båda från familjer med vinkultur så det är klart att vi båda drack vin snarare än öl och brännvin. Men sen blev vi båda, utan kontakt med varandra, vintokiga."

"Helt sant", intygade Pierre som kom tillbaks från sina köksbestyr. "Skillnaden är möjligen den mellan oss att Erik skäms för saken och det gör inte jag!"

Erik Ponti log matt och hällde upp i Pierres vitvinsglas och de höjde på nytt glasen mot varandra.

"Bara några frågor till, snälla?" vädjade hon och fick självklart som hon ville. "Skulle även en måttligt vinkunnig person kunna stjäla ihop en sån där låda, om det nu gällde att bara ta av det dyraste ur en vinkällare?"

De nickade instämmande.

"Men kan man sälja sånt här och hur gör man då?" fortsatte hon lite forcerat, de andra gästerna skulle snart komma.

"Jo, det kan man helt säkert och det är ett ganska finurligt stöldgods", svarade Pierre. "Om man lämnar in en låda som motsvarar det jag provstal där nere till Christie's eller Sotheby's i London och dom säljer den vidare på en av sina vinauktioner så... tja, vinflaskor är i regel inte numrerade, vin av det mest märkliga slag kan hittas i gamla källare världen över, säljaren är skyddad av auktionsfirmans diskretion. *Certain...* visst, det skulle gå utmärkt och upptäcktsrisken är nästan lika med noll."

"Det är alltså ett betydligt mer intelligent stöldgods än man skulle kunna tro", konstaterade hon.

De nickade på nytt bekräftande.

"Var det vinexperter som stal i mina exempel?"

"Nej, som jag sa", sade Erik Ponti. "Kunniga långt över svensk allmänbildning men både Pierre och jag hade gjort bättre ifrån oss som dom *amateurs de vin* vi är. För att inte tala om vad en professionell vinexpert gjort."

"Så det där med att det fanns förteckningar, prislistor och till och med dataupplägg i två av fallen, det betyder ingenting särskilt?"

"*Non*", sade Pierre, "också privatpersoner har ju lösenord till sina datorer hemma och även om man kan knäcka det så tar det längre tid. Och förresten, då hade det definitivt blivit det absolut dyraste dom stal och så var det inte. Dom stal på känsla, rätt välutvecklad känsla, men bara det."

"Tack mina herrar! Då har jag inga fler frågor och förlåt att jag tog upp början på vår kväll med sånt här jobbsnack."

"*You ain't seen nothin' yet* när det gäller jobbsnack, vänta bara tills mina kolleger och vänner kommer, då blir det lite värre med den saken är jag rädd", sade Erik Ponti.

"Kul, jag har alltid undrat vad journalister säger när ingen hör dom. Fast... snälla, bara en liten nyfikenhetsfråga till?"

De höjde sina glas mot henne som musketörer och skrattade som om allt var över.

"Det där vinet som Pierre bar upp, det som skulle bli för gammalt eller vad det var? Vad kostar en sån flaska?"

"Det vill du inte veta, du skulle tappa lusten", sade Erik Ponti som genast förlorat den glada minen. "Man kan inte tänka så. Jag köpte en gång för snart 20 år sen en låda Cheval Blanc -82 för 800 kronor flaskan. Det var visserligen mycket på den tiden, människor som inte är vintokiga som Pierre och jag skulle utan tvekan hitta bättre användning för tolv gånger 800 kronor. Men idag kostar en sån flaska över 10 000. Om vi dricker upp ett sånt vin i kväll, hur mycket har vi då spenderat?"

"10 000. På en panna rödtjut."

"Fel. 800 kronor. Man måste tänka så."

"Om du sålde vinkällaren skulle du bli rik. Ingen liten frestelse?"

"Nej. Jag har äntligen betalt mina studieskulder och har sommartorp och 100 000 på banken och en lägenhet som snart skall bli bostadsrätt och ett jobb som är hela mitt övriga liv. Om jag fick så mycket pengar som vinkällaren skulle ge vid en försäljning så skulle jag ju ändå köpa vin för pengarna eftersom jag hade råd."

"Jag förstår, tror jag."

"Okej, nog med jobbsnack om vi nu löst dina tjuvproblem, men inte ett ord till mina vänner, please, när det gäller vinpriser?"

"Okej, inte ett ord till dina vänner, jag ska bara bli lite lagom imponerad av ett rödtjut som är det dyraste jag druckit i hela mitt liv och kommer att dricka."

"Det godaste, förmodligen", rättade Erik Ponti.

"Säg inte det!" invände Pierre. "Jag har också en vinkällare… "

Hon låtsades inte märka inviten.

"Men så här", fortsatte hon. "Tjyvarna vet för mycket, dom stjäl alldeles för dyrt. Dom har exempelvis stulit konst och juveler för tiotals miljoner och jag har en känsla av att dom väljer lika bra på dom områdena som när det gäller vin och problemet är att såna tjyvar finns inte i verkligheten. Dom är unika i kriminalhistorien, åtminstone i Sverige."

"Det här låter som en väldigt intressant story", konstaterade Erik Ponti. "Och när du har löst gåtan och fångat bovarna så ringer du till mej?"

"Ja, enligt överenskommelse och grundlagen och allt. Men Pierre sorteras väl inte in under Tryckfrihetsförordningen?"

"Nej, och han vet för mycket så vi måste nog göra oss av med honom eller också utnämner jag honom till vicejournalist om han svär eden att städse med sitt liv tjäna sanningen utan egen vinning."

"Det skulle jag aldrig svära på", skrattade Pierre. "Däremot reser jag snart tillbaka till Korsika och glömskan. Begravningen är på tisdag."

Han såg ut som om han hade tänkt säga något mer, men just då ringde det på dörren.

Pontis tre journalistvänner kom inom någon minut med fantastisk tidspassning. Att en av dem var radioreporter framgick av hans finlandssvenska, hon hade hört honom mycket på senare tid när han som det verkade höll på att jaga livet ur Vattenfalls direktörer. Men hon blev förvånad av att se honom, eftersom hon hade föreställt sig en grövre typ, det kändes som om man plötsligt fick träffa Fröken Ur och få sin bild av henne fullständigt förändrad.

Ponti presenterade Pierre som sin vän och "korsikanske kock" och henne bara med förnamn, vilket hon var tacksam för. Det hade sina sidor att bli utpekad som ensam polis bland civilister, värst var att utsättas för den osvikliga raden av inte alltid så övertänkta kriminalpolitiska funderingar. Ensam polis på kalas fick alltid bära ansvaret för all världens misslyckade brottsbekämpning.

En av kvinnorna var tydligen gift med finlandssvensken och sysslade med böcker och den andra föreföll vara just hemkommen utrikeskorrespondent från USA.

Inom några minuter hade journalisterna förvandlat den stillsamma stämningen med klassisk musik i bakgrunden till kakafoni av skvaller om allt och alla, om idiotiska chefer, om Skandiadirektörernas senaste löneförhöjningar, om sexdårar i skådespelarkåren som de alla kunde namnen på, om en politiker som torskat på skattefusk, om traktamentsmygel bland svenska EU-politiker som tydligen kört samma dessäng som utlänningspolisen som transporterade utvisade, att växla ner flygbiljetter i business class till apklass och sno mellanskillnaden skattefritt. Samtalet gick undan och skiftade snabbt från kriget i Irak och president Bush till svensk utrikespolitik, Göran Persson som trasslat in sig i ståndpunkten att Sverige skulle stå bakom FN och således, förmodligen till sin förtret, nu framstod som någon sorts krigsmotståndare, eller utrikesminister Anna Lindh, som tydligen inte alls stod så högt i kurs som man kunnat vänta.

Erik Ponti häcklade Anna Lindh för något uttalande om att det var Saddam Husseins fel att det irakiska folket dog i cancer till följd av amerikanska insatser med radioaktiva spränggranater eftersom de utmärkta strålkanoner som fanns i Irak bara fick användas av regimens överklass, "som om Saddam Hussein och hans vänner skulle ligga och gona sig som på solarium under strålkanonerna fastän dom inte utsatts för radioaktiv krigföring. Medan landsbygdsbefolkningen aldrig kom fram i kön".

Men ämnet blåste fort bort och samtalet styrdes in på den finlandssvenske radioreporterns kamp mot Vattenfall, som de andra entusiastiskt stödde. Det hade börjat med att han fått en elräkning på över 20 000 kronor för sitt sommartorp under en period då det bevisligen stått tomt och oanvänt. Och inte ens han hade kunnat få rättelse, vilket alltså lett till en för Vattenfalls direktörer förödande granskning av deras lönepolitik och underliga affärer med tysk kärnkraft och satsning på mer brunkol. Och den något förvånande förklaringen till denna journalistiska samhällsinsats i journalistprisklass landade i något som tydligen var finlandssvenskens valspråk: Hämnas alltid!

Skratt och jubel. Men Pierre och hon själv var redan ohjälpligt avhängda från det vildvuxna och osammanhängande samtalet om allt och ingenting samtidigt. Fast hon tyckte det verkade kul att vara journalist, åtminstone om man jämförde med hur motsvarande samtal skulle ha låtit i hennes egen umgängeskrets de senaste dryga 10 åren. Inget snack om saken, det var mer fart i Erik Pontis värld och även om man inte fick en syl i vädret så kändes det som om man blivit intelligentare och mer vidsynt, åtminstone om man jämförde med snutkonversation.

När de satte sig för att äta, med herr- och damsida vid det stora ljusa och ovala träbordet, dämpades samtalet något eftersom de andra gästerna tycktes ha mycket höga förväntningar.

Och det Pierre och Ponti omväxlande bar fram motsvarade säkert även de högsta förväntningar. Det kändes som att vara tillbaks på lyxkrog, havskräftsstjärtar, små bläckfiskar, underbart fräsch sallad, viner som fick journalistvännerna att börja jubla nästan innan de hunnit smaka, griljerade vaktlar med en smak hon inte kunde identifiera, det skulle vara någon speciell korsikansk krydda, stark enbärssmak från riporna. Och så rödvinet.

Journalisterna berömde det fort och kastade sig omedelbart tillbaks in i sitt vildsint böljande samtal om den brittiske premiärministerns sanningsenlighet.

Hon drack långsamt och fick verkligen känna efter. Jo, kanske. Det påminde visserligen om det vin hon druckit med Pierre första kvällen nere på Grands Franska, men var nu det här bäst i världen? Omöjligt att säga. Pierre och hon satt mitt emot varandra, han såg ut att njuta obeskrivligt när han drack. Han sökte hennes blick och pekade mot hennes glas och så drack de tillsammans i hemligt samförstånd. Jo! bestämde hon. Det här var nog ännu bättre. Fast vad hade hon tyckt om hon inte vetat, om hon inte sett föreställningen där nere i vinkällaren?

"Ett sånt här vin har ni väl inte på Korsika?" frågade hon på skämt men i alldeles normalt oskuldsfull ton, som för att anspela på deras hemliga samförstånd. Något måste dessutom sägas vid deras tysta ände av bordet, de fyra journalisterna talade just i munnen på varandra om tilltagande rasism i folkpartiet.

"Nej, naturligtvis inte", svarade han i samma tonfall som hennes så att han låtsades att frågan inte alls var absurd. "Det här är ett världsvin, det skulle vara gott till och med i Texas. Dom korsikanska vinerna kan inte resa från Korsika."

"Du menar att dom förstörs av transporten?"

"Nej, det är inte det det betyder. Men ta ett av våra bästa viner…

jag skulle föreslå en Comte Peraldi, fast Clos du Cardinal i så fall, gärna tre, fyra år gammal. Om vi satt i sommarskymningen nere i hamnen i Calvi, i skuggan av den medeltida borgen. Och om vi just fått in vår vildsvinsgryta … just då skulle Comte Peraldi vara ett av världens bästa viner. Men om du tog med dig en flaska hem och drack den till något du trodde var likt, säg fläskfilé, så vore allt borta."

"Det är psykologi alltså?"

"Ja, mest psykologi. Vill du pröva?"

"Vadå? Blindtesta?"

"Nej tvärtom. Skulle du vilja bli min gäst i Calvi för några dagar så skulle vi kunna pröva mer *profo*… mer grundligt, äh förlåt det låter fel. Mer på djupet? Det låter också fel, jag trasslar in mej om jag blir nervös."

"Du vill bjuda hem mej till Korsika?"

"Ja."

Hon svarade inte blixtsnabbt nej. Hennes förnuft hölls tillbaks av fantasin som redan satt vid en medelhavshamn i skuggan av en borg i sommarskymningen. Och hon räddades ur svårigheten hennes tvekan hade försatt henne i av att finlandssvensken klingade i glaset och tackade för en strålande måltid med som vanligt fantastiska viner.

Och när Ponti började ordna med kaffe och alla andra gick ut i vardagsrummet igen blev det som en signal till att återgå till det man ägnat kvällen åt redan efter första minuten, skvaller om kändisar och chefer.

Hon och Pierre drog sig undan ut på balkongen som gick runt hela lägenheten. Kastanjerna nedanför dem blommade nästan obscent vackert, hon kände sig lite berusad, som om dyrt vin tog hårdare än det hon var van vid.

Han stod tyst en stund och såg ned på utsikten. Plötsligt tog han upp en handskriven lapp ur fickan och vände sig mot henne och stoppade försiktigt ned den i bröstfickan på hennes lätta sommarkavaj. Det ilade till i henne av den sekundsnabba kontakten mellan hans hand och hennes vänstra bröst.

"Det är dom där tolv vinerna jag plockade ut i vinkällaren", sade han. "Jag ville inte för en sekund att du skulle tvivla på vad vi sa. Jag skrev upp en internetadress också, där du har prislistorna."

Hon log svagt till tack och övervägde om hon skulle glömma bort hans inbjudan till Korsika. Men det var nog fel att göra så, då skulle hon bara tvinga honom att fråga om igen.

"Jag ville inte svara på din fråga om Korsika", sade hon. "Jag är nyskild sen en vecka och väldigt ovan vid det. Och vi känner ju inte varandra och vad jag än skulle ha svarat spontant så skulle jag riskera att ångra mig."

"Jag förstår", sade han och nickade lite uppgivet.

Den skarpa kvällssolen förtydligade både de oroväckande ärren i hans ansikte och gav glans åt hans bruna mjuka blick som två helt motstridiga signaler, som ja och nej samtidigt, ungefär som hon kände.

Någon måste säga något och de måste hitta ett neutralt ämne att tala om. Han tog, liksom i förbigående, upp en fråga som hon hade glömt men som inte överraskade henne när hon hörde den.

Hur var det nu med den där direktören som hade bevismaterial i hemmet, det där hon fått veta genom telefonavlyssning, vad skulle hända rent praktiskt om hon råkade komma över dokumenten på något okänt sätt, bara händelsevis? Enligt fransk lag skulle bevisningen då riskera att bli ogiltig, men så var det väl inte i Sverige?

Hon förklarade kort hur den fria svenska bevisprövningen fungerade. Alltså nej, bevis var bevis. Och i så fall skulle herr direktören åka in. Inte bara få utstå något svettigt litet förhör för syns skull, som många liknande typer brukade klara sig undan med och därefter jämra sig i högan sky om polisstaten. Utan åka in på riktigt. Det hade varit hennes senaste jobb och senaste besvikelse på Ekobrottsmyndigheten innan hon kommenderades att ta över utredningen av gentlemannaligan med hygglig smak för vin.

Han skrattade kort åt hennes sarkasm och undrade om skurken ifråga var en av de där roffarna i Skandia, eftersom det var vad man måste tro efter att ha lyssnat på middagskonversationen. Hon viftade först bort saken. Men sedan, om det var av vinet eller någon annan och mer gåtfull anledning, nämnde hon skurkens namn och arbetsplats.

Han såg tankfullt ner i parken som nu blivit helt folktom sånär som på en fyllerist som sov på en parkbänk. Strax kallades de in till kaffe och korsikansk grappa.

III.

TAJGER HEUTENBERG var ett fynd. Allting kunde visserligen
sägas vara relativt men för Gunilla och Mia var han nära nog en tio-
poängare. De hade druckit upp allt sitt vin framför teven och sedan
stuckit ner till krogarna runt Stureplan på vinst och förlust med en
kassa som på sin höjd skulle ha räckt till två stora starka, det var fem
dagar kvar till lön.

Först hade de bara trott att han ljög när han kom fram och undra-
de om de var intresserade av att vara med i en ny dokusåpa. Han såg
inte mycket ut för världen, lite grå, lite flintskallig och med för stora
glasögon. Men eftersom han hade bord och bad att få bjuda på något
att dricka så fanns ingen anledning att omedelbart börja ifrågasätta
hans inflytande över televisionens dokusåpor. Dessutom tog han in en
hel sjujävla mäklarbricka med ett helrör vodka, en flaska champagne
och en massa glas och sen var det fullt ös. Och flera kändisar vinkade
igenkännande åt honom fast när den superkända Big Brother-Stina
ville slå sig ner så blev hon bara tvärt nobbad. Mia viskade att det var så
att man kunde smälla av, att nobba en superkändis som Big Brother-
Stina.

Hon kunde inte hålla sig från att fråga Tajger och då förklarade
han trött att den där mänskan inte hade mer än sex månader kvar av
sitt kändisskap och inte enough star quality för att hålla sig kvar på
banan av egen kraft. Hon skulle tillbaks till det glömskans hål hon
kom ifrån, med eller utan nya bröst.

"Ni två däremot", förklarade han, "har just det där som är svårast
att hitta, ni är the girl next door, riktiga tjejer på nåt sätt och sen inte

105

för bimbounga, det är såna som er killar egentligen fantiserar om och det är det sexigaste som finns."

Då var det förstås dags att fråga vad det var för dokusåpa han hade tänkt sig för deras del men det ville han inte svara på. Inte än, förklarade han, dom måste lära känna varandra lite först. Förtroende var A och O i hans bransch.

Och så kastade han sig ut i en lång utläggning om hur många miljoner, hundratals miljoner, som dokusåporna drog in och att framtiden ställde nya krav och att dom medverkande nog också borde börja tuffa till sig, för annars kunde formatet inte utvecklas. Att det måste bli hårdare tag i sånt som Robinson var ett exempel. Sveriges skitförnäma puckotelevision hade kört Robinson i botten med sitt mesande, i den danska versionen fick deltagarna åtminstone äta maskar, där ställdes det lite krav, men i SVT:s version skulle det vara så förbannat demokratiskt och fint och då hade man inte snappat själva grejen. Nu när TV 3 tog över formatet blev det nog mera fart, både maskarna och hängburen skulle in redan från början, det hade han själv bestämt eftersom det var han som var exekutiv producent. Man skulle också ladda upp med mera prispengar så att folk inte vek ner sig så lätt.

Ta hängburen till exempel. Man hissade upp alla jävlar i en bur det första man gjorde. Högst upp på en stege inne i buren fanns nyckeln till hänglåset, så vem som helst kunde när som helst klättra upp och hämta nyckeln. Men den som gjorde det blev förstås utslagen och alla andra fick tietusen spänn. Nånstans ute i världen, det var nog Australien för där var folk lite tuffare och inte så jävla socialdemokratiska, hade alla jävlar stannat i 52 timmar inne i buren, utan käk och vatten och inga filtar på natten och ingenstans att skita utom genom spjälorna i buren, innan förste man vek ner sig och hämtade nyckeln och blev helt utan stålar.

Mia undrade först om de visade i bild när folk måste skita, vilket de gjorde. Sedan sade hon att hon åtminstone inte skulle ha varit först med att vika ner sig på den grejen, inte om man tjänade tietusen på att vänta ut nån annan.

Fastän klockan var över midnatt och det följaktligen rent tekniskt var måndag morgon blev det hela tiden mer fart och liv för att barpersonalen skruvade upp musikdunket undan för undan så att allt snack snart måste genomföras skrikande. En skitfull superkändis fick till och med Mia att spärra upp ögonen och bara glo, trots att hon gav sig ut för att vara van vid värsta köret. Han drog ner jeansen och höll upp arslet, körde in ett helrör vodka och skakade fram och tillbaka så att han fick i sig åtminstone två sexor den vägen, sedan satte han flaskan till munnen och drack till omgivningens blandade jubel och äckelskrin.

"Det där är inte så jävla smart, man blir skitpackad", konstaterade Tajger och skakade trött på huvudet. "Jävla pucko, han är också snart slut, ge honom några månader och sen blir det socialen."

"Jag trodde han studerade?" invände Gunilla och ångrade sig genast.

"Visst", sa Tajger. "Klart han studerade, men det kommer han aldrig att göra igen, han kommer att tro att han är kändis resten av livet och bara behöver ett litet break för att vara tillbaks på banan."

"Men funkar det att ta shotsen genom ändan?" frågade Mia.

"Jo föffan", intygade Tajger. "Alkoholen tas upp av dom tunna slemhinnorna i ändtarmen, man blir instant döfull. Det finns kärringar på Östermalm som kör den där budgetmetoden med små sprutor med sherry som dom kör in i lilla stjärthålet för att inte lukta alkohol och för att få en billig fylla, kanske. Men det torkar ut slemhinnorna så då får dom gå till farbror doktorn och får jävligt svårt att förklara sig!"

Åt det sista skrattade han så våldsamt att han rev ner några glas från bordet utan att röra en min men höjde armen åt en servitris och pekade mot glasskärvorna. Hon nickade och tecknade att hon skulle gå och hämta städgrejor.

En kort stund senare gick de eftersom ljudnivån gjorde det omöjligt att snacka och Tajger ännu inte kommit fram till sina dokusåpaplaner för Gunilla och Mia. Han föreslog att de skulle gå vidare till ett tystare och sobrare ställe som låg en bit bort, och som hette Kharma. Gunilla var först tveksam och såg på klockan men Mia övertalade henne fort med att Kharma var döhäftigt och att det var deras första och sista chans att komma in där.

Det var i alla fall betydligt tystare på Kharma, kunde de snart konstatera. Kön utanför var kort och Tajger svepte förbi dörrvakterna med dem båda som om det vore den mest självklara sak i världen.

Kharma var ett överklasshak. Killarna där inne hade jeans, dyra kavajer och guldklockor eller stora dykarklockor och håret infettat och tillbakastruket så att det hängde precis över kavajkragen. De såg ut som om de kammade sig med en fläskkotlett.

Tajger Heutenberg hade en sorts hemlig nyckel till ett inre rum men där var det heldött så de gick ut i baren där han på något sätt trollade fram ett bord åt dem och beställde en ny mäklarbricka.

Gunilla som blev lite sur över att inte få ha någon egen åsikt om vad hon skulle dricka sade att hon varken ville ha vodka eller champagne så här dags. Tajger bråkade inte om den saken utan beställde en Caipirinha åt henne som kom in i ett stort grovt dricksglas som såg ut som om det var köpt på IKEA.

När allt var serverat och de kunde börja dricka på nytt frågade Mia rakt på sak om det var sant det där att han hade tyckt att de båda skulle vara med i en dokusåpa. Tajger drog ett djupt andetag och såg högtidligt på dem.

”Nu får ni hålla i er”, sade han. ”För det här är en sån pryl som man kanske inte spontangillar när man hör den först.”

Där gjorde han en konstpaus och såg på dem från den ena till den andra. Men längre kom han inte, eftersom en kille i ljus kavaj, lila sidenskjorta öppen i halsen och mörk fläskkotlettfrisyr kom fram och utan vidare drog ut en stol och satte sig.

”Tjena Tajger, läget?” sade han bara och tog ett glas och slog upp en shot åt sig som han genast svepte. ”House rules”, förklarade han mot Mia och Gunilla, ”man får bara dricka sittande om man tar från helrören.”

"Det här är John-John", sade Tajger utan att protestera det minsta mot självbjudningen. "Han är så rik att han inte orkar presentera sig. Men han är också ett fynd för en ny typ av dokusåpa, fast den ultimata varianten."

Tajger Heutenberg gick igång igen och talade som ett vattenfall om sin nya och absolut ultimata idé, dokusåpan som skulle slå ut varenda dokusåpa i världen och John-John var precis rätt typ för att ställa upp. Han var rentav idealisk om man tänkte efter, nyrik, bortskämd och uttråkad, precis den quality som behövdes för det ultimata konceptet.

Nu blev förstås också John-John själv nyfiken och strax satt de alla tre och tjatade på den först nu synbart berusade Tajger, att han skulle avslöja det ultimata konceptet, dokusåpan som skulle slå allt. Han lät sig förstås övertalas.

Det var ingen fara att spåna lite fritt för han hade redan patent på idén och hade varit en sväng i Oman för att förhandla om grejen där nere och omanerna var inte ointresserade, det skulle ju bli ett av världens mest betittade program och därmed sätta Oman på kartan. Segraren skulle få 10 miljoner dollar, om man fick riktig snurr på sponsorerna kanske man skulle kunna höja ända upp till 100 miljoner dollar. Eftersom bara en av deltagarna skulle kamma hem stålarna skulle det nog gå att få ekonomi till och med på den högre prissumman, en knapp miljard alltså, som direktör Barneviks pension ungefär.

Åt det sista skrattade de ansträngt otåligt eftersom alla ville veta vad grejen var. Om någon annan än just Tajger Heutenberg hade suttit och jiddrat om något liknande hade han inte blivit trodd, men nu var ju Tajger mannen bakom både Big Brother och den nya hårdare varianten av Robinson.

Man fick tänka sig det vanliga, tävlingar i exotisk miljö och så vidare, ungefär som Robinson eller vaffan som helst, det var inte där kvalitetsskillnaden låg. Men dom två som kom sist varje gång måste slåss på liv och död om att stanna kvar, för bara en skulle dumpas per avsnitt. För att få lite action måste dom slåss antingen med skjut-vapen eller samurajsvärd. Fast den biten var inte heller klar än, det kanske var enklast att bara köra med skjutvapen.

Där gjorde han ett mycket medvetet uppehåll och serverade sig en shot och hällde upp champagne åt Mia och Gunilla som satt och såg ut som fågelholkar och inte kom sig för att protestera fastän de var mer än lagom fulla.

"Men det spricker ju på att nån fegar ur i sista stund", invände John-John som annars föreföll mycket road av idén.

"Jo", medgav Tajger. Det var ju en uppenbar risk. Men frågan var när. "För om vi tänker oss två killar som ställer upp med varsin duell-pistol, rygg mot rygg. Dom ska ta tio steg, vända sig om och skjuta. *När* ger man upp i ett sådant läge? Inte mesamma när man ställer upp, för då är man ju stenkorkad. När man tagit fem steg? Kanske, men då förlorar man chansen att få en Barnevikspension. Just när man vänder sig om? Visst, men då får man vara snabb, för den andra killen, som ju har hängt med så här långt, är minst lika sugen som man själv på att bli rik för resten av livet. Så då skjuter han ju i självförsvar."

"Ett chicken race, alltså", nickade John-John tankfullt. Han såg ut som om han satt och övervägde sin kommande medverkan med största allvar.

"Men när det bara är fyra killar kvar...?" grubblade Mia.

"Det kan vara tjejer också, bara man skippar det där med samuraj-svärden kan ju tjejerna ha samma chans", förtydligade Tajger.

"Jo men", envisades Mia. "Säg att vi är fyra som är kvar. Då sluter vi ju en pakt och delar kakan och får 25 miljoner var?"

"Nix!" log Tajger. "Alla får skriva under ett kontrakt där man inte bara säger att man ställer upp på egen risk och eget ansvar och allt det där och lovar att hålla sig till emiratet Omans lagar och fan och hans moster. Man intygar också att alla såna pakter är ogiltiga."

"Jaha. Så den som kan lura in dom andra i en pakt kan blåsa dom bara genom att peka på vad som stod i kontraktet", nickade Mia fundersamt.

"Det är klart att det skulle bli en och annan chicken", medgav Tajger. "Men det kan man ju aldrig veta på förhand. Och vem vill vara en loser i vår värld? Ta John-John här, vår svenska representant i racet, bara som ett exempel alltså. Han behöver inga 100 millar. Det är inte det. Men skulle du vilja visa dej chicken för hela världen? För här snackar vi alltså världens högsta tittarsiffror genom tiderna. Vaffan är ett hundrameterslopp i OS mot det här? Eller hur John-John, vill du bli världsberömd som mes när du väl står där?"

John-John tog en shot och intygade genast att han förstås hellre dog än gjorde bort sig som världens genom tiderna mest kända fegis. Han skulle säga något mer men avbröts av en kille som såg ut ungefär som han själv som vinglade fram och satte sig och tog en shot och började tjata om något som hade med en rakad pung att göra, eller möjligen gällde det en vadslagning. Det hela var något oklart. John-John försökte komma tillbaks till ämnet och lät sig inte störas av att hans kamrat lyckades trassla fram sin pung till beskådan. Poängen var i alla fall att man hellre dog än blev världens genom tiderna mest kända fegis.

"Fast inte kan man väl ha mord som underhållning?" försökte Gunilla en ny invändning.

"Nu snackar du moral och här befinner vi oss fjärran från såna småsaker", flinade Tajger överdrivet glatt.

"Nej, jag snackar lag", förklarade Gunilla lite surt. "Det är förbjudet att skjuta folk även om man säger att det är bra underhållning. Det kallas mord och du är förmodligen torsk på anstiftan."

Kort förstämning runt bordet, fast mycket kort. Tajger lät dem sväva lite i villfarelsen att den ultimata dokusåpaidén just hade stupat på någon sorts laglig teknikalitet. Han log och skakade på huvudet och lät champagneflaskan svepa runt över glasen så att hälften av innehållet hamnade på bordet och golvet. Sedan pekade han menande mot sitt huvud och visade att här skulle komma ett skarpsinnigt svar även på den småttiga invändningen att det var förbjudet att skjuta folk till och med i lekprogram.

"Emiratet Muscat & Oman på södra Arabiska halvön, grannar Saudiarabien och Jemen, är ni med? Där nere alltså. Där nere är dueller lagliga om det gäller den manliga hedern och det gör det så klart om den som förlorar blir utskämd som chicken i hela världen. Och när det bara är två tävlande kvar till slut, inte fan är det nån som backar ur då."

Resten var mest detaljer som behövde finslipas. Programmet måste ju visas så samtidigt som möjligt i de 57 länder som hittills visat intresse och det var ett rätt knepigt problem, med tanke på tidsskillnaden. Det var ju exempelvis nio timmars skillnad mellan L.A. och Stockholm. Och som förmiddagsteve eller morgonteve var ju formatet mindre lyckat. Men Tajger sa sig jobba på den biten.

John-John var fortfarande intresserad av att hålla den svenska fanan högt i det här gänget, som han sa. För det borde ju självklart bli ett internationellt gäng tävlande, alla stora teveländer skulle väl vara representerade, utom möjligen Egypten och Indien. Sponsorerna skulle inte känna sig komfortabla med risken att en arab eller annan blatte stod som slutsegrare, fast araben kunde mycket väl motivera en plats i början av racet. Risken var väl förstås att även den mest puckade arab skulle fatta upplägget och inse det meningslösa i att vara med om han av marknadsmässiga skäl inte kunde få vinna. Så det blev väl typ en jänkare, en australiensare, en engelsman, en fransman, fastän det var nästan som arab ur sponsorsynpunkt numera, en skotte och en svensk och en italienare, typ. Kanadensare kanske, ett gammalt hockeyproffs borde ju funka.

Tajger hade eldat upp sig men var samtidigt ganska full och började sluddra. John-John sa sig just ha sett en prinsessa som han kände och vinglade iväg, förvånansvärt stadigt och beslutsamt och pungmannen hade somnat.

Tajger menade att det där med prinsessa mycket väl kunde vara sant. Själv var han för gammal för sånt men bratsen var jävligt taggade när det gällde prinsessorna och Kharma var deras favoritställe, deras farsa brukade slinka in här också för den delen.

En advokat med för stor kavaj, oljigt hår och ankstjärtsfrisyr gick just förbi och Tajger gratulerade honom till att ha gått loss på häktningen, det var någonting om att han misstänktes ha tvättat svarta pengar åt en mördare, men snott pengarna och fått torpeder efter sig. Musikvolymen hade ökat sakta men säkert så att det började bli svårt att höra varandra också på det här stället. Klockan var över tre och gratisspriten stod Gunilla upp över öronen och hon började få dåligt samvete eftersom det ändå var måndagsmorgon. Hon försökte göra min åt Mia att det var dags att dra. Men Mia skakade kort men bestämt på huvudet och hällde upp en ny shot från helröret.

"Kom igen nu, Tajger!" tjatade hon, svepte shoten och hällde upp en ny både åt sig själv och Gunilla. "Du hade väl inte tänkt dej att vi två skulle vara med i den där ultimata dokusåpan, den verkar ju mest vara för killar?"

Jo, medgav han trött. Så fick man nog se det, såvida ingen av dom hade oanade talanger för att skjuta grovpistol. Men så piggnade han plötsligt till, torkade av bordet med kavajärmen och spände ögonen i de två kvinnorna, försökte i alla fall.

The sky was the limit, alltså. Pengarna var initialt mindre men sen fanns det ingen gräns för vad som kunde hända i L.A. Finalisterna från flera länder skulle samlas för finalrundan i L.A och då hade dom redan vunnit en miljon dollar var. Hemmafruar, the girl next door, gärna en som jobbade vid löpande bandet på Volvo, han hade sett en jävligt söt tjej med den bakgrunden som hade varit med i "Vem fångar Miljonären?".

Alltså det viktigaste var att det var vanligt hyggligt folk, såna som killar har lättare att tända på, åtminstone om dom relaxar från sina grövsta fantasier. Formatet var amerikanskt, så det gick inte att ta in dom verkligt stora pengarna på producentsidan i Europa, men det spelade ju ingen roll för de medverkande.

Succén hade blivit måttlig i Kalifornien men alla bedömare var överens om att ifall man kunde internationalisera grejen så skulle det smälla till ordentligt, om man exempelvis tänkte sig tjejer från Irak eller Bosnien som tryffel i blandningen och så självklart Sverige. För Sverige var ett måste i den här mixen.

Formatet hette *Do you wanna be a pornstar?*

Gunilla fick ett kort anfall av blixtnykterhet och sneglade på sin kompis Mia som inte såg ut som om hon hade förstått vad orden betydde.

"Menar du att vi ska bli porrstjärnor?" frågade hon lugnt och såg hur Mia plötsligt spärrade upp ögonen.

"The sky is the limit", sluddrade Tajger Heutenberg och grep efter vodkaflaskan, missade, tycktes genast ångra sig och tog fram ett platinakort för att förbereda betalningen. Han verkade inte tro så mycket på sin idé längre, eller om det var Gunillas och Mias entusiasm han tvivlade på. Hans tid som kvällens fynd var i alla fall slut. His time was up.

* * *

Måndagsmorgonen började fint och lugnt, eftersom alla än så länge svävade i ovisshet om stockholmshelgens särskilt intressanta brottslighet, åtminstone den som var intressant för Kommissionen för avancerade villa- och lägenhetsinbrott.

Den enda nya kunskap som tillkommit över helgen var hittills den som rörde Ewas halvt på skämt utlovade intensivstudier i vinkunskap. Hon kunde inte låta bli att göra ett litet nummer av saken när hon parodiskt sakkunnigt redogjorde för vilka överväganden tjuvarna måste ha gjort när de valde och vrakade i de tre vinkällare som hittills stått till deras förfogande. Men det fanns därefter en ofrånkomlig och besvärlig slutsats.

Om en eller flera personer i tjyvligan besatt vinkunskaper på sådan nivå att han kunde gå in i en vinkällare där 99,99 procent av mänskligheten skulle ha varit förlorade och utan besvär plocka ihop en liten korg värd 200 eller 300 000 så var det garanterat en mycket ovanlig tjuv.

Claes Stålhammar som var den i gänget som sysslat mest med tjuvar under sitt yrkesliv påstod tvärsäkert att någon tjuv av det slaget hade aldrig funnits, åtminstone inte i Stockholm. Han kunde förstås inte låta bli att skämta och gjorde en liten utvikning om att med tanke på hur mycket pengar som måste investeras i att skaffa sig sådan sakkunskap så var vår vän vintjuven, eller om de rentav var flera i det sällskap man sökte, tillhörig en samhällsklass som förvisso inte var alltigenom laglydig men dock ytterst sällan sysslade med villainbrott för att berika sig ytterligare.

Ewas analys av vinstölderna hade alltså blivit sista bekräftelsen i de tankebanor där de redan mer eller mindre undermedvetet befann sig. Det här var inga yrkestjuvar som utförde beställningsjobb, i så fall skulle deras urval på brottsplatserna ha varit mycket mer ensidigt. Bara konst till exempel. Bara vin var teoretiskt möjligt också, men då skulle ju tillgreppen ha varit betydligt mer omfattande.

Ligan bestod alltså av personer som utan att behöva förbereda sig eller anstränga sig särdeles kunde gå in i ett rikt hem och tveklöst hitta rätt bland konst, juveler och vin. Överklass, kort sagt.

Och man utgick från att de var tre, fyra personer, med tanke på hur mycket utrymme som gick åt för stöldgods och hur mycket som tydligen krävdes för dem själva i bilarna som de tog med sig. Det var inte sannolikt att bara en av dem skulle besitta all denna kunskap, för då hade han ju fått springa som en tätting mellan vin, juveler och konst för att instruera sina medbrottslingar.

Om tjuvarna var överklass, samma typ av människor som de stal från, så kunde det också kanske förklara den plågsamt svåra delen med deras mirakulösa elektronikkunskaper och deras förmåga som låssmedsartister, påpekade Terje Lundsten. De var inga snillen av det slaget. De råkade bara kunna koderna när de kom till en ny brottsplats. Och de hade haft möjlighet att låna eller kopiera originalnycklarna.

"Vi kommer alltså att få lägga ner en hel del möda på att rita upp bekantskapskretsen utifrån dom bestulna familjerna", konstaterade

Ewa. "Jag har börjat på en grafisk modell, var och en kommer förhoppningsvis att få ett eget exemplar innan dagen är slut."

Samtidigt som det knackade på den yttre tamburdörren, blygt nervöst knackande som inte kom från kriminalkommissarie typ Irwing, insåg Ewa att kanslisten inte hade kommit. Hon blåste av mötet och gick själv och öppnade.

"Hej, förlåt att jag är sen", hälsade Gunilla Österman, tydligt plågad, andfådd, rödögd och alltför mentoldoftande när Ewa öppnade.

"Kom!" sade Ewa. "Du och jag ska dela rum."

Hon tog beskyddande med sig den unga bakfulla systern in på sitt rum och stängde dörren, pekade på klädhängaren och sedan på den mindre arbetsplatsen i rummets bortre del.

"Åh! Jag hatar att komma försent", stönade Gunilla Österman när hon sjönk ner vid sitt alldeles renstädade och tomma skrivbord. "Och det värsta är att behöva hålla på och förklara sig inför gamla sura snutchefer som har morgonpiggheten i generna. Är vi två som ska jobba här inne? Jag trodde det här var en ganska liten utredning."

"Ja, än så länge är det ingen stor utredning, men den kan växa så det blir nog tillräckligt med jobb. Det blev tydligen lång natts färd mot dag igår kväll?"

"Ja, tala inte om eländet, men det ska du tills vidare skita i, åtminstone tills vi känner varandra bättre. Hur är chefen på det här stället?"

Ewa hade svårt att hålla masken och fick anstränga sig för att ta fram stränga blicken.

"Som tur är för dej Gunilla, åtminstone med tanke på hur du började din första arbetsdag, är det jag som är din chef. Hej, hej, jag heter Ewa Johnsén."

"Men det skulle ju vara en polisintendent som var chef?"

"Ja, det stämmer."

"En tjej som är polisintendent, vad häftigt!"

"Det tycker jag med, ärligt talat."

De brast i skratt samtidigt och därmed löstes spänningen upp. Ewa skulle just övergå till att börja instruera om i vilken ände arbetet skulle inledas när telefonen ringde på hennes bord.

Det var KUT, kriminalunderrättelsetjänsten. De hade sedan en tid instruktion att omedelbart höra av sig till specialkommissionen om det dök upp något nytt inbrott som stämde på profilen. Och nu hade det gjort det. En direktör Christensen på Strandvägen hade just ringt och anmält ett inbrott som verkade helt rätt, larm och lås forcerade utan besvär, stöldgods för flera miljoner.

Det kändes nästan som ett genombrott, som en plötslig belöning efter en första arbetsvecka utan annat resultat än sådant som ledde till den dystra slutsatsen att fortsättningen skulle bli både lång och trevande. Men nu hade man alltså för första gången en brottsplats som var alldeles färsk.

Möjligen var det något egendomligt att ägaren till lägenheten meddelat att han inte hade tid att komma ned på någon polisstation för att göra anmälan, men att värdet på det som stulits översteg 10 miljoner kronor. Det verkade som motstridiga besked.

Ewa slog omedelbart det telefonnummer hon fått och fick vänta sju, åtta signaler innan en andfådd kvinna svarade och ursäktade sig med att hon höll på att dammsuga och inte hade hört telefonen förrän hon kom alldeles i närheten. Ewa stönade till men bad kvinnan genast vänligt men bestämt att sluta dammsuga och inte röra någonting förrän polisen kom. Hon bad om portkoden och möttes först av beskedet att den inte fick lämnas ut hursomhelst. Utan att höja rösten lyckades hon förklara att polisen inte var hursomhelst.

Sedan ringde hon in till Claes Stålhammar och bad honom komma. En minut senare knackade han artigt på dörren och hon nickade åt Gunilla Österman att gå och öppna.

"Det här är Gunilla Österman, vår nya kanslist, och kriminalinspektör Claes Stålhammar, vår roligaste polis", presenterade hon och pekade på besöksstolen framför sig.

"Hänt nåt kul?" undrade han med höjda ögonbryn när han vecklade ner sin långa kropp i den alldeles för småttiga stolen.

"Ja, det kan man säga", sade Ewa. "Vi har ett alldeles färskt inbrott, upptäckt för mindre än en timme sen, som stämmer på profilen. Lägenhet på Strandvägen, stöldgods för cirkus 10 miljoner. Jag fick just städerskan att sluta dammsuga och hon sitter och väntar på oss."

"Lite lustigt det där", sade han. "Folk gör ofta så, dom börjar städa efter tjuvarna såfort dom ringt oss. Påminner på nåt sätt om våldtäktsoffer som ställer sig en timme i duschen och skrubbar av sig varenda DNA-molekyl."

"Lustigt och lustigt. Men eftersom du är den av oss som sysslat mest med brottsplatsundersökningar när det gäller inbrott, vill jag att du håller i det här", fortsatte Ewa utan att fördjupa sig i funderingen om hur brottsoffer hade en benägenhet att förstöra polisens arbete. "Hur gör vi?"

"Vi får till att börja med rekvirera ett team tekniker, men vi har ju nån sorts prioritet, så det ska nog gå. Sen är det bra om vi inte klampar in för många på brottsplatsen, men jag antar att du vill se den?"

"Ja, det vill jag", sade hon. "Du ordnar teknikerna och hämtar den utrustning vi två behöver och så åker vi i förväg. Anmälaren sa förresten att han inte hade tid att göra nån polisanmälan och stack tydligen till jobbet så fort han hade ringt polisen."

"Inte hade tid? När han blivit av med grejor för 10 miljoner? Då är han jävligt ovanlig, kan jag säga."

En halvtimme senare körde de upp från polishusgaraget på Bergsgatan. Morgontrafiken hade börjat lägga sig och de var på Strandvägen inom en kvart, klockan var ännu inte tio på morgonen.

Det första de noterade när de ringde på den stora svartbruna ekdörren med överdimensionerad mässingsskylt och efternamnet Christensen i svart skrivstil var att det inte fanns några brytmärken. Städerskan kom och öppnade och de släpptes in genom svarta halvöppna gallergrindar och såg genast en larmpanel intill dörrposten. När de presenterat sig bad Claes Stålhammar att de skulle börja med att sätta sig ner någonstans för att få lite mer upplysningar innan själva arbetet började. Ewa tog fram sin stora anteckningsbok ur handväskan och de gick och satte sig i en soffgrupp som stod just där entréhallen utvidgade sig i en rad med rum som hade fönster ut mot Strandvägen, med markiser som dämpade den starka förmiddags-solen. Lägenheten föreföll oändlig, men påminde mer om någon sorts hotellfoajé än privatbostad.

Städerskan var en robust kvinna i 50-årsåldern som bröt svagt på polska och legitimerade sig utan att visa oro och bara skrattade bort Stålhammars artiga försäkringar om att man inte var från skattepoli-sen och att betalningsrutinerna vad gällde städningen följaktligen var ointressanta. Hon var något så exklusivt som en vit städerska, försäk-rade hon. Och hon hade samma uppdrag från två andra försäkrings-direktörer som bodde i närheten, en direktör Gundell och en Peter-zén och hon fakturerade själva försäkringsbolaget.

Här hos Christensen skulle det städas varannan måndag. Direktör Christensen hade själv kommit in från landet för att släppa in henne, men han hade bara varit hemma i 10 minuter när hon kom och sedan hade han ringt polisen och skyndat iväg till jobbet. Han hade några viktiga sammanträden, sa han.

Claes Stålhammar och Ewa bytte en kort menande blick. Viktiga sammanträden som genast tog över koncentrationen från en stöld i 10-miljonersklassen måste vara rejält viktiga.

"Du sa att Christensen kom hem för att släppa in dej, du har alltså inga egna nycklar?" frågade Claes Stålhammar.

"Nej", sade hon. "Inte till dom andra direktörerna heller, jag vill helst inte ha det ifall nåt händer. Som nu till exempel, då hade väl jag blivit misstänkt?"

"Nej, det hade du nog inte", sade Ewa, "Men det är bra i alla fall, för nu slipper vi ägna tid åt att bevisa att du inte är misstänkt."

Krystyna Johansson, hon var alltså gift med en svensk, tog beskedet om sin förmodade oskuld med fattning och när hon fick en fråga om sin dammsugning försäkrade hon att hon bara hade dammsugit litegrann, i de två sovrummen, men att hon inte varit i närheten av de platser där någonting stulits, en upplysning som muntrade upp de två poliserna.

Därefter gick de husesyn. De tre stora vardagsrummen och arbets-rummet som låg i fil med utsikt över Strandvägen uppvisade inga spår efter tjuvar, sånär som på två stora tomma ytor på väggarna. Krystyna kunde beskriva tavlorna, men visste inte vem som gjort dem, fast hon gissade att det var svensk konst. Den ena föreställde en kvinna på lan-det förr i världen som gick med två hinkar vatten som hon bar med ett ok, den andra tavlan var en lite finare flicka från förr i världen som satt och skrev vid ett bord och så var det något litet kludd, en liten tavla, hon visade ungefär 30 gånger 40 centimeter med händerna, som hade hängt ute i entrén. Det var vad direktör Christensen hade upptäckt innan han måste rusa iväg till jobbet.

Innan de steg in i köket tog Claes Stålhammar fram ljusblåa sko-överdrag i tunn plast och räckte över ett par till Ewa tillsammans med vita gummihandskar, han kunde inte avstå från att skämta om kon-domer.

De hade båda sett det samtidigt. Det var ett stort nyinrett kök som skrek av miljoner med en stor matlagningsö i mitten och en övrig ut-rustning som borde täcka ett normalt restaurangbehov. Längst bort mot fönstret mot gården stod ett ovalt vitt marmorbord som var helt tomt sånär som på en halvdrucken flaska rödvin och fyra glas.

"Det där", sade Claes Stålhammar och pekade mot köksbordet, "är inte direktör Christensen och hans vänner, eller hur?"

"Nä, och han blev jättearg", intygade Krystyna som också fick ett par plastöverdrag att klä över sina skor med.

De gick fram till köksbordet och betraktade fascinerat scenen. Claes Stålhammar tog försiktigt ett av vinglasen runt foten med sin gummi-behandskade hand och höll upp det mot ljuset.

"Som vi väl trodde", konstaterade han. "Dom är urdiskade och av-torkade."

"Château Pétrus 1961", konstaterade Ewa när hon lutade sig fram och betraktade vinflaskan. "Jag skulle gissa på ett pris över 35 000 spänn, och dom har inte ens druckit upp allt."

Claes Stålhammar gav henne en förvånad blick men kommenterade inte hennes expertutlåtande. I stället frågade han Krystyna som stod en meter bakom dem var direktör Christensen förvarade sitt vin.

Det fanns en vinkyl med svärtat glas i köket men när de tittade in där upptäckte de bara ett tjugotal vinflaskor som alla såg betydligt billigare ut.

Krystyna sade sig inte veta var direktör Christensens vin fanns, hon hade aldrig städat i källaren eller i vindsförrådet. Men när hon tänkte efter hade hon hört honom säga någonting om sin vinkällare där nere.

"Okej, då kommer den här flaskan nerifrån vinkällaren", sade Ewa. "Så det saknas nog en del annat där också. När kommer Christensen hem?"

"Det sa han ingenting om, men han sa att han skulle vara upptagen hela förmiddagen", svarade Krystyna.

Claes Stålhammar gick fram till en gigantisk kylskåpsdörr i matt rostfritt stål, öppnade och tittade in en stund. Sedan gick han raka vägen till diskbänken, ryckte först upp fel skåpdörr och sedan den dörr som dolde soppåsen och tittade ner, log nöjt och fiskade upp två ölburkar som han luktade försiktigt på och nickade bekräftande. Och så gick han tillbaks till kylskåpsdörren, höll upp den på nytt och visade Ewa. Det var ganska tomt där inne, men mitt i och rakt fram stod ett sexpack med öl där två burkar saknades.

"Bra va?" log han åt Ewa.

"Ja, verkligen", nickade hon. "Jag ser inga ölglas, har vi tur drack dom direkt ur burken. Medan dom jobbade förmodligen, det där med att dricka ett glas svindyrt vin på värdens bekostnad är ju mer som en avslutningsritual, tycks det."

"Mm", nickade Stålhammar. "Dom vet att dom inte blir störda, dom är helt ostressade och när allt är lastat och klart avslutar dom med att fira segern, typ. Har direktör Christensen en bil nere i garaget? Jag tyckte jag såg en garageport intill huvudentrén?"

"Jo han har bil så klart, men jag vet inte vilken sort. Jag har aldrig varit där nere", svarade Krystyna.

Det ringde på dörren och några minuter senare var det tekniska teamet i fullt arbete ute i köket. Krystyna hade förstås blivit våldsamt förorättad av att man tog hennes fingeravtryck, det var alltid samma problem. Men det gick som vanligt att förklara på ett sätt som de flesta människor accepterade: hur ska vi annars se vilka fingeravtryck som blir över och kanske hör till tjuvarna?

Ewa försökte ringa Christensen, men fick bara tag på hans sekreterare som högdraget meddelade att direktionen satt i sammanträde hela förmiddagen och inte på några villkor fick störas. Efter lunch möjligen.

Claes Stålhammar instruerade teknikerna om de områden där det stulits konst och Ewa skickade hem städerskan, trots att hon först kinkade och menade att hon inte fick lämna lägenheten hursomhelst med främmande. Ewa förklarade tålmodigt att alternativet i så fall var att hon satte sig framför teven och gjorde absolut ingenting de närmaste timmarna och då gick hon, fast argt mumlande på polska.

Ewa tog en ny sväng genom lägenheten. Det fanns nästan inga böcker, men gott om tavlor på väggarna i nästan alla rum. Gardinerna i rummen mot Strandvägen var tunga och blommiga och fick Ewa att tänka på något engelskt, Laura Ashley förmodligen, soffor och fåtöljer var i kretong, inte läder som man skulle kunnat tro, bulliga och stora och genomgående ljusa i färgerna. Det såg mycket genomtänkt ut, rentav för genomtänkt. Det var det som gav intryck av hotellfoajé snarare än bostad. Allt var säkert mycket dyrt och elegant, men det var opersonligt som om det gjorts på beställning och samtidigt. En inredningsarkitekt, tänkte hon.

Här och var stod någon byrå eller fällbord eller ålderdomlig stol som verkade som arvegods, definitivt antikviteter i alla fall. För de passade inte in i stilen på något sätt. I ett stort vitrinskåp som såg skört och gammalt ut fanns en samling tämligen löjeväckande små porslinsfigurer som påminde om sådant som fanns på turistorter och var en av ärkesymbolerna för dålig smak. Fast det här var antagligen dyraste varianten på dålig smak. Små herdinnor med paraplyer och lamm, en ung man som spelade flöjt och såg glad ut, ett andpar och en kvartett med människor i 1700-talsmundering som spelade stråkinstrument, ja det var nog helt säkert den dyraste varianten på dålig smak. Underliga människor och underliga tjyvar, tänkte hon. I nästa ögonblick ryckte hon till av att markiserna utanför fönsterraden ändrade sig med ett brummande motorljud, de styrdes tydligen av solljuset.

* * *

Ewa hade återvänt ett varv upp till kontoret för att få igång Gunilla Österman med början till det sociala schema som fanns mellan ungdomarna i de bestulna familjerna. Och dessutom hann hon röja undan några tjänstebilsärenden innan hon återvände till Strandvägen för att träffa Christensen själv.

Han var klädd som hon hade väntat sig, i mörk kostym, svarta skor och tunna och mycket långa kortstrumpor, förmodligen uppfästa med strumpeband. För när han visade in henne i sitt arbetsrum slängde han upp ena benet över det andra, så att den långa glansiga strumpan syntes och lade armarna i kors utan att dölja händerna. Det var så sådana som han brukade se ut på bilder från bolagsstämmor och liknande, uniformerade och självsäkra. Fast den här mannen dolde en obestämd rädsla under sina inövade gester.

Han var ljusblek, påminde om en albino och gjorde ett högst motstridigt intryck. Han ville peka med hela handen och föra befäl, krånglade när man skulle ta hans fingeravtryck naturligtvis, med någon hänvisning som gick ut på att han var för fin för sådant. Och när han för tredje gången påpekade att han hade ont om tid och hade viktigare angelägenheter än att tala med polisen sade Ewa åt honom på skarpen att det i så fall vore bäst om man kunde använda tiden effektivt, till väsentligheter i stället för gnäll. Så att man inte måste slösa dyrbar polistid med att behöva besöka honom gång på gång. Han blev genast fogligare.

"Vi tar det alltså lugnt och fint från början", förklarade Ewa när hon lyckats betsla honom. "Rent formellt måste det upprättas en stöldanmälan och jag har formulären här. Lugnt och fint alltså. Du kom in från Sandhamn i morse och upptäckte genast stölden?"

"Ja, men jag sa ju redan när jag ringde… "

"Bra. Du låste upp och larmade av?"

"Ja."

"Hur länge hade du varit borta, eller när var någon i familjen senast i lägenheten?"

"Jag hade varit borta i fyra dar, min familj har inte varit här på, få se, ett tiotal dar, dom är ute i Sandhamn."

"När kommer dom hem?"

"Inte förrän i nästa vecka. Hurså?"

"Vi måste ha deras fingeravtryck, av samma skäl som vi måste ha dina. Men då har det alltså inte städats i huset sen ni åkte till Sandhamn?"

"Nej, Krystyna kommer varannan måndag."

"Hon har inte nycklar och larmkod?"

"Nej, naturligtvis inte."

"Vilka personer har nycklar och larmkoden?"

"Jag förstår inte innebörden i den frågan."

"Dom som stal här inne hade troligen tillgång till både nycklar och kod, därför frågar jag."

"Men det är ju bara familjen och vi kan väl inte gärna misstänkas?"

"Du och din hustru. Och?"

"Min son, men han är åtta år."

"Du är 55 år, du har barn i tidigare äktenskap?"

"Ja, men vad har det med saken att göra?"

"Jag måste veta vilka som teoretiskt skulle kunna ta sig in i lägenheten utan att bryta sig in och utan att besväras av ett larm. Du har alltså äldre barn i ett tidigare äktenskap?"

"Ja, två döttrar. Den ena studerar till arkitekt och den andra till läkare."

"Så trevligt. Och dom har koden?"

Han fick förstås ett utbrott och hon fick dra ramsan om att utesluta det självklara först, vilket för ögonblicket hade förvandlats till ren lögn. För det just nu mest tänkbara spåret fanns bland dessa ungdomar, någon spred koder och information.

Det var följaktligen inte särskilt förvånande att han visade sig känna tre av de familjer som hade bestulits av samma liga. För samma liga var det ju helt säkert, det där med att dricka ett särskilt dyrt vin som avslutning var lite för säreget för att vara ett nytt mode bland Stockholms normala inbrottstjuvar.

Han hade inte tänkt på sin bil och sin vinkällare. När de kom dit ner visade det sig som Ewa väntat dels att bilen, en Jaguar av senaste modell i mossgrön färg, var borta. Och dels att larmkoderna där nere var desamma som till lägenheten och att ungefär en låda vin tycktes saknas från vinkällaren. Han hade en dator där också och hon tipsade honom att söka på det dyraste från Bordeaux och Bourgogne och på mindre än en halvtimme hade de fått ihop listan. Vin hade stulits för 381 226 kronor, han hade alla inköpspriserna på en krona när i sin dator.

Den flaska som stod nästan helt urdrucken på köksbordet hade burits upp av tjuvarna till lägenheten innan de hade sin vinprovning, rengjorde glasen och retfullt ställde upp dem med flaskan som ett stilleben på köksbordet.

Förutom bilen och vinet hade det stulits den konst han upptäckt när han kom hem på morgonen. En akvarell av Carl Larsson som föreställde konstnärens unga släkting Hilda i köket på Sundborn, värde 2,3 miljoner. En Anders Zorn, oljemålning, som föreställde Zorns favoritmodell Kersti bärande två spannar vatten med ett rött band runt huvudet. Det var så kvinnor förr i världen, åtminstone i Dalarna, markerade att de var ogifta, värde 6 150 000. Och slutligen en liten August Strindberg som hette "Strand i sommarnatt", värd 2,4 miljoner. Carl Herman Christensen kunde presentera färgbilder på alla tavlorna, han hade dem i sin dator.

Dessutom hade han vid närmare eftertanke kommit på att det saknades en kåsa. En snabb kontroll i datorn visade att den var värd 285 000 kronor, den brukade stå i ett av fönstren ut mot Strandvägen men nu var den borta.

Ewa var osäker på om hon förstått saken rätt, hon måste fråga. En kåsa, en sån där träkopp med handtag som man använde för att dricka ur fjällbäckarna? För 285 000 kronor?

Jo, men den var lite speciell, tillverkad 1905 av Fabergé i Sankt Petersburg i samma teknik som de där äggen, emaljinläggningar och förgylld invändigt.

Ewa räknade ihop de angivna beloppen, två gånger för att vara säker.

"Om vi tills vidare bortser från Jaguaren, så har du alltså blivit bestulen för ett sammanlagt värde av 11 466 226 kronor. Alla dom här exakta summorna är alltså dom belopp som föremålen är försäkrade för?"

"Ja, naturligtvis. Man får inte ha underförsäkrat och man måste ha ett underlag för värderingen."

"Och underlaget är helt enkelt inköpspriset och försäkringstagaren är skyldig att behålla och arkivera inköpsfakturorna?"

"Självfallet och i all synnerhet om man har en förtroendepost på ett försäkringsbolag så måste man ha ordning på papper av det här slaget."

"Jag utgår från att det rör sig om ganska moderna inköp?"

"Ja, faktiskt. Från den senaste tioårsperioden skulle jag säga. Men hur vet... "

"Och det är helt enkelt inköp från Buckan?"

"Ja visserligen, men vad har det med... "

"Men när du köper exempelvis konst på auktion så går det väl inte till så att du går ner och sitter och viftar offentligt med vad du köper eller försöker köpa?"

"Nej, jag är tyvärr i den situationen att jag ligger under massmedialuppen var och varannan dag. Vad jag har för konst hemma är min ensak och ingenting som ska stå i tidningen."

"Nej, det verkar som en klok strategi. Så om du köper så sker det genom ombud eller skriftligt bud?"

"Ja, eller med budgivning via telefon."

"Och så kan du diskret och anonymt hämta ut godset någon tid efter auktionen?"

"Helt riktigt. Men nu måste jag be att få påpeka att jag inte känner mig särskilt komfortabel med dom här frågorna. Polisen ifrågasätter väl inte mina uppgifter?"

"Inte alls. Jag ville bara konstatera att det aldrig stått i tidningen att du har konst för tiotals miljoner i hemmet."

"Nej, det har inte stått i tidningen."

"Inga små kändisreportage med stolt ägare framför sin konstsamling eller så?"

"Nej gubevaremej. Såna uppvisningar ger jag mej inte in på, det blir det inte precis några pluspoäng av."

"Så dom som visste vad som fanns att stjäla här hemma är såvitt du känner till bara familjemedlemmar eller vänner?"

Han tystnade plötsligt och kröp ihop bakom skrivbordet, lutade sig bakåt och lade armarna i kors över bröstet, på direktörsvis med öppna händer. Ewa uppfattade det som om han blivit skrämd, men han var ju också en rädd typ. Hon valde att vänta ut honom med pennan höjd och frågande min i stället för att putta på honom med en följdfråga.

"Den fråga du ställde", sade han till slut med ansträngningen att hålla sig lugn och kontrollerad fullt synlig, "innebär att du implicit misstänker mej för försäkringsbedrägeri, vilket väl ändå vore lätt paradoxalt med tanke på var jag har min anställning. Alternativt misstänker du mina vänner, dom flesta välförsedda med konst för övrigt, eller min familj. Och det tänker jag faktiskt inte finna mej i."

"Försäkringsbedrägeri kan vi utesluta direkt", svarade Ewa fort utan att låtsas om mannens underförstådda hotelse. "Vi har nu en serie inbrott med samma tillvägagångssätt, en liga alltså. Men just du borde ju också veta hur motvilliga försäkringsbolag är att acceptera inbrott utan uppbrutna lås och med mystiskt forcerade larm, eller hur?"

"Nej, det känner jag faktiskt inte till. Jag deltar inte i den dagliga operativa verksamheten utan sysslar med finanserna. För övrigt har jag mycket svårt att föreställa mej att jag skulle råka ut för den typen av svårigheter."

"Det har jag också, inte minst med tanke på att du som du påpekat har en förtroendepost i bolaget. Nej, titta inte på klockan är du snäll, då måste vi bara ta upp varandras dyrbara tid med att träffas igen. Nu vill jag veta två saker. Dels vilka som kände till din konstsamling, dels vilka som hade tillgång till larmkoden och så en liten sak till. Saknar du några reservnycklar till bilen?"

Det sista var ett gammalt trick som gick ut på att få igång den motvillige med en första enkel fråga.

Och finansdirektören i landets just då mest skandalomsusade försäkringsbolag saknade faktiskt ett par reservnycklar till Jaguaren som skulle ha legat i en antik silverskål på hans skrivbord. Silverskålen stod kvar, men nycklarna var borta.

Och arbetsrummet visade inga spår efter letande eller rotande. Tjuvarna tycktes ha vetat exakt var reservnycklarna låg. Till och med Carl Herman Christensen, med det självklara tilltalsnamnet CH, blev betänksam av insikten. Fortfarande motvilligt men utan överdriven svansföring och utan att käfta emot gav han därefter Ewa alla de upplysningar hon ville ha. Det blev en lång och illuster namnlista.

* * *

Henric Gundell kände sig på optimistiskt stridshumör. Den där liknelsen som någon bankkille i Malmö kommit med för några år sedan om näringslivets ledare som en flock adrenalinstinna babianhannar var inte så dum. Åtminstone inte om man visste vad man talade om, alfahannen i flocken hade sju, åtta centimeter långa huggtänder i överkäken och till och med lejonen höll sig undan från en babianflock med en eller flera sådana herrar i mitten.

Han skulle stå för sammanfattningen i ett av de viktigaste del-momenten i näringslivets nu snart treåriga kampanj för bättre tillväxt. Man hade hittills spelat sina kort väl och planen hade varit genial i sin enkelhet.

På den tiden den gamla arbetsgivarorganisationen SAF hade funnits hade LO haft en självklar motståndare. LO gjorde anspråk på att företräda folket och SAF uppfattades som företrädare för "direktörerna" eller överheten eller ondskan i största allmänhet. Och denna dualism, som för övrigt passade medierna alltför väl, gott mot ont svart mot vitt, hade gett LO en alldeles för stark ställning i samhällslivet. Och förra generationens SAF-killar hade alltid varit totalt förutsägbara, och därmed idealiska motståndare för sosseriet, genom att tjata om återhållsamma lönekrav, ansvar för samhällsekonomin och allt det där som bara fick vänsterjournalisterna att skriva om företagsledningarnas löner för att visa på så kallade orättvisor.

Men efter sammanslagningen mellan SAF och gamla Industriförbundet till den gemensamma organisationen Svenskt Näringsliv hade strategin kunnat göras om i grunden och nu hade den börjat bära frukt. I stället för att tjata om skattesänkningar och låga löner för bemanningen, vilket bara fick funktionen av något högerspöke för allmänheten, hade man äntligen lyckats hamra in begreppet tillväxt.

Tillväxten var bra för alla i samhället. Tillväxten var inget särintresse, tillväxten var förutsättningen för allas välstånd. Tillväxt, tillväxt, tillväxt.

För två år sedan hade statsminister Göran Persson använt ordet tillväxt sex gånger i regeringsdeklarationen. Förra året fem gånger. Men innevarande år inte mindre än sexton gånger! Och sossarna skulle rentav ha en särskild kongress av något slag som helt och fullt var tänkt att ägnas åt frågan om tillväxt.

Ingen vettig människa kunde vara emot tillväxt. Utom möjligen miljöfolket och kommunisterna, men det var ju desto bättre att kunna slå in den kilen mellan sossarna och deras stödpartier.

Man hade ägnat de föregående åren åt att erövra huvudstaden från landsbygden, en del av de unga ekonomerna hade skojat om Maos enhetsfrontstaktik. I en oändlig serie konferenser med små och stora företagare och kommunalpolitiker från Ystad till Haparanda hade man skapat gemenskap kring begreppet tillväxt. Henric Gundell hade offrat mycket tid på detta rent ideella arbete.

Och nu när alla politiska krafter att räkna med var överens, var det dags att skörda. För nu måste ju nästa fråga ställas, hur denna för alla befolkningslager eftersträvansvärda tillväxt skulle kunna organiseras.

Svenskt Näringsliv hade då tagit nästa steg och skjutit in sig på tre områden:

Förmögenhetsskatten, de urbota idiotiskt krångliga reglerna för småföretagare samt sjukfrånvaron.

Det var svårt, till och med för proffssossar och journalister, att vara för regelsystemet för småföretagare och hög sjukfrånvaro. På så vis var förmögenhetsskatten den svåraste biten, eftersom den var omgiven av så mycket sentimentalitet och rättviseretorik.

Alltså var det ett hedersuppdrag att få ansvaret att presentera Svenskt Näringslivs syn på förmögenhetsskatten och han hade förberett sig väl inför presentationen i Grands spegelsal. Henric Gundell ansågs ganska allmänt vara en av de mest medryckande och övertygande talarna i gänget och det var han väl medveten om, och stolt över. Men han hade också fått mycket stryk i medierna på senare år, så det var inte bara ett förtroende, det var också en fin uppställning från grabbarnas sida att visa att man inte brydde sig om skriverierna när man valde sina företrädare. Det var ett förtroende han hade ansvar att förvalta väl. Och det gick inte att slarva, man måste tänka på allt. Viktigast var att journalistjävlarna inte kom åt honom före och efter själva anförandet.

Lättast var det att gardera sig mot attacker på väg in, mikrofoner som sträcktes fram från alla håll av journalister som gapade om bonus och styrelsearvoden. Man hade försett honom med fyra stadiga livvakter och spritt ett rykte om att det fanns en hotbild på grund av all hatisk journalistik. På så vis kunde han utan att bromsas upp ta sig hela vägen från ingången upp till talarstolen utan störningsmoment. Livvakterna fungerade som en båtstäv som tryckte undan svallvågor av mikrofoner och kameror. Inte aggressivt, men bestämt. Han njöt av ögonblicket när han uppe i talarstolens trygghet såg ut över den stora församlingen och väntade på att sorlet skulle lägga sig. Just nu visste han att han var oslagbar.

"Förmögenhetsskatt. Är ett ord som leder tanken fel", började han och väntade in fullkomlig tystnad innan han fortsatte. "Den stora majoriteten av vår befolkning vill som vi alla här i salen främja välstånd och tillväxten i vårt land. Välstånd och tillväxt, tillväxt och välstånd. Dom är oskiljaktiga som siamesiska tvillingar och så långt är vi ju alla överens. Men den stora majoriteten föreställer sig också att förmögenhetsskatten är någon sorts jämlikhetsinstrument. Ungefär som inkomstskatten där den som tjänar mest naturligtvis skall betala mest i skatt. Fair enough, ingen i dagens samhälle motsätter sig den idén.

Men med förmögenhetsskatten förhåller det sig inte så. Det är bara ordet som förleder tanken. För dom mest förmögna behöver ju inte betala någon sådan skatt. Jordegendomar, konst, smycken och till och med vin är undantagna denna skadliga och djupt orättfärdiga skatt. Och dom av oss som är särskilt lyckligt lottade kan naturligtvis efter behag placera om sina förmögenheter så att man undviker skatten. För den som är rik, för att tala klarspråk, finns ingen svårighet att med fullt lagliga medel undanröja sin förmögenhetsskatt. Och dom allra rikaste är som bekant undantagna ändå, av nationalekonomiska skäl."

Där gjorde han sin första planerade konstpaus för att samla in en del fniss och skratt, alla visste ju att det fanns en lika modern som desperat lagstiftning som föreskrev skattefrihet för somliga miljardärer, på grund av hotet att de annars skulle ta sitt pick och pack och flytta utomlands.

Men det gällde att vara sparsmakad med skämten. Han fick inte verka arrogant och överlägsen. Han måste vara allvarligt bekymrad för landets skull och inte för sin egen, framför allt fick det inte upp-fattas som om han talade i egen sak. Och det skulle fortsättningen förhoppningsvis kunna klargöra bortom varje rimligt tvivel.

"Jag sa att förmögenhetsskatten är skadlig och djupt orättfärdig och det menade jag verkligen. För låt oss nu vara fullkomligt uppriktiga, det här är en diskussion som kräver en ärlig vilja från i vanliga fall ganska olika parter att verkligen förstå varandra. Skadlig och orättfärdig. Det kan verka som hårda ord.

Men det är verkligen skadligt när 300 000 medborgare, som alls inte hör till de mest förmögna, långt därifrån, belastas med denna skatt. Dom som har sparat pengar för sin ålderdom. Eller änkan som bor kvar i hennes och hennes älskade mans hus i Stockholms skärgård där dom strävat ett helt liv tillsammans, dock i ett hus som har fått senare tiders skattemyndighet att tillskriva henne en förmögenhet i form av utsikt, en förmögenhet som bara finns i teorin men som skall beskattas i praktiken. Detta är orättfärdigt.

Jag sa skadlig. Javisst är det det. Ekobrottsmyndigheten tillkänna-gav nyligen att mer än 100 000 svenskar har sina betalkort knutna till en bank i något så kallat skatteparadis. Vi inser alla vad det handlar om. 100 000 svenskar försöker med olagliga medel smita utomlands med sina sparmedel och tar sen sina levnadskostnader på det utländska bankkortet.

Om vi för ögonblicket bortser från den moraliska eller juridiska aspekten på denna skatteflykt. Vilket jag känner på mej att somliga journalister och politiker är oförmögna att göra…"

Där gjorde han på nytt en planerad paus för att samla in lite skratt.

"… så är det skadligt. Skadligt för vår tillväxt, för oss alla, att inte dessa pengar hellre kunde investeras lagligen i vårt eget land. Då skulle det gynna vår tillväxt, då skulle vi alla kunna tillgodogöra oss fördelarna. Medan pengar anonymt undanstoppade på någon av kanalöarna eller i Gibraltar inte gör nytta för någon, inte ens för den som av bristande skattemoral eller självbevarelsedrift har valt att placera sina sparmedel där i stället för att investera dom för allas vårt bästa.

Förmögenhetsskatten är alltså skadlig eftersom den hämmar tillväxten. Och den är orättfärdig för att den ofta drabbar en änka i skärgården men aldrig min gode vän Persson på Hennes & Mauritz." Han väntade in skratten och gjorde sig klar för själva utspelet. Det hade dividerats fram och tillbaka i månader om saken i styrelsen för Svenskt Näringsliv, men till slut hade den linje segrat som poängterat att det viktigaste var att vinna. Man måste placera frågan om tillväxt i centrum för all politik, hade man väl klarat av den saken skulle resten gå så mycket lättare. Han drack lite ur sitt vattenglas innan han gjorde utspelet och skänkte än en gång en tacksam tanke till styrelsen som gett honom förtroendet att sätta ansikte på utspelet, eftersom han bara fått stryk i medierna under senare år. Vilket i och för sig gjorde utspelet än mer intressant så att det fick större publicitet.

"Svenskt Näringsliv sysslar inte med politik", började han lågt och med perfekt maskhållning. "Det är vårt ansvar att peka på vad som är bra för Sverige och för det svenska företagsklimatet. Men det är knappast vårt ansvar att delta i diskussionen om hur skatteskalorna skall se ut. Det är politikernas sak. Men som alla andra medborgare har vi knappast kunnat undgå att observera… (konstpaus) … hur angeläget det alltid tycks vara för politiker att hitta finansiering till någon reform. Ökar man barnbidragen måste man minska försvarsanslagen och så vidare.

Och nu har vi ett förslag, ovanligt nog med just den innebörden. Den inkomst som regeringen tror sig förlora på en avskaffad förmögenhetsskatt… kan man ta ut genom en höjning av bolagsskatten."

Han väntade lugnt in störtfloden av kcamerablixtar och stigande mummel i lokalen. Nu var det dags att knyta ihop säcken.

"Vi är normalt inga anhängare av höjd bolagsskatt eftersom vi som företagare anser att välståndet och tillväxten drivs framåt mer av allas vårt gemensamma arbete än av fiskala åtgärder. Men vi är å andra sidan på rena och sakliga grunder så starkt övertygade om förmögenhetsskattens skadlighet för tillväxten att vi ändå beslutat oss för att föra fram detta förslag. Höj bolagsskatten med ett par procent. Vi tycker inte om det. Några av oss kommer kanske att gnälla. Det är inget lätt förslag att föra fram, men ändå gör vi det. För förmögenhetsskatten är till skillnad från bolagsskatten både orättfärdig och skadlig! Det är vårt förslag."

Applåderna blev inte riktigt lika starka som han hade väntat sig, men han visste att han gjort ett starkt intryck och han hade till och med trott på varje ord han sade och sådant brukade synas. Dessutom var ju detta tal mer avsett för tevepubliken ute i stugorna än näringslivsfolk i Stockholm som var naturligt allergiska mot varje form av företagsbeskattning.

Livvakterna kom fram för att skyffla undan journalistskocken så att han kunde börja röra sig upp mot den sal där presskonferensen skulle följa. På en presskonferens kunde man alltid spela ut journalisterna mot varandra men här var de a pain in the ass när de försökte tränga sig fram en och en och ställa sina tjatiga och alltid lika enfaldiga frågor om ens rent personliga angelägenheter.

Han visste väl med sig att han skulle få dra det tyngsta lasset på presskonferensen. Den småländske småföretagaren som talat rejält, grovkornigt och på absolut rätt dialekt om absurditeterna i den lagstiftning som försvårade livet för var svensk småföretagare hade gjort mycket väl ifrån sig. Likaså deras nya vd för Svenskt Näringsliv som talat om problemet med svenskarna som å ena sidan världens medicinskt friskaste folk, å andra sidan det mest sjukskrivna folket. Hon hade passerat alla blindskären utan att slinta, sossarna var extremt överkänsliga för varje antydan om att det fanns ett överutnyttjande av dessa bidrag. Enligt socialdemokratisk dogm var alla sjukskrivna mycket sjuka och ärliga punkt slut.

Han gick programenligt undan med sina livvakter och fikade i ett slutet rum med folk från staben. De dunkade honom i ryggen och gratulerade till ett strålande framförande, vilket de möjligen skulle ha gjort under alla förhållanden. Men han viftade undan alla försök att komma med taktiska råd i sista minuten. Det var bättre att slappna av en stund. Det enda svåra att ta ställning till som återstod nu var tidpunkten när man måste bryta presskonferensen.

För journalistjävlarna skulle självklart börja med frågan om höjd bolagsskatt mot avskaffad förmögenhetsskatt, det var det som var en så kallad nyhet. De blev tokiga som ett stim pirayor av något som kunde kallas nyhet. Och det gällde alltså att hålla grytan kokande så länge som möjligt, helst med dem som enligt journalisternas hierarki skulle fråga först, de från teve och radio.

Där fanns bara ett orosmoment och det var somliga radiojournalister. Henric Gundell hade haft så starkt ljus i ögonen när han stod i talarstolen att han inte observerat om den där finlandssvensken eller hans italienske kompis fanns i publiken. För i så fall skulle det ju bli bonus, styrelsearvoden och pensioner alldeles för tidigt.

Det gällde också att låta journalisterna rada upp sig och komma i ordning innan man steg in i rummet, så att man inte började med någon pinsam longör för att sladdar skulle dras över podiet eller liknande.

Det såg fint ut när han och småföretagaren steg in med den kvinnliga vd:n för Svenskt Näringsliv mellan sig. De satte sig och hon hälsade välkomna och bjöd upp till frågedans.

Naturligtvis kastade sig tevejournalisterna, de som alltid hade rätt att börja, över frågan om förmögenhets- och bolagsskatt och alltså var det han som omedelbart hamnade i fokus.

Det var till en början rätt lätt. Han rynkade pannan, talade långsamt och såg bekymrad ut. Jo, det var sant att det var ett mycket ovanligt, och ärligt talat inte helt okontroversiellt, beslut att hellre förespråka höjd bolagsskatt än att låta den viktigare frågan om avskaffad förmögenhetsskatt sjunka till botten. Men man hade diskuterat saken ingående inom näringslivet och kommit fram till att detta ändå var vad som skulle gagna tillväxten mest, och därmed landet i sin helhet.

Det gällde att säga tillväxt så ofta som möjligt, det var de alla tre noga peppade att komma ihåg.

Nej, han hade sannerligen inget personligt bekymmer av förmögenhetsskatt. Det hade man ju inte, som han redan förklarat, med verkligt höga inkomster. Han hade visserligen teoretiskt kunnat göra sig av med den förmögenhetsskatt han själv betalade, men hade helt enkelt inte haft tid med den typen av manövrer. Vilket än en gång visade på det orättfärdiga i denna beskattning, eftersom de som led av den inte hade samma möjligheter att göra sig av med eländet.

Där fick han inte in ordet tillväxt, jäklar.

Jo, visst var det ett stort bekymmer att hundratusentals svenskar fuskade med denna skatt, de som hade utländska bankomatkort exempelvis. Men det var bara ett litet exempel. Den totala kapitalflykten var på 400 miljarder. En politiker skulle säkert kunna anlägga en mängd aspekter på det. Men han var inte politiker, han såg främst till tillväxten. Och tillväxten var ingen så kallad särfråga, inget egenintresse för just anställda inom näringslivet. Tillväxten var den största ekonomiska angelägenheten för alla svenskar, för hela folket oavsett politiska åsiktsskillnader.

Där fick han in ordet tre gånger, det var bättre.

Han trivdes i de starka lamporna och kcamerablixtarna. Det var inte alla som gjorde det, en del av grabbarna kände sig genuint okomfortabla i den här situationen. Desto bättre då att han var där och kunde sköta det hela med gott humör.

Och allt gick galant så länge tevejournalisterna tog för sig av sin frågaförsträtt. Men näst finast i den underliga mediala rangordningen var dessvärre radiojournalisterna och som han redan väntade sig, han hade upptäckt fanskapet bakom horden av tevefolk, ställdes första frågan från division två, radion, just på finlandssvenska:

"I ett berömt uttalande av dig själv säger du att du lärde dina barn vid morgonmålet att int använda ordet rättvisa. Har du plötsligen ändrat dej?"

Det var så där de mest hårdskjutna journalistjävlarna ställde frågor, kort påstående som var sant, kort fråga som skulle få en att framstå som tvivelaktig. Men just idag var Henric Gundell oslagbar, kände han.

"Vi kommer tydligen in på en filosofiskt intressant sidofråga", började han med alldeles äkta road uppsyn. "Visst, jag varnade mina barn för diskussionen om rättvisa. Men då handlade det om lönerna i näringslivet och det är, som du kanske uppfattade, inte vad jag talade om idag. Marknaden bestämmer våra löner, det är ofrånkomligt och då blir diskussionen om rättvisa meningslös. Marknaden bryr sig inte om rättvisa. Men idag gällde det ett *orättfärdigt system* där gamla änkor tvingas från sitt och mannens hem under ett helt gemensamt liv för att någon myndighet utnämnt henne till förmögen. Det är sannerligen en helt annan sak."

"Så du menar att det är orättvist?" följdfrågade finlandssvensken blixtsnabbt.

Henric Gundell valde att skrattande vifta bort frågan och vd, som genast uppfattade hans bryderi, tog ordet och föreslog att man skulle gå in på småföretagarnas fiskala och byråkratiska helvete, eftersom också det var ett av de största hindren mot tillväxt.

Tevejournalisterna lydde genast och därmed var faran över. Det blev mediamässigt en stor dag för Svenskt Näringsliv. Och för Henric Gundell, vilket var särskilt välförtjänt eftersom det var längesedan.

Han och Carin åt middag ensamma hemma den kvällen och han var på strålande humör och berättade, utan att särskilt förbättra historien, om hur han hade satt till och med den där jävla finlandssvensken på plats. Men när han talat för länge om samma saker påpekade hon sötsurt att om hon förstod det hela rätt, så skulle hans förmögenhetsskatt närma sig noll från och med nästa år. För det var väl ändå en av de bärande idéerna med att köpa Håtuna?

Då övergick han till sitt naturintresse och planerna på hjorthägn och vilka fina promenader de skulle få på ålderdomen.

IV.

FANNS DET NÅGOT särskilt skäl för just förmögna människor att känna varandra? frågade sig Ewa. De mest skiftande intressen kunde ju leda till rikedom, allt från brott till uppfinningar. Och vad skulle man nuförtiden räkna som förmögen? Knappast "miljonär" i alla fall eftersom det ordet i stort sett betydde villaägare. Men om man satte gränsen vid 10 miljoner? Varvid för övrigt samtliga familjer som blivit bestulna av Vinkällarligan – Claes Stålhammars term hade satt sig snabbt – med god marginal hamnade innanför gränsen. Då kunde det väl röra sig om 30 000 personer i Sverige, kanske så mycket som 40 000.

Bland dessa 30-40 000 bodde väl åtminstone 40 procent i Stockholm. Men i den kategorin borde ingen statistiskt sett kunna känna mer än en promille av de övriga.

Den matematiska logiken var obestridlig. Det var omöjligt en slump att Vinkällarligan drabbat en avgränsad bekantskapskrets. Alltså fanns ett samband mellan dem och det var inte städpersonal, inte hantverkare, inte leverantörer av larm eller gallergrindar. Just där hade mycket arbetstid gått åt för att i stort sett fastställa det man varit nästan helt säker på från början.

Carl Herman Christensen, den räddhågsne finansdirektören på det stora skandalbolaget i försäkringsbranschen, hade som väntat inte avvikit från de andra brottsoffren vad gällde personlig ekonomi och icke-kriminellt förflutet. Att hans taxerade förmögenhet föreföll något blygsam, bara 22 miljoner, i förhållande till vad han tjänat de senaste åren var lätt att förklara. Hon hade själv sett den från all förmögenhetstaxering borttrollade rikedomen hänga hemma på hans väggar. Han var en lika osannolik inbrottstjuv eller försäkringsbedragare som alla andra i vänkretsen.

Teoretiskt återstod ett fullkomligt okänt och osannolikt samband som ännu inte visat sig, eller som man helt enkelt inte tänkt på. Fast det senare trodde hon inte på, för tänkts hade det gjorts. Följaktligen var det bland barnen i familjerna man måste söka gärningsmännen, alternativt anstiftarna eller tipsarna. Som det såg ut hittills var det inte mycket mer att grubbla över utan bara att köra vidare på den linjen.

Men midsommarhelgen närmade sig och det framgick redan av taxeringsuppgifterna i det växande pappersmaterialet att mer än hälften av familjerna då sannolikt skulle befinna sig på öar ute i Stockholms skärgård eller på västkusten.

Hon blev plötsligt ångestfyllt medveten om att hennes första ensamma midsommarhelg i livet närmade sig. Som barn alltid med mamma och pappa. Som tonåring och ogift alltid ute och röja någonstans med kompisar och under de senaste tretton åren med hennes och Hasses gemensamma vänner, de som inte längre var gemensamma.

Hon tvingade sig fort tillbaka till de tankebanor som rörde jobbet.

Det mest önskvärda vore att man kunde genomföra så många förhör som möjligt på så kort tid som möjligt med dessa ungdomar. För så fort man börjat skulle snacket gå i hela bekantskapskretsen och kanske varna sådana som inte borde varnas. Hon gjorde upp en lista med kallelser till förhör måndagen den 28 juni från klockan 10:00 och framåt så att hela första omgången skulle kunna klaras av på en dag. Det borde gå om alla hjälpte till och ingen måste ut på brottsplatsundersökning just då. Den risken föreföll visserligen betydande. Det var storhelg och alla rika människor var bortresta så det var onekligen ett perfekt läge för Vinkällarligan. Men det bekymret fick man ta när det kom.

Första förhörsdagen förhör med helst alla barn och ungdomar i de bestulna familjerna. Andra dagen fick man ge sig ut och jaga upp nya förhörsobjekt för hand, de som man fått tips om under första dagen.

Sedan tog det väl någon vecka att bearbeta förhörsmaterialet och därefter på dem igen och då vore det väl själva den om man inte började närma sig något.

Hon visade Gunilla Österman en mall på hur kallelserna till förhör skulle se ut och gav henne samtidigt en plan med namnlistor, passbilder och grafiskt uppritade samband mellan förhörsobjekten, de samband man redan kände till. Allt skulle kopieras och delas ut till alla som jobbade i utredningen.

"Den där känner jag igen!" sade Gunilla Österman och tvärstannade på väg tillbaks mot sitt skrivbord. "Honom träffade jag på Kharma."

"Umgås du i såna kretsar?" undrade Ewa nyfiket och gick över till det andra skrivbordet där de bredde ut dokumenten.

"Där är han!" pekade Gunilla Österman. "Han kallas John-John."

"John Lundbäck, studerar på Handelshögskolan, son till en ytterst välgympad mor Linda och med tre träffar. Han känner tre av de andra ungarna", noterade Ewa. "Är ni nära vänner?"

Gunilla Österman rodnade så att hon märkte det själv och förklarade nervöst att hon rodnade bara för att hon kände sig dum. Det var alltså den där första urjävliga måndagsmorgonen när hon hade kommit försent. Kvällen innan hade hon varit och träffat några dårar på överklasshaket Kharma, det var en kompis till henne som absolut tyckte att de skulle hänga på när chansen dök upp, för på ett sådant ställe släppte de ju inte in vanligt folk, bara bratsen, gangstrar och kungligheter. I alla fall hade de träffat den där teveproducenten vad han nu hette som höll på med dokusåpornas Rolls Royce och vad det var. I varje avsnitt skulle man skjuta förloraren tills det bara fanns en kvar och han skulle få alla pengarna. The winner takes it all, typ.

Ewa började gapskratta, lika oväntat för henne själv som för Gunilla Österman, men det där var det dummaste hon hört, en kanonpuckad idé!

"Jamen dom skulle göra det i nåt araband där det var tillåtet med dueller", påpekade Gunilla Österman lite sårad över att nästan ha gått på något som var kanonpuckat.

"Spelar ingen roll!" fnittrade Ewa, torkade skrattårarna och ansträngde sig för att kväva nästa skrattanfall. "Vilka jävla dårar! Mörda en deltagare i varje avsnitt? Hur bara kan dom komma på nåt så sjukt?"

"Men om alla ställer upp frivilligt... ?" invände Gunilla Österman. "Jag tror dueller förbjöds i Sverige på 1600-talet så att inte adeln skulle ta kål på varandra. Sen dess kan vi inte mörda någon med hänvisning till frivillighet."

"Jamen, dom skulle ju göra det i Saudiarabien eller nåt?"

"Har ingen betydelse. Den som ger sig in i den där leken planerar att eventuellt mörda nån. Och den som därefter gör det har planerat och förberett mordet och genomfört det med uppsåt och dessutom för vinnings skull. Klockrent. Det blir livstid säkert som amen i kyrkan om det så sker i Saudiarabien eller på månen. Svensk lag gäller för svenska medborgare som begår brott utomlands om brottet har ett straffvärde som överstiger två år."

"Du har läst juridik, va?"

"Ja, jag har en jur kand och ett halvårs tingsmeritering, det är därför jag är chef över killarna där ute. Från det ena till det andra, vad gör du över midsommarhelgen?"

"Jag ska vara ute på landet med mina föräldrar och min son, det är min tur att ha honom över en storhelg."

"Jaha, vad trevligt. Då ordnar du dom där utskrifterna och distribuerar dom till björnligan där ute?"

Hon gick tillbaks till sin plats och tog itu med en liten hög med kamerala ärenden som fortfarande dominerades av tjänstebilsfrågor. Stockholmspolisen svarade för kommissionens budget, det var huvudprincipen. Men eftersom två av de kommenderade polismännen hörde till andra distrikt hade det förefallit enklast att de disponerade sina egna tjänstebilar. Det var en kostnad som liksom lönen för dem borde stanna på det egna distriktet. Enligt ekonomiavdelningen på Stockholmspolisen. Men inte alls enligt en växande hög skrivelser från distrikten.

Hon bollade tillbaks frågan för tredje gången till Stockholms budgetavdelning och anslagsgranskare. Därefter tog hon itu med den lilla posthögen, som mest bestod av svar från SKL och rättsgenetiska i Linköping och analyser från Stockholms tekniska avdelning vad gällde fingeravtryck och liknande. Där fanns åtminstone två positiva besked. Man hade DNA från två olika individer som druckit öl direkt ur burken uppe hos Christensen på Strandvägen. Tjuvarna hade varit noga med fingeravtryck men förbisett att en halv droppe saliv på en ölburk var lika avslöjande. Hade man haft den ordning i Sverige som någon överoptimistisk kristen politiker föreslagit, att alla svenskar skulle finnas i ett DNA-register, så hade hela utredningsarbetet nu varit i praktiken klart. Då hade man haft två av gärningsmännens identitet. Nu hade man deras DNA, men ingen misstänkt att jämföra med.

Och man hade två fotavtryck från Christensens kök. Det var samma sak där. När man väl fick misstänkta att jämföra med så kunde materialet ha ett avgörande bevisvärde. Men först då, så de misstänkta fick man hitta på annat sätt.

Hon gav de tekniska rapporterna till Gunilla för att kopiera och distribuera till alla medarbetare.

Ett vadderat brungult kuvert i A4-storlek låg kvar i posthögen och såg ut som allmän dårpost. Dessutom var det misstänkt tungt. Men det var hennes namn, hennes nya namn och rätt stavat och med rätt titel på utsidan.

När hon försiktigt pillade upp kuvertet, den här typen av försändelser gjorde henne alltid illa till mods, och alldeles särskilt om det var lite tungt, trillade något tjockt metalliskt ut som var inneslutet i ett antistatkuvert. Hon vände det i handen och förstod genast vad det var.

Inne i det vadderade kuvertet låg ett kort brev, utskrivet från dator:

Översänder härmed hårddisken till herr förbrytaren O.P. Anderssons olyckligtvis stulna dator i hemkontoret. Hårddisken har genom livets oli-

ka omständigheter kommit mig tillhanda, men jag är övertygat att inne-
hållet, herr förbrytarens samtliga intellektuella ansträngningar under se-
nare år, gör sig betydligt bättre i Edra förtjusande händer än i mina.
P. Noël

Hon satt alldeles stilla en lång stund. Det här var alldeles för bra för
att vara sant. Dessutom hade materialet råkat dyka upp när det rådde
stiltje i kommissionens arbete, i väntan på förhörsstormen som skulle
komma efter midsommarhelgen.

Fast nu gällde det att göra allting rätt in i minsta byråkratiska de-
talj. Först upprättade hon ett beslagsprotokoll över 1 st hårddisk en-
ligt uppgift från Orvar Peter Anderssons dator, fast med okänd ägare,
som inkommit till myndigheten si och så datum och klockslag. Hon
undertecknade i sin funktion som polisiär gruppchef på Ekobrotts-
myndigheten, hämtade tre tunna plastpåsar och pillade försiktigt in
hårddisken och brevet i varsin. Det vadderade ytterkuvertet var vid
det här laget så kontaminerat av olika människors fingeravtryck,
bland annat hennes egna, att det kunde hanteras mer vårdslöst på väg
in i sin beslagspåse.

Hon slätade ut plastpåsen runt själva brevet och betraktade hand-
stilen och läste texten på nytt. Det fanns några små språkfel, i kon-
trast med den nästan ålderdomligt sirliga stilen i tilltalet. Brevet var
skrivet av en man med någon sorts högre utbildning, trots de små fe-
len. En mer driven handstil än man såg nuförtiden, borde alltså vara
en man åtminstone 50 plus. Poststämpeln var svensk men svårtydd,
möjligen rörde det sig om posten på Arlanda. Inte mycket att funde-
ra över. Tyckte hon först, som om hon förträngde vad hon såg med
egna ögon.

Hon lade undan beslagen och slog fram O.P. Andersson i registren
– han kallade sig alltid så, det var ett skämt med brännvinssorten –
och fann att om han gjort någon polisanmälan om inbrott så skulle
det ha skett på Norrmalms vaktdistrikt.

Hon ringde arkivarien som stönade till när han förstod att hon frågade om en inbrottsanmälan. Men han lät sig fort tröstas av att det inte gällde längre tid än någon vecka tillbaka, hittade snabbt anmälan och mejlade över den.

Det var som hon anat. O.P. Andersson hade haft ett alldeles för vanligt inbrott i sitt hemmakontor och anmält en stulen dator, en cd-anläggning och diverse sprit och förstörelse, någon vält bokhylla och liknande.

Det såg alltså ut som ett vanligt intjack på lägsta begåvningsnivå. Ärendet var förstås redan avskrivet. Inga poliser hade slösat tid på att besöka brottsplatsen och vad som återstod var en diskussion, förhoppningsvis petig och långdragen, mellan O.P. Andersson och ett försäkringsbolag, förhoppningsvis skandalbolaget som Christensen jobbade på, som skulle sluta med att man sent omsider och ytterst ovilligt betalade ut halva värdet på den stulna datorn, en fjärdedel av värdet på cd-spelaren och inte ett öre för den påstått stulna spriten. Så gick det ju till i vanliga fall när det gällde vanliga inbrott.

Men detta var inget vanligt inbrott. Det var bara skickligt maskerat för att se ut så. Målet för tjuvarna hade varit hårddisken som nu låg i en beslagspåse framför henne, sedan några minuter ett lagligt beslag genomfört av behörig tjänsteman på till och med rätt avdelning på Ekobrottsmyndigheten. Hon måste visserligen få beslaget bekräftat av chefsåklagaren på avdelningen inom stipulerad tid, men det var inget bekymmer. För ur O.P. Anderssons synvinkel hade nu hans aktuella biografi, åtminstone i väl valda kriminologiska delar, hamnat på sämsta tänkbara plats efter ett inbrott.

Och O.P. Andersson svävade för närvarande i den förödande villfarelsen att eftersom inget skriftligt dokument hade försvunnit från kontoret hade han bara råkat ut för en liten irritation. Dessutom trodde han säkert som de flesta svenskar, buset såväl som hederliga, att alla mejl och annat som han raderat, eller alla de dokument han upprättat, printat ut och sedan förstört verkligen var förstörda. Men allt fanns kvar, precis som den anonyme brevskrivaren så vänligt påpekat i sitt följebrev.

Alltså var O.P. Andersson snart fast och inom lås och bom. Hon hade velat ta honom för flera veckor sedan när hon fortfarande var kvar på Ekobrottsmyndigheten men åklagarna där hade blivit oroliga när hon redogjort för hur hon hade kommit över den information som skulle ligga till grund för beslut om anhållande och husrannsakan, nämligen genom telefonavlyssning.

Inte deras egen telefonavlyssning, givetvis. För enligt den ordning som rådde för detta så kallade tvångsmedel krävdes att den misstänkta gärningen var belagd med minimum två års fängelse. Minimum.

Men enligt de lagar som reglerade den ekonomiska brottsligheten i landet, som förmodligen omsatte tio gånger så mycket pengar som den mer handfasta brottsligheten, fanns inte ett enda brott som var belagt med ett så högt minimistraff som två års fängelse. Den som stal en miljard kunde alltid komma undan billigare än så. Följaktligen kunde Ekobrottsmyndigheten aldrig använda sig av telefonavlyssning.

Ewa hade fått sina kunskaper om O.P. Anderssons brottslighet från en helt annan avlyssningsoperation som gällde vapentrafik och torpedverksamhet som styrdes från ett fängelse. Bland överskottsinformationen fanns ett telefonsamtal där O.P. Andersson i detalj redogjorde för hur han skulle tvätta 10 miljoner i knarkpengar mot en ringa avgift, *courtage* kallade den fräcke jäveln det, på en miljon.

En kollega och före detta nära vän på rikskrim som hållit i den där vapenutredningen hade tipsat henne om O.P. som visserligen var en statist i det sammanhang som rikskrim utredde, men som ändå borde tas in. En synpunkt som Ewa till en början betraktat som helt oproblematisk.

Men höga vederbörande på EBM hade dragit öronen åt sig. Visserligen hade man flera utredningsuppslag som gällde den här brännvinsmannen och visserligen borde det vara närmast en hjärtesak att lyfta en sådan av banan ett slag. Men EBM hade argusögon på sig. Man fick aldrig göra fel, eftersom det kunde leda till att ekonomiska förbrytare jämrade sig i teve om hur orättvist förföljda de var.

Hellre vänta på ett renare och mindre komplicerat skäl för husrannsakan, eller åtminstone ge sig till tåls så att Högsta domstolen fick utreda frågan om just överskottsinformation via telefonkontroll. Typiskt åklagarresonemang. Och så gick O.P. loss den gången utan att ens ana hur lyckligt lottad han var, eller hur tacksam han borde vara för viss ämbetsmannaprudentlighet.

Hon insåg att hon febrilt satt och tänkte sig bort från annat, fördjupade sig i vilken som helst byråkratisk fundering för att komma undan det hon misstänkte.

Hon hade nämnt både O.P. Anderssons namn och adress för Pierre. Mycket vin den kvällen, men dumt i alla fall. Obegripligt dumt om man tänkte efter, och jävligt onödigt.

Och Pierre hade beskrivit sig som en skicklig tjuv. Och här hade hon ett inbrott framför sig som var mycket skickligt, eftersom det var så effektivt maskerat, genomfört med en stor skruvmejsel förmodligen.

Hon ringde Erik Ponti, för hastigt och impulsivt men inställd på att bara komma fram till hans röstbrevlåda. Men han svarade på andra signalen.

"Hej… hej, det är Ewa Johnsén. Tack för senast till att börja med!" fann hon sig ändå rätt snabbt.

"Nämen hej Ewa, kul att höra av dej. Har du redan fångat vintjuvarna?"

"Nej, men det maler på. Vi tar dom nog. Är Pierre kvar i landet?"

"Nej, han flög tillbaka till Korsika i förrgår, hurså?"

Det fanns något lite för vänligt och sympatiserande i Pontis tonfall. De hade talat om henne.

"Jo, jag fick in ett tips här som kommer att leda till att vi fångar en ganska stor fisk och så kom jag att tänka på… förresten, vad säger dej signaturen under ett anonymt brev som skrivs P. Noël?"

"Var det från honom du fick tipset?"

"Ja."

"God jul i så fall."

"Va?"

"Du har fått brev från jultomten, fast på franska, från Père Noël."

"Då har jag dessvärre, och oss emellan än så länge, anledning att tro att Pierre har begått ett inbrott."

"Va? Pierre, ett inbrott? Det har jag mycket svårt att tänka mej."

"Till mej sa han att han var tjuv, en mycket framgångsrik tjuv."

Det blev en lång tystnad från Erik Ponti.

"Du Ewa", sade han till slut. "Pierre har vad man brukar kalla ett något äventyrligt förflutet som han tydligen inte anförtrott dej, åtminstone inte än. Varför vet jag inte, men jag vill inte lägga mej i. Du är väl medveten om att Pierre blev... mycket förtjust eller mer än så, hur man nu ska uttrycka det, i dej?"

"Jasså... har han sagt det själv eller är det en journalistisk observation?"

"Gör dej inte till!"

Nu var det hennes tur att dra ut på svaret.

"Nej förlåt! Ja alltså... jag blev väl ganska förtjust i Pierre också", fick hon till slut ur sig.

"Jamen, då är det ju desto bättre men det där får ni reda ut själva. Och om Pierre av någon anledning har romantiserat sin bakgrund så förstår jag inte varför och är dessutom osäker på om det ens angår mej. Men så mycket kan jag ju säga att tjuv är han inte. Tillbaks till jobbet oss emellan. Du kommer alltså att ta en intressant ekonomisk förbrytare?"

"Ja, högst sannolikt. Men inte Vinkällarligan, det dröjer nog något."

"Vinkällarligan? Kallar ni dom så? Det var ju rätt fyndigt, men i alla fall så är vi här på Dagens eko mer intresserade av ekonomisk brottslighet än den vanliga våldsverksamheten som våra ärade kolleger i kvällspressen skildrar tämligen utförligt. Så när det blir dags så ringer du mej igen?"

"Ja, det är ett löfte."

"Bra. Vill du ha Pierres telefonnummer på Korsika?"

"Nejtack, han har mitt."

"Jag förstår. Ja hej så länge och se nu till att sätta fast dom!"

Typiskt fegt, tänkte hon när hon lade på luren. Om hon bara hade sagt nejtack till att få Pierres telefonnummer så hade det varit en sak. Det blev en annan sak när hon demonstrativt påpekade att han hade hennes nummer. Både ja och nej, parodi på den kvinnliga könsrollen.

Hon tvingade sig på nytt tillbaks till sitt professionella jag och ringde till Gruvan nere på Ekobrottsmyndigheten, som låg mindre än sex, sju minuters promenad från hennes eget kontor. Gruvan var den tekniska avdelningen på EBM där beslagtagna datorer och annan teknik bars in för att dissekeras på sina hemligheter. Den låg längst ner i källaren, vilket var den ena tänkbara förklaringen till den jargongmässiga beteckningen på avdelningen. Den andra tänkbara förklaringen var förstås att grävandet i misstänkta ekoförbrytares datorer var en verksamhet som högst naturligt kunde föra tankarna till en guldgruva.

Hon fick tid genast efter lunch, om en dryg timme. Hon övervägde om hon skulle ta beslaget med sig ut på lunchen för att slippa gå tillbaks upp på kontoret och hämta det innan hon skulle ner till EBM. Men det blev ett kort och lätt beslut, med tanke på den mardröm som skulle uppstå om hon råkade ut för något så i och för sig osannolikt som att bli av med handväskan på lunch. O.P. Andersson var inte värd ens den minimala chansen.

Hon bjöd med sig Gunilla Österman och gick upp på lunchrestaurangen i polishuset eftersom det var närmast. I lunchkön träffade hon just den gamla kollegan från våldet som gett henne ingångstipset på O.P. Och som senare fått veta att det inte lett till någonting för att åklagarna var för skrajsna för varken första eller sista gången. Desto gladare blev detta tillfälliga möte, de skämtade om att ingen polis trodde på tillfälligheter och att de således såg Guds hand, när Ewa kunde berätta att hon äntligen fått rejält slag på den där busen eftersom hon kommit över hans hårddisk och han själv än så länge svävade i lycklig okunnighet om det lika oblida som rättvisa öde som väntade honom. Kollegan som hette Anna Holt var, förutom en av dessa före detta nära vänner som centrifugerats ut från umgänget av någons skilsmässa, biträdande chef uppe på rikskrims våldsrotel och jagade sedan länge det mer brutala och handfasta buset. Men hon sken verkligen upp när hon hörde den glada nyheten, eftersom hon sade sig ha en känsla av att alldeles för många svindlare och bedragare sprang omkring på fri fot, dom som gjorde de stora klippen, medan vi snutar arbetade som bävrar med att plocka in bottenskrapet.

Ewa presenterade Gunilla Österman och Anna Holt för varandra. De valde alla tre alternativet vegetarisk lasagne och satte sig sedan tillsammans. När Anna Holt förstod att Gunilla var kanslist och inte polis gjorde hon en orientalisk dyrkansgest med handflatorna tryckta mot varandra och förklarade att sådana som du gör skillnaden mellan fiasko och framgång i en utredning och att besparingarna hellre borde ha siktat in sig mot taggtrådsätarna och kättingbajsarna i den Nationella insatsstyrkan, mot ordningspolisens övertaliga innebandyspelare, mot Säpos avdelning mot internationell ekonomisk brottslighet som hittills inte hittat en enda dylik brottsling, mot vadsomhelst utom kanslisterna.

"Om Ewa är för bossigt macho och kör med dej så sök genast jobb uppe hos mej", sade Anna Holt som om hon faktiskt menade allvar. "Tänk så många fler barnamördare, kvinnostrypare och sadistiska våldtäktsmän vi skulle kunna fånga om bara nån hjälpte oss med alla papper."

"Försök inte, Anna!" spelade Ewa med i den halvt allvarliga komedin, "tar du min kanslist ifrån mej så stryper jag dej!"

"Då får du ligga i lilla gumman, jag är en jävel på att slåss sen min tid på Säpos skyddsenhet, du vet när jag passade kungabarn. Fast dom var mindre på den tiden och gick nog och la sig i anständigare tid. Fast vad sysslar du med nuförtiden som är så inihelvete viktigt att du fått en kanslist?"

"Inbrottstjyvar", svarade Ewa lakoniskt.

"Nämen allvarligt?"

"Jo, det är sant. Jag leder en specialkommission för att leta upp en liga som har väldigt exklusiv smak när det gäller konst och juveler. Och vin med, för den delen."

"En specialkommission för att jaga tjyv? Och du skämtar inte?"

"Nej inte alls. Vi jobbar hårt och har god sysselsättning för vår dyrbara kanslist, eller hur Gunilla, visst trivs du hos mej?"

"Jadå. Skall jag resa mej upp och niga också?"

"Jag ger upp", suckade Anna Holt och petade i sin lasagne. "Sådan är världen, dom som jagar tjyvar får kanslist och dom som jagar mördarna får inte kanslist, allt har sina prioriteringar."

"Dom stjäl från fint folk och ligger på ett snitt kring 10 miljoner per villa och dom lägger nog inte av förrän vi tar dom", förklarade Ewa och började äta som om samtalsämnet var uttömt.

De åt någon minut under tankfull tystnad.

"Jag hörde att du skiljde dej från Hasse", sade Anna Holt. "Det var väl inte en dag för tidigt. Jag vet, för jag var ju också gift med en sån."

"Det var inte en dag för tidigt", intygade Ewa fort och med markerat ointresse att fördjupa sig i samtalsämnet. "Du är också skild Gunilla, jag antar det med tanke på dina dagisrutiner och helger?"

"Visst, det är klart att jag vart skild, min kille var också snut, en sån där snut som aldrig kan närma sej ett dagis eftersom mänskligheten hela tiden kräver att han skall ägna sej åt nåt som är så viktigt att han luktar öl när han är klar med uppdraget."

"Vi vet! Vi vet till och med bättre", fnissade Anna Holt. "Även i de extrema fall då båda är poliser så är den manliga polisens arbete alltid oändligt mycket viktigare just vid dagistid, eller hur Ewa?"

"Jag har ingenting emot poliser, en del av mina bästa vänner är poliser", svarade Ewa med sträng mask som om hon blivit förolämpad.

De båda andra tittade skamset förskräckt på henne men då viftade hon menande upp och ned på ögonbrynen och alla tre brast samtidigt i skratt. Hon var bra på den där grimasen, men hade inte haft användning för den på länge.

Anna hade en föredragning och måste plötsligt rusa iväg, men hon och Ewa hann bestämma att träffas till helgen och bli lagom fulla på vin, först kom de överens om hemma hos Ewa men ändrade sedan fort till hemma hos Anna eftersom hon hade en ohängd son som inte kunde få disponera lägenheten ensam hursomhelst. Det spelade ändå ingen roll var, de hade ju inte setts på länge och det vore kul att prata skit ett slag.

Tjugo minuter senare gick Ewa in genom portarna på EBM, Eko-brottsmyndigheten nere på Hantverkargatan, och konstaterade nöjt att de i alla fall inte hade dödat koden på hennes passerkort. Hon tog trapporna ner till Gruvan och lämnade in hårddisken och en kopia på beslagsprotokollet till den alltid lika gladlynt optimistiske LYJ, han kallades så för att han hette Lars Yngve Jonsson, och han gnuggade överdrivet förväntansfullt händerna när han snabbt och sakkunnigt inspekterade det beslagtagna materialet. Ingen ny extrem teknik, kopieringen skulle gå på mindre än en halvtimme. Och sedan kom det roliga. Vad skulle man leta efter?

"Allt", log Ewa. "Ingångsärendet handlar dels om bedrägeri mot SE-banken och sen efterföljande penningtvätt via två advokater och en liknande penningtvätt åt herr Dracula, Drakulic på Kumla, du vet. Men sen är det rena upptäcktsfärden, den här pellen har i stort sett genomfört allt sånt som vi påstås bekämpa. Om jag är lite pessi-mistisk säger jag att vi hittar ett hundratal brott och femton, tjugo medbrottslingar. Vi kommer att behöva bussar till fångtransporten vid tillslaget, men det är ju inte ditt problem."

"Får vi advokaterna också?" undrade LYJ hoppfullt.

"Ja, antagligen efter första kvartens letande på hårddisken, jag ska ge dej närmare sökdatum sen, men först kopieringen, va?"

"Prisa Gud här kommer skatteåterbäringen!" härmade han en re-plik från Kalle Ankas julparad som alla småbarnsföräldrar kunde till leda men som Ewa bara svagt kände igen. Innebörden var i alla fall helt klar. Här kom skatteåterbäring, fast åt andra hållet.

Hon tog hissen upp till sin gamla, eller noga räknat egentliga, arbetsplats på 6:e kammaren och gick raka vägen bort i korridoren utan att se in i sitt eget nedsläckta rum. Det var en annan stämning här än hos polisen, man kände den direkt när man kom in, bara en sådan sak som att nästan hälften av arbetskamraterna var kvinnor och att det stod blommor i fönstren, att det var ljust och luktade på ett helt annat sätt än i en normal poliskorridor.

Alla rum låg med glasdörrar och fönster ut mot korridoren, även chefens på kammaren, chefsåklagare Bodil Walström. Ewa och hon hade ett något kyligt förhållande sedan förundersökningen mot O.P. Andersson lagts ned, trots den goda prognosen för vad en husrannsakan hade kunnat erbjuda. Nu gällde det förstås att inte visa något gammalt missnöje, nu gällde det att få förundersökningen öppnad på nytt. Rätt eller fel, klokt eller oklokt, modigt eller fegt spelade ingen roll, det var alltid åklagarmakten som hade det avgörande ordet.

"Hej Bodil, här kommer jag med en present", sade Ewa och knackade symboliskt på den öppna glasdörren.

"Nejmen Ewa, vad kul! Kom in, sätt dej, hur går tjuvjakten?" hälsade chefsåklagaren i en enda överraskad utandning när hon tittade upp från pappershögarna framför sig.

"Det är nog mer än fifty-fifty att vi tar dom där tjyvarna, men det blir mycket gnet och vi får ingenting gratis som det verkar hittills", svarade Ewa när hon satte sig.

"Och du hälsar på av hemlängtan, eller?" frågade chefsåklagaren med markerat tydliga undertoner. Det var typiskt henne, hon ödslade inte tid på rundsnack, inget kvinnor emellan där inte, utan rakt på sak.

"Ja, du vet ju att jag alltid blir glad att se dej, Bodil", svarade Ewa i samma underförstådda tonfall. "Men nu har jag en present, från jultomten faktiskt."

Hon tog upp beslagsprotokollet, sträckte sig fram och lade det framför åklagarens händer.

"Det här är nästan för bra för att vara sant", sade Bodil Walström när hon snabbt ögnat igenom det kortfattade beslagsprotokollet.

"Någon skänker oss självaste O.P. Anderssons huvud på ett fat. Är det inte så man måste uppfatta det här?"

"Jo, det är så jag uppfattar det."

"Och vem är denne någon?"

"Jultomten, som jag sa."

"Förlåt?"

"Det ligger i bilagan under själva beslagsprotokollet, ett brev från den anonyme donatorn, undertecknat P. Noël. Det är franska för jultomten."

"Jasså minsann", sade åklagaren och tog fram dokumentet och läste det mycket noga och långsamt. Sedan vände hon sig mot fönstret, lade ifrån sig sina läsglasögon och satt och såg ut mot himlen en stund utan att säga ett ord. Ewa tänkte nervöst igenom läget på nytt, hon kunde inte se någon hake. Det var ett lagligt beslag. EBM hade rätt att ta del av innehållet. I vad mån bevis om pågående eller tidigare brottslighet visade sig i materialet var det bara att organisera tillslaget. Resten var kära chefsåklagarens sak i domstolen. Det kunde inte finnas någon lucka den här gången.

Men den enerverande tystnaden drog ut olidligt långt. Bodil Walström var bara några år äldre än hon själv, men var otränad och överviktig och klädde sig tantigt och hade mallig obegriplig konst på väggarna, konst som man inte såg vad den föreställde. Till skillnad från direktör Christensens tavlor, tänkte Ewa trotsigt.

"Vill du vara snäll att stänga dörren", sade chefsåklagaren när hon äntligen vände sig om mot Ewa efter sin fönsterbetraktelse. Tonfallet var mer eftertänksamt än ovänligt. Ewa reste sig, gick och stängde dörren och satte sig på nytt med ett försök till absolut utslätat ansiktsuttryck.

"Jag har några frågor och jag kan inte nog understryka vikten av att du besvarar dom ungefär som om du svurit vittneseden. Är det klart?" började hon med ett tonfall som hon antagligen använde i rättssalen. Ewa ansträngde sig att inte känna sig som misstänkt.

"Naturligtvis", svarade hon, plötsligt lite torr i munnen.

"Den här hårddisken, härrör den från ett inbrott hos vår vän O.P. Andersson?"

"Ja."

"När ägde det inbrottet rum och har det undersökts?"

"Det ägde rum i förra veckan, i onsdags, eller natten mellan onsdag och torsdag. Norrmalmspolisen har redan avskrivit ärendet. O.P. har anmält en stulen dator, en cd-anläggning, diverse ospecificerad sprit och lite skadegörelse."

"Så det förefaller alltså, vilket Norrmalmspolisens snabba handlande bär vittnesbörd om, som ett alldeles vanligt litet inbrott?"

"Ja."

"Men det är det inte?"

"Nej."

"Nämligen, eftersom målet var den hårddisk du nu lagligen tagit i beslag?"

"Ja, det är också min slutsats."

"Så då har vi en tjuv på vår sida?"

"Nåja. En tjuv som vill hjälpa oss av okänd anledning, skulle jag vilja säga."

"Men den tjuven är inte händelsevis polis?"

"Det har jag inte den ringaste anledning att tro."

"Och vad är det då för motiv du kan ana hos denna allmänhetens tjänare, herr jultomten?"

"Jag vet inte. Men ana kan jag och då anar jag att det är någon som vill att O.P. skall åka fast ordentligt, någon som dessutom tycks vara rätt begåvad."

"Brevskrivaren? Jultomten själv?"

"Möjligt, men inte säkert."

"Och du vet inte vem det är?"

"Nej."

"Det inställsamma för att inte säga intima tonfallet i följebrevet skulle ju kunna ge det intrycket."

"Ja, kanske. Men jag vet inte vem det är."

"Jaha. Och var befinner sig själva hårddisken i detta ögonblick?"

"Nere i Gruvan hos LYJ, den bör snart vara kopierad."

"Här går det undan i backarna."

"Ja, jag har ju min tjyvkommission att sköta, tjänade in lite tid."

"Låt mej tänka en liten stund."

"Visst, självklart."

Chefsåklagare Bodil Walström vände på nytt sin fjärrskådande blick mot fönstret.

Ewa föreställde sig att hon kände sig som de gjorde på andra sidan förhörsbordet, buset, när de som det verkade hade klarat av ett förhör men ändå inte kunde känna sig säkra. Svagheten i hennes position var att hon misstänkte Pierre för att vara tjuven, på ganska goda grunder dessutom. Men han var inte polis och hade inte stulit på något polisiärt uppdrag. Beslaget var vattentätt lagligt. Som tur var hade hon inte fått frågan om hon *anade* att hon kände den tjuv som lyckliggjort dem, antagligen för att det väsentliga för en åklagare var att fastställa att det inte rörde sig om ett olagligt beslag, att det absolut inte fick vara en polis som begått inbrottet.

"Då ska vi gå till beslut!" sade chefsåklagaren när hon plötsligt och energiskt vände sig om i stolen och såg Ewa rakt i ögonen. "För det första kommer jag att häva det här beslaget."

Ewa blev alldeles kall, men ansträngde sig att inte röra en min och inte börja komma med invändningar. Hellre vänta ut fortsättningen. Fega satmara, tänkte hon.

"Beslaget kan ju nämligen med fördel hävas nu när vi redan har en kopia", fortsatte åklagaren, plötsligt överraskande vänlig och rentav munter. "Och för det andra har jag en *plan*, som dom säger på film. Och för det tredje har jag just öppnat förundersökningen mot O.P. Andersson på nytt. Nu ska vi ta honom. Bra, va!"

"Jaa… till och med mycket bra. Men vad är det för *plan?*"

"Du företräder ju specialkommissionen si och så för avancerade inbrott och vad det var? Det är ju en trovärdig adress i sammanhanget, så skriv till den här skojaren och meddela att beslaget rörande hans hårddisk är hävt och föreslå honom en tid att komma upp och hämta den. Han är nämligen från och med nu anhållen i sin frånvaro."

"Och när han kommer upp till mej så tar vi in honom?"

"Just det. För du har väl stora och starka poliser i din grupp?"

"I alla fall ett par långa poliser. Om jag förstår din *plan* rätt så gäller det att ta honom med fullständig överraskning."

"Ja, för vi har ju en del irriterande erfarenheter av förslagna herrar av det här slaget. Så fort dom ser att ett tillslag är på gång så barrikaderar dom sej, bränner ett och annat papper, tvingar oss att rota i deras toaletter och kastar sej på telefonen och förstör alltid något för oss."

"Jag ser fram mot det här, faktiskt. Han kommer upp till mej och spelar allan som vanligt, van att inte åka fast. Jag buntar ihop honom, ringer dej och därefter sker tillslaget utan störande inslag?"

"Visst, om det nu verkligen är hans hårddisk vi har nere i Gruvan. Och har vi honom sen anhållen så bör ju studierna av hans samlade flit som brottsling ge nya skäl att alltefter som förlänga anhållnings- och sen häktningstiden. Och om Gud är god får vi till och med sätta tänderna i dom där advokaterna med ankstjärtsfrisyr. Det här var, måste jag säga, ett väldigt stimulerande möte!"

* * *

"Inte gnälla över ett litet inbrott nu, CH, tänk på att det är det vi lever på, hur skulle världen se ut för oss utan inbrott!" avbröt Henric Gundell fryntligt när CH verkade som om han ville förlänga historien om tjuvar och korkade och oförskämda poliser långt utöver den väsentliga informationsbiten.

Henric Gundell, hans vice vd Peppe och CH hade dragit sig tillbaka till direktionsvåningens sammanträdesrum. Det såg lite ödsligt ut med bara tre personer tätt tillsammans längst bort från dörren vid det stora blankpolerade sammanträdesbordet i något svartrött och helt säkert utrotningshotat träslag. Där fanns plats för åtminstone tjugofem män i mörk kostym, slips, svarta skor, strumpeband och portfölj. Men dessa tre män satt i skjortärmarna med kavajerna upphängda på stolsryggarna bakom sig.

Bolagets högsta företagsledning hade alltså dragit sig undan i synnerligen viktig överläggning och alla röda lampor lyste. Ingen av dem fick på villkors vis störas innan de kom ut självmant. Så var rutinerna. Dessa män förvaltade ett kapital som översteg 200 miljarder.

"Då kör vi, ge oss alternativen CH!" kommenderade Henric Gundell.

Det hela visade sig ha kokat ner till två alternativ. Kostnadsbiten var i flera avseenden tämligen ointressant, det handlade naturligtvis om ett pris i marknadslägets överkant i båda fallen. Men eftersom det rörde sig om vad som åtminstone initialt måste förefalla som en långsiktig investering så kunde man ju, med hänsyn till det inbäddade värdet i en tämligen säker framtida prisstegring på medellång sikt, bortse från att priset i båda alternativen kunde te sig högt i dagsläget.

"Jaja, gott och väl", suckade Henric Gundell. "Men finns det lämpliga kärringar i båda alternativen?"

Det fanns det, hävdade CH. I båda fastigheterna fanns åtminstone tre, fyra gamla damer som efter vad kreditkontroll visat knappast skulle orka med hyreshöjningar på ett par hundra procent, vilket ju var den eftersträvade effekten. Alltså skulle det bli lägenheter lediga på ett ovanligt smidigt sätt, genom att tanterna flyttade frivilligt. Eller rättare sagt, när de erbjöds flytta tillbaks till sina renoverade lägenheter och fick kännedom om vad den nya hyran skulle bli, torde de tacksamt ta emot erbjudandet att bo kvar i den reservlägenhet de fått disponera under ombyggnationen. Så långt fortfarande allt lika vad gällde de två alternativen.

Det var ett mycket bra upplägg, berömde Henric Gundell och Peppe nickade genast bifall. För med den här turordningen kunde ju ingen gnälla över de höga kostnaderna för lägenhetsrenovering som kommunisterna, förlåt journalisterna, alltid tycktes snoka upp och trumpeta ut som närmast nationella angelägenheter.

Peppe tyckte sig dock se en svaghet i upplägget. Om kärringarna fick nys om att de stod inför en ombildning till bostadsrätter så skulle de ju inte vara så dumma att de släppte hyresrätten ifrån sig.

"Det har dom inte ekonomi för", tröstade CH. "Dom måste ju kasta upp en dryg mille på bordet. Vårt underlag visar att det knappast är en realistisk risk."

"Jag är ledsen om jag är slaven på triumfvagnen men jag måste nog pröva ett riskresonemang i alla fall", ursäktade sig Peppe. "Antag nu att Moster Agda, Faster Beata och Tant Cecilia faktiskt begriper, alternativt får hjälp av näriga släktingar och blivande arvtagare att begripa affärsidén. Vid ombildningen köper man 10 miljoner och betalar med en. Arvtagarnas intresse av att tills vidare bistå sina kära tanter borde ju då bli avsevärt, eller?"

"Jag tror vi har löst den biten", smålog CH. "Då blir det ju en fråga om tanternas eller deras arvtagares uthållighet. Antag att Agda och Beata kastar in handduken direkt, vilket ändå är det mest sannolika med tanke på deras nya hyreskostnad. Men att, vad hette ditt tredje tänkta exempel?"

"Tant Cecilia."

"Så var det ja. Antag vidare att Tant Cecilia gamblar, därtill encouragerad av gnidna blivande arvtagare. Hur länge håller hon då ut med den nya hyran? Och hur länge vill gnidna släktingarna betala på sin gambling? Vi kommer ju att klargöra vårt ointresse av att ombilda till bostadsrätter eftersom uppenbar affärslogik talar för en långsiktig investering."

"Jag hör vad du säger", nickade Peppe tankfullt. "Så blir vi av med tanterna utan att dom sprattlar i någon tidning, så långt allt grönt. Men på sikt kan det ju bli lite backfire där, när det visar sig att den långsiktiga investeringen i dessa fastigheter inte blev fullt så långsiktig utan, sakligt sett, en förlustaffär. Jag är inte helt säker på att styrelsen skulle känna sig komfortabel med den utvecklingen."

"Nej det är klart, inte om hela förloppet genomfördes inom samma bokföringstermin eller så, då skulle det ju se konstigt ut", medgav

CH. "Men det är ju så praktiskt ordnat, jag hoppas i alla fall att ni håller med om det, att renoveringen tar åtminstone ett år. Och lägger man ytterligare sex månader på det, om vi säger till exempel att Tant Cecilia hängde med ett tag innan hon vek ner sig, så har det ju runnit mycket vatten under bron. Styrelsen har inte ens samma sammansättning och affären är för liten för att intressera nån och dessutom kan vi aldrig, med vår stora omsättning, lägga fram ett underlag i minsta detalj till styrelsemötena. Det skulle bli alldeles för plottrigt."

Henric Gundell fick anstränga sig att hålla masken och bara sitta framåtlutad över bordet med händerna under hakan och försöka se ut som om han var mycket eftertänksam. CH var en fjant och när ord som "vika ner sig" uttalades med hans nästan kvinnligt ljusa röst och rädda tonfall så var redan det skrattretande. CH var en sådan som vek ner sig bara man hostade lite argt. Och han blev dessutom fenomenalt komisk, säkert utan att förstå det själv, när han omständligt och som om det vore en naturlag förklarade att man måste göra styrelsen den tjänsten att man inte redovisade "minsta detalj" eftersom det skulle bli "alldeles för plottrigt". Fantastiska underdrifter. Hade det sagts på engelska hade det helt tvärsäkert varit utslag av rå humor. I CH:s fall var det bara självbedrägeri och ynkedom. Men business var business och CH var en jävel på att räkna och oumbärlig på så sätt.

"Är vi alltså klara så långt?" frågade CH och såg mot Henric Gundell som bara nickade kort och tankfullt utan att ta bort händerna under hakan.

Om allt var lika så långt i de båda alternativen, fortsatte CH, så kom man alltså in på de mer subjektiva omständigheterna.

Aj fan, då kommer han att bli lite krånglig för att låtsas att vi talar om något annat än det vi talar om, tänkte Henric Gundell utan att röra en min.

De facto gällde de två alternativen en fastighet längst bort på Strandvägen, tröskade CH nervöst vidare. Vid Djurgårdsbron ungefär, det var alternativ ett. Eller en fastighet uppe vid Stureparken, sista kvarteret före Valhallavägen, alternativ två. Ingenting skiljde de två alternativen åt när det gällde tidsplan eller antal Agdor, Beator eller Cecilior.

Däremot var det, med tanke på en del inte alltför lustiga erfarenheter, mer sannolikt att en ombildning till bostadsrättsfastighet skulle väcka större medial uppmärksamhet om det gällde Strandvägen, i synnerhet om barn till direktionen fanns bland de lyckligt lottade hyresgästerna.

Men om nu exakt samma operation genomfördes på fastigheten uppe vid Stureparken var det fullt möjligt att man helt skulle kunna undgå denna oönskade mediala uppmärksamhet. Alternativt, om man ändå råkade ut för den, skulle den i vart fall bli avsevärt mindre.

Som CH bedömde det var detta den enda återstående knäckfrågan.

"Å ena sidan... ", började Peppe tveksamt eftersom Henric Gundell inte gjorde min av att säga något, "så har materian i frågeställningen kokat ner till ett enkelt pr-problem. Å andra sidan... ska man kanske inte underskatta den biten?"

Henric Gundell sade ingenting och visade ingen reaktion, han tyckte plötsligt det var rätt kul att se de andra två svettas.

"Om trivselfaktorn har nån betydelse i avvägningen vet jag inte", fortsatte CH nervöst. "Ungdomar tycker nog om att bo nära Djurgården, fina söndagspromenader med barnvagn och så där... Men där uppe har dom ju å andra sidan tillgång till Lill-Jansskogen... "

Henric Gundell roade sig med att fortsätta att hålla tyst för att se hur det skulle gå.

"Trafikläget... ", sade Peppe svävande, "ja, trafikläget är ju långa köer på Strandvägen under lunchtid. Och sen förstås under turistsäsongen när alla envisas med att köra bil ut på Djurgården i stället för att promenera... "

"Det är ju lättare att promenera ut på Djurgården om man bor på Strandvägen som vi själva", sade Henric Gundell plötsligt. "Men jag hör vad du säger, fortsätt, det här är intressant."

"Ja alltså nu är det ju Sturegatan med hela trafiken till och från

Lidingö och på sätt och vis är ju det lika med Strandvägen", fortsatte Peppe lydigt. "Men Stureparken ligger så att säga en bit in från trafiken ute på Sturegatan. Och det är ju en liten fördel, eller?"

"Vad skiljer lägenheterna åt i värde om man jämför alternativ ett och alternativ två?" frågade Henric Gundell som om han vore ärligt intresserad av saken.

"Jo, jag har utrett den problematiken", svarade CH ivrigt och plockade i sina papper framför sig. "Det blir ungefär lika i det avseendet också, jag skulle kanske ha påpekat det men jag sa ju att allt annat var lika, så att säga... Saken är alltså den att kvadratmeterpriset på bostadsrätter naturligtvis är mycket högre på Strandvägen än vid Stureparken. Men den faktorn kompenseras nästan helt av att de tänkta lägenheterna uppe vid Stureparken är större. Så i kronor räknat... "

"Vi tar alternativ två, Stureparken", slog Henric Gundell fast. "Det ena och uppenbara skälet är naturligtvis att risken för publicitetsskador minskar med det alternativet. Pengarna skiter jag i, det är inte viktigt. Men jag tänker på en helt privat omständighet om ungarna flyttar in på Strandvägen. Jag kan tänka mej att somliga mödrar med kända kvinnliga böjelser föredrar det alternativet. Men barnen är faktiskt vuxna och har rätt att bo lite för sig själva och promenadavståndet mellan Strandvägen och Stureparken är... vad säger du Peppe som är stockholmare?"

"Högst tjugo minuter", svarade Peppe snabbt och som i givakt.

"Ja, ni ser. Då säger vi det, Stureparken it is. Hur många ungar gäller det? Jag har en son."

"Två döttrar", anmälde CH.

"Och min äldste son, den yngste går fortfarande i gymnasiet", anmälde Peppe.

"Bra. Vi talar alltså fyra faster Agdor, har vi dom resurserna på Stureparksalternativet?"

"Jadå, till och med med marginal", svarade CH.

"Jamen det var väl ett lysande möte! Då jobbar du efter dom linjerna, CH, och så går vi på lunch. Jag kommer att vara upptagen i eftermiddag, måste titta till hantverksskurkarna på Håtuna, men ni håller ställningarna?"

"Men vi har det tyska problemet med… ", försökte CH.

"Jättebra CH, jag litar på att du sköter den biten!" sade Henric Gundell nöjd och glad och klappade CH på axeln när han drog på sig kavajen, anlade den upptagna ledarskapsminen och gick mot utgången.

* * *

Ibland ringer man samtal och hoppas att inte få svar därför att det är ett obehagligt samtal, ibland ringer man och vet inte varför man hoppas på att inte få svar, tänkte hon när hon slog Erik Pontis direktnummer. Det var fredagseftermiddag, inte en människa svarade i telefon då, särskilt inte i juni. Och om det bara blev röstbrevlådan skulle hon inte säga någonting alls.

"Ponti", svarade han jäktat efter första signalen.

"Hej, det här är Ewa Johnsén." Hon ansåg att hon funnit sig snabbt och låtit fullständigt normal.

"Nämen så skönt att det bara är du… jag menar, jag ska ut på landet, fåglarna kvittrar och om det ringer nu så är det nån som har blivit sjuk och så finns det en vakans och så vidare. Därav mitt sura tonfall. Men jaha?"

"Jo, det är kanske lite larvigt. Men det är så att jag och en gammal kollega och vän har bestämt att vi ska supa, prata skit och vara sentimentala ikväll och jag ansvarar för vinet och… ja, förlåt men jag undrar om du har något tips?"

"Vin för att supa, prata skit och vara sentimentala?"

"Ja."

"En kvinnlig kollega?"

"Ja."

"Vitt eller rött?"

"Rött."

"Rioja."

"Vad menar du?"

"Ni ska dricka ett vin från Rioja, det är utmärkt till garv och sentimentalitet."

"Hur vet du det?"

"Du vet att jag vet, var det där en förhörsreflex?"

"Jag antar det. Ber om ursäkt. Räcker det med att säga Rioja till expediten?"

"Nja… jag är på väg hem nu, en kort vända, men kan du komma upp till mej inom en halvtimma?"

Hon ursäktade sig förstås med att det inte var så hon menat, fast det kanske det var, hon visste inte själv. Men en halvtimme senare stod hon i Pontis vinkällare och fick fyra flaskor rödvin som han höll små föredrag om. Fast han garanterade att det var vin som fanns på Systemet, inget särskilt dyrt eller svåråtkomligt och ingenting som gick in över gränsen för mutlagstiftningen. Men hon och kollegan borde hålla reda på om de föredrog den ena sorten eller den andra så skulle han ge henne en lista med Systemets katalognummer vid senare tillfälle. Konstigt nog frågade han inte om hon hade några tips om tjuvar eller annat.

Anna Holt bodde i en trea i Vasastan och hennes vardagsrum vittnade om att där inte funnits manlig polis på länge. Nödtorftigt undanstoppade dataspel och liknande detaljer berättade att det däremot fanns en ung man i huset.

Ewa höll triumferande upp sin klirrande plastpåse som det stod Sveriges Radio på i blåa bokstäver mot vit botten och de kramades förtjust. Anna Holt hade kropp och stil som en dansös, det var både en lätt förbiilande sensuell känsla och dåligt samvete för bristande träning att krama henne.

"Fyfaan vad kul att se dej!" sade Anna när hon ryckt upp korken ur den första vinflaskan och hällde upp i glas som hon redan ställt fram på soffbordet framför teven. "Det var alldeles för länge sen, var det inte såna som du och jag som skulle hålla ihop en gång?"

De började tala om åren på polisskolan, om killarna, om festerna, om de första åren på ordningen och i radiobil. Det var som en gammal ritual som måste väckas till liv innan de kunde våga sig in på moderna tider. Vinet var förstås fantastiskt gott och när Ewa berättade att hon fått det av en vinkännare som garanterat att det passade utmärkt till garvande poliser så var det som att trycka på garvknappen för dem båda. Vinet fungerade alltså bevisligen som påståtts, upptäckte de och gick igång på nytt.

Fast jobbsnacket blev förstås omöjligt att hålla borta i längden. Det började med att Anna frågade om hur det gått med skojaren O.P. Andersson som ju fortfarande gick omkring och förargade med att vara på fri fot.

Ewa sade sig vara rätt säker på att den här gången var det slut med fri fot på några år, så ajöss med den. Men då var de redan inne på tredje glaset och andra flaskan och Ewa insåg att skulle man tala om något på allvar så var det dags.

"Jo det är så här, kommissarien, innan vi bara tjafsar, att jag har ett problem. Det är egentligen två problem."

"Om polisintendenten inte har andra synpunkter så tar vi dom väl i tur och ordning."

"Alltså så här. Någon levererar anonymt hela O.P:s jävla hårddisk och du anar inte vad våra tekniker på EBM kan göra med en sån."

"Jo, det anar jag visst. O.P:s livs historia, åtminstone i relevanta juridiska avsnitt om allt inom dom senaste fem åren, kort sagt allt inom preskriptionsgränsen för såna som han. Ungefär så?"

"Ja, ungefär så. Vi har honom."

"Och vad är problemet?"

"Problemet är att det begicks ett inbrott som såg ut som ett vanligt pundarintjack hos O.P., stulen dator, stulen cd, stulen sprit, det vanliga köret. Stöldärendet är förstås redan avskrivet. Nöjda kolleger på Norrmalm drog väl samma slutsatser som O.P. själv, att det här var ett vanligt idiotjobb och inget att bry sig om."

"Ja. Och?"

"Jag tror att den som begick inbrottet är samma person som anonymt, eller med skämtsam pseudonym, nämligen jultomten, postade hårddisken till mej."

"Jultomten? Kul. Och än en gång vad är problemet?"

"Jag vet inte, men jag anar vem herr jultomten är, nej inte en kollega!"

"Nämen snälla Ewa! Denna ridderliga hjälpare är alltså antingen skyldig till ett inbrott eller häleri. Och då börjar du känna dej som polis? Nån jävla anständighet får du väl visa. Jag menar, hur angeläget är det att våra begränsade resurser skall sättas in för att få fast någon som gör en samhällsinsats? Skärp dej!"

"Men chefsåklagaren som håller i ärendet tror att det är en bekant till mej som är jultomten."

"Är det det?"

"Det är fullt möjligt, men jag vet inte."

"Inbrottet hos O.P. är faktiskt redan avskrivet, om vi tänker efter…"

"Ja just det… "

"Och angelägenhetsgraden när det gäller att öppna den brottsutredningen, stöld för några tusenlappar, torde vara ringa, som en åklagare skulle ha sagt. Skit i det, ingen vill sätta fast jultomten. Och vad var nästa problem, för det där var ju nummer ett. Fort innan vi blir för fulla, jag har två pizzor som vi kan värma sen."

"Pizzor?"

"Ja, av sentimentala skäl, du vet. Nå, vad var grejen?"

"Jag vet inte… men jag *tror* att jag håller på att bli förälskad i en äldre kille som jag knappt känner. Ja, ungefär så."

"Men det är ju underbart! Äldre snubbe, det betyder icke-polis, eller hur?"

"Ja, obestridligen icke-polis. Men jag känner honom inte och han påstod att han var pensionerad tjuv."

"Då blir det ju… kanske lite mer komplicerat. Han är alltså jultomten?"

"Jag vet inte, men jag är rädd för det."

"Åh shit! Först blev jag bara glad och tänkte att… vadå äldre snubbe förresten, har inte du snart 40-årskris?"

"Jovars, snart."

"Jag tänkte väl det. Så vadå? Snackar vi 80 år eller?"

"Nej. Snarare nånstans 55 plus, svårt att säga, han har levt ett friskt och sunt liv och kanske ser yngre ut än han är."

"Han ser alltså inte ut som jultomten!"

Deras plötsliga skrattattack inför den absurt orimliga bilden av Pierre som jultomten, något som Anna Holt blixtsnabbt avläste i Ewas ögon, kom som en befrielse från det nästan dystra allvar de höll på att sjunka ned i.

Ewa beskrev Pierre med det enklaste och tydligaste hon kunde komma på, som skådespelaren Roy Scheider i French Connection, kär gammal favorit bland snutrullarna. Och sedan berättade hon allt det där andra och motsägelsefulla. Å ena sidan en perfekt gentleman av sådan typ som bara fanns på film, ungefär som vissa poliser som också bara fanns på film. Å andra sidan ärr och "särskilda kännetecken" som tydde på mycket våld. Som inte stämde med hans personlighet. Och sedan det där med att han själv sagt att han var pensionerad tjuv, men att hans bästa kompis hade varit spontant frågande till den uppgiften, ungefär som om det hade varit ett skämt av något slag.

"Men då är det ju så här enkelt", sade Anna Holt, glatt och obekymrat i Ewas ögon, precis vad hon nog ville höra, "att redan normal mänsklig nyfikenhet gör att du måste ta reda på hur det är. Är han verkligen tjuv, skippa honom. Såvida du inte tänker dej ett dramatiskt byte av yrkeskarriär. Är han inte tjuv... ja, då börjar vi om på ny kula. Jag ser med spänning fram mot uppföljande rapport på det här. Det andra vinet var ännu maffigare än det första, förresten."

"Javisst ja. Jag hade ett uppdrag från donatorn, som inte heller är jultomten ifall du undrar, att vi skulle återrapportera om det var det högra vinet eller det vänstra som passade bäst till kvinnliga poliser."

"Jag håller på det vänstra, det gör jag vanligtvis. Ska vi värma polispizzorna nu?"

"Vad är en polispizza?"

166

"Inte fan vet jag, men säkert nåt ohälsosamt."

Ewas kontrollerade känslostorm lade sig när de stökade med en ugn som var för gammal och därefter en stunds ätande som för att stämma sociologiskt nästan skulle ha krävt påslagen teve, fastän de enades om att inte göra allting för perfekt sentimentalt. Man fick låtsas att man hade teven på och biffiga killar som luktade armsvett uthällda runt om i soffan och de två fåtöljerna.

Anna Holt kom in på sin favoritteori. Kvinnliga poliser skulle absolut inte leva ihop med manliga poliser, det var bara så. Sjuksköterskor, förresten ganska vanligt eftersom de brukade träffa kollegerna på akutintagen, passade mycket bättre. Problemet var inte att det var fel på manliga poliser, åtminstone inte tillsammans med sjuksköterskor. Felet på manliga poliser uppstod bara i kombination med kvinnliga poliser.

"Och det vet vi först nu", suckade Anna, "inför förestående 40-årskris. Men det visste man inte när man gick på polisskolan och killarna fortfarande var ganska snälla och pratade som folk och inte ens hunnit bli rasister."

Ewa försvarade sitt ex Hasse, för säga vad man ville om honom, och det fanns en hel del av det vanliga att säga, men rasist var han inte.

De grubblade en stund över vilken sorts män som passade bäst till kvinnliga poliser, fast det blev en del flams om undergivna typer eller masochister som ville krypa runt på alla fyra med hundkoppel och tuktas av sträng härskarinna. Nej, men allvarligt, advokater eller domare kanske inte var fel? Jo, det skulle bli ett evigt gnäll om polisers klantighet och dessutom ansåg sig advokater och domare överordnade poliser och då var man ju tillbaks på ruta ett.

Fast åklagare? Jo kanske, det var lite samma sida i alla fall, båda parter ville ju bura in buset. Nej, det var advokatvarning där också.

Journalister? Nej, man skulle hamna i ständiga utpressningssituationer. Ishockeyspelare? Nix, korkade jävlar som inte kunde läsa och aldrig skulle besöka ett dagis, åtminstone inte de som var stjärnor och ständigt upptagna. Och vem ville ha en ishockeyspelare från division II?

Ingenjörer och byggnadsarbetare, typ? Nej, för många konflikter i hemmet rörande skattefiffel. Direktörer? Nej, samma problem i ännu högre grad. Officerare?

Ja, kanske. Men var dom inte lite korkade? Nej, det var förr i världen när dom bara var adliga. Det kanske inte var så dumt med officerare i alla fall. Fast problemet var att när man var 22 bast och gick på polisskolan så träffade man inga officerare utan bara ännu inte förvildade poliser. Så egentligen fanns ingen annan lösning på problemet än att bli flatsmällor.

Fast det verkade inte så kul heller. Om man nu inte var det självmant, på någon sorts naturlig väg.

"Nu vet jag!" sade Anna Holt plötsligt efter några ögonblicks tankepaus mitt i flamset. "Din kille är förstås officer, den där jultomten."

"Nej, det stämmer inte", invände Ewa med ens tillnyktrad. "Han bor utomlands, i Frankrike och... "

"Är du dum eller är du dum? Och han är en perfekt gentleman? Tror jag är lika ovanligt bland franska tjyvar som bland svenska. Och har särskilda kännetecken som tyder på yttre våld, militärt våld nämligen."

"Men Frankrike har väl inte varit i krig sen... Indokina hette det väl då?"

"Fast håll med om att det kunde stämma. Han reser sig, sa du, såfort *en dam* närmar sig ett bord, själva motsatsen till dina och mina ex. Han skulle aldrig gå före dej i en dörr heller, antar jag?"

"Jo, det stämmer."

"Ja, där har du... "

De avbröts av att ytterdörren öppnades, någon kom in muttrande och slamrande i tamburen som om han, för en han var det av flåsljuden att döma, höll på att dra av sig en hockeyutrustning.

"Det är bara lilla gullponken Nicke", viskade Anna med ett tvetydigt leende, älskande moder och uppgiven morsa samtidigt.

Gullponken Nicke kom in med en våt trasa tryckt mot bakhuvudet. Han var lång och smal, långhårig och omsvept med en palestinaschal, svartklädd och lite nedstänkt med färg.

"Tjena, rätt schysst demo om det inte varit för snutjävlarna", hälsade han utan att se upp på väg ut mot köket där han öppnade kylskåpsdörren det första han gjorde.

"Är det där verkligen lilla Nicke?" viskade Ewa.

Anna nickade och slog ut med händerna i någon sorts ursäktande gest. Det hördes våldsamma klunkar ute från köket.

"Han dricker mjölk när han kommer hem, alltid nåt för ett modershjärta", sade Anna Holt och skålade menande.

"Men om det där är lilla Nicke så får jag min 40-årskris genast", sade Ewa och sträckte sig efter vinflaskan av vänster typ. Köket dånade av en befriande rap.

"Åh förlåt, jag såg inte att du hade besök", sade han när han kom in med mjölkpaketet i ena handen och den våta trasan tryckt mot huvudet med den andra.

"Hej lilla Nicke", hälsade Ewa fortfarande förvånad. "Förlåt att jag säger lilla, jag menar bara att så var det när vi träffades sist och jag hämtade dej på dagis nån gång."

"Är du också snut", stönade han och dråsade ner i en av fåtöljerna. "Men inte på Säpo väl, som morsan för några år sen?"

"Nej, absolut inte på Säpo", skrattade Ewa alldeles spontant, tanken på Säpo föreföll henne omöjlig.

"Och inte på ordningen heller, hoppas jag", fortsatte han misstänksamt.

"Nej, det var länge sen. Men har du slagit dej, blöder såret?"

"Nej, en batongjävel bara, ingen fara, sånt ingår."

"Lilla Nicke är heltidsdemonstrant så här på sommarlovet", förklarade Anna Holt sötsurt.

"Säg yrkesdemonstrant morsan, det är borgarnas favoritskällsord. Så om du inte är på Säpo och inte på ordningen, är du också på våldet?" fortsatte han sitt förhör, tog bort handduken och konstaterade att det inte fanns blod på den.

"Nej, jag jobbar på Ekobrottsmyndigheten, skattesmitare och direktörer, du vet", fjäskade Ewa och det gick hem.

"Schysst! Och hur många direktörer sätter du dit på en vecka, typ?"

"Inte så många på en vecka."

"Och vad har ni för anslag, stålar att jobba med menar jag."

"Årsanslaget för östra, där jag är anställd är 333 miljoner, men då räknas inte polispersonalens löner in, dom bekostas av Stockholmspolisen. Okej?"

"Nej, du ser själv. Vafan, 333 miljoner, det är vad en försäkringsdirre i Skandia stjäl ihop på ett år om han har flyt. En direktör alltså. En!"

"Jo, men jag sliter och släpar så gott jag kan i alla fall", försvarade sig Ewa som om hon faktiskt hade träffats på en öm punkt.

"Och vad gällde demon i kväll?" frågade Anna Holt så överdrivet milt att till och med Ewa blev misstänksam över tonfallet.

"Äh, det var Reclaim the Street-köret på Götgatan, ingen stor grej. Men hälften av Stockholms brottsbekämpande resurser var där. Jag går och kastar mej, så kan ni ju fortsätta att kröka och äta likdelar."

Han reste sig tungt och hasade sig iväg bort i lägenheten och slog igen en dörr efter sig. Det blev mycket tyst och Ewa kom inte på något bra sätt att bryta tystnaden.

"Lilla Nicke är vegan också", förklarade Anna Holt. "Därav omdömet likdelar om en helt vanlig polispizza. Den goda nyheten är att det ingår i hans trosföreställningar att hålla sig borta från droger och alkohol också. Annars är allt fint."

"Är hans pappa kvar vid ordningen?" frågade Ewa och ångrade sig genast. Om svaret var ja så var det ingen lyckad fråga.

"Ja, självklart", svarade Anna. "Skit i dom uppenbara följdfrågorna. Ja, det är viss konflikt mellan far och son på den punkten. Nej, dom har hittills inte sammanträffat under ömsesidig tjänstgöring. Var var vi? Kärleken till äldre snubbar? Nödvändigheten av att bli flatsmälla om man är polis? Nåt sånt, jävligt gott vin i alla fall. Har du fått det här från jultomten?"

"Nej, och jag ljuger inte, från jultomtens kompis, en 100-kilos tomtenisse."

Skrattet lättade på spänningen. Det behövdes och båda ansträngde sig att inte överdriva. De drack upp den tredje flaskan också och blev sluddriga och sentimentala, ungefär som avsett från början men i större skala. Från sonens rum hördes underlig rockmusik, han sov till sånt, förklarade Anna Holt.

De var lyckliga över att ha återupptagit sin vänskap, gråtmilda över att det skett alldeles för sent. Och de bestämde att fira midsommar tillsammans ute på landet i en skruttig liten röd stuga som Anna Holt ärvt efter sina föräldrar.

* * *

Direktör, eller möjligen konsult, Orvar Peter Andersson infann sig punktligt på avtalad tid på Kommissionens för avancerade villa- och lägenhetsinbrott lokaler strax efter lunch sista arbetsdagen före midsommarhelgen. Att säga att han var efterlängtad vore en kraftig underdrift. Vadslagningen hade varit intensiv och en flaska champagne låg på kylning och starköl fanns i reserv för den händelse att de som satsat sina pengar på en no show skulle vinna.

Gunilla Österman gick och öppnade och ledde honom till besöksstolen framför Ewa. Terje Lundsten smet samtidigt diskret ut och låste ytterdörren efter besökaren. Dörren mellan Ewas och det större angränsande rummet där Terje Lundsten och Muhr höll till och skulle låtsas sysselsatta stod händelsevis öppen.

Han såg ut som Ewa hade väntat sig, ungefär som en av sina gangsteradvokater och var klädd i blå kavaj, ljusa byxor och någon sorts seglarskor.

"Ewa Johnsén, verkligen kul att träffas", sade Ewa sanningsenligt när hon reste sig för att ta i hand.

"Får säga detsamma, snygga poliser av ditt slag växer inte på träd, vilket gör saken ännu angenämare."

"Åh du är alldeles för vänlig, hade du tänkt åka ut i skärgården sen?"

"Ja, hur kunde du gissa det?"

"Äh du vet, kvinnlig intuition. Eller möjligen dina seglarskor och den lilla omständigheten att du trots dina hjärtskärande inkomstuppgifter i deklarationerna har en kåk på Möja taxerad till 2,4 miljoner."

"Aha! Det är till att vara en listig liten polis. Men taxeringsvärdet är en skandal, hela skärgården är övertaxerad på det där viset, avundsjuka skattmasar antar jag. Men nu hade vi alltså ett litet ärende att klara av du och jag?"

"Ja just det, pang på rödbetan. Den här prylen här på skrivbordet är hårddisken till din stulna dator, det enda som hittills återfunnits efter inbrottet hemma hos dej för halvannan vecka sen. Om du skriver på här så återgår alltså din egendom i rätta händer."

Hon sköt över blanketten och när han böjde sig över den och tog fram sina läsglasögon vände hon sig snabbt mot Terje Lundsten och Muhr som andlöst följde föreställningen från andra rummet och gjorde sin specialare, viftade snabbt upp och ned med ögonbrynen. De var nära att explodera av kvävt skratt.

"Så där, men ni har väl inte tjyvkikat i datorn?" skämtade O.P. Andersson när han sköt tillbaks det undertecknade formuläret över bordet.

"Jo, vi har läst vartenda mejl och transaktion under dom senaste fem åren, det är därför vi beslutat häva beslaget", svarade hon rakt och självklart leende.

Han skrattade gott åt hennes förmodade skämt och log uppmuntrande tillbaks.

"Tänk i alla fall", sade han när han öppnade sin pilotväska för att lägga ned sin nu lagligen återbördade egendom, "hur rättrådig och mån om medborgarnas rättigheter är ändå inte vår kära svenska polis? Man får tacka sin skapare att ni inte är tyskar eller nåt. Men tjuvarna har ni inte fått tag på?"

"Nej, och ärligt talat är det inget prioriterat ärende just nu. Det viktigaste har du ju fått tillbaks och resten är en sak mellan dej och försäkringsbolaget."

"Försäkringsbolag är skurkar", muttrade han och mulnade. "Dom vägrar att ersätta både en stulen cd-spelare och en massa härlig dyr sprit. Allt jag får är några sketna tusenlappar för vad *dom*, observera *dom själva*, uppskattar till datorns halva värde. Förresten är jag väl skyldig att anmäla att jag fått tillbaks den här prylen nu, annars försöker dom väl sätta mej för försäkringsbedrägeri?"

"Nej, det behöver du inte. Datorn är ju förstörd och du måste köpa en ny, så det där är inget att bry sig om. I det här ärendet är allt utrett mellan dej och myndigheterna från och med nu."

"Skönt. Men det är alltså inte pengarna, det är principen! Jag blir uppriktigt sagt så jävligt förbannad, ursäkta franskan, på dom här typerna. Tänk på dom där bonusdirektörerna som stjäl för miljoner. Och det ska vara lagligt? Och genom att blåsa mej och hundratusen stöldoffer till som är försäkrade så får dom sina bonusar och pensioner och lägenheter på Strandvägen. Är det inte för jävligt egentligen?"

"Jag håller verkligen med dej, det är för jävligt. Men dej går det väl ingen nöd på direkt, även om du är en stackars nolldeklarant?"

"Seså, hör jag en liten bitter ton av avundsjuka? Nu ska vi inte vara såna. Men det är själva principen att alla dom där får gå lösa. Ja, då antar jag att vi är klara med varandra. Jag får tacka så mycket för polisens föredömliga arbete och önska trevlig midsommar med många sillar!"

Han knäppte igen sin portfölj och reste sig.

"Ja, då var vi klara med det ärendet, men sitt ner är du snäll för det var en liten sak till", sade Ewa vänligt affärsmässigt och han lydde snällt, utan minsta glimt av oro i ögonen.

"Jo, jag är nyfiken på en detalj i det hela", fortsatte hon tankfullt. "När du anlitade dom där advokaterna Petteri och Boström för den här manövern att skicka 10 miljoner fram och tillbaka några gånger mellan deras konton och Schweiz, var dom aldrig oroliga för egen del om du skulle torska?"

Nu var hans leende som bortblåst.

"Försök inga såna bondfångarknep med mej", morrade han. "Polisen höll på med det där i flera vändor utan att komma nånstans och så la dom ner allting eftersom brott ej kunde styrkas."

"Jag vet", suckade Ewa. "Tala inte om eländet för det var jag som var den där polisen i hasorna på dej den gången. Det var faktiskt väldigt retfullt att se dej gå loss. Men som jag sa här i början, nu har vi ju gått igenom samtliga mejl och brev och transaktioner och dina ibland ganska drastiska, ibland rentav lustiga instruktioner till olika medhjälpare. Rubb som stubb under fem år."

Hon pekade menande mot hans portfölj. Han såg ut som om han nästan övervägde att göra en rusning mot dörren. Terje Lundsten dök upp med perfekt tajming och brett flin och ett par handbojor retfullt dinglande från pekfingret.

"Som sagt", fortsatte Ewa. "Vi har ännu inte tröskat igenom hårddiskens hela skattkammare, det kommer att ta tid. Du vet väl att allt finns kvar, att ingenting egentligen är raderat eller förstört?"

"Ni får väl förfan inte använda stöldgods hur som helst! Om ni inte har underlag för husrannsakan får ni väl inte snoka i min dator?"

"Jodå. Tekniskt juridiskt är den där hårddisken ett dokument som kommit oss tillhanda på laglig väg och då har vi rätt att läsa det. Och att kopiera det. Och som du förstår herr O.P. så är det min inte särskilt tunga plikt att meddela dej att du anhölls i fredags i förra veckan av chefsåklagare Bodil Walström på Ekobrottsmyndighetens 6:e kammare. Du delges härmed misstanke om grov ekonomisk brottslighet på ett stort antal punkter där ingångsärendet dels handlar om den gamla historien om penningtvätten via Schweiz och dels om ett liknande uppdrag åt en intern på Hall som kallas Dracula. Häktningsförhandlingen blir nog efter midsommar."

"Behöver vi dom här eller kan vi ta en promenad upp till häktet i all stillsamhet?" frågade Terje Lundsten med vargleende och handbojorna demonstrativt framför nosen på den nu mycket bleke och svettige storskojaren O.P. Andersson.

När Terje och den anhållne lomade iväg, med ytterst olika kroppsspråk och spänst, lyfte Ewa telefonluren och slog direktnumret till chefsåklagare Bodil Walström.

"Ebba är grön!" väste hon när hon fick svar.

"Va!?" svarade chefsåklagaren, som tydligen inte kunde den gamla polishistorien.

"Förlåt, det var en anspelning på ett gammalt gripande", sade Ewa strikt affärsmässig i tonen. "Jag vill bara meddela att den anhållne Orvar Peter Andersson i detta nu är gripen och på väg upp till häktet och inlåsning."

"Men det var väl en bra helgnyhet", sade chefsåklagaren muntert. "Och han är delgiven misstanke och grunden för anhållandet?"

"Ja, allt i laga ordning och tills vidare måste vi förstå herr Anderssons attityd som att han bestrider brott."

"Strålande, då får han väl ligga och steka över midsommar där uppe och vi andra tar helg, snyggt jobbat!"

När Terje Lundsten kom tillbaks ner från häktet hörde de på långt håll hur han gick och skrattade för sig själv.

"Jävlar vad kul!" hälsade han när han steg in. "Och vilken fåne! Han gick och babblade hela vägen upp om hur han hade rätt att ringa ett telefonsamtal och om hur han skulle sätta dit oss för att vi försökte använda bevis som vi inte hade rätt att använda. Dom jävlarna ser för mycket på amerikansk teve."

De hälsade som basketspelare med handflatorna sträckta upp i luften. Ewa bad Muhr öppna champagnen och snart skålade de alla för en lyckad midsommar.

"Men får man leka katt och råtta med dom så där, är det inte risk för en massa JO-anmälningar och skit?" undrade Gunilla Österman när det första glädjesnacket lade sig något.

"Svensk polis får absolut inte leka katt och råtta med någon", svarade Ewa med spelat gravallvar. "Det skulle se ut det!"

"Jamen…?"

"Först meddelade jag honom ytterst korrekt att beslaget var hävt och lämnade tillbaks hans egendom, som han kvitterade. Därefter svarade jag på några frågor som han ställde. Därefter ställde jag en fråga till honom som han inte ville besvara, vilket jag accepterade. Och så meddelade jag honom att han var anhållen och på vilka grunder och då greps han i god ordning och fördes till häktet. Var det inte så det rent sakligt gick till? Och i flera vittnens närvaro?"

"I mycket glada vittnens närvaro", intygade Terje Lundsten. "Det där var fanimej det roligaste jag sett på länge, särskilt hans ilska att vara blåst av försäkringsbolaget!"

De drack upp starkölen också, för säkerhets skull, och satt en stund och surrade lite om den stora kraftsamlingen med förhören av ungdomarna efter helgen.

Ewa kom ihåg en sak och gick in till sitt skrivbord och hämtade ett svar som hade kommit från italienska polisen via Interpol, ibland fungerade det där samarbetet.

Det enda fall i Europa som påminde om det de själva höll på med hade alltså inträffat för elva år sedan i Rom. En begränsad krets överklasspersoner av ungefär samma typ som i deras fall hade råkat ut för liknande, till synes mästerliga, inbrottstjuvar. Larm, förstärkta lås, koder, perfekta tidpunkter för inbrotten när de bestulna varit bortresta och så vidare, så långt såg allt ut som en ren repetition. Och först hade de italienska poliserna trampat på via städerskor, låssmeder, hantverkare, larmcentraler, bekant för alla i rummet.

Till slut hade de hittat en ung kille i överklassgänget som visserligen hörde dit för att han var markis eller någonting i den stilen, men fattig som en katolsk kyrkråtta. Men han kände dem alla, gick som barn i huset hos flera av dem och utgick väl i det längsta från att en markis var höjd över simpla misstankar om små simpla underklassbrott. Någon såg honom av en tillfällighet lasta konstiga saker ur sin bil mitt i natten. Sedan behövdes bara en enkel husrannsakan.

De begrundade de italienska kollegernas erfarenhet under en kort stund av allvar. Och de styrktes i sin optimism inför ett möjligt genombrott när helgen var över och de skulle sätta tänderna i kretsen av rika barn.

V.

DÅ OCH DÅ MÅSTE man stanna upp i livet och verkligen begrunda hur det en gång var, hur det faktiskt blev och hur det, med ett minimum av oflyt, kunde ha blivit. Det var då man måste prestera en viss ödmjukhet, tänkte Henric Gundell.

Han hade vaknat tidigt och slingrat sig ur sängen utan att väcka Carin, tassat ner i det stora, omoderna men på sitt lite kulturhistoriska sätt fascinerande köket och pressat sig ett stort glas apelsinjuice. Med glaset i handen gick han sedan tillbaks uppför den överdimensionerade stentrappan mitt i huset och ut på balkongen ovanför huvudentrén.

De höll redan på att klä majstången där nere, men den skulle inte resas förrän bygdens folk kom. Det var något särskilt med majstången, inte bara att den var femton meter hög och på hans egna mycket precisa instruktioner dekorerad som i Dalarna, med hängande kransar också runt själva stången. Det hade legat inkapslat i hans undermedvetna och nu när han såg arbetsfolket där nere stå och klä hans majstång, hans egen majstång, kom minnet tillbaks alldeles tydligt, liksom från ingenstans. Det måste ha varit över 50 år sedan det hände och åtminstone 20 år sedan han tänkt på saken senast, men nu såg han allting kristallklart framför sig.

Det var i Rättvik. Han gick fortfarande i folkskolan och han hade traskat till fots hela vägen hemifrån, faktiskt smitit iväg eftersom hans far tyckte att det där med midsommarfirande var åt helvete, trams för stockholmare och sådana där skinnknuttar och raggare.

Nu långt senare gick det förstås att le åt minnet. Det var inte svårt att föreställa sig vad en 10-årig bondson tyckte och tänkte om möjligheten att få se både spelmanslag, stockholmare och raggare.

Kanske var det något i hans klädsel som avslöjade honom. Eller att han var ensam. Rättviksgrabbarna hade i alla fall upptäckt honom, klått upp honom och jagat iväg honom. På vägen hem när han gick och höll en kall sten mot sitt bultande vänstra öga svor han att han skulle ta studenten och visa dom jävlarna. Och en sak till. En vacker dag skulle han ha en alldeles egen majstång som var ännu högre än den i Rättvik.

Han hade vid det här laget haft både ekonomiska och praktiska resurser att ordna den saken i många år. Men han hade tydligen glömt händelsen ända fram tills nu, när han stod här på Håtunas balkong och såg på när stången kläddes där nere. Så länge de haft skärgårdsstället hade de nöjt sig med en symbolisk majstång, mest för barnens skull, två åror hopbundna till ett kors, nödtorftigt insvepta i björkris som var utdrygat med lite asplöv.

Det måste ha legat i hans bakhuvud hela tiden, det var som så mycket annat bara frågan om rätt tajming och första midsommaraftonen på Håtuna var förstås synnerligen rätt. Så enkelt var det väl. Han tog studenten. Han till och med doktorerade. Och han byggde sig till slut en majstång högre än den i Rättvik och där fick dom jävlarna.

Han skakade på huvudet och log åt sig själv. Det skadade inte med lite självironi, det fanns alldeles för lite av den varan i hans kretsar.

Och ödmjukhet var inte heller fel. För 25 år sedan var han en nyskild teknisk ingenjör på chokladfabriken med 31 000 kronor i lön och radhus i Hägersten, som han måste sälja på grund av skilsmässan. Det som gick fel i första äktenskapet var förmodligen att både han själv och Lotta satsade så stenhårt på karriären, särskilt hon eftersom hon inte ville ha barn. Det fick hon ju ändå senare, liksom han. Och det gick bra för henne kunde man väl säga, hon var någon sorts informationschef på SAS. No hard feelings.

Det var 1979, själva vändpunkten, skilsmässan och att han träffade Carin som var nio år yngre än han själv, stor skillnad på den tiden, och så av en händelse det nya och bättre fast inte dramatiskt bättre betalda jobbet på Astra. Från snask till medicin, de som inte begrep vad kemi var brukade skämta om det där, åtminstone förr i världen. Han kom till Astra vid precis rätt tidpunkt utan att han själv hade en aning om saken, just i början på den väldiga framgångsvågen med magsårsmedicin. Bara på de optioner som frikostigt delades ut ganska långt ner i ledningsfunktionerna på företaget gjorde han sina första miljoner närmast i förbigående, medan han fortfarande jobbade rent operativt.

Det följande 80-talet var en stormvind som skiljde agnarna från vetet. Killar som CH skulle inte ha gått långt på den tiden.

Hade det inte varit för det vilda 80-talet så hade han av flera skäl inte stått här denna dag och sett hur folket där nere klädde en majstång åt honom som var högre än den i Rättvik. Som alla bondgrabbar hade han ju länge gjort allt för att distansera sig från sitt ursprung, ändrat språk, kläder, intressen, allt. Dumt nog hade han till och med försökt spela lite golf.

Men det var då jakten slog igenom på allvar i företagsvärlden. Plötsligt skulle alla jävlar börja jaga och plötsligt var det lite fint att vara bondgrabb och att "ha jagat med farsan uppe i Dalarna sen man knappt var en tvärhand hög". Det där var förvisso en sanning med modifikation. Möjligen hade hans far tjuvjagat älg på skogsbolagets marker innan han gick och blev både för religiös och för gammal. Möjligen hade han själv och grannpojken nedlagt en och annan ekorre och skata med ett gammalt salongsgevär. Men jaktmark hade ju inte fattigt folk. Nu hade han 600 hektar. Med goda möjligheter att köpa in vissa grannmarker upp till ett par tre tusen hektar ytterligare. Inte mer än rätt i så fall, i någon sorts historisk mening. För hela landskapet runtomkring hade ju en gång tillhört ägarna till Håtuna, hans föregångare.

Apelsinjuicen var urdrucken och det drog lite kallt genom den tunna glansiga morgonrocken som förmodligen var i thaisilke eller liknande, lite väl bögig i hans smak men en födelsedagspresent från Carin. Frusit värre än så här hade han gjort på många jaktpass och han var härdad. Dessutom var det en fin stund, något att ta vara på. Eftertanke och absolut ostress.

Han uppskattade fortfarande Carin, det gjorde han verkligen. Hon hade varit lojal redan från början, inget karriärsnack. Men hon fullföljde sin egen utbildning och hade blivit just vad hon hade för avsikt, lärare på konstfack, fast numera på halvtid eftersom hon måste ställa upp så mycket. Vilket hon gjorde utan att gnälla. Både lojal och självständig, en fin kombination. Ett sådant avtal svek man bara inte. Grabbar som CH, som bytte ner sig till någon som såg likadan ut som hustrun när man träffade henne första gången, hade han inget till övers för. Det var fanimej omanligt förutom att det var att svika ett avtal.

Tänkte man närmare på saken var Carin en av livets största tillgångar. Han skulle snart dra sig tillbaka, jaga och gå i skogen, skjuta änder nere i dammarna och nog bygga det där hjorthägnet och självklart ta ett par vändor till Afrika varje år. Statistiskt hade han 25 skördeår kvar att leva och han hade gett mycket till de företag han jobbat i, men meningen med livet var inte att slita och släpa tills man stupade. Dessutom skulle han gå över det magiska miljardstrecket snart och då var tävlingen slut. "Grabbar, den vinner som tar mest stålar med sig ner i graven!" Det gamla bara till hälften ironiska stridsropet från Handelshögskolan på 80-talet. Nej, han var inte sån, tävlingen var slut. Ingen mer offentlighet, inga journalistjävlar att irritera sig på, inga fjantar som CH att behöva klia på ryggen då och då och här ute på Håtuna skulle han göra som romarna, njuta sitt otium. Och då skulle Carin vara med, avtal skola hållas, *pacta sunt servanda*. Det var visserligen det enda latinska uttryck han kunde, juristerna tjatade ofta om sånt och de hade ju vanligtvis gått latinlinjen.

Två perioder av tre spelade i livet och ledning med ointagliga 12–0. Det var läget.

Men i tredje perioden skulle förstås mycket handla om Gurra, sonen Gustav, 25 år, kom inte in på Handels, ekonomistudier på Stockholms universitet med diffusa resultat. Carin skämde bort honom. Men det var inte det värsta och han var ju bara 25. Det värsta var tanken att pojken skulle ärva, i dagens läge en halv miljard. Fast om cirkus ytterligare 25 år, alltså i 50-årsåldern. Teoretiskt skulle han följaktligen kunna slashasa sig genom hela livet, liksom nästa generation och nästa och så kunde det sluta precis som för dem som hade bebott Håtuna tills alldeles nyligen. De grabbar som fixade till stället och byggde upp det i sin nuvarande stil på den medeltida grunden var nog inga slappsvansar direkt, fältherrar under stormaktstiden och vad de nu kunde ha varit. Men efter dem följde tydligen en oändlig rad av odugliga parasiter. Ända tills ätten Gundell, född Gustafsson, tog över. Han hade tagit sitt nya namn efter den första jaktresan med grabbarna till Ungern då han blivit jaktkung, den som skjutit flest djur och fått en medalj i brons. De hade firat på restaurang Gundel, ett gammalt klassiskt ställe för bättre folk, och där föddes under stim och stoj och jaktskryt ätten Gundell. Men Gustav, född Gundell, var ett bekymmer som fanns i bakhuvudet hela tiden, ungefär som den där majstången.

Gustavs två år yngre syster Catharina var i så fall ett mycket mindre bekymmer. Hon gjorde uppror och det var sunt, det hörde ungdomen till. Naturligtvis hade hon vägrat komma till midsommar. Hon och hennes feministkompisar, som alla läste juridik, skulle fira alternativ midsommar hos någon juristprofessor som var guru eftersom han hävdade att alla män alltid var skyldiga till alla sexualbrott på grund av samhällets patriarkala strukturer och så vidare. Det var visserligen fnosk, men sunt. Om man är 23 år får man vara hur förbannad och feministisk som helst, särskilt om man tack vare patriarkalisk faders slit och släp händelsevis är ekonomiskt oberoende för resten av sitt liv. Nej, Catharina var inget bekymmer, det var ruter i henne. Den som inte är vänster vid unga år har inget hjärta och så vidare.

De höll på att göra något fel med majstången där nere, några färger som han alls inte hade instruerat dem om. Han tänkte efter. De kunde inte ha missförstått vad han sagt åt dem. Ändå gjorde de fel.

Det var en avvägningsfråga, som så mycket annat här i livet. Det var viktigt att han blev omtyckt av folket på bygden, därför onödigt att skapa skvaller om hur han bråkade om småsaker. Det väsentliga var att alla skulle trivas och känna sig välkomna och hur man än vände och vred på den saken så var i alla fall den här majstången högre än den i Rättvik, vilket skulle bevisas.

Färskpotatis från bygden, alldeles nyskördad, sillen och den inkokta laxen från Lisa Elmqvist i Östermalms saluhall, resten på catering från Mariefreds Värdshus, liksom serveringspersonalen, allt sådant skulle till stora huset. Långborden nere vid majstången kom från bygdegården och täcktes med pappersdukar som fixerades med häftstift på undersidan innan det bullades upp med allt som hörde midsommarsillen till och tre gigantiska och förmodligen antika, sällsynta och hutlöst dyrbara tennkar som fylldes med is och sju sorters brännvin, ett skämt med midsommarens sju blomster. Och så öl, mest ljus lager. Och läskedrycker för barnen. Det var lokala förmågor som stod för dukningen och förberedelserna där nere. De två inhyrda spelmännen kom i tid och klädde om till folkdräkt.

Allt löpte på och Henric Gundell ilade snart runt som en fältherre från station till station. Hans avsikt var att hålla festen på Håtuna lite tidigare på dagen och lite kortare, så att folk som hade andra planer inte skulle känna sig tvingade att avstå från dem. Det skulle vara trevligt för bygdens folk och inte något tvång att bli bjuden upp på slottet. Hade de andra och vildare planer för kvällen så skulle bjudningen till Håtunas nye ägare inte förstöra något av det. Det gällde att tänka på allt.

Retfullt nog hade hans vinkällare inte kommit än, alltså själva vinet från London. Visserligen var det i huvudsak öl och brännvin som gällde till midsommarmat, också för bättre folk, men när man var förbi sillen och närmade sig den inkokta laxen, alltså uppe på terrassen bland hans egna gäster, så var det inte tal om brännvin längre för sådana som exempelvis Louise, Peppes malliga fru som alltid och liksom i förbigående uppfostrade omgivningen, i värsta fall fick till och med han själv en släng av den sleven. Men han hade tänkt på detta också och hade vit Bourgogne stående i sina kartonger nere i den öde vinkällaren.

Upplägget var att hans egna gäster skulle vara få till antalet och komma en halvtimme före bygdens folk så att man kunde installera sig och ta ett glas champagne på terrassen och beundra utsikten över ägorna innan det var dags att gå ned och förena sig med folket och resa majstången. Han skulle hålla ett litet välkomsttal där nere och be alla hugga in, spelmännen skulle spela och barnen dansa små grodorna. Han hade klätt sig i jeans, grova amerikanska skor från Timberland och ledig blå kavaj och vit skjorta öppen i halsen. Skogsarbetarna, jordbruksarrendatorerna och den övriga personalen skulle inte behöva känna sig felklädda och en så här folklig helg var det viktigt att minska de sociala avstånden.

Gustav kom i tid för en gångs skull, lite före Louise och Peppe, precis som avtalat. Han skulle presentera sin nya flickvän och det var förstås ett ganska stort ögonblick. Det var flera år sedan han haft med sig en flicka hem för att visa upp för sina föräldrar så han hade nog ägnat sig en tid åt att så sin vildhavre. Inget fel i det, unga människor ska inte binda sig för tidigt.

Problemet, om det nu verkligen var ett problem, var att denna Lovisa, som kallades Lova, var dotter till CH i hans första äktenskap. Det är ju en liten värld. Men Henric Gundell kände sig inte helt bekväm med tanken på att han och CH riskerade att bli svärföräldrar åt varandras barn. CH var en liten feg skit och äpplena riskerade att inte falla så långt från päronträdet. Fast det gällde förstås att förtränga sådana funderingar, det var inte Lovas fel att hennes far var en liten skit, även om man inte kan vara nog försiktig i valet av föräldrar.

Men Lova visade sig genast vara en alldeles förtjusande flicka, snygg, avspänd och inte så där högdraget fånig med överklassens nasalt utdragna aaa:n som man annars ständigt stötte på bland yngre människor. Gustav såg också nöjd och glad ut av att både far och mor så lätt och snabbt lät sig charmas av hans flickvän och de unga tu verkade faktiskt riktigt förälskade.

Allt gick på löpande band och enligt plan och när de hade installerat sina gäster och druckit champagnen på terrassen började folket infinna sig där nere. Då kom första lilla missräkningen.

Det var förstås Louise som krånglade. Hon ville absolut inte följa med ner och beblanda sig med folket vid majstången.

"Nej, vet du vad käre Henric", förklarade hon ytterst svalt. "Visst kan jag förstå att patron själv måste gå ner och visa sig hygglig och gemen, men Peppe och jag har ju inga sådana obligationer mot dina anställda, vi väntar så gärna här uppe medan ni klarar av det där."

Hon var fanimej den enda människan i hans omgivning som kunde vara självklart och fullständigt obekymrat oförskämd. Och ofta som nu, i ett läge där man blev helt maktlös. För det fanns ju ingenting att invända mot hennes malliga avfärdande. Han kunde inte gärna skälla ut henne, det vore ingen bra början på festen, så det var bara att bita i det sura äpplet.

Lova sa att hon kände sig lite blyg och att hon också helst stannade uppe på terrassen. Det var hennes första minuspoäng.

När han och Gurra, klädd på exakt samma sätt som sin far, med Carin mellan sig kom ner arm i arm och gick runt för att hälsa på alla gästerna visade det sig att ingen hade jeans på sig utom värden och hans son. Och både skogsarbetare och jordbruksarrendatorer hade dragit på sig slips och upptäckten kom för sent, hade han vetat hade han klätt sig på annat sätt.

De reste majstången och spelmännen spelade upp, men det var blygt och ansträngt, ingen dansade och ingen vågade sig fram till maten på det dignande långbordet. Han måste göra något och det fort. Han grep två ölflaskor och klingade dem mot varandra så att fiolspelet tystnade och sorlet lade sig.

Han försökte tala rakt och enkelt. Började med att det var en glädje för honom att man för första gången kunde träffas till lite fest och inte bara till arbete och att alla verkligen skulle känna sig mycket välkomna. För välkomna skulle de vara från och med nu och så länge han fanns kvar på Håtuna och det var enligt hans planering åtminstone 25 år kvar innan han tänkte lägga näsan i vädret.

Enstaka blyga fniss. Skämt gick inte hem, han bytte till högtidlighet.

Århundrade efter århundrade, fortsatte han med djupare röst, hade folket runt Håtuna kommit till slottet för att slita och släpa, för att göra dagsverken, för att bli behandlade som undersåtar. Men den tiden var förbi, nu kunde man träffas som vänner och arbetskamrater, från och med nu och för alltid. Det vill säga åtminstone 25 år framåt.

Han kammade in åtminstone några blyga skratt på det där sista. Men han kände att den här publiken inte gick att charma till gott humör, det måste till annat för att komma över blygseln inför de nya herrarna till Håtuna. Han bad alla ställa sig i matkö och så skulle han själv servera sju sorters brännvin.

De lydde artigt, fiolmusiken återupptogs. Men till hans besvikelse var det mindre än hälften av männen som tog brännvin, de skyllde på bilkörning, och ingen ville botanisera bland hans sju sorter utan de höll sig till Skåne och vanlig vodka.

Han och Carin och Gurra försökte desperat gå omkring och mingla lite, men det gick trögt. Så fort någon av dem närmade sig en ny liten klunga folk tystnade allt samtal. Henric Gundell gav upp utan att ens ha fått se små grodorna och vände upp till stora huset med en förbiilande fantasi om att han skulle slå ihjäl Louise om hon så mycket som undslapp sig minsta ironi om patrons möte med folket. Nu gällde det att samla ihop sig och se till så att åtminstone den långa midsommarlunchen uppe på terrassen med utsikt ned mot folket och den höga majstången blev lugn och avspänt trevlig.

* * *

Den enda av de ungdomar som kallats till förhör måndagen efter midsommarhelgen klockan 10:00 som kom i tid var Lovisa Christensen och hon var lottad på Ewa Johnsén. Så när de hade stängt dörren om sig inne på chefsrummet hann inte Ewa få klart för sig att det var ett betydande manfall bland övriga kallade.

Lovisa Christensen var söt, nästan helt osminkad och verkade alldeles för avspänt lugn när hon satte sig i stolen framför Ewa. Men det kunde möjligen förklaras av lite trötthet efter helgen. Ewa slog på bandspelaren och läste in uppgifterna om tid och plats och förhörsobjekt. Gunilla Österman satt kvar borta på sin plats och arbetade vid datorn.

"Du vet förstås varför vi har bett dej komma hit?" började hon.

"Ja, det gäller inbrottet hos min far, vad nu jag kan ha med den saken att göra."

"Såja, du är inte direkt misstänkt", log Ewa så moderligt hon förmådde. "Du ska som det heter höras upplysningsvis och det betyder precis vad det låter som."

"Jamen, vad kan jag ha för upplysningar om ett inbrott?"

"Kanske inga alls. Det är det vi får se. Här ser du en lista med namn på folk i din egen ålder, är det någon eller några där som du känner?"

Ewa sköt namnlistan över bordet och studerade flickan när hon noga läste igenom den.

"Nej, det är ingen här som jag känner, utom min syster."

"Nehe. Du och din syster har nycklar och larmkod till pappas lägenhet på Strandvägen?"

"Ja, men vi är nästan aldrig där, det är mer i reserv. Vad är det för fråga, förresten?"

"Kan du eller din syster ha talat om koden för någon utomstående?"

"Nej, varför skulle vi ha gjort det?"

"Av något oviktigt skäl till exempel. Nån gång bett någon hjälpa till att hämta en sak, nån gång talat om lustiga koder och hur man använder små knep för att komma ihåg dom, vadsomhelst."

"Nej, åtminstone har inte jag bett nån hämta nåt och larmkoden skulle man väl liksom inte sitta och tjafsa om på krogen eller så."

"Så den kod som du och din syster känner till har ni inte lämnat vidare till någon enda person i bekantskapskretsen?"

"Nej, sa jag ju! Och skulle denna 'någon enda person' alltså vara tjuven? Förlåt men det här är ju faktiskt ganska puckat."

"Det kanske det är, det är det man inte vet förrän efteråt. Vilka är dina tre eller fyra närmaste vänner?"

"Vad har det med saken att göra? Först är det jag själv som är misstänkt, nu nån av mina närmaste vänner?"

"Nej, men vi håller på med ett rätt träligt arbete som går ut på att utesluta oss fram, och just nu jobbar vi med dej, det är väl okej?"

"Min absolut närmaste vän just nu är i så fall Gustav Gundell, vi förlovade oss i midsommarhelgen hemma hos hans föräldrar", svarade hon nästan triumferande.

"Gundell som i...?"

"Som i försäkringsbolaget, ja. Henric Gundell är hans far. Så nu är väl han också misstänkt, han bor ju alldeles i närheten på Strandvägen. Det skulle han nog tycka var kul, särskilt om ni läcker ut det i pressen."

"Så då känner du till larmkoden hemma hos Gundells på Strandvägen?" nästan retades Ewa.

"Ja, men där har det väl inte varit nåt inbrott?"

"Nej, inte än i alla fall. Du känner till koden hemma hos Gustav, men han känner inte till koden hem till din far?"

"Nej, men det är väl inte så konstigt. Jag har förstås sovit över några gånger hemma hos Gustav. Men vi har liksom inte haft behov av att smyga upp till min far två kvarter därifrån. Logiskt va?"

"Ja fullkomligt. Då är vi klara med varandra, ja sånär som på adress och telefonnummer till Gustav Gundell."

"Vad har han med saken att göra nu då!"

"Precis som du själv, förmodligen inte ett skvatt. Så då kan vi snart korta vår långa namnlista med två namn och så där får vi hålla på."

"Tills ni bara har ett namn kvar?"

"Ja, i den bästa av världar från vår synvinkel, men troligtvis får vi hålla på tills vi har strukit alla namnen."

"Låter tröstlöst."

"Ja, men vi måste arbeta så. Vi har redan klarat av föräldragenerationen, nu är det ungdomarna."

"Ja, det är ju många häftiga inbrott, jag får önska er lycka till!"

"Tack för det och tack för din tid, Lovisa."

"Mina vänner kallar mej Lova."

Någonting var konstigt med förhöret, insåg Ewa när de sagt ajö och hon hade en kvart kvar till nästa inbokade tid. Fast det var svårt att sätta fingret på vad det var. Flickan var för lugn, som om hon hade tagit valium eller något i den stilen. Hon hade dessutom varit samarbetsvillig långt utöver vad man kunnat vänta och hennes självklara protester över att vara "misstänkt" och liknande var lite spelade och halvhjärtade. Eller det kanske var att överdriva misstänksamheten? För sen när hade det blivit skumt att vara tillmötesgående mot polisen?

Men om Ewas förhörsobjekt hade förvånat något genom sin samarbetsvillighet så motsvarade John Lundbäck, kallad John-John, även högt ställda förväntningar på en stockholmsk brat från överklassen.

Han kom en kvart försent och beklagade sig högljutt över sin bakfylla och det löjeväckande i att kallas till förhör och annat lika väntat. Det var Claes Stålhammar som hade dragit nitlotten John-John.

"Öh du, vad tjänar egentligen en kommissarie nuförtiden?" var det första John-John hävde ur sig när Claes Stålhammar hade rabblat in förhörsnoteringarna på bandet om vem, var och när.

"Förmodligen vad du har i veckopeng, unge man. Nu tar vi det lilla lugna, va? Du är hos polisen och det gillar du inte. Men då kan vi väl säga att det är som hos tandläkaren. Gapa snällt så går det fort över, det här är ett rutinförhör."

"Okej, point taken. Och vad kan jag göra för kommissarien?"

"Kriminalinspektören. Jo, till att börja med den här namnlistan. Vilka av dom här namnen känner du igen? Och, eller, vilka av dom här personerna känner du bäst?"

"Det ska väl du skita i."

"Jag måste ha hört fel. Då tar vi det igen. Vilka av… "

"Du hörde vad jag sa. Det ska du skita i!"

Claes Stålhammar suckade och såg på klockan. Hans nästa förhörsobjekt skulle komma om tjugo minuter, men man kunde väl förmoda att inte heller den jäveln höll tiden. Grabben mitt emot honom flinade överlägset och sköt tillbaks namnlistan över skrivbordet. Claes Stålhammar lutade sig bakåt och betraktade honom en stund. En liten självsäker fan, cool skulle han nog säga om sig själv. Börsnissefrisyr med håret infettat och rakt bakåtkammat, jeans och kavaj och ljusbruna skor som såg mycket dyra ut, säkert handsydda.

"Nu är det så här", fortsatte Claes Stålhammar lugnt. "Att om man varit så länge vid polisen som jag så blir man bara *lite* trött av sånt där larv. Du ska höras upplysningsvis, vet du vad det betyder?"

"Att jag inte är skyldig att lämna dej en enda jävla upplysning om jag inte har lust och det har jag inte", svarade John Lundbäck kallad John-John utan att tveka.

"Det betyder det inte alls", fortsatte Claes Stålhammar oberört. "Det betyder att du gör klokt i att inte uppträda som en misstänkt, för det är du inte. Men om du fortsätter att spela allan med mej så tar det här förhöret sex timmar, och det vore väl ändå onödigt."

"Det blir sex rätt tysta timmar i så fall."

"Visst. Du kan få vänta av dom i en cell om du vill."

"Du har väl för fan ingen rätt… "

"Jo absolut! Om du fortsätter på det här viset. Så hur ska vi ha det? Sextimmars tysta varianten eller ett enkelt litet samtal upplysningsvis på en halvtimme? Se det praktiskt, det gör i alla fall jag."

"Jag är inte skyldig att ge dej några som helst upplysningar. Och du kan inte tvinga mej att snacka om jag inte vill."

"Du slösar med min tid och din egen tid och det är väl dumt?"

"Så här va. Du är förfan bara en liten lagom korkad snut som håller på med ett lagom allvarligt brott som du inte kommer att klara upp, eftersom ni ändå aldrig klarar upp några brott. Så varför ska jag slösa min tid på dej?"

"Ja om du försöker reta upp mej så slösar du definitivt med din tid. Jag har sett rätt många både större, starkare och smartare killar sitta i den där stolen och skämma ut sig som du gör just nu. Du är 23 år och läser ekonomi?"

"Ja."

"Och har inga studieskulder?"

"Nej."

"Därför att dina föräldrar betalar dina studier?"

"Just det."

"Och hur får du pengar till nöjen och fritid? Veckopeng?"

"Det ska väl du skita i."

"Nej."

"Alltså fatta en sak, va? Mina föräldrar är rika, en hel del pengar är redan överskrivna på mej, jag har så det räcker för livet ut. Vi spelar liksom inte i samma liga, du och jag."

"Nej, det gör vi inte. Och så tar vi den där namnlistan igen. Vilka personer på listan känner du och vilka känner du inte?"

"Och det tänker jag inte svara på, det borde väl till och med en sån som dej ha fattat vid det här laget."

"Nej serru, nu får jag ett litet bekymmer. Alltså här kommer du in John-John och ska vara snäll och fin och bara höras upplysningsvis. Och så beter du dej, såvitt jag förstår fullständigt i onödan, som en misstänkt. Det begriper jag inte."

"Så det begriper du inte?"

"Nej."

"Nehe. Men se det så här. Mitt hem har utsatts för ett inbrott, vi har blivit av med rätt stora värden, inte för att det drabbar någon fattig men i alla fall. Och så tycker du att jag ska sitta och peka ut vänner och bekanta som misstänkta?"

"Nej min vän, det tror jag nog du har fått om lilla bakfoten. Vi ska söka igenom den krets av människor som kunde ha tagit sig in hemma hos dej och dina föräldrar utan att utlösa något tjuvlarm till exempel. Det är ett jobb som kanske inte för oss närmare någon gåtans lösning, men ett jobb som måste göras. Vi måste kunna avföra dom här personerna på listan en efter en, det är vad vi håller på med. Och då vore det ju bra om du hjälpte oss med den saken i stället för att uppträda som misstänkt. För då måste vi förmodligen slösa tid på att också betrakta dej som misstänkt, spana på dej, leta igenom din bostad, kolla dina resor och din ekonomi, dina studieresultat och krogvanor och drogvanor om du har såna. Rubbet alltså. Och troligen till ingen nytta. Så nu tar vi det igen. Vilka personer på den här listan... ?"

John-John fann plötsligt anledning att ändra sig och pekade snällt ut tre ungdomar, Robert Elgin, 24, Jesper Starling, 26, och Anne Louise Hermelius, 23, och deras föräldrar. Men flickorna Christensen och det nytillkomna namnet Gustav Gundell sade han sig inte alls vara bekant med.

John-John bodde praktiskt taget granne med Robert Elgin ute i Djursholm och tidigare med Jesper Starling innan han flyttade till Lidingö, och de kände varandra alla tre eftersom alla hade gått i Djursholms samskola och de gick mer eller mindre som barn i huset hos varandra. Och kunde förstås larmkoderna.

Claes Stålhammar satt stilla en stund och tänkte när han blivit av med det lilla äcklet. Han hade inte haft några förväntningar och inga förutfattade meningar om denne John Lundbäck annat än att träffa ett vanligt bortskämt rikemansbarn från Djursholm. Men pojkfan var närmast en parodi på sig själv och hade han i stället svarat rakt och snällt på frågorna redan från början så hade Claes Stålhammar antagligen inte känt av minsta lilla misstanke. Men nu betraktade han John-John som misstänkt och han försökte intala sig att det inte berodde på några aggressioner. Åtminstone om man såg till tjänsteår borde han vara alldeles för erfaren för att förleda sig av sådant.

Den insikten hade förstås också Erik Muhr som satt i ett rum intill med en ung kvinna som hette Anne Louise Hermelius och som han redan avskydde. Också Muhr visste mycket väl att han måste lägga band på sin eventuella ilska, men den här flickan gjorde det inte lätt.

Hon hade börjat med att sträcka på sig som en katt och gäspa honom rakt i ansiktet och förklara att hennes tid egentligen var alldeles för dyrbar för att slösa på svensk polis som ändå aldrig klarade upp några brott. Fin start.

Och givetvis hade hon fortsatt med att håna honom för att han kunde vara så inihelvete puckad att han ens *trodde* att någon i hennes bekantskapskrets skulle komma på idén att sno från sina kompisar. För alla var ju ändå i ungefär samma läge som hon själv. Enbart i räntor på eget kapital tjänade hon väl ett par tre polislöner. Det var klokt av föräldrar att undan för undan föra över pengar till sina barn så att man undgick arvsskatten, nämligen.

Hon var snygg, slank och nonchalant och uppträdde med en filmstjärnas självsäkerhet och skulle förmodligen kunna försörja sig som fotomodell eller liknande, om hon haft något behov eller intresse av att försörja sig. Vilket hon gång på gång påpekade att hon verkligen inte hade. Arbete ingick inte i hennes föreställningsvärld, nu när midsommarröjet var över skulle hon ner till Saint Tropez på Rivieran och hälsa på vänner och åka lite vattenskidor. Hon envisades med att behålla solglasögonen på och när Muhr bad henne ta av dem förklarade hon att hon inte hunnit sminka ögonen och således inte kunde visa sig.

Till slut medgav hon att hon kände alla på namnlistan mer eller mindre, alla utom flickorna Christensen och Gustav Gundell. Hon vägrade att ta i hand när hon skulle gå, betraktade bara Muhrs framsträckta högerhand som något illaluktande som råkat komma för nära henne. Muhr ville slå ihjäl henne, men berömde sig själv av att inte ens visa hälften av vad han kände.

Också han tog sig en liten funderare när han blivit ensam. Också han fann det egendomligt att en person som det normalt inte fanns minsta anledning att misstänka för någonting inom loppet av en halvtimme lyckades framställa sig själv som i högsta grad misstänkt.

Muhr var väl medveten om att han riskerade att lura sig själv med ilska och hat. Det var en högst påtaglig fara med den här sortens parasiter. Och det var det man måste tvinga sig själv att inte luras av utan i stället försöka tänka kallt och logiskt. För som till och med den vidriga Anne Louise Hermelius själv påpekat var det fullkomligt ologiskt att någon i hennes vänkrets skulle springa omkring och begå simpla inbrott när de tjänade tusentals kronor om dagen på räntor och detta utan att röra ett finger. Tyvärr talade logiken för att det här gänget var vita som snö.

De samlades strax före lunchtid inne hos Ewa för att summera läget. Tre av dem som kallats till förhör hade inte infunnit sig, vilket var ovanligt när det gällde människor som levde i välordnade förhållanden. Bland tjyvar och knarkare hade det tvärtom varit ytterst förvånande om mer än en av de kallade hade infunnit sig frivilligt. Men förklaringen till rikemansbarnens nonchalans fick anstå, för nu gällde det främst att inte tappa tempo.

Terje Lundstens båda tänkta förhörsobjekt, Ludwig Johansson som var son i huset där den berömda halvpannan whisky hade stulits, och Jesper Starling från en familj på Lidingö med bland annat vinkällarförluster, hade av okänd anledning bara struntat i att komma. Ewa bestämde att Terje fick ta Börje Sandén med sig och jaga upp de saknade förmågorna för hand och om nödvändigt ta in dem på förhör.

Muhr fick ge sig ut på jakt efter unge herr Robert Elgin, eftersom han bodde hos mamma och pappa ute i Djursholm och det var Muhrs hemmaplan. Unge Robert skulle tas in på förhör i stan, om han inte mot förmodan visade sig överraskande samarbetsvillig. Ewa själv tog sig an det enda nya namnet hittills, Gundell junior, som tydligen bodde hemma på Strandvägen, och därefter i mån av tid hans lillasyster Catharina som av någon anledning bodde i studentlägenhet ute på stan. Claes Stålhammar fick följa med på den turen, om det skulle behöva baxas och släpas ovillig ung man, det var bäst att vara två i så fall.

Lunchtrafiken hade börjat tjockna till när Ewa och Claes Stålhammar närmade sig Strandvägen. De hade inte sagt många ord på vägen, än så länge fanns inte mycket att fundera över och efter att ha hört Muhrs utläggningar om nackskott för den typ av människor som stod på deras förhörslistor så hade de blivit omedvetet försiktiga. Båda tänkte att det gällde att inte låta sig luras iväg av några förhandsnegativa uppfattningar.

Det gundellska residenset låg ungefär mitt på Strandvägen och enligt namnskyltarna i porten föreföll det som om deras nya objekt bodde högst upp i någon sorts vindskupa, ovanför pappas och mammas bostad. Av någon anledning fungerade inte poliskoden på den andra låsta dubbeldörren inne i porten. De enades om att det var bättre att ringa på lägenhetsdörren direkt än att använda porttelefonen och väntade tills en äldre och ytterst misstänksam dam kom hem. De fick sina polislegitimationer granskade i detalj innan hon släppte in dem.

De fick ringa länge och alltmer uppfordrande på den unge mannens dörr innan de hörde hasande steg där inne. Han var klädd i morgonrock och snabeltofflor och såg nyvaknad ut när han äntligen öppnade.

"Morgonstund har guld i mun, vi är från polisen", hälsade Ewa som hon tyckte själv ytterst vänligt. Men hans reaktion blev både snabb och förvånande.

"Jag har absolut ingenting att säga förrän jag har en advokat vid min sida", deklarerade han och höll upp båda händerna framför sig med handflatorna vända utåt, som om han gav sig men samtidigt hindrade dem från att komma in.

"Så illa ska det väl ändå inte behöva gå, hej jag heter Ewa Johnsén och det här är min kollega Claes Stålhammar, får vi komma in?" skrattade Ewa.

"Nej, absolut inte!" svarade han fortfarande lika skärrad. "Har ni papper på husrannsakan, annars kan ni sticka!"

"Äh, ta och tagga ner lite va?" föreslog Claes Stålhammar, också han ganska road. "Om det kan vara till nån tröst är du inte anhållen och inte misstänkt för brott, så spänn av."

"Vi vill bara snacka lite med dej", förtydligade Ewa.

"Bara snacka! Varför skulle jag snacka med snuten?" svarade han fientligt och såg ut som om han tänkte stänga dörren.

"Som sagt", fortsatte Claes Stålhammar och satte foten i dörren. "Vi vill snacka med dej. Och då blir det ju lättare om vi får komma in."

"Nej, absolut inte! Då får ni beställa tid och jag har ändå inte tid med er!" skrek han åt dem, hans rädsla hade ersatts av ilska.

"Ta det lugnt nu", sade Ewa. "Vi vill snacka med dej och det vill vi göra nu. Då är det bara att välja. Du kan släppa in oss och höra vad saken gäller. Eller vi kan ta med dej upp till krim på Kungsholmen. Hur ska vi ha det?"

"Ni kan väl för fan inte ta in mej om jag inte är misstänkt för brott!"

"Jo!" svarade de båda poliserna samtidigt.

"Det är ju för fan rena diktaturstaten!"

"Inte alls", log Ewa. "Då hade vi inte förhandlat så här vänligt och så här länge. Nå, hur blir det? Ska du släppa in oss eller ska vi släpa med dej i morgonrock och tofflor?"

Han tvekade kort, men slog upp dörren och hasade in genom en smal tambur som öppnade sig i ett gigantiskt runt vardagsrum som var mycket mer välstädat än vad de väntat sig av hans sömniga och rödögda uppsyn. Han gick fram till en elektronisk panel, sänkte några markiser och manövrerade undan gardiner så att det runda tornrummet framstod i bokstavlig strålglans.

"Sätt er och förklara vad saken gäller", muttrade han och kastade sitt hår bakåt och drog fingrarna några snabba varv genom det så att han plötsligt såg riktigt prydlig ut. Mycket kemikalier och skit i det där håret, tänkte Claes Stålhammar.

"Jo, vi undersöker en serie inbrott", började Ewa i tron att hon skulle behöva förklara en stund.

"Och vafan har jag med det att göra?"

"Förmodligen ingenting, det är det vi ska undersöka, förlåt jag ska bara slå på en bandspelare."

"Vafan ska du banda för?"

"Så att jag kommer ihåg bättre."

"Jag har ändå ingenting att säga."

"Det kan du väl inte veta innan du har hört några frågor."

"Jag har i alla fall ingenting att säga."

"Vi får se."

"Det kan du ju drömma om. Varför skulle jag vilja snacka med några snutar?"

"Allmänheten brukar vara vår bästa vän", svarade Ewa sötsurt. "Den stora detektiven allmänheten, du vet. Laglydiga människor, hyggligt folk, såna som är emot inbrott till exempel."

"Vi har inte haft nåt inbrott!"

"Nej, jag vet. Du känner Lova Christensen?"

"Ja självklart, vi har just förlovat oss."

"Gratulerar. Och hennes syster Anna?"

"Självklart, men hon är råfeminist."

"Och? Vadå men?"

"Ja, alltså varken Lova eller jag umgås med såna, antagligen är hon kommunist och vegetarian också."

"Jag beklagar, men sånt kan ju inträffa i dom bästa familjer."

Äntligen flinade han lite. Han hade lugnat ner sig, men Ewa kände att hon måste skärpa sig för att inte hata honom och hon uppfattade att Claes Stålhammar som hade vecklat ner sin långa kroppshydda i en av de lediga sofforna satt och koncentrerade sig på samma uppgift. Inte hata fanskapet, tänk klart.

Jag ska lura den jäveln genast, tänkte Ewa med en uppflammande ilska som hon trots sina goda föresatser inte tycktes kunna kontrollera så väl som hon ville.

"Jo, vi talade med Lova i morse", fortsatte hon lugnt affärsmässigt.

"Ja, dom har ju haft inbrott, men det har inte vi. Eller jag menar, det har varit inbrott hos hennes farsa här borta", han pekade med tummen över axeln nedåt Nybroplan till.

197

Det där lät nästan som en försägelse, tänkte Ewa och bytte en snabb blick med Claes Stålhammar för att konstatera att han tänkt samma sak.

"Ja, du har ju tillgång till larmkoden hemma hos Carl Herman Christensen, han är visst arbetskamrat med din far?"

"Jamen vad i helvete har det med nåt att göra! Jag kan väl inte gärna misstänkas för att gå och stjäla hos Christensen bara för att jag råkar kunna hans kod? Vet ni hur många koder jag i så fall skulle kunna räkna upp?"

"Nej", sade Ewa så ansträngt lugnt att hon nästan såg ointresserad ut. "Det vet jag förstås inte. Hur många andra koder kan du räkna upp?"

"Äh, skärp dej förfan! Vet ni vilka vi är! Min farsa är Henric Gundell, han har advokater som äter såna som dej till frukost. Och hur jävla illa du än tycker om det lilla snuten så är vi faktiskt rika. Rent ut och utan några försköningar men så jävla illa ligger det till."

"Gratulerar igen. Men nu måste jag faktiskt påminna dej igen om att du inte är misstänkt för brott. Jag menar så att vi kan snacka lugnt och fint utan att kasta skit."

"Jag bara konstaterade att vi är jävligt rika, det får du faktiskt tugga i dej. Vill du knulla med mej för hundra tusen?"

"Jag tror inte jag hörde det där."

"Det gjorde du visst. Hundra lakan skulle väl sitta fint i lilla hushållskassan?"

"Nu tycker jag inte du ska tigga stryk, för vi har bara några enkla frågor."

"Tvåhundra tusen?"

"Som sagt. Tigg inte stryk nu."

Han flinade så nöjt att han faktiskt höll på att kvalificera sig för ett eller annat polisiärt tjänstefel. Ewa utbytte en kort varnande blick med Claes Stålhammar som såg ut som om han plötsligt hade vuxit nere i sin soffa.

"Du har en jävligt läcker ända för att vara snut, en snabb påsättning bakifrån och trehundra tusen och så glömmer vi det hela?"

Ewa blundade och koncentrerade sig. Hon hade redan lurat den jäveln en gång, det var mycket viktigare att göra det igen än att klå upp honom.

"Nu är det så här", fortsatte hon långsamt. "Vi har några små frågor. Inga märkvärdiga frågor, vanlig rutin, sånt som måste göras. Nu tänker jag ställa dom frågorna. Ett enda litet pip från dej om nåt annat så buntar vi ihop dej och kör upp dej till Kungsholmen och fortsätter samtalet där. Förstår vi varandra?"

"Så knulla är inte till att tänka på i så fall?" flinade han.

"Okej, Claes", suckade Ewa. "Handfängsel."

Claes Stålhammar reste sig i sin fulla längd och ryckte med något som nästan föreföll som en suck av lättnad fram handbojorna från sitt fäste under kavajen och tog två snabba beslutsamma steg fram mot den unge arvtagaren och grep honom om nacken.

"Nej! Jag svarar hellre på frågorna här!" skrek Gustav Gundell tydligt skärrad och helt enligt plan.

"Okej, släpp honom!" kommenderade Ewa. "Och så kör vi igenom våra frågor fint och stilla?"

Han gav sig som väntat och nu hade han bara rört till det för sig själv. Eftersom han sovit hela morgonen hade han sannolikt ingen aning om hur många av de andra ungdomarna som hade infunnit sig till förhör och än mindre visste han vad de i så fall hade sagt.

Ewa visste redan att hans nya fästmö Lova hade ljugit om att han kunde koden till hennes fars bostad. Det kom därför inte som någon överraskning att han uppgav sig känna samtliga personer på namnlistan som hans fästmö sagt sig över huvud taget inte känna. Och när han skulle räkna upp sina närmaste vänner så stämde också de med listan.

Det akuta problemet var bara att så snart de släppte greppet om honom skulle han kasta sig på telefonen. Det vore trist, å ena sidan, om en sådan där liten skit skulle få tid att ringa sina kompisar och börja stämma av historien redan nu, innan flera av dem börjat trassla in sig. Det vore ännu tristare, å andra sidan, att få Justitieombudsmannen och pappans alla dreglande advokater över sig rörande ett eventuellt olaga frihetsberövande. För som det såg ut nu fanns det inte en chans i helvetet att få honom anhållen. Man fick kompromissa. Både med lagen och taktiken.

"Vi får ta med honom upp på Kungsholmen", nickade Ewa spelat uttråkad mot Claes Stålhammar när hon stängde av sin bandspelare. "Kan du se till så att han klär sig ordentligt?"

Claes Stålhammar gav henne en lång blick men utan att röra en min. Han frågade alltså tyst om hon verkligen menade vad hon sade.

"Japp, Claes", svarade hon fortfarande spelat uttråkad. "Det är en direkt order."

Claes Stålhammar nickade för sig själv och log mot henne samtidigt som han ryckte upp Gustav Gundell och föste honom bort mot vad som föreföll vara sovrum och förmodade kläder.

"Ska han ta med tandborste också?" ropade Claes Stålhammar optimistiskt på väg ut med den plötsligt mycket bleke pojken.

"Ja, se till att han får med hela kittet, med ombyte av kallingar och allt, helst i en liten väska!" ropade hon tillbaks. Samtidigt tänkte hon igenom det smörgåsbord av möjliga lagbrott och tjänstefel som hon i värsta fall hade framför sig.

Naturligtvis sade de inte ett ljud i bilen på väg upp mot Kungsholmen. Claes Stålhammar satt i baksätet hotfullt nära den unge mannen som vid det här laget säkert uppfattade sig som, tja, arresterad hette det väl med hans språkbruk. I själva verket hämtades han till förhör på tämligen svaga grunder. Det visste hon och det visste hennes kollega, men naturligtvis visade de inte med en min sin osäkerhet över vad de kanske höll på att ställa till med.

De tog upp honom på det nästan helt tomma kontoret. Terje Lundsten och Börje Sandén var ute på jakt efter andra överklasspojkar som de förhoppningsvis lyckades väcka en efter en. Muhr var ute i Djursholm.

"Så här är det", förklarade Ewa för Claes Stålhammar när hon stängt dörren om den nu riktigt foglige Gustav Gundell. "Jag håller den lilla skiten här i sex timmar, anhållen blir han ju aldrig. Det är den tid ni andra har på er. Telefonkontakt med kollegerna, jaga upp dom andra på listan, så många ni hinner med och så ses vi här när tiden går ut, klockan sju ungefär. Arbetsteorin är följande. Den här lille skitens nya fästmö Lova, som nog fan hade tagit något nedåttjack innan hon kom hit, påstod att hon och lille Gustav inte kände någon på namnlistan. Han har just medgett att han kände alla, eller hur?"

"Så när vi får tag på dom här andra gökarna kan man väl tänka sig att ingen av dom går med på att dom känner lille Gustav. Så har vi dom åtminstone på några intressanta lögner?"

"Just det, som motiverar mitt utdragna sextimmarsförhör med lille Gustav", nickade Ewa.

Det kunde faktiskt fungera, tänkte hon när hon gick in på sitt rum där Gustav Gundell satt i hennes förhörsstol och såg betydligt mindre karsk ut än han varit på hemmaplan. Det kunde förstås göras gällande att det var onödigt bryskt att hämta in en person på det här viset om han bara skulle höras upplysningsvis och att sex timmar dessutom var i överkant för ett sådant förhör. Men det fick man försvara med att man kommit på några lögner. Och betydelsen av lögner visste man ingenting om innan man utrett saken. Jo, det kunde klara sig.

Hon såg på klockan och slog på bandspelaren.

"Förhöret med Gustav Gundell återupptas på polishuset klockan 14:03, förhörare är polisintendent Ewa Johnsén, förhörsvittne kanslisten Gunilla Österman", började hon och spände ögonen i pojken mitt emot. "Gunilla, vill du vara snäll och komma över och sätta dej bredvid mej!" fortsatte hon. Sedan lät hon tystnaden verka medan Gunilla Österman flyttade över och installerade sig.

"Jag vill ha en advokat", muttrade Gustav Gundell.

"Det kommer inte på fråga förrän du är anhållen och det är du inte. Inte än i alla fall", svarade Ewa affärsmässigt.

"Då har jag inget att säga."

"Fåna dej inte nu, Gustav. Du gör det hela tiden värre för dej alldeles i onödan. Vi har vissa lagar och förordningar och därför har jag rätt att ställa frågor till dej, så är det oavsett vad du tycker. Och om du inte hade betett dej som du gjorde innan hade vi kanske varit klara för länge sen."

Det var en något tvivelaktig taktik, det insåg hon. Men det var bättre att ingjuta lite mod i honom så att han snackade, oavsett om vad, än att han bara höll käften. Det skulle bli svårare att i efterhand försvara att man hållit någon kvar för förhör när denne inte sagt ett ljud, vilket faktiskt var hans lagliga rätt.

"Farsans advokater kommer att slita dej i stycken", mumlade han till slut. Och det var ju alltid en början.

"Och varför skulle dom göra det?"

"Jag är inte anhållen. Du har inte rätt att hålla mej här."

"Jag har all rätt i världen att fortsätta förhöret när du ljuger", ljög hon blixtsnabbt.

"Jag ljuger inte och du kommer att få betala för det här."

"Du, spänn av va? Din far har väl tillräckligt med obehaglig publicitet som det är? Jag menar pensionen och fallskärmen från Ericsson som han tydligen misskötte, 100 miljoner i extra belöning för att han trodde att mobiltelefoner bara var för dirrar och inte ungdomar eller vad det var? Jag vet ju inte så noga, jag har bara läst tidningar."

"Det mesta av det där är bara skandaljournalistik."

"Ja, du ser. Låt oss inte tala om ytterligare oönskad skandaljournalistik. För nu har vi alltså problemet att du ljuger, det är därför du sitter här."

"Jag ljuger inte."

"I så fall är jag rädd att det är Lova som ljuger. Och det tycker jag verkar konstigt, tycker inte du?"

"Vad skulle hon ljuga om? Har du förresten snackat med henne, hon skulle ju inte… "

"Hon skulle inte komma? Men se det gjorde hon. Lite dizzy möjligen av vad hon nu petat i sig, nåt nedåttjack tror jag, jag trodde såna som ni mest höll på med motsatsen, ecstasy och sånt?"

"Du rör inte Lova alltså för då…"

"Du har hotat mej redan och det har jag varit hygglig nog att glömma. Men gör inte om det, tänk på att det här faktiskt är ett förhör och att det som sägs spelas in. Jo, så här var det. Lova påstod att du och hon inte kände en enda av dina vänner och bekanta som vi hade på den där listan. Hur kan det komma sig?"

"Är du polisintendent? Du sa det när du startade bandet."

"Jo, det stämmer."

"Är inte det högre än kommissarie?"

"Stämmer också. Tillbaks till frågan. Varför ljög Lova?"

"Så då ska jag känna mej hedrad, jag trodde du bara var nån sorts polissyster, kunde aldrig snappa varför det var du som ställde frågorna och inte den där björnen du hade med dej."

"En av mina minsta björnar, du ska se dom andra. Nå, varför ljög Lova?"

"Därför att jag hade bett henne göra det om hon verkligen skulle gå hit."

"Och varför hade du bett henne ljuga?"

"Därför att vi inte skulle bli mer indragna."

"Vilka vi?"

"Våra familjer. Sån här skit kan lätt leda till publicitet och allt är ju rätt nedtystat hittills. Och det är i alla fall meningslöst att hålla på och trassla med oss."

"Varför det?"

"Därför att det är vi som har blivit bestulna. Vi är offer, fattar du det? Vi ska inte behöva hålla på med en massa förhör som kommer ut i tidningarna."

"Så du känner till hela brottsserien?"

"Ja, det gör vi ju alla."

"Jamen det är ju utmärkt, då förstår du varför vi måste tröska igenom dom här förhören med er?"

"Nej, uppriktigt sagt inte. Fattar du inte vilka du har att göra med? Gundell, Christensen, Hermelius, Elgin, Johansson, han med byggvaruhuset alltså, Starling, Lundbäck. Hur många miljarder tror du att det blir?"

"Ingen aning. Men tjuvarna kunde larmkoderna, eller hur?"

"Om dom inte knäckte koderna på nåt sätt. Har du inte sett Mission Impossible?"

"Tjuvarna kunde koderna. Tjuvarna visste precis när nån av er badade i Marbella eller Juan-les-Pins eller åkte skidor i Val d'Isère eller vad det kunde vara. Vem vet allt det och kan samtidigt larmkoderna?"

"Jag till exempel. Och mina kompisar."

"Ja, du ser."

"Nä, ser vadå?"

"Varför du sitter här i förhör."

"Nej, för du har hundratusendollarfrågan kvar."

"Nämligen?"

"Vet du hur mycket pengar jag har? Eller hur rik jag kommer att bli?"

"Nej. Och?"

"Jag har ungefär hundratjugesex millar i olika värdepappersfonder i nuläget. Och jag kommer om Gud är god och så vidare att ärva ungefär femhundra."

"Ja. Och?"

"Motivet. Varför skulle jag springa runt och sno småsaker?"

"Vem har sagt att du stjäl?"

"Jag tyckte jag hörde någon liten insinuation nyss. Och varför skulle såna som oss sänka sej så lågt och ta såna risker i onödan?"

"Du har rätt. Det är det jag inte fattar. Liksom jag inte fattar varför ni snor tavlor som inte går att sälja. Du vet vem Bruno Liljefors är, va?"

"Larva dej inte."

"Ta katten Jeppe, som ni snodde ute hos John-John. Den går inte att sälja, så varför stjäla den?"

"Nä, du ser. Det är obegripligt. Får jag gå nu, börjar bli lite hungrig."

"Kan du laga mat?"

"Nej, men jag är duktig på att gå på krogen. Ska du med? Såna som du äter väl förstås fisk, du skulle inte haft så fin ända om du inte tänkte på sånt där och så tränar du väl en hel del. Sjötunga eller lax?"

"Gärna sjötunga i så fall. Men jag är petig med vinet."

"Inget problem. Om det är på kvällen skulle jag rekommendera en Montrachet av något slag. Fast så här vid lunchtid kanske något mer friskt och lätt, en sauvignon blanc från Loire kanske?"

"Jag föredrar chardonnay. Så du är en jävel på vin?"

"Visst. Och jag vet förstås, genom vänner och bekanta, att tjuvarna har snott en hel del vin och valt med förvånansvärt god smak. Du tror väl inte jag är dum?"

"Jo, faktiskt. Du sitter indirekt och skryter om att det är du som är tjuven, åtminstone en av dom. Ni är tre, fyra stycken, va?"

"Åh, vad trött jag blir alltså. Du är för fan patetisk. Skulle jag ha försagt mej nu? Guuud så pinsamt alltså."

"Säg mej en annan sak. Vi trodde midsommar var en helg när det bergis skulle komma nåt nytt inbrott i den här serien, många bortresta du vet. Men såvitt jag förstår är det hittills inte ett enda. Trots ett så bra läge. Tror du tjuvarna börjar bli nervösa?"

"Nä, kan jag inte tänka mej. Men vem fan har tid att vara ute och begå inbrott på midsommar? Då har man väl annat för sig. Får jag gå nu?"

"Intressant tanke det där, att tjuvar inte skulle ha tid att jobba på midsommarhelgen. Men det kanske är nåt med facket, eller vad tror du?"

"Skiter väl jag i, jag är inte med i nåt fack."

"Du var ute hos pappa på Håtuna slott och förlovade dej på midsommarhelgen. Vad gjorde kompisarna tror du, Robert Elgin, Jesper Starling, Anne Louise Hermelius, John-John och alla dom andra?"

"Sandhamn, Marstrand, Smögen, that sort of places."

"Jag gissar att John-John är din bästa kompis i det här gänget."

"Det angår väl i och för sig inte dej men varför tror du det?"

"Ja, ni har ju likadana frisyrer, det där fläskkotlettstuket."

"Vadå fläskkotlett? Det är väl ingen som skulle komma på den löjliga idén att äta sån knegarmat?"

"Nej, det förstås, men Gunilla här beskrev så träffande att det ser ut som om ni kammar er med fläskkotletter. Du och John-John till exempel. Var det han som tog efter dej eller tvärtom?"

"Vet inte, vi har känt varandra rätt länge. Men vad spelar det för roll?"

"Jo, när han var här i morse påstod han att han inte kände dej över huvud taget. Hur kan det komma sig?"

"Han ville väl inte att jag skulle bli indragen."

"Indragen i vadå?"

"Jaa? Sånt här jävla tjafs till exempel."

"Så genom att neka till att han kände dej skulle han rädda dej från att bli förhörd?"

"Ja, att slösa bort min tid liksom."

"Och just nu förhörs exempelvis Ludwig Johansson, Robert Elgin och Jesper Starling. Ja, dom kom inte frivilligt så jag fick bussa stora starka poliser på dom. Ska vi slå vad om att dom säger att dom inte känner dej, fast du känner dom?"

"Fullt möjligt."

"Fullt möjligt?"

"Ja, vafan då'rå?"

Hon tystnade och lät honom sitta och oroa sig en stund. Hon hade fått honom att snacka och så långt var det ju bra. Hans största fiende var hans självförtroende, han trodde han var så smart att han kunde lattja sig igenom ett förhör, men han hade redan sagt så mycket om skenbart oviktiga ting att han inte längre skulle kunna hålla reda på vad.

"Det där med att göra upp hur ni skulle bete er om ni blev förhörda... ?" fortsatte hon långsamt när han fått oroa sig lagom mycket. "Var det så smart? Jag menar, det ger ju faktiskt ett konstigt intryck. Varför skulle ni, som bara är brottsoffer och egentligen hade all anledning att hjälpa polisen, kuckla ihop en strategi som fick er att verka misstänkta?"

"Nä, men vi ville väl bara tjäna lite tid."

"Resultatet blir ju tvärtom. Nu får vi hålla på och ta om en massa förhör därför att du och dina kompisar sitter och ljuger om skitsaker."

"Ljuger gör vi väl inte direkt."

"När ni säger att ni inte känner varandra så är det ju inte sant. Och är det inte onödigt?"

"Vi undanhåller delar av vårt privatliv, finns ingen anledning att vi ska behöva figurera i en polisutredning. Som snuten sen läcker ut till pressen. Flera av oss har faktiskt rätt dåliga erfarenheter när det gäller skandaljournalistik."

"Ja, om ni gör er skyldiga till brott så får ni naturligtvis mycket journalister efter er. Men om ni är oskyldiga är det väl ingen fara?"

"Det spelar väl ingen roll för journalistjävlarna, tänk på vem du snackar med."

"Du menar att din far har dåliga erfarenheter av media?"

"Ja, det var väl today's understatement."

"Mm. Men du vet såna här förhör blir bara offentliga om dom ingår i en brottsutredning där det väcks åtal, så än så länge är det lugnt. Jag antar att du är lika bra på konst som på vin, förresten?"

"Javars, du behöver i alla fall inte tala om för mej vem Liljefors är."

"Nej, jag tänkte väl det. Hjälp mej då med en fundering, det är nämligen en grej jag inte fattar när det gäller den stulna konsten."

"Vad är det du inte fattar?"

"Jo följande. Antag att du och dina kompisar är tjuvarna, försök att tänka dej in i hur dom tänker."

"Jättesmart polis, duktig liten polis. Så jag ska sitta och erkänna lite hypotetiskt och sen hamnar förhöret i kvällspressen?"

"Var inte fånig, jag sa ju att det var en sak jag inte fattar, jag har inga Liljefors hemma på väggen och jag känner inte ens nån som har det, så vi har lite olika utgångsläge du och jag."

"Ja, så skulle man väl kunna uttrycka det. Och vad är det du inte fattar?"

"Bland dom stulna tavlorna finns exempelvis katten Jeppe hemma hos din bäste vän John-John och en dalkulla av Zorn hemma hos din blivande svärfar."

"Ja, trist nog. Och problemet?"

"Jo, såna tavlor kan man ju inte sälja vidare. Vad är det då för mening med att stjäla dom? Här finns något som du kanske begriper men som inte jag fattar det minsta av?"

"Det finns bara en sak att göra med såna tavlor, det är ju självklart."

"Jamen det är ju det jag inte fattar, hjälp mej!"

"Ta katten Jeppe till exempel. John-Johns mamma skulle utan att blinka betala köpeskillingen en gång till om hon fick chansen."

"Linda Lundbäck? Visst, det tror jag också, jag till och med frågade henne om det."

"Linda köper tillbaks sin tavla från försäkringsbolaget, *får* tillbaks den rättare sagt."

"Men då får hon ju betala tillbaks ersättningen hon redan fått?"

"Visst, men det är ju inget problem, så står hon på noll igen och har fått tillbaks tavlan."

"Och tjuvarna har fått halva priset från försäkringsbolaget, så alla tjänar på affären?"

"Ja, det är det enda logiska upplägget."

"Du är rätt smart i alla fall och tycks ha koll på både det ena och det andra. Men vem kontaktar försäkringsbolaget?"

"En mellanhand. Varenda krog runt Stureplan är proppfull med små och stora gangsters."

Ewa ansträngde sig att se mer grubblande och eftertänksam ut än hon faktiskt var. Det hon undrade över var inte den kända proceduren vid tavelstölder som förvandlades till affär med lösensumma, utan pojkspolingens obekymrade sätt att tala om saken. Lite smicker och han svarade till och med på frågor hon inte ställde. Han hade just svarat på frågan hur en sån som han kunde få kontakt med kriminella för att genomföra affären.

"Men den där mellanhanden riskerar ju att åka in?" invände hon efter en stund med rynkad panna, som om hon verkligen grubblade.

"Tror jag knappast, inte om det sköts smart", log Gustav Gundell överlägset och världsvant. Som om han satt och skröt på krogen för vilket litet ragg som helst, tänkte Ewa.

"Försäkringsbolaget vänder sig till polisen när affären är klar, tror du inte?" frågade hon så naivt hon förmådde. Hon lurade honom att skratta på nytt.

"Nejmen tänk efter lite nu, jag trodde du var en smart snut. Försäkringsbolaget har mest att vinna på att kunderna tyst och diskret får tillbaks sina tavlor och att det skrivs så lite som möjligt om saken. Försäkringstagarna har samma intresse. Och tjuvarna. Alla är nöjda, hela affärsidén var att lite pengar slinker över från ett försäkringsbolag till några tjuvar."

"Och här kan vi sitta och utreda till döddagar?"

"Ungefär så skulle jag tro. Så det löser sig ändå, det är inte mycket för polisen att hålla på med. Gå ut och sätt fast några våldtäktsmän i stället."

Hon suckade och såg uppgiven ut som om han hade övertygat henne, vilket han nästan hade gjort. Efter en kort blick på klockan angav hon tiden på inspelningsbandet och avslutade förhöret.

"Jafyfan", suckade hon. "Och här ska man sitta och tröska det här hela sommaren. Men du ska väl ut och resa förstår jag?"

Gustav Gundell var inte nödbedd när det gällde att skryta om resmål. Det visade sig lite överraskande att sommaren var de rika barnens resperiod. Man skulle ha kunnat tro att sådana som hade råd att resa vartsomhelst närsomhelst skulle ha valt tristare delar av den svenska säsongen, som november eller februari. Ja, det vill säga i februari reste de ju en del till Alperna. Men när det gällde Florida, Kalifornien, Rivieran och Malaga eller Seychellerna, Mauritius eller Västindien, så var det sommaren som gällde, fastän det kunde vara lite hett både härsan och tvärsan vid den tiden. Men det hade med skolor och lov att göra, egentligen sak samma om man gick i gymnasiet eller på universitet. Hon frågade vad han trodde om Korsika och han nickade eftertänksamt gillande och sa att det visserligen var lite pensionärs-varning, men på många sätt schysstare än den franska Rivieran som var överbefolkad under semestertiden. Men det var egentligen sak samma om man reste just dit, man måste känna någon med eget hus och strandtomt för att inte bli nedtrampad av alla jävla charterturister. Grejen var vanligtvis, åtminstone i hans kretsar, att man stannade hemma över midsommar, eftersom det var så mycket av familjeangelägenhet och alltför många mammor hade alltför många synpunkter. Men sedan var det mest ut och röra på sig, fast somliga av grabbarna ville vara hemma till den sextonde augusti när bockjakten började.

Han tyckte om att snacka när han väl kom igång och han gillade att se hur impade de två kvinnorna blev. Han höll ogenerat igång tills han avbröts av sin egen våldsamt knorrande mage.

"Nej fan, det här går inte", sade han och såg på klockan. "Ingen frukost och ingen lunch och det är för tidigt för middag. Men nu får jag väl i alla fall gå?"

"Visst", log Ewa. "Tack för alla restips och trevlig sommar!"

Gunilla Österman följde honom till dörren och kom tillbaks som i en charad med släpande steg och ena handen tryckt mot något som föreställde svår huvudvärk.

"Jävlar vilken liten brat!" stönade hon och sjönk ner på sin arbetsplats. "Jag fattar inte hur du kan sitta och hålla färgen så där och få honom att snacka hela tiden!"

"Det fattar nästan inte jag heller", sade Ewa. "En del är rena trick, sånt man lär sig, man ställer oviktiga frågor som är frestande lätta att svara på för att få igång käften på dom. Men annat är sånt som man får känna sig fram till, den här lilla förmågan gillar ju att skryta och spela smart till exempel. Då blir han själv sin värsta fiende."

"Tror han verkligen att han sitter och lurar dej? Han verkar ju inte direkt dum, eller?"

"Jo, på sätt och vis är han nog lite dum", sade Ewa nästan som för sig själv och trummade med fingrarna på förhörskassetten. "Det är en särskild dumhet hos särskilt smarta personer. Dom tror dom är oövervinneliga ända tills dom åker in."

"Kommer vi att ta dom?"

"Jag vet inte. Jag vet inte ens om det är dom här killarna."

"Men det är det väl? Den här jönsen satt ju praktiskt taget och er-känne, eller hur?"

"Jovisst. Men han ljuger ju om allt och alla också. Jag menar, om han är oskyldig så skulle han mycket väl kunna tycka att det var kul att bli jagad av oss eftersom det ändå var riskfritt."

"Men det tror du väl ändå inte, att han är oskyldig menar jag?"

"Nej, jag tror förstås att han är inblandad på ett eller annat sätt. Men vad jag tror och inte tror spelar inte så stor roll. Egentligen skul-le jag ha jagat upp hans syster nu, men uppriktigt sagt skiter jag i det, jag riskerar att kräkas av att träffa en sån här människa till samma dag."

Det fanns inte så mycket mer vettigt att göra av tiden än att sätta sig och skriva ut de förhörsband de hade tillgång till. Ewa som antag-ligen var långsammare med den tekniken tog sitt eget förhör från morgonen med unge herr Gundells nyförlovade Lova, vad hon nu kunde se hos en sådan liten skit, förutom pengarna. Gunilla började med det fem gånger så långa bandet med Gustav Gundell. Trist men nödvändigt och för det mesta också matnyttigt arbete. Det folk suttit och ljugit ihop under långa samtal kom de aldrig ihåg några månader senare. Och intrycket av Gustav Gundell var att han ljög tämligen frekvent.

En efter en kom grabbarna tillbaks från eftermiddagens improvisera-de förhör med ovilliga rikemansbarn som de i samtliga fall utom ett hade väckt och dragit ur sängarna. Förklaringen till denna trötthet hos synbarligen friska och välfödda ungdomar var att de måste vila ut efter en ansträngande fritid. Dessutom var det inte dags att gå ut och röja förrän sent på kvällen.

Muhr var som väntat den som hade allra svårast att dölja sitt rase-ri. Han hade fått göra bekantskap med en viss Robert Elgin, 24, och det var utan tvekan ett möte han aldrig skulle glömma. Han ömsom markerade stryprörelser med händerna framför sig och ömsom härmade något som förmodligen föreställde fjollighet men var mer pinsamt än lustigt.

Sandén, Stålhammar och Lundsten hade haft likartade erfarenheter. För att vara poliser var de faktiskt alla närmast skrattretande provocerade och Ewa valde efter några klagosånger på temat fjollor och parasiter som borde strypas att försöka skoja bort den flamsiga sinnesstämningen. För som hon påpekade, här i gänget var väl ändå alla som gäss. Med den överraskande slutsatsen fick hon förstås tyst i rummet.

Alltså som gäss man häller vatten på, förtydligade hon efter lagom lång paus. För vilka närvarande hade inte kallats gris, svin, nazist, fascist, snutjävel, bögjävel, apa, gorilla, idiot, pucko och allt det andra?

De lät sig bara nödtorftigt lugnas. Ingen av dem hade mindre än femton års erfarenhet av förhör med samhällets minst artiga och minst vältvättade element, men ingen av dem hade blivit så provocerad som nu, inte såvitt någon kunde minnas i alla fall.

Ewa bestämde sig för att trots den upphetsade stämningen göra sammanträde av arbetsdagens sista timmar. Det här var trots allt det möjliga genombrottet, det ögonblick man sett fram emot med viss optimism. Hon samlade dem inne i stora rummet, tvingade dem att sätta sig och stod själv.

"Okej", sade hon. "Vi tycks alla ha haft ovanliga och intressanta sociala kontakter idag. Men låt mej fråga så här. Vilka här i rummet anser att vi har haft att göra med tjuvarna, alternativt deras medhjälpare, idag?"

Fyra händer sträcktes blixtsnabbt upp i luften framför henne. Efter någon sekund räckte hon själv upp handen.

"Då tar vi ett steg till", fortsatte hon. "Vilka av oss tror att dom vi talat med idag i själva verket är hela ligan?"

Börje Sandén och Erik Muhr räckte upp händerna, något långsammare än första gången. Terje Lundsten, Claes Stålhammar och hon själv avstod.

"Rent formellt är det alltså dags att kalla in en åklagare som förundersökningsledare", fortsatte hon. "Det gör jag i morgon bitti förhoppningsvis. Då går vi vidare. Vilka här har förhört personer som säger att dom inte känner Gustav Gundell?"

Alla fyra räckte upp handen, precis som hon hade väntat sig.

"Jamen det var väl utmärkt", fortsatte hon. "Jag och Gunilla har nämligen haft det tvivelaktiga nöjet att sitta här med personen ifråga för att hålla igång ett alldeles för långt förhör så att han inte skulle kunna börja ringa. Och han har efter några inledande krumbukter erkänt att han känner samtliga. Och mer än så, det här är långa bekantskaper som går tillbaks på gymnasietiden och så där."

"Dom kom överens i förväg om att ljuga, och att särskilt den där Gundell var viktig att skydda", väste Erik Muhr mellan sammanbitna tänder. "Om jag bara fick lägga händerna på... "

"Snälla Erik!" avbröt Ewa demonstrativt vänligt. "Fresta oss inte med dina våta fantasier, vi är nog alldeles för mottagliga för sånt idag. Jo alltså, dom kom överens om att ljuga när dom fick kallelserna till förhör. Det särskilt viktiga tycks ha varit att hålla Gundell utanför. Det vet vi. Men vi vet inte varför, det kan ju finnas flera förklaringar."

"Och vad skulle den *andra* förklaringen vara?" frågade Erik Muhr, fortfarande väsande.

"Den andra förklaringen, den du inte tycks önska dej Erik, skulle till exempel kunna vara att Gundell är den som enligt kamratkretsens uppfattning måste skyddas mest därför att hans familj, ja hans far alltså, har fått mest pisk i media på senare år. Ungefär så. Poängen är alltså att vi inte vet. Då återstår bara en fråga, och den har jag själv fått svar på, hur kan det komma sig att vi inte haft några inbrott i den här serien över hela jäkla midsommarhelgen? När alla rika är bortresta?"

"Därför att fint folk har viktigare saker för sig på midsommar än att springa omkring och begå brott", svarade Terje Lundsten efter en kort stunds tystnad.

"Är det något du vet eller är det en gissning?" frågade Ewa retfullt.

"Jag umgås inte i såna kretsar så det är en gissning, en kvalificerad gissning, ja. Faktum ett. Vi har inte haft några nya inbrott över midsommarhelgen. Faktum två. Vår lilla krets av nykläckta ormar tycks ha varit väldigt upptagna av socialt tvingande plikter."

"Visst, så är det nog", sade Ewa. "Men unge herr Gundell hade också vänligheten att fullkomligt uppriktigt upplysa mej om denna självklarhet. Han ansåg att tjuvar naturligtvis var lediga på stora helger, åtminstone vintjuvar och taveltjuvar."

Rummet exploderade i ett långt renande skratt. Det behövdes.

"Vilket för oss vidare till en rent praktisk fråga som gnagt lite i mej eftersom jag är er arbetsledare", fortsatte hon när munterheten lagt sig. "Jag har era semesteransökningar där inne i en liten argsint hög. Sammanfattningsvis kan man säga att församlingen är av den uppfattningen att vår tjyvjakt, åtminstone för vars och ens individuella del, borde ta paus i juli och första veckan i augusti ungefär. Är det rätt uppfattat?"

Hon möttes av surmulen och avvaktande tystnad, precis som väntat.

"Utmärkt", sade hon med fast maskhållning. "Om vi då utgår från att kriminalkommissarie Lundsten och vår lille brat Gustav inte bara är helt överens när det gäller vissa sociologiskt intressanta egenheter inom överklassen, utan också håller fast vid vår hypotes om vilka tjyvarna är... så kan vi alltså stänga ner den här verksamheten över semestern, alltså den vanliga semestertiden som ni alla har ansökt om."

Genast lite muntrare, precis som väntat.

"Okej, om den här chansningen går hem så har vi verkligen förenat nytta med nöje genom att gå på semester samtidigt som våra tjyvar. Om den inte går hem, så får vi förstås besvär och skit från ovan och lite till, men det är ju mitt ansvar. Så vi tar chansen, vi stänger butiken i slutet av veckan. Alla överens?"

Idel glada ansikten, lika väntat.

"Bra. Vi har en vecka kvar före semestern i så fall, den här veckan. Hur kan vi bäst använda den tiden?"

Det första alla kom att tänka på var praktiska självklarheter, skriva ut alla förhör och börja analysera dem, kolla avlägset belägna fastigheter som ägdes av de misstänktas familjer där det skulle kunna rymmas en tillräckligt stor tjuvgömma och givetvis testa vad man skulle kunna få en åklagare med sig på när det gällde vissa husrannsakningar. Någon rimlig anhållandegrund fanns nog inte mot någon. Att dra resurser från span för att börja titta närmare på somliga rika ungdomars nattliga vanor skulle inte vara särskilt meningsfullt under den närmaste tiden i alla fall, eftersom objekten flög kors och tvärs över världen till platser där stockholmspolisens budget inte skulle räcka särskilt långt.

Egentligen fanns bara en möjlig genväg, ett hemligt trumfkort. Man hade DNA från två av de tjuvar som befunnit sig hemma hos Christensen på Strandvägen. Om ungjävlarna tvingades lämna DNA-prov så skulle man väl åtminstone få fast två av dem och få dem anhållna. Och vem i rummet skulle inte med förtjusning se fram emot att få förhöra, säg huvudkandidaterna John-John och Gustav Gundell, i lugn och ro under någon vecka?

Jo, men dels skulle ingen åklagare som fick se namnlistan med alltför rika misstänkta gå med på några tvångsåtgärder i första taget. Och frivillighet i den här kretsen var svår att föreställa sig. Och om man röjde sitt hemliga kort för tidigt kanske det skulle ställa till mer skada än nytta.

Det gällde nog att ta det lite kallt. Man hade två av tjuvarnas genetiska identitet, det var den avgörande hemligheten. Förr eller senare skulle man ta dem på just det beviset. Det gällde bara att inte förivra sig.

Inget av de små äcklena hade visat sig vara rökare, det var ju synd. Då hade man kunnat sno en fimp då och då och fått ett diskret DNA-prov. Men det där fick ändå anstå, förr eller senare kom det rätta läget. Och arbetshypotesen nu var att tjuvarna skulle hålla sig borta från marknaden under semestern.

VI.

HON KÄNDE EN underlig molande tomhet inom sig. Det var det
där med semester. De sista dagarna på kommissionens kontor hade
oundvikligen blivit okoncentrerade och rentav lite virriga därför att
alla de andra, Gunilla Österman lika mycket som grabbarna, redan
andligen befann sig någon annanstans, på sommartorp, vid badsträn-
der, hos svärföräldrar. Börje Sandén var visserligen nyskild, men han
skulle enligt god svensk ordning ha barnen ute i semesterstugan på
Ljusterö halva tiden och de andra hade naturligtvis sina sedan åratal
fastlagda rutiner. Hon hade svarat undvikande på alla lika självklara
som aningslösa frågor om vad hon själv skulle göra. Sanningen var
helt enkelt den att hon inte visste, ett kort tag hade hon nästan på all-
var övervägt möjligheten att stanna kvar på jobbet över semestertiden
och pyssla ensam med utredningen. Alltid hade hon väl kunnat göra
någon nytta. Men det var en undanflykt som var alltför bekväm och
faktiskt rent ut sagt oansvarig. Deras arbete var ett typiskt lagarbete,
en ensam utredare i sommarhettan skulle inte göra någon nytta utan
bara slösa polislön. I all synnerhet om tjuvarna var på semester.

Hon och Hasse hade också haft semesterrutiner, som alla andra.
Men hon fick lägenheten och han sommarstugan, det var en fair deal
och ingenting att säga om, han älskade dessutom det där stället be-
tydligt mer än vad hon gjorde. Men just därför hade de ju vant sig att
tillbringa större delen av semestertiden i kåkhelvetet vid liten sjö med
gisten eka och utdöda kräftor. De hade bilat runt också och hälsat på
kompisar, nästan enbart hans kompisar. Och de hade vant sig av med
att resa utomlands. Hon hade bläddrat lite i en semesterbroschyr från

Vingresor men bara drabbats av panik. Grekiska öar? Tunisien? Kanarieöarna dit alla svenskar reste förr eller Thailand dit de tydligen reste idag? Nej, hon kunde inte föreställa sig ensam på charterresa med skrikande barn, överängsliga mammor och fulla pappor.

Hasse hade tagit Volvon, helt okej det också eftersom han i stort sett betalat den själv. Men bilar kunde man hyra och nästa korta fantasi hon haft handlade om att ta en bil och bara resa söderut och se vad som hände. Hon var visserligen blondin, till och med äkta, men fullt kapabel att ta vara på sig själv. En stor och stark flicka. Men det sprack på att hon inte riktigt kunde fantisera om vad som skulle hända efter Danmark och så var det det där med språken. Hennes engelska var mer än väl godkänd, men i Frankrike, Tyskland eller Spanien skulle hon bli mer eller mindre hjälplös. Och dessutom blondin. Hon hade växlat över till idén att bara resa runt i Sverige på måfå, Sverige var ett underskattat resmål, men om man inte bokat något i förväg? Visby och Öland till exempel var väl redan fullbokade så här års.

Det hade kommit som en lättnad när Bodil Walström uppe på EBM ringt och frågat om det var möjligt att få lite sista-minuten-hjälp inför semestrarna. Hon nästan hoppades att det skulle leda till ett jobb som varade över hela tiden och kände sig märkligt uppmuntrad när hon promenerade nerför Hantverkargatan de tio minuter eller mindre som det tog att gå från hennes övergivna kontor tillbaks ner till den gamla arbetsplatsen. Gamla och gamla förresten, så snart tjuvarna var fast skulle hon ju ändå tillbaks dit.

”Fint att du kunde komma, trots tjuvjakten”, hälsade Bodil Walström och pekade på besöksstolen framför sitt överbelamrade ljusa skrivbord. ”Jag vill inte på något vis propsa och jag är väl medveten om att det är kort varsel och allt det där, men vi skulle ha stor hjälp av dej som förhörare just nu. O.P. ska häktas i morgon.”

”Så bra, låter som ett kul jobb”, svarade Ewa. ”Och det är ändå ingen fara med tjuvarna just nu för dom har tagit semester.”

”Va!?”

”Jo, det är åtminstone min hypotes. Dom misstänkta åker vattenskidor i Saint Tropez, dom tänker inte besvära sig med att stjäla nåt förrän i augusti. Så hela kommissionen passar på att gå på semester."

"Man kunde önska sig att dom ekonomiska förbrytarna hade samma semestervänliga vanor, hade förenklat en del så här års. Så då har ni kommit fram till några misstänkta personer? Det är ju ett steg framåt. Och prognosen?"

"Ganska bra, jag tror vi tar dom i höst."

"Du har kopplat in en åklagare som förundersökningsledare?"

"Ja, naturligtvis."

"Vem då?"

"Peter Kristerson på specialenheten."

"Och han delar din optimism?"

"Javars, så där lagom som åklagare gör, du vet."

Chefsåklagare Bodil Walström lät gliringen om åklagares eventuellt bristande entusiasm passera obemärkt och bytte snabbt både tonfall och ämne så att hon kom in på själva saken.

Och saken var O.P. Andersson. Han hade fått tillbringa midsommarhelgen med att ligga och steka i sin cell uppe på häktet. Det hette så när man beskrev uppmjukningsprocessen i isolering. EBM hade haft ett kort och formellt förhör med honom, i stort sett en upprepning av det delgivningsförhör som Ewa genomfört vid gripandet. Då hade han som väntat meddelat att han inte hade så mycket som flasklock att säga innan han möjligen befann sig i en domstol med advokat. Förhoppningen var alltså att midsommaren i cell hade mjukat upp honom. Han hade hämtats uppifrån häktet och väntade i ett förhörsrum nere i källaren i EBM:s egna lokaler. Man behövde alltså den överlägset bästa förhöraren på 6:e kammaren.

Ewa kände sig något kluven inför förslaget. Det vore skönt att jaga bort semesterångesten ett tag. Lite elakt kunde man också tänka att det vore kul att käfta lite med O.P. när han var i rejält underläge för en gångs skull, hon hade ett gott öga till honom sedan gammalt.

Men då måste hon åtminstone få ett par timmars genomgång med utredningsgruppen för att få en bild av vad som egentligen hade serverats på O.P:s hårddisk. Det var informationsövertaget som var grejen med förhör, inte om man var smart eller kvinna eller något annat lika enfaldigt alternativ som somliga kolleger trodde, tuff och hård till exempel. Till och med somliga åklagare led av sådana vanföreställningar.

Hon kände intuitivt att hon kunde ironisera bäst hon ville just nu utan att riskera att Bodil Walström markerade överhöghet. Det hon pekade på nu, inför första egentliga semesterveckan och inför det sannolikt mest avgörande förhöret med O.P., det skulle hon få.

Och så blev det. Ewa fick sätta sig några timmar med de två sommarjobbande medlemmarna i utredningsgruppen kring fallet O.P. De var förstås inte poliser utan sakkunniga, en revisor och en sorts ekonom, unga, bleka och mycket allvarliga människor med obegriplig entusiasm för siffror och mer begriplig entusiasm inför möjligheten att per infångad skurk få igen åtminstone några smulor av de hundratals miljarder eller hur mycket det var, ingen visste ju säkert, som försvann i den ekonomiska brottslighetens svarta hål varje år.

De hette Per och Stina, som i en barnboksidyll, och hade redan fått vittring på något hundratal brott i O.P:s datorminne. Men i sin entusiasm blandade de stort och smått på ett sätt som poliser nog inte skulle ha gjort. Poliser skulle exempelvis ha sorterat brottsmisstankarna i någon sorts angelägenhetsgrad och i första hand koncentrerat sig på de advokatnamn som dykt upp i elektronikens skattkammare.

Det var omöjligt för Ewa att sätta sig in i ärendets alla detaljer, även om hon antecknade några punkter som kunde visa hur skrämmande välinformerad hon var. Däremot fick hon en god bild av själva omfånget och därmed också en trygg förvissning om att det under alla förhållanden, lyckat ingångsförhör eller ej, handlade om ett ovanligt långt fängelsestraff för att röra sig om ekonomisk brottslighet. O.P. skulle dömas lika hårt som om han begått ett par villainbrott och då stulit så mycket som fem procent av det värde han nu tycktes ha stulit. Principen var nämligen enkel. Den som stal en knappnål och den som stal en silverskål fick lika långt straff. Förutsatt att den som stal silverskålen var en man som O.P., med fjolligt uttal och ankstjärts-frisyr, och den som stal knappnålen var en vanlig tjuv, som sluddrade på grund av sin tandlöshet och hade otvättad hästsvans. I det omvända fallet skulle O.P. gå fri och den vanliga tjuven åka in på sin karriärs längsta straff. Inte ens politiker kunde tro att lagen var lika för alla.

Ewa var lika tillfreds över att semesterångesten var borta som över förvissningen att O.P. faktiskt skulle åka in ovanligt ordentligt för att vara ekoförbrytare när hon tog med sig revisorn Stina ner i källaren och instruerade henne att inte se överraskad ut vad som än sades. O.P. var märkligt nog oskuld när det gällde frihetsberövande och man visste aldrig på förhand hur sådana typer fungerade efter några dagar i cell. En del var bara förbannade, andra klättrade på väggarna och ville bekänna vadsomhelst. Och om O.P. var fågel eller fisk i det avseendet återstod att se.

Han såg blek ut, var lite orakad och luktade tydligt illa. Det var ett gott tecken.

"Ja, då ses vi igen O.P. fast du väl inte tycker att det är lika trevligt som du tyckte först när du kom upp till mej dan före midsommarafton och blev gripen", hälsade Ewa när hon slog sig ned vid det kala och fönsterlösa källarrummets förhörsbord. "Det här är Stina, hon är revisor, du vet vi har många såna på EBM. Jaha, hur har helgen varit?"

Han satt framåtlutad med hakan i händerna på en liten soffa i rummets bortre del, den enda möbeln i rummet förutom förhörsbordet och några lätta plaststolar. Han såg inte upp och svarade inte.

"Jag tar tillbaks det där om midsommarhelgen, kom och sätt dej!" uppmanade hon, slog på bandspelaren och läste in förhörsuppgifterna om tid, plats och personer.

Det var en spänd situation som Ewa försökte förvandla till enkel rutin genom att plocka med sina tekniska prylar. Hennes inre klocka mätte tiden, snart måste hon bryta tystnaden om det skulle fungera.

"För det första svarar jag inte på frågor utan min advokat", mumlade han utan att höja blicken.

"Och för det andra?" frågade Ewa.

"För det andra svarar jag inte på frågor."

"Jamen, det gör ju saken enklare för oss. Stina har ändå lite shopping att klara av så här inför semestern. Så då spelar det ingen roll om vi får hit din advokat, fast han visst inte hade tid efter vad han meddelade?"

"Nej, det spelar ingen roll. Jag har inget att säga."

"Så bra. Då avslutar vi det här förhöret klockan… "

"När blir häktningsförhandlingen?"

"Svårt att säga", ljög Ewa. "Vi har ett hundratal brott att utreda och det går rätt långsamt när vi inte kan tala med dej. Men häktad blir du utan tvekan och då är vi ju tillbaks på ruta ett."

"Varför skulle jag bli häktad? Jag är faktiskt ostraffad, svensk medborgare med helsvenska föräldrar och med fast adress och det jag påstås ha gjort mej skyldig till gäller bara lite bokföringsskit. Klart att jag släpps vid en häktningsförhandling."

"Nej, det gör du inte, det kan jag lova. Du riskerar väl mellan tummen och pekfingret mer än tre år på det du kallar lite bokföringsskit. Då är det vanligtvis obligatorisk häktning. Men värre är att om du släpps på fri fot så kan du springa runt och varna dina affärskontakter eller vad vi ska kalla dom. Och den upplysningen är som ett brandlarm på en häktningsförhandling. Och eftersom du vägrar att snacka så försvåras utredningen och då stärks häktningsskälen."

"Kan man göra en deal?"

"Kom och sätt dej här så att vi ser varandra när vi snackar. Vadå för deal menar du?"

Det var ett spännande ögonblick. Fisken nosade på betet. Nu gällde det att se ointresserad ut, Ewa tittade på klockan och frågade Stina någonting om den påhittade shoppingen och hon spelade med. De såg ut som om de var på väg att gå, nappade han inte nu så var det nog förstört.

Plötsligt reste han sig borta i soffan, drog fingrarna genom håret med en gest som fick Ewa att tänka på Gustav Gundell och kom med tunga steg över och satte sig.

"Läget är alltså", sade han i en enda tung utandning när han sjönk ner i stolen mitt emot dem, "att ni har snott min hårddisk och ni har märkligt nog rätt att studera den i detalj."

"Ja, så är det. Du ligger risigt till, skulle man kunna säga. Och nu är alltså frågan vad vi kan göra gemensamt för att förbättra ditt läge?"

"Ja, det är ju alltså så att jag sitter på en hel del information. Och jag menar, om den är värdefull för er borde den ju kunna betala sig för mej… ?"

"Visst, men den där typen av rådgivning får du hämta hem från din advokat och inte fråga mej. Förhöret avslutades klockan 15:15 då förhörsledaren inte fann det meningsfullt att fortsätta."

Hon stängde omsorgsfullt och lite utdraget av bandspelaren och gav honom en lång forskande blick. Jo, hans självkänsla hade knäckts av en midsommarhelg i häkte. Förmodligen hade han haft siktet inställt på ett kalas i fina skärgårdsanläggningen med familj och gäster. I stället fick hans nära och kära sent omsider ett telefonsamtal från hans vid den tidpunkten säkert mycket jäktade och nyutnämnde offentlige försvarare. Det blev nog ett underligt kalas där ute på ön. Och det måste han ha legat och tänkt på uppe på Kronobergshäktet, därav den nästan totala personlighetsförändringen. Nu hade han ingen kaxighet kvar, från rakvattendoftande sprätthök i ankstjärtsfrisyr till orakat nervvrak på fyra dagar.

"Jag fattar inte… ", sade han med blicken flackande mellan de två kvinnorna mitt emot honom. "För om jag kunde tänka mej att samarbeta, åtminstone i vissa delar, så stänger du ändå bara av bandspelaren?"

"Just det. Men det var bara för att hjälpa dej", log hon tröstande. "Det är nämligen så här, att trots att du har en ganska lång brottsserie bakom dej, jag menar du var väl ute på banan långt innan vi fick slag på dej, så har du aldrig åkt in. Och nu kommer alltihop samtidigt som ketchup. I och för sig inte helt ovanligt bland just ekonomiska förbrytare. Det är därför jag tänker hjälpa dej och därför som jag avslutade förhöret. Det som sägs nu stannar mellan oss två. Stina, du kan gå ut på din shopping nu!"

Revisorn försökte utan särskild framgång dölja sin förvåning när hon reste sig och tycktes fråga med ögonen om hon verkligen hört rätt. Det blev mycket verklighetstrogen teater. Ewa reste sig också och ledde henne varsamt bort till dörren men hann blinka vänligt och viska att de snart skulle ses uppe hos åklagaren.

"Hurdå hjälpa mej?" frågade O.P. Andersson lågt och tydligt tvivlande när hon återvände och satte sig mitt emot honom.

"Först behöver du en kort introduktionskurs till brottets värld i fängelse, sen några goda råd. Lyssna lugnt och fint ska du få se."

Hon tog det från början. I sin hittillsvarande förbrytarkarriär hade han med en blandning av förslagenhet och tur klarat sig länge utan att åka fast. Och nu kom som sagt allting på en gång och han riskerade ett ovanligt långt fängelsestraff för att vara ekoförbrytare, nästan som en riktig tjuv.

Men förmodligen var han väl en tämligen typisk svensk som i brist på handfast kunskap om den svenska rättegångsbalkens och polislagens bestämmelser hade sina huvudsakliga juridiska kunskaper från film och teve där man vanligtvis tillämpade amerikansk lag. Eller hur?

Jo, så var det väl kanske.

Och i framför allt USA kan förbrytare börja förhandla med åklagaren om att sätta fast andra och därmed reducera sitt eget straff, i värsta eller bästa fall, beroende från vilket håll man såg på saken, ända ner till noll. Det var väl nåt i den stilen han tänkt sig?

Jo, så var det väl kanske också.

Och då var problemet att svensk lagstiftning egentligen inte gav något utrymme alls för den typen av affärer. Man kunde visserligen tänja och dra lite i lagen, men det var en annan sak.

Men det fanns ett större problem när det gällde den här typen av uppgörelser och det var att medfångar och målskamrater brukade bli utomordentligt kritiska mot den som satte fast andra för att mildra sin egen dom. För att börja med två jämförelsevis harmlösa exempel. Det fanns redan tillräckligt med dokumentation på O.P:s hårddisk för att försätta advokaterna Petteri och Boström i rejäla svårigheter. De skulle också åka in, helt enkelt.

Om nu O.P. skulle råka träffa på just dessa advokater i fängelse, vilket var högst troligt eftersom de alla tre förmodligen skulle sitta på ett sådant där direktörsdagis där man får ha telefon och dator och göra affärer under strafftiden, så skulle herrar advokater, före detta advokater rättare sagt, kanske nöja sig med att hälsa lite avmätt.

Däremot skulle herr Drakulic på Kumla och hans närmaste vänner behandla en golbög, alltså en person som skvallrat, med helt andra metoder. Kom man till ett sådant fängelse, och det var en betydande risk åtminstone i början på ett långt straff, så krävde medfångarna att få läsa domen och i värsta fall till och med förundersökningen. De letade alltid efter golbögar, nämligen.

Och för att hålla sig till just Drakulic så väntade mellan sex och åtta års påbackning på hans straff för en vapenaffär där O.P:s roll i och för sig inskränkt sig till lite penningtvätt. Men fick Drakulic för sig att olyckan drabbat honom därför att O.P. Andersson var en så oerfaren förbrytare, eller principlös förbrytare, att han suttit och bladdrat i förhör, så inte bara kunde, utan skulle med all säkerhet, konsekvenserna bli extremt obehagliga för O.P:s del.

Så långt allt klart?

Jo, det var det väl.

Men om nu O.P. hade vänligheten att erbjuda sig att till exempel klargöra innebörden i en eller annan kortfattad affärskod eller pseudonym, så kunde det å ena sidan medföra en reducerad strafftid. Men å andra sidan skulle ju helst inget av den hjälpsamheten stå svart på vitt i de offentliga förhörsprotokollen. Därför hade hon avbrutit förhöret.

Han hade lyssnat uppmärksamt och verkade plötsligt mer skärpt och optimistisk än när hon inledde sin ABC-lektion i förbrytaretik.

Ett kort ögonblick fruktade Ewa att hon lärt honom för mycket, så att han efter noga övervägande skulle dra sig tillbaks in i sitt skal. Vilket ur hans perspektiv inte var något orimligt alternativ. Hon tystnade för att försöka få en bild av hur han tänkte.

"Då. Har jag. Två frågor", sade han koncentrerat och efter lång tankemöda.

"Visst, fråga på. Det här samtalet är helt mellan dej och mej."

"För det första. Du hade kunnat låta mej snacka på för en stund sen. Men du räddade mej och gick kanske miste om värdefull information. Det förstår jag inte."

"Och för det andra?"

"Ja, hur var det nu? Kan man göra såna här överenskommelser som jag trodde. Jag menar också i Sverige?"

"Ja, det kan man, fast det blir lite krångligare än i såna länder som har en färdig lagstiftning för det. Men om vi vill, och om vi kommer överens, så kanske du kan halvera din strafftid."

"Det var ju en tröst för tigerhjärtan. Men tillbaks till första frågan. Varför avbröt du mej när jag var på väg att göra bort mej?"

"Två enkla skäl. Jag sympatiserar faktiskt med ett system där små skurkar kan få kortare straff om det hjälper oss att fånga stora skurkar. Och av det följer som du förstår att jag inte tycker att såna som Drakulic ska skära halsen av dom som hjälper oss. Och så tog jag en chans och om den inte går hem så är det tur för mej att ingen hör oss nu."

"Nämligen vadå?"

"Jo, så här. Jag la korten på bordet, du höll på att hänga dej själv och jag varnade dej, eller hur?"

"Jo, men det gjorde du inte för att du tycker att jag har så vackra ögon."

"Nej. Du är nog inte min typ, om man säger så."

"Så vad var tanken?"

"Jag gjorde dej en tjänst, du är skyldig mej en. Först bara den enkla tanken. Men sen tror jag mer på öppna kort. Och att vi kan lita på varandra. Jag måste kunna lita på dina informationer. Du måste kunna lita på att vi ska skydda dej som källa. Sann information i förtroende är alltid bättre än halvsann under press och misstänksamhet."

Han hade suttit spänt framåtlutad och lyssnat, men nu kastade han sig plötsligt bakåt, skakade på huvudet och flinade nästan lyckligt.

"Du är jävlarimej inte så dum som du ser ut och det menar jag som en komplimang!" utbrast han med en så spontan övertygelse att Ewa inte kunde bli förbannad.

"Du är inte rädd att göra dej till ovän med mej just när vi skulle skaka hand?" försökte hon låta förolämpad utan att lyckas.

"Aja, snicksnack! Du vet vad jag menar. Dessutom är jag för första gången sen vi sågs sist lite lättad och det trodde jag inte var möjligt. Jag har haft några jävliga dagar, du vet."

"Ja, jag tror jag vet. Dom flesta människor har svårt att bli inlåsta, särskilt om det kommer som en blixt från klar himmel, som för dej."

"Jodu! Det var inte för kul. Men hur går vi vidare nu då?"

"Jag talar med åklagaren, du med din advokat. Sen kommer du undan för undan att förhöras med eller utan förhörsprotokoll. Med bandade protokoll för sånt som rör din egen brottslighet, och där kommer du väl på din advokats inrådan att neka till det som du inte är överbevisad om och snällt erkänna där det inte lönar sig att neka. Och vid sidan av kommer vi att föra lite mer informella samtal med dej som vi inte bandar, då gäller det den information som handlar om din hjälpsamhet."

"Och så kan jag i all diskretion tjäna in halva strafftiden?"

"Nåt sånt, skulle jag tro."

"Men vad har jag för garantier för det?"

"Praktiskt taget inga garantier."

"Övertyga mej!"

"Okej. För att domstolen ska hugga i nånstans i den övre delen av straffskalan krävs exempelvis en utstuderad ovilja att medverka i förundersökningen, skyddande av andra brottslingar och liknande. Och så kommer det ju inte att heta om dej. Ytterligare en metod är att åklagaren i nåt av fallen inte hävdar att det handlar om grovt brott, tillsammans funkar dom båda metoderna såvida vi inte blåser dej. Men det vore ju dumt, förutom att det är ohederligt. Diskutera saken med din advokat, han blir nog fort med på resonemanget."

"Ja, efter omständigheterna får man väl säga att den här dagen artat sig mycket bättre än dom tre senaste dygnen. Jag tror faktiskt på dej, det du säger makes sense."

"Bra. Då skiljs vi för idag. Dörren där borta är inte låst, men den leder ut i en liten kulvert som är det. Så sitt bara kvar snällt och vänta på plitarna så hämtar dom upp dej till häktet och jag går upp till åklagaren med den glada nyheten om en omvänd själ!"

Han skrattade riktigt gott åt hennes religiösa liknelse, hon samlade ihop band och bandspelare och gick. Nästa gång jag ser honom kommer han att vara tvättad och rakad, tänkte hon.

Hon tog hissen upp till sjätte våningen och letade först upp revisorn Stina som hon hittade tillsammans med två unga kvinnor i korridorens utvidgning vilken fungerade som kafferum. De två andra var förmodligen semestervikarier, eftersom Ewa inte kände igen någon av dem. Alla tre tystnade på ett avslöjande sätt när hon kom fram till dem. De hade antagligen suttit och haft synpunkter på somliga snutars sätt att bete sig, särskilt mot den yngre och vanligtvis mer välutbildade personalen på EBM.

"Tack för hjälpen där nere, schysst maskhållning med shopping och allt!" hälsade Ewa. "Direktör O.P. kommer nog att bli en liten guldgruva för oss, som det ser ut just nu i alla fall."

"Jamen, vad var det där om att allt skulle stanna mellan bara er två?" frågade revisorn Stina med en osäker snegling mot de två arbetskamraterna som verkade beredda att omedelbart byta lojalitet.

"Jasså det? Det ska jag in och föredra för chefsåklagaren. Direktören behövde bara en liten stund för att rulla över på rygg med tassarna i vädret, han kommer säkert att ställa till mycket arbete för oss. Fast kul arbete! Ja, hej så länge."

Hon fortsatte oberört ner i korridoren tills hon kom till chefsåklagarrummet. Här skulle det möjligen bli svårare att förklara sig än i kafferummet. Hon knackade symboliskt på den öppna glasdörren när hon gick in i rummet, men drog igen den efter sig innan hon gick och satte sig i besöksstolen.

"Jaha?" sade chefsåklagaren Bodil Walström och buntade ihop några papper som såg ut som slutspurten på det snart semestertomma skrivbordet. "Nu är det jag som är idel öra. Hade vår vän O.P. hunnits ikapp av eftertankens kranka blekhet?"

"Ja, det får man nog säga. Det tog honom tio minuter att börja erbjuda sig att gola ner allt och alla."

"I så fall kan man undra över varför du redan är tillbaks. Den dag en sån som O.P. bestämmer sig för att, som du uttryckte saken, gola ner allt och alla lär det väl bli mycket långa förhörsband?"

"Jag avbröt förhöret i samma sekund han kom med erbjudandet och stängde av bandspelaren med rådet att det där fick han tala med sin advokat om. Så det formella förhöret blev mycket kort."

"Du gjorde vad för nånting!"

"Precis det jag sa att jag gjorde."

Bodil Walström blev märkbart förbannad, gungade läsglasögonen en stund i handen och såg ut som om hon skulle vända sig mot fönstret för en av sina långa surmulna tankeseanser. Men så ångrade hon sig plötsligt och spände ögonen i Ewa.

"Jag utgår från att du inte började förhandla om reducerat åtal för visad samarbetsvilja etcetera. Med tanke på att det är åklagaren som är förundersökningsledare, menar jag."

"Nej, jag hänvisade uttryckligen till dej när det gäller den problematiken. I övrigt beskrev jag bara de faktiska förutsättningarna."

"Och vad sa du om de faktiska förutsättningarna?"

"Två saker. För det första att han riskerade att bli ihjälslagen eller nåt ännu värre om han satt i formella förhör och angav andra."

"En rörande omsorg om herr direktör O.P:s hälsotillstånd."

"Inte direkt rörande, jag råkar bara vara motståndare till dödsstraff."

"Det är ingen mening med att du ironiserar."

"Det var du som började. Med min rörande omsorg."

Nu gjorde chefsåklagaren det som Ewa både fruktat och väntat sig, hon vände sig mot fönstret och började fjärrskåda med något av yoga i blicken. Ewa fick en känsla av repetition, att så här hade hon suttit förut och upplevt spelet med omvända roller att nu var det hon själv som var den misstänkta. Men snabbt insåg hon att det var här, just här i samma stol, som det hände första gången.

Hon repeterade vad som sagts nere i källaren, men kunde varken komma på något hon gjort som var olagligt eller olämpligt. Hon hade bara beskrivit vissa möjligheter som objektivt existerade och i övrigt hänvisat till åklagaren. Dessutom fanns samtalet inte på band.

"Jag ber om ursäkt om jag brusade upp, det är uppriktigt menat", sade Bodil Walström när hon vände sig om på nytt efter en förvånansvärt kort fönsterseans. Hon till och med log litegrann. "Jag kanske är överkänslig när det gäller det där om vad som är åklagarens och vad som är polisens uppgifter i en förundersökning. Hursomhelst, kan vi börja om?"

"Ja, gärna."

"Då tar vi det igen. Varför dessa silkesvantar, denna ömsinta mildhet med en sån som O.P.?"

"Därför att jag vill ha resultat."

"Men O.P. är ju garanterat inlåst från och med nu och några år?"

"Ja, visserligen. Men låt oss för resonemangets skull anta att du tycker att det här är en bra taktik. Vi ska mjölka O.P. på så mycket information som möjligt, han kommer att ge oss ett stort antal namn."

"Mot kortare straff?"

"Ja."

"Okej, vi antar tills vidare det också. Och?"

"Samhället får då finna sig i att ha O.P. ute på banan igen några år tidigare än om han hade spelat den etiskt principfaste gangstern."

"Just det. Och?"

"Då tror jag han direkt eller indirekt har satt fast ett tjog banditer som vi inte hade fått in på annat sätt. Vi räknar ett genomsnitt på ett fängelseår per sån bonusbuse. Samhället har alltså bjudit på, säg i värsta fall två år. Men tjänat tjugo."

229

"Och ditt vapen var alltså snällheten?"

"Just precis. Om han har förtroende för sina förhörare lämnar han sannare information. Snällhet kan vara jävligt elak och effektiv."

Lika plötsligt som oväntat brast Bodil Walström i skratt, ett vänligt sympatiserande skratt långt från hånfullhet eller kränkt prestige. Jag blir inte klok på henne, tänkte Ewa.

Och därefter var krisen över och de satt glatt skämtande om svårigheten att kombinera rättvisans kvarnar med svensk semester och pusslade med små praktiska beslut som återstod inför kommande vecka när åtminstone Bodil Walström skulle försvinna på ledighet. Liksom för övrigt halva styrkan på 6:e kammaren som skulle hålla i den säkerligen kraftigt svällande O.P.-utredningen.

Såvitt de kunde se var det bara två anhållanden med åtföljande husrannsakan som det kunde vara lite bråttom med och då gällde det advokaterna Petteri och Boström. Förmodligen kände inte dessa lagens tjänare till att O.P. Andersson satt anhållen och snart skulle häktas. O.P. hade som väntat en av de mer kända brottmålsadvokaterna och sådana avhöll sig, med något enstaka och ytterst välkänt undantag, från brottslighet. Så det troliga var att O.P:s advokat inte känt minsta anledning att kasta sig på telefon och varna kollegerna Petteri och Boström, om han ens hade hunnit läsa så mycket i anhållandebeslutet, han hade ju också varit bortrest över midsommar.

Bäst vore ändå om man kunde anhålla dessa ruttna äpplen i advokatkorgen redan nästa dag och få husrannsakningarna undanstökade innan de fick tid att städa på sina kontor. Men frågan var förstås om de ens fanns kvar i stan, många advokater gick på semester redan från midsommar. Förr i världen började den så kallade rättsferien då, vilket betydde sommarlov för alla domare, advokater och åklagare så att allt stod stilla och häktade busar försmäktade i sina celler över sommaren. Fast häktningsreglerna var förstås mer generösa på den tiden.

Ewa hittade ett enkelt sätt att klara av närvarokontrollen. Det var ju sent på eftermiddagen och föga troligt att andra än underbetalda sekreterare fanns kvar på advokatkontoren. Så hon ringde dem bara i tur och ordning och fick veta att de hade gått för dagen, men att de skulle återkomma till kontoret nästa morgon och inte gick på semester förrän senare i veckan.

Det var perfekt. Då kunde man ta de där penningtvättarna nästa morgon och genomföra en extensiv husrannsakan där ett minimum av tur skulle leda till en hel del nya små fynd.

Fast det var smått om personal så här års. Piketen kunde bara ställa upp med en buss och det var inte så lyckat att göra tillslagen med tidsutdräkt emellan, med tanke på allt ringande. Ewa åtog sig den ena advokaten eftersom hon kunde tillhandahålla fyra poliser och då behövdes bara två man ytterligare från EBM för att sköta sortering av bevismaterialet.

Men det hade börjat bli sent på eftermiddagen och Ewa måste hinna tillbaks till sitt kontor för att förbereda tillslaget nästa morgon. Uppe på det dammiga och sommarkvalmiga kontoret fann hon Lundsten, Stålhammar och Muhr sysselsatta med något de kallade persedelvård, att gå igenom alla utredningspärmar, stoppa papper på rätt ställe och småläsa lite här och var av sådant som var nytillkommet. Det var ungefär vad som kunde göras före semestern.

Alla tre tyckte att det lät uppiggande att hjälpa till med en husrannsakan åt EBM, i all synnerhet när de fick veta att det var en advokat som skulle finkas.

Börje Sandén var ute på ett polisiärt brådskande uppdrag, en vanlig omskrivning för att hinna till Systembolaget, men honom fick de tag på per mobiltelefon. Ewa bad Stålhammar reka lite på hemvägen vid tillslagsplatserna, kontoret och advokatens hem och så gjorde man kväll. Hon hade bara lite skrivbordsarbete kvar.

När Terje Lundsten sist av de andra gjorde sig klar att gå kom han in och ställde sig i hennes dörr, dröjande på ett sätt som gjorde henne rädd att han skulle be henne följa med ut på middag. Hon hade skymtat något osäkert i hans ansikte som betydde ungefär det. Först låtsades hon inte se honom borta i dörren och spelade intensivt upptagen med dataskärmens semesterlistor.

"Jo, alltså", sade han till slut. "Jag har ju bläddrat igenom våra förhör med dom minst sagt troliga tjuvarna… "

"Jasså är du kvar… jaha?"

"Och jag läste ditt förhör med den här förmågan Gustav Gundell."

"Ja. Någon intressant upptäckt?"

"Ja, alltså det kan man ju säga. Jag har läst rätt många förhör i mina dar, gjort rätt många själv också för den delen. Och… ja, alltså det här är nog det bästa jävla förhör jag har läst i hela mitt liv. Du måste ju kunna trolla med dom jävlarna. Ja, det var bara det."

"Tack", sade hon förvånat och efter lång tvekan. "Ibland har man ju flyt."

"Mm", sade han, nickade och var borta.

Hon slog knytnäven i bordet så fort hon hörde ytterdörren knäppa igen efter honom. Jävlar, jävlar, jävlar! tänkte hon. Typiskt kvinnligt. Blä! "Ibland har man ju flyt." Hon hade haft manliga arbetskamrater i snart två decennier och det man hittills berömt henne för handlade mest om hår och kroppsform, vanligtvis brösten och ändan. Eller att hon inte visat sig rädd i ett eller annat läge, eller inte fegat ur för lite öl, eller inte misslyckats på det obligatoriska skjutprovet, eller inte tagit vad skit som helst. Alltid var det något *inte* med, som om man nästan dög trots att man bara var kvinna. Och så kommer en kollega och säger bara rakt på att man gjort ett bra jobb och då ber man nästan om ursäkt. Fan också!

Hon hoppade till av telefonsignalen, det ringde ju så sällan hos henne på det här avsides jobbet, särskilt nu efter midsommar. Hon fick dåligt samvete för att hon inte ringt Bodil Walström och meddelat att allt var klart för morgondagens tillslag, hon borde ha ringt för länge sedan.

"Ja, allt är klart, vi kör tillslaget i morgon bitti på avsedd tid och plats", svarade hon jäktat när hon ryckt upp luren.

"Det var värst", sade Erik Ponti. "Hej, det här är Erik Ponti, är det ett tillslag som kommer att skaka nationen eller nåt som inte angår mej?"

"Det är ett tillslag som kommer att skaka nationen, hoppas jag. Fast ni journalister tycker väl att finalen i Superbimbo är en mycket större grej än några ekoförbrytare", svarade hon och tyckte i första sekunden att hon funnit sig nödtorftigt men kom i andra sekunden ihåg att hon gett Erik Ponti något diffust löfte om information.

"Det låter lovande, kan du berätta vad det handlar om? Är det något vi redan talat om eller en helt annan historia?" frågade han lugnt men utan någon som helst betänketid.

"Jag kan inte tala om det per telefon", försökte hon smita undan och kände sig dum eftersom det i bästa fall bara var lite förhalning och i sämsta fall kunde uppfattas som något halvt löfte.

"Kan vi ses ute på stan, eller ännu bättre hemma hos mej om en stund?" frågade han vidare i ett tonfall som om det var självklart att de skulle träffas.

"Jaa… ", sade hon dröjande. "Men var det därför du ringde?"

"Nej, det gällde en sak med din mejl, man kommer tydligen inte fram på den. Men det kan vi ju ta när vi ses."

"Okej, om en timme", sade hon uppgivet.

Den här dagen var berg- och dalbana. Först hade hon nästan lekt hem spelet med O.P. Andersson. Sedan hade hon suttit och svettats som en förstagångsförbrytare hos Bodil Walström. Sedan hade hon fått sitt livs första komplimang från en manlig kollega som inte gällde ändan, brösten eller sexuella prestationer. Och fånat sig. Och nu hade hon praktiskt taget lovat en journalist att skvallra om jobbet. Det var en vansinnig dag.

Hon ringde samtalet till Bodil Walström och beställde personalen från EBM till klockan åtta nästa morgon för genomgång före tillslag.

* * *

Hon hade inga höga tankar om journalister, det hade såvitt hon visste inga poliser. För några veckor sedan stod en samling dårar, från kvällspressen antagligen, och skrek nedanför fönstret hos Stockholms kvinnliga polismästare, väckte grannarna och hotade med att de skulle fortsätta att leva djävulen tills de fick komma in och ställa sina frågor, det var något om den dagens avslöjande om sexuella trakasserier inom Stockholmspolisen. Polismästaren hade varit tvungen att ringa piketen för att få tyst i kvarteret.

Hon insåg att hon höll på att bygga upp någon sorts försvarsmur av aggressivitet när hon var på väg upp i hissen till Pontis lägenhet. Det var visserligen inte helt lätt att föreställa sig Ponti stå där nedanför polismästarens fönster och skrika hotelser och man skulle inte dra alla över en kam och så vidare.

Inte direkt oväntat serverade han henne ett glas vin utan att ens fråga när hon hade satt sig och så frågade han rakt på vad det där tillslaget egentligen gällde, det som hon hoppades skulle skaka nationen.

Hon sade utan vidare som det var, förvånad över sin egen uppriktighet. Tillslaget var alltså i och för sig lite kittlande för journalister, antog hon, eftersom det gällde två advokater. Men de befann sig i utkanten på en historia som skulle bli väldigt mycket större, fast efter semestrarna, när hela affären O.P. Andersson skulle börja rullas upp i Stockholms tingsrätt. Med reservation för att hon naturligtvis inte var den som kunde avgöra hur journalister skulle prioritera föreslog hon i alla fall att man gav sig till tåls tills dess.

Till hennes förvåning nickade han bara tyst instämmande, som om saken redan var avklarad. Men ändå fortsatte hon av bara farten att argumentera, för eftersom historien med O.P. Andersson hanterades av en polismyndighet med en helt annan kultur när det gällde läckage eller informationer till medierna än till exempel Stockholms krimavdelning så hade hon ju mycket bättre kontroll över vad som kom ut eller inte kom ut. Fullständigt i onödan fortsatte hon ett varv till med att börja tala om vad som kunde eller inte kunde stå i tidningen, eller sägas i radio, utan att förstöra brottsutredningen. Hon drack lite av vinet och tog sats på nytt.

Men han avbröt snart hennes förklaringar om hur för tidig publicitet kunde förstöra bevis.

"Du behöver inte övertyga mej om självklarheter om du ursäktar", sade han. "Det är dessutom utmärkt att vi inte ramlar in i en lång härva av komplicerad ekonomisk brottslighet just nu med alla semestervikarier som går omkring med det stora avslöjandet i blicken. Det blir bara ett elände. Men så var det det där med ditt mejl, din mejladress rättare sagt."

"Jag tror jag förstår problemet och det är genant men enkelt. Jag hade ett fånigt dubbelnamn tills alldeles nyligen, jag tänkte på att ändra det på mina visitkort men inte på min mejl", svarade hon lättad av att så enkelt ha sluppit ifrån det nästan outhärdliga problemet med att läcka information till medierna.

"Jamen dåså", log Ponti. "Då är det väl bara att ändra mejladressen. Ett glas vin till?"

"Jag vet inte, jag ska ju upp tidigt i morgon och vara som en tiger och allt det där. Men okej, ett glas till, för vi har ett problem."

Han gick ut i köket och hon hörde hur han öppnade vinkylens dörr som slog igen med ett dovt sugande ljud. Sedan ljudet av en kork som drogs upp.

"Jag glömde det där med chardonnay, det du fick var pinot gris", förklarade han när han kom in med ett helt nytt glas som han ställde ner framför henne. "Och vad har vi för problem?"

"Det gäller Père Noël, vår vän jultomten."

"Hur kan han vara ett problem?"

"Det var han som serverade oss O.P. Anderssons huvud på ett fat och det kommer att leda till en hel del, tio tjugo man bakom galler skulle jag tro."

"Men det är väl utmärkt?"

"Jo, men nu är det så här att jag tror att det är Pierre som är Père Noël. Kan jag få förklara utan att bli avbruten av smarta journalistfrågor?"

"Dom bästa frågorna är dom som inte behöver ställas. Förklara för mej."

"Ett skickligt maskerat inbrott, som ser ut som ett vanligt pundarintjack. O.P. Andersson anar inget, Norrmalmspolisen anar inget och lägger ner brottsutredningen. Jultomten sände mej hårddisken snyggt och diskret och nu sprattlar ett tjog fula fiskar i nätet och det är för bra för att vara sant. Den tydligen fransktalande jultomten valde sin signatur nästan kusligt väl."

"Och till dej sa Pierre att han var pensionerad tjuv. Är det det eller den franska signaturen som får dej att misstänka honom?"

"Bådadera. Men viktigare är att jag dumt nog råkade nämna O.P:s namn och adress för Pierre när jag var som mest frustrerad av att han hade, som det tycktes, slunkit ur nätet ännu en gång. Och så en sak till. Det här brevet, jag har en kopia här. Läs och säg mej vem du tror har skrivit det här, du som är ordmänniska."

Erik Ponti tog emot kopian på det följebrev som legat i samma vadderade kuvert som O.P. Anderssons stulna hårddisk. Han tog på sig läsglasögonen och läste uppmärksamt men med uttryckslöst ansikte, lade ifrån sig papperet och nickade tyst bekräftande.

"Två saker om språket", började han långsamt. "Det är lite ålderdomligt elegant, ingen invandrare skulle lära sig sån här svenska idag. Och här finns ett lustigt grammatiskt fel på just två detaljer som är speciella för svenskan, men jag vet inte om man kan dra självklara slutsatser av det."

"Vilket fel och vilka slutsatser drar du själv?"

"Ja, felet har du väl redan sett, *men jag är övertygat att innehållet.* Turkar brukar göra det ena felet, jag är övertygat, jag gick in genom dörret och så vidare. Men *övertygad att* är engelska eller franska. Vår brevskrivare bryter förmodligen på engelska eller franska och du gissar på franska?"

"Ja, såklart."

"Är det här ett stort polisiärt problem? Om jag minns rätt avskrivs flera tusen såna här småinbrott varje år enbart i Stockholm. Och polisen har väl inga oöverstigliga moraliska problem med att få hjälp av småtjuvar?"

"Nej, så långt inga problem. Men det finns en mardröm. Jag kanske tar i, det är därför jag säger mardröm. Och det är följande: Dagens eko arrangerar via särskilda kontakter ett inbrott för att genom lämplig och manipulerad poliskontakt få tillgång till den förmodligen mest omfattande härvan av ekonomisk brottslighet på många år. Du inser följderna?"

"Ja, sparken för dej och mej till exempel, om det slutar med det. Jo, det är en mardröm, det är det verkligen. Men bara det. För jag svär på att det inte ligger till så och jag har förresten fortfarande mycket svårt att se Pierre som tjuv."

"Men vad är han då?"

"Just det, du hade ju inte fått hans mejl."

"Nej."

"Han vill bjuda ner dej till Korsika, mej med men jag kan inte resa förrän om fjorton dar. Och om du reser tycker jag inte vi ska vara där samtidigt, åtminstone inte första veckan. Men om du reser så är det ju inte för att prata strunt och dricka vin i allmänhet och då lär du ju också få veta allt om Pierre."

"Som du redan vet?"

"Åtminstone ganska mycket. Men som jag sa förut, det Pierre inte ville säga till dej när ni först träffades, eftersom han blev förälskad antar jag, vill inte jag ta ifrån honom. Och när vi nu ändå kom in på det här personliga som inte är så lätt att tala om, man kunde se att något hände mellan er två, ni blev självlysande. Alla såg det, Grönros och Ingalill som du träffade här tog för givet att ni redan var ett nyförälskat par. Dom blev oerhört förvånade när jag sa att ni knappt kände varandra och träffades för andra gången."

"Tyckte du själv att du såg det där självlysande, som du säger?"

"Ja. Det var en märklig upplevelse. Jag menar, Pierre och jag är ju jämngamla. En man i vår ålder har ett eller ett par äktenskap bakom sej, vuxna barn, barnbarn och är inriktad på abborrmete, jakt eller frimärkssamling eller nåt i den stilen, allt efter tycke och smak. Men det skulle inte ha fallit mej in att en sån som jag eller Pierre skulle kunna bli förälskad en gång till i livet, tanken är ungefär lika främmande som att behöva ta studenten på nytt. Tvärtom värjer man sig ju snarare, skäms vid tanken och kommer att tänka på ord som gubbsjuk. Alltså var det en mycket märklig upplevelse att se er båda."

"Jag vet inte… jag kan inte ta semester förrän om en vecka, måste förhöra vännen O.P. och… vad tycker du jag ska göra?"

"Men snälla Ewa! En vecka hit eller dit är väl inte frågan, ekoförbrytarna vilar tryggt i sina celler såvida dom inte är på semester dom också och snart är vi alla tillbaks med nya krafter. Och du är polisbefäl, ska fatta ständiga och drastiska beslut snabbt och tveklöst. Och i morgon bitti ska du dra i strid. Och så spelar du könsroll helt plötsligt, tur att inte feministerna ser dej. Res!"

* * *

Hon låg fyra ursinniga träningskvällar före Anna Holt när de äntligen träffades för att leva upp till sitt midsommarlöfte; kunde folk avge nyårslöfte när de var sentimentala och berusade så kunde man väl göra det i samma tillstånd på midsommarnatten. De skulle ta en timmes träningspass varje veckodag efter kontorstid. Inget fusk. Övertidsarbete räknades inte som ursäkt, då skulle det bli för många möjligheter att smita undan. Jobbade man över så fick man avbryta, gå ner i gymet och göra sin timme och sedan jobba vidare efter duschen. En kvinna måste göra vad en kvinna måste göra.

Så hade de högtidligen kommit överens långt efter att det ljusnat över landskapet, fågelsången blivit maxad och grannarna från torpet intill hade gett upp sina försök att ragga upp dem. De hade förseglat den högtidliga eden med high five.

Och så hade Anna omedelbart fått dispens från löftet därför att rikskrim måste skicka ett team ner till några krimkolleger i Småland som hållit på i två års tid med något som de betraktade som ett ouppklarat mord. Det lät ju illavarslande, som om Anna skulle bli borta i flera månader. En mordutredning som hållit på i två års tid lät inte precis som något snabbjobb.

Men nu var hon alltså tillbaks redan efter fyra dagar och full av skratt och energi. Hon var också full av iver att berätta redan när de stretchade och mjukade upp, men avbröt berättelsen under sin senare del av uppvärmningen eftersom den var stenhård. Anna hade kropp och rörelseschema som en gymnast, hon gick utan vidare ner i spagat och slog pannan tio gånger i sitt nedpressade knä, hon fick Ewa att känna sig lite gammal och klumpig fastän de var nästan på året jämngamla.

Så här års hade de polisgymet för sig själva, det kändes spöklikt lugnt utan det ständiga vrålandet och stånkandet från unga ordningspoliser som höll till i bänkpressarna. Men det pinoredskap som i alla avseenden passade dem bäst var den rörliga trappan med armtag, man gick oavbrutet uppför en trappa och drog sig samtidigt uppåt i rörliga armspakar. Fördelarna var flera, man tränade hela kroppen, från ända till lår, bröst, rygg och armar, och man kunde snacka samtidigt eftersom de två maskinerna stod alldeles intill varandra.

Men det var svårt att skrika av skratt samtidigt som man flåsade, man riskerade att sätta sig själv i halsen. Särskilt under Annas berättelse om rikskrims äventyr i de småländska skogarna.

De flesta landsortsdistrikten var ovilliga att söka hjälp från rikskrims mordutredare eftersom redan en sådan ansökan på något sätt antydde att stockholmare var bättre poliser än andra. Vilket de många gånger var, låt vara med den reservationen att de flesta poliser som jobbade i Stockholm hade kommit in utifrån, Anna var i själva verket bara en av två man på rikskrims våldsrotel som var genuin stockholmare.

Men hursomhelst hade någon åklagare till slut tröttnat på en mordutredning som i två år påståtts vara nära ett genombrott och han hade mer eller mindre tvingat fram en förstärkningsinsats från rikskrim.

Det som utredarna påstått hela tiden, att de var nära ett genombrott, lät ju lite underligt. Men *lite* underligt var nog det minsta man kunde säga. För när de kom dit för att börja gå igenom handlingarna visade det sig omedelbart att man hade att göra med en mordhypotes som var fullständigt unik i åtminstone rikskrims erfarenhet och som byggde på en ung flickas vittnesmål.

Utredarna där nere ansåg sig känna till brottsplatsen. Ett fenomenalt mord hade begåtts i en övergiven sommarstuga typ ruckel för två år sedan. De lokala kollegerna förevisade gravallvarligt platsen och visade var i rucklets storstuga mordet skulle ha begåtts. Och hur, de kände till det också, ljushuvudena.

En sekt av satansdyrkare bestående av en svartarbetande restaurangman från Skåne, hans kompis förtidspensionären från parkbänksvärlden och den mystiska svarthåriga strippan Elenor från ännu mer mystisk strippklubb i Stockholm, hade på angiven plats ritualmördat ett namngivet flyktingbarn med stora krökta dolkar. Enligt gärningsbeskrivningen hade de mer eller mindre hackat sitt offer i bitar och de hade varit iklädda svarta och blodröda sidenmantlar, ritat pentagram i blod på väggarna, mumlat konstiga saker och tänt svarta ljus innan de började äta råa barndelar.

Detta var alltså utgångspunkten, detta var vad kollegerna i Småland uppfattat som ett seriöst spaningsuppslag. Men när man skulle visa att händelsen ägt rum stötte man märkligt nog hela tiden på motgångar. Ett team tekniker från Norrköping hade redan för två år sedan konstaterat att det inte fanns spår av mänskligt blod, inte djurblod heller för den delen, på vare sig golv, väggar eller det rangliga träbord som skulle ha använts som offeraltare. Med tanke på påståendet om hur mordet skulle ha gått till var frånvaron av blod något anmärkningsvärd, kunde man ju tycka.

Anna Holt skrattade så att hon måste hoppa ner från motionsapparaten eftersom hon tydligen fått saliv i luftstrupen och Ewa följde efter och dunkade henne i ryggen. När Anna med tårade ögon tecknade att det var okej klev de tillbaks upp i redskapen och Anna fortsatte.

Alltså inget blod, för det första. Nästa problem visade sig vara att det inte heller gick att få fram något lämpligt offer. Efter stor möda hade man visserligen hittat ett försvunnet flyktingbarn, vilket uppfattades som ett genombrott i utredningen. Tills man upptäckte att försvinnandet ägt rum ett halvår efter det påstådda ritualmordet. Men inte heller av denna motgång lät sig kollegerna nedslås utan kämpade tappert vidare med att antingen hitta alternativt försvunnet flyktingbarn eller, som man sade, spräcka den första ungens alibi.

Nu var det Ewas tur att skratta så att hon måste kliva av en stund och bli dunkad i ryggen av Anna. Men snart var de tillbaks, klättrande, svettande och skrikande av skratt.

De sura lokala kollegerna fick alltså redan på andra utredningsdagen ta del av rikskrims uppfattning att inget tydde på att ett brott av angivet slag hade begåtts i verkligheten. I vart fall inte på angiven plats, med de metoder som påstods och på det offer som påstods. Och det var ju lite tungt.

Men det gällde också att begripa hur dårskapen hade kunnat uppstå och alltså handlade det från och med andra dagen om att söka sig bakåt i förundersökningens spaningsuppslag och skriftliga material. Och då blev det ärligt talat inte så kul längre. Två av de påstådda satansdyrkande kannibalerna visade sig nämligen sitta inne på långa fängelsestraff för sexualbrott mot barn. Den mysteriösa häxan och strippdansösen, som skulle ha förekommit även i den brottsserien, var dock fortfarande på fri fot. Span i Stockholm hade fått lägga ner stora resurser på att hitta den till strippklubb maskerade barnbordell där strippan Elenor hade sitt högkvarter.

Men efter några månaders fruktlös möda i sökandet efter Elenor hade span fått beskedet att saken var klar, hon var identifierad av smålandskollegerna och då hade man förstås lagt av och inte grubblat mer över den saken.

Men om hon var identifierad, hur kunde hon då fortfarande vara på fri fot? Enkelt. Uppgiftslämnaren, stjärnvittnet bakom hela historien, var en 15-årig flicka i klorna på en minnesframkallande psykoterapeut. Och med hans hjälp hade flickan nu äntligen erinrat sig att "Elenor" i själva verket var hennes egen mor.

Problemet var att även lägst tänkbara krav på strippdansös i Stockholm omöjligen lät sig kombineras med lilla mammas midjeomfång, ålder, frisyr, ansiktshud eller eljest särskilda kännetecken. Så hela historien var alltså båg från början till slut.

Men eftersom två man redan satt inne på psykoterapeutens och hans 15-åriga patients vittnesuppgifter så var historien i rättslig mening sann. Annars skulle de ju ha dömts oskyldiga. Och eftersom 15-åringen enligt två domstolars bedömning talat sanning när hon beskrivit liknande orgier på en klubb för satansdyrkan i Klippan, märkligt nog belägen inne i ett ålderdomshem, så måste hon tala sanning även när hon berättade om det småländska ritualmordet i det övergivna rucklet. Alltså hade två års polisarbete förspillts på att klara upp ett brott som inte existerade.

Rikskrims lilla delegation under ledning av Anna Holt ägnade följaktligen två dagar åt att under ömsom ursinne ömsom hysteriska skrattanfall hitta mordhistoriens kärna.

Och historiens kärna var en bedragare som kallade sig psykoterapeut och specialist på framkallande av förträngda minnen. Mannen hade visserligen misslyckats med alla studier från gymnasiet och framåt men självutbildat sig på häxor, satanism, sexuella orgier med småbarn och kannibaler inom överklassen och i god byråkratisk ordning fått diverse kommunala anslag för att öppna "vårdhem" åt tonårsflickor med besvär. Och där på vårdhemmet hade han under intensiv terapi framkallat det ena förträngda minnet efter det andra. Den jäveln hade uppträtt i sex rättegångar och fått vilt nekande fäder dömda för incest på hans ed som sakkunnig där han bland annat förklarat att det var typiskt för den här sortens gärningsmän att neka, det hade med förträngningsmekanismer att göra, och att deras nekande var att se som rena bekännelser. Men när hela historiens kronologi var utredd var det bara för Anna att ta sitt folk med sig och åka hem och glömma hela historien. För deras del var arbetet slut eftersom det inte fanns några mord annat än i en stackars tonårsflickas terapeutiskt bortkollrade fantasi.

Annas och Ewas första munterhet var som bortblåst och skrattandet hade lagt sig undan för undan och under någon dyster och tyst minut hördes bara deras flåsande och maskinernas motorljud.

Anna frågade till slut Ewa om hon haft något kul på sista tiden. Och det hade hon ju faktiskt på sitt sätt, även om hennes historia inte gärna kunde berättas med samma mått av sarkasm som Annas spökhistoria.

Men att göra tillslag på advokatkontor tillhör inte vanligheterna och en viss komik hade uppstått redan där, när befälet för deras piketstyrka menade att man nog borde ringa på dörren den här gången och säga att det var från polisen. Visserligen såg han ut som en av dessa mycket beslutsamma kolleger som hellre slog in dörrar än ringde på dem, men advokatkontor är advokatkontor.

Alltså hade Ewa till en början gått med på den mjuka linjen. De hade ringt på och hon hade sagt som det var, att det var polisen och husrannsakan. Effekter hade visserligen den upplysningen på dem som befann sig där inne, en mängd närmast elektriska effekter, dock inte att öppna dörren. Tvärtom hörde de hur en extra regel sköts för på insidan. Det hördes ljud av spring kors och tvärs och upprörda röster. Piketstyrkan hade då tappat all respekt för advokaters integritet och medborgerliga rättigheter och resolut plockat fram de stora inbrytningsverktygen. Men Ewa hade fått en idé och höll dem tillbaka någon minut innan hon kommenderade inbrytning. För vad än piketmacho tyckte om saken var hon ju obestridligen insatschef.

Chansningen gick hem. Det tog bara två sekunder att slå in dörren och femton sekunder ytterligare att ta gänget där inne med just de papper som de varit vänliga nog att snabbt sortera fram för att förstöra, en av sekreterarna togs ute på toaletten – jo, den dörren måste också slås in – med så mycket papper att det blivit stopp i första spolförsöket.

Advokat Petteri och hans lojala medarbetare hade alltså gjort polisen en avsevärd tjänst, de dumma jävlarna. För att husrannsaka ett advokatkontor på måfå var en polisiär och juridisk mardröm med tanke på sekretessen mellan advokater och deras klienter. Men med allt skumt material framsorterat efter advokatens eget goda omdöme, även om en del papper var våta och lite knyckliga, löstes det problemet oväntat lätt. Och eftersom deras datorer återställdes nästa dag hade de inga formella klagomål att komma med. Eftersom inte heller advokater tycktes medvetna om polisens rätt att kopiera vissa handlingar. Ett lika kul som lyckat tillslag, med andra ord.

Till slut satt Ewa och Anna utmattade och svettiga ute i damernas omklädningsrum med varsin flaska energidryck. Kanske var det trötheten som gjorde dem något eftertänksamma, kanske hade de också skrattat så att de tröttnat.

"Det är klart att det är kul, till och med jävligt kul ibland, när man beskriver idiotiska mordutredningar som den där spökhistorien från Småland", mumlade Anna tankfullt och lutade sig bakåt med en våt handduk över ansiktet. "Men det är också klart att det blir mindre kul om man ger sig tid att tänka efter hur många snubbar, förmodligen inga små charmtroll men i alla fall, som sitter ute på kåkarna dömda på såna där historier."

"Ja, men vad kunde ni göra åt det? Ni la väl bara av och åkte hem."

"Jo såklart. Jag var ju befäl för gruppen så jag lämnade en två raders rapport till polismästaren i Kalmar om att enligt den uppfattning som en enig utredningsgrupp inom rikskrim kommit fram till så hade det påstådda brottet aldrig ägt rum. Varför ingen ytterligare resurs, åtminstone inte från vår sida, borde ägnas åt saken."

"Och så stack ni bara hem?"

"Mm. Och jag slapp bli längre efter än fyra kvällar på vår deal om träning eller döden eller vad det var, jävlar vad fulla vi blev. Jo! En sak till, jag tipsade en undersökande reporter på teve om den där jävla kannibalskandalen."

"Va!" sade Ewa och ryckte bort den våta handduken från Annas ansikte för att se henne i ögonen. "Du tipsade massmedia? Och det säger du utan att rodna?"

"Självklart", sade Anna förvånad över Ewas reaktion. "Jag sa också att han gärna kunde intervjua mej om resultatet av rikskrims granskning av ärendet. Det tyckte han lät kul. När ska du ha semester och hur går det med tjyvarna?"

"Men utan att blinka tipsar du en reporter?"

"Jamen lilla gumman! Moralisera lagom, skulle du och jag sitta och vara förbannade i stället? Eller skulle vi sätta åt dom där blindstyrena tjänstevägen och hur skulle det gå till? Klaga över odugliga kolleger och bli kallade förgrämda klimakteriekärringar? Klaga till riksåklagaren över vad hans underordnade haft för sig och bli kallade rättshaverister med menstruella störningar? Nejtack säger jag bara. Hellre lämpar jag över grejen på massmedia. Med förtroende."

"Med förtroende? Massmedia?"

"Nja teve, men det är i princip samma sak, beror på vem man känner. Vänta bara nån månad och så smäller det i teverutan och det blir en sjuhelvetes fart på riksåklagaren och du och jag kan i all diskretion ägna oss åt tjyvar och riktiga mördare."

"Och det fungerar?"

"Visst. Rätt historia och rätt journalist och det fungerar."

"Intressant tanke, jag har aldrig sett det så utan bara som nåt man helst skulle hålla ifrån sig."

"Jamen vänta nån månad så får vi ju se. När var det du skulle ha semester och borde inte semesterdagar räknas bort från vårt träningsavtal förresten? Och hur går det med dina tjyvar?"

"Jo, det tycker jag med om jag tänker efter. Både kontrollproblemen och dom mer formella problemen blir oöverstigliga annars. Semester räknas inte. Deal! Annars håller jag på med en veckas förhör med O.P. Andersson framför mej och det är rätt givande för han har erbjudit sig att gola ner allt och alla."

"Och åklagaren är med på att reducera åtalet om han är riktigt duktig?"

"Jodå, men hon vill inte riktigt låtsas om det i snutsällskap. Och sen alltså när det gäller semester... Jag kanske ska åka till Korsika."

"Pierre, den äldre snubben?"

"Ja. Men jag vet inte... "

"Vadå vet inte? Du är fan inte klok! Allt du vill veta just nu som inte handlar om tjuvar finns ju på Korsika. Är han si eller så? Är du, eller är du inte kär i honom? Skiter sig allt åker du bara hem, men det vore ju värre att inte veta. Res!"

VII.

Den som kaklade om sitt badrum i sommarstugan, för att inte tala om ifall han murade in en öppen spis, riskerade omedelbart en högre beskattning och var dessutom skyldig att anmäla de skattepliktiga förändringarna till myndigheterna, vid vite.

Sådan var lagen. Henric Gundell kunde inte avstå från att göra den reflektionen, det var ju sådant de hade jobbat med att dra fram som talande exempel i kampanjen för Svenskt Näringsliv. Fastighetsbeskattningen var en absurditet.

Han satt i baksätet på företagets limousin på väg ut mot Håtuna och betade av en del telefonsamtal. Lunchen hade visserligen varit givande eftersom han uppnått allt han tänkt sig till sista decimalen, men den hade dragit ut på tiden. Den där Hasselbank var inte bara en nolla som de flesta företagsledarna i staten, utan dessutom mjuk som en tvättsvamp och illa klädd som sådana där sossedirektörer ofta var. Och efteråt hade han varit tacksam och ville bjuda på konjak, vilket blev dubbelt äckligt i sammanhanget. Och därav förseningen.

Men före Mariefred hade Henric Gundell i alla fall hunnit avsluta två viktiga samtal, dels med revisorn, dels med byggfirman. Från revisorn var det grönt ljus på alla system, man inte bara kunde utan till och med borde investera obegränsat i Håtuna.

Han hade inte haft tid att riktigt sätta sig in i detaljerna tidigare och det han hört lät alltid för bra för att vara sant. Men nu efter att tvättsvampssossen hade rullat över på rygg så var det dags att ta ett initiativ och lika så gott att göra det mesta i ett enda svep.

På 1600-talet hade Håtuna haft fyra krusidulliga torn. Den tidigare ägaren hade av någon sorts patetisk stolthet lämnat ett kopparstick i stora hallen från Erik Dahlberghs Suecia Antiqua et Hodierna. Husets karaktär var onekligen mer våldsamt imponerande på den tiden.

Det skulle gå lös på minst fem miljoner per enhet att snitsa till de där tornen och med tanke på byggarens något glidande formuleringar nyss så kunde det kanske springa upp mot det dubbla. Men som revisorn förklarat, det var det utan tvekan värt, en ren vinstaffär.

Det var det som hade fått honom att tänka på den hygglige vanlige knegaren som investerade svett, tid och besparingar i att kakla om badrummet i sommarstugan för att omedelbart göra sig antingen till skattesmitare och lovligt jaktbyte. Eller nedlagt byte i form av högre fastighetsskatt. Och om han själv nu investerade 35 miljoner eller vad det kunde bli i fyra nya dekorativa koppartorn så var det skattefritt. Absurt.

Men det var lagligt och socialdemokratiskt och oantastligt. Någon gång i mitten på 90-talet hade sossarna kommit på idén att införa nya beskattningsregler för sådana fastigheter som inte beboddes av de egna väljarna. Tre krav skulle uppfyllas. Huset måste ha en boyta på över 400 kvadratmeter, vara byggt före 1930 och ligga på landet. Håtuna till exempel.

Bodde man så, på fritiden eller permanent spelade ingen roll, så kunde man dra av alla kostnader för drift, underhåll och investeringar och till och med fastighetsskatten. Simsalabim. Man flyttade pengar från exempelvis förmögenhetspliktiga aktieportföljer till koppartorn, ny husfasad och till och med simbassäng om man ville och vartenda öre var avdragsgillt. Skattebetalarna var utan att veta det själva vänliga nog att rusta upp Håtuna till sin forna glans och dessutom stå för notan.

Bland revisorns mer remarkabla glada nyheter fanns det obestridliga faktum att hjorthägn gick att dra av på samma sätt. Det var nästan för mycket, det överträffade hans vildaste förväntningar, många dumheter kunde man tro de socialdemokratiska skattemoralisterna om men detta tog ändå priset. Han hade genast börjat skissa på ett hägn som skulle bli 300 hektar i stället för de 75 som han tänkt sig från början, när han trodde att han själv skulle betala. Ett hägn på 300 hektar var tillräckligt stort för att likna riktig vildmark.

Och ovanpå allt detta kom skogen. Den skulle räknas som "investering i näringsverksamhet" och var därmed befriad från både fastighetsskatt och förmögenhetsskatt. Och än en gång: fiskaränkan i skärgården fick undan för undan dessa beskattningar höjda tills hon nådde smärtgränsen och måste flytta från gård och grund och sälja till någon tjänsteman i det privata näringslivet. Och han, man kunde ju tänka sig ungefär en sådan som CH, skulle satsa hårt de första åren med att dra in vatten, bygga bastu med sjöutsikt och bryggor och kaklade badrum och spisar och vadfansomhelst utan att grubbla en sekund över att några skattmasar gnuggade händerna åt det ökande skatteunderlaget. Och så skulle den typiske CH tröttna efter ytterligare ett par år eftersom skärgårdsstället var oåtkomligt stora delar av året, det var sånt mankemang att komma dit, och eftersom barnen växte och det som heter avskildhet på vuxna människors språk heter öken på tonåringars. Och så skulle han sälja hela rasket med 100 procents vinst, men se till att en stor del av vinsten betalades för i sammanhanget övervärderad inredning så att han undvek reavinstbeskattningen.

Henric Gundell ville egentligen inte ta ordet rättvisa i sin mun. Men absurt var systemet, såvida man inte höll sig till gamle trygge Darwin och principen om naturens enda rättvisa, den starkares överlevnad. Men bort sådana sinistra tankar.

För nu gällde det alltså skogen. Håtuna omgärdades huvudsakligen av en fantastiskt vacker ek- och blandskog, perfekt biotop för hjortar och vildsvin. Ekbeståndet var rejält uppvuxet och svårt att uppskatta i värde, eftersom det fluktuerade med möbelindustrins olika konjunkturer. Men hur man än såg det fanns det objektivt ingen affärsmässig anledning för det statliga Svealandsskog, ett av många bolag som uppstått efter det slaktade Domänverket, att sälja ekskog. Investeringen, om man skulle tala i sådana termer, var egentligen gjord för hundratals år sedan och kunde inte gärna göras om. Lönsamheten var garanterad på lång sikt allteftersom det yngre beståndet växte upp och Svealandsskog behövde sannerligen inte göra några små extraklipp på att sälja, det var ju deras enda kärnverksamhet, ingenting för att knoppa av eller att renodla eller annat blabla. Och ägarna skattebetalarna hade väl heller inget intresse, om man såg saken objektivt, av att privatisera sina ekar.

Det var här tvättsvampen Hasselbank kom in i bilden, fånigt påhittat namn förresten, en smaklöst klädd socialdemokratisk vd från före detta Domänverket där han antagligen börjat som jägmästare eller något i den stilen.

Han var lättbjuden till lunch i det privata rummet på Pontus in the Green House i Gamla stan, Stenbecks gamla favoritställe. Han inte ens undrade över vad saken gällde utan kom bara på kortast tänkbara varsel. Det var ett gott tecken. En av få kloka saker den där Stenbeck sade innan han åt ihjäl sig var förresten att: "Man kan aldrig köpa folk. Men dom kan alltid sälja sej."

Stenbeck, som samlade på både toppsossar och gamla kommunister tills han hade en hel kennel av dem, inte konstigt att han kallades "Husse", måste ha haft en högt utvecklad förmåga att erbjuda människor att sälja sig. Men som Henric Gundell bedömde det var denna speciella mänskliga talang inte på något sätt en av hans egna starkaste grenar och han hade dessutom få erfarenheter på området. Men han hade inte grubblat länge över problemet, bara bestämt sig för att inte erbjuda en direkt muta i pengar och lita mer till sin intuition och improvisationsförmåga när stunden väl kom.

Och där satt de alltså vid sin sjötunga efter inledningens obligatoriska rundsnack och det var obönhörligen dags att dra första draget.

"Låt mej vara fullkomligt uppriktig", ljög han när han lade ner kniv och gaffel. "Det finns två skäl till att jag ville träffa dej, ett litet och ett större och viktigare. Och båda skälen motiverar mycket väl att vi träffas lite diskret, eftersom det framför allt inte får bli några spekulationer om det stora skälet. Men låt oss börja med det lilla, eftersom det angår mej personligen och det skulle förefalla något konstigt att ta det efter den stora grejen."

Han hade bara behövt en halv sjötunga för att agna betet, och i efterhand fann han att det måste ha varit närmast genialt.

Först presenterade han rakt på sak sin vilja att köpa skog som omgav Håtuna, ungefär 1 500 hektar, från Svealandsskog. Då skyggade tvättsvampen, men kunde förstås inte säga nej rakt av och skratta bort saken som ett skämt, vilket hade varit åtminstone det affärsmässigt naturliga. Han var fast för att han var alltför nyfiken på den stora grejen.

Alltså fick Henric Gundell god tid på sig att nästan gråtmilt berätta hur han, nu när han var på väg att dra sig tillbaks, ville satsa på naturintressen. Och ett av dessa var att bygga upp hjortstammen kring Håtuna, både den vilda befintliga och en som han skulle importera från utlandet, möjligen från Ungern nu när de skulle komma med i EU. Ungern hade världens förnämsta kronhjortsstam, troligen även dovhjortar.

Trakten kring Håtuna kunde bli ett fantastiskt strövområde med de vackra ekskogarna, och allemansrätten var ju en av Sveriges demokratiska välsignelser, så naturförbättringar av det här slaget kom allmänheten till godo i högsta grad (såvida man inte inhägnade hela skiten och satte upp varningsskyltar för vildsvin med illustrationer av galtar med gigantiska knivliknande betar, log Henric Gundell tyst inombords).

Han fortsatte med något om kulturlandskapet, om att hela trakten historiskt hörde samman med Håtuna och en privatisering således skulle borga för en fortsatt månghundraårig utveckling som staten inte utan vidare kunde åta sig. Och så vidare.

Något lyckades han mjuka upp sossefunktionären, med glipa i skjortan där fläsk skymtade och slipsknut på sned, med sockersnacket om allmänhetens goda. Men det hade inte räckt på långa vägar, eftersom det inte fanns några affärsmässiga grunder för Svealandsskog att privatisera folkets jävla ekar.

Den här argumentationen var visserligen inte helt fel, men den skulle aldrig ensam ha kunnat sälja in idén hos sossen. No way.

Men tvättsvampen kunde alltså inte säga nej direkt, eftersom han ännu inte hade fått veta vad den större frågan gällde. Så även om Henric Gundell låtsades propsa på sin etik och därmed nödvändigheten att komma till avslut i den för hans del privata affären innan man gick vidare, så fick han självklart bara svävande besked om "intressant, fullt möjligt men lite komplicerat" och annan bullshit. Och det var ju utmärkt.

För nu tvingades Henric Gundell i spelat bryderi dra fram den andra frågan, den som var mycket större och viktigare.

Jo, det var nämligen så här, i och för sig ganska allmänt känt. Att såväl Henric Gundell själv som ett par av hans närmaste män var på väg att lämna företagsledningen. Möjligen skulle han själv trappa ner som styrelsens ordförande, men det var inte säkert. Kanske var det bäst att dra ett definitivt streck och låta nya kvastar sopa.

Redan nu började han få sossen på gaffeln, det märktes. Killen hade blivit nästan glosögd av nyfikenhet.

Saken var alltså den att företaget anlitat en head hunting-firma och ett av de mest intressanta namnen som huvudjägarna kommit fram till var utan tvekan en viss Hasselbank från Svealandsskog.

Exakt hur resonemangen hade gått kunde Henric Gundell av etiska skäl inte närmare redogöra för. Men så mycket torde stå klart att man sökte kompetent folk som inte hade någon medial belastning i sitt bagage. Eftersom det varit viss turbulens på senare år så hade ett obefläckat namn stigit avsevärt i marknadsvärde (det vill säga en nolla som ingen har hört talas om, tänkte Henric Gundell).

Och i rekryteringsproceduren ingick av naturliga skäl ett moment som kom efter att kandidaterna shortlistats, att de inte gärna kunde approcheras av någon anonym tjänsteman från huvudjägarfirman. När man väl hade en short list så måste man å andra sidan försäkra sig om kandidatens intresse, annars kunde det ju bli mycket trassel. Dessutom var det en trovärdighetsfråga. En förfrågan om du ville ingå i bolagets direktion måste komma från någon som hade exekutivt ansvar, i det här fallet således vd själv. Någon ägarfamilj fanns ju inte.

Vid det här laget hade tvättsvampen överfuktats och börjat drägla av de pengar han redan satt och cashade in. Säga vad man vill om journalistjävlarna, men de hade inte precis underbetonat löneförmånerna på försäkringsbolaget.

Därmed var saken egentligen klar. Tvättsvampen svamlade något om att förslaget var "intressant" men att han måste tala med sin familj och vad det var, ungefär som han fått ett erbjudande att bli statsråd i stället för att byta en liten och ful vd-stol mot en i guld.

Henric Gundell menade med bekymrat rynkad panna att han nog inte ville utsträcka betänketiden till mer än en vecka. Och så betonade han sekretessen. Inget av det som sagts vid detta bord fick på villkors vis komma ut i pressen inom det närmaste året. Och tvättsvampen var full av förståelse och lovade att lämna ett intressebesked, vilket jävla ord, inom en vecka.

Av rent etiska skäl, hade sossen mage att tillfoga efter den konjak han propsat att få bjuda på, var det kanske lämpligt att man gjorde upp skogsaffären före allt annat. Nu förstod han ju fuller väl varför Henric Gundell hade valt den ärendeordning han gjort. Det var verkligen elegant, han uppskattade den gesten. Men som sagt. Inom en vecka skulle man nog klara av den där skogsaffären till gällande marknadsvärde och därefter skulle han lämna besked om han var intresserad av att flytta från Svealandsskog upp i himmelriket. Fast just så uttryckte den girige inte saken.

Skogen var alltså fixad. Där kunde Henric Gundell investera 50 miljoner eller vad det i värsta fall blev, förmodligen mycket mindre eftersom paradisisk ekskog var undervärderad på marknaden (idiotisk tanke, det berodde ju på att det fanns så få säljare och få köpare att någon "marknad" egentligen inte existerade).

Cirkus 50 miljoner beskattningsbar förmögenhet flyttad till noll förmögenhet på Håtuna samtidigt som Håtunas verkliga värde plötsligt steg med nästan det dubbla. Det var egentligen en fantastisk affär.

Förutom den ökade livskvalitet som den innebar.

Och den dumma jävla tvättsvampen skulle aldrig någonsin kunna åberopa något påstått löfte om att ingå i direktionen på bolaget, vilket förresten borde ha kommit från styrelseordföranden i så fall. Dels skulle han då framstå som idiot, dels som korrupt. Eftersom skogsaffären nog skulle mötas med en del höjda ögonbryn och kritik från journalistjävlarna.

* * *

Air France flight 1263 från Arlanda 06:50 till Paris Charles de Gaulle, ankomst 09:30 och vidare med AF 7702 till Nice, framme 12:05 och slutligen AF 4740 till Calvi på Korsika och framme 14:10. Rätt tufft. Först slita som ett djur med samtalen med O.P. Andersson där han skulle ange andra förbrytare och där hon inte kunde använda bandspelare utan måste sitta och anteckna och sedan själv renskriva anteckningarna som hon nu förvarade i en pärm hemma. De andra förhörarna skötte den normala brottsutredningen med O.P. själv men de förhören gick till som vanligt med bandspelare och flera personer i rummet, två förhörare, O.P:s advokat och titt som tätt chefsåklagare Bodil Walström innan också hon försvann på semester.

Ewas minnesanteckningar skulle sedan omformas till olika små promemorior som döptes till spaningsuppslag och anonymiserades så att källan doldes. Det hade varit både pilligt och koncentrationskrävande och hon hade gjort det mesta av det mekaniska arbetet hemma på kvällar och ljusa nätter. Visserligen hade hon snuddat vid den självbedrägliga tanken att hon kunde spara en del jobb tills hon kom hem. Men det hade varit omöjligt, dels för att anteckningar för hand har en tendens att bli svårtolkade efter någon tid, till och med bli svårläsliga, dels för att hon förhoppningsvis skulle inleda slutspurten i sökandet efter lyxtjuvarna direkt efter semestern.

Hennes goda eller möjligen påtvingade arbetsmoral hade medfört vissa konsekvenser som kom ikapp henne först på resan. Hon hade

suttit uppe till halv tre och skrivit, sedan kommit ihåg att packa och
därefter sovit en och en halv timme innan först den ena och strax den
andra väckarklockan ringde.

Den franska frukosten i business class hade visserligen varit läcker
men så fort brickan var undanplockad slocknade hon och sov eller
halvsov hela vägen till Paris.

Efter lunchen på väg mot Nice började hon oroa sig för sin pack-
ning, om det var för varmt på Korsika för hennes byxdress, om de var
särskilt provinsiellt katolska eller något där nere så att hennes bikini
skulle framstå som för liten, om hon skulle bli kvar mer än två veckor
och i så fall borde ha kommit ihåg att köpa ob, men att sådant väl
måste finnas också på Korsika, om det var töntigt att ha gamla Ray-
Ban solglasögon och ytterligare en uppsjö av små fjuttiga detaljer som
bara pockade på för att hålla overkligheten borta.

För overkligt var det. Hon satt på ett plan mellan Paris och Nice,
en flight hon för kort tid sedan aldrig ens kunnat föreställa sig att hon
skulle befinna sig på. Alla talade franska omkring henne, vilket var
vackert och obegripligt, också det som i en dröm.

Eller om det var någon sorts galenskap. Hon var på väg till en man
hon knappt kände och skulle bo hos honom, inte för att hon före-
ställde sig någon ruffig etta med kök i en trång gränd där det hängde
tvätt och där folk satt vid middagsbordet i undertröjan. Nej inte det,
om han hade en vinkällare så bodde han mer rymligt, hon borde få
ett eget sovrum åtminstone första natten, eller borde hon inte det?
För vad hade hon egentligen gått med på? Det var ju inte precis som
att följa med upp på ett extra litet glas eller det som brukade omskri-
vas kaffe efter en glad krogkväll. Hon hade vagt svarat på hans mejl
att hon åtminstone kunde stanna en vecka. Han hade sänt henne en
biljett i business class som var ombokningsbar, hon kunde resa hem
efter en dag, en vecka eller en månad. Men hon visste ju inte vad hon
ville. Hon hade fantiserat, erkände hon nu för sig själv, liksom hon då
och då under den intensiva slutspurten i arbetet snuddat vid tanken
på att älska fysiskt passionerat och hämningslöst, eller att fly i panik

från någon som visade sig vara en annan än hon trott. Och olika alternativ mellan detta maximum och minimum.

Men hon hade skärmat av alla kloka och praktiska funderingar, dränkt sig i arbete och bara låtit tiden rusa fritt tills hon nu satt på Air France-planet och både tiden och instinkter och rationella överväganden kom ikapp henne på en gång.

Åtminstone inte gå i säng med honom första kvällen, tänkte hon. Inte för att upprepa fin flickas dubbelmoral utan därför att det måste finnas så mycket att säga först. Frågan om Père Noël måste redas ut. Det där med att Pierre sagt att han var tjuv, men som Erik Ponti verkade fullständigt ärligt frågande till, måste också redas ut.

Jo, visserligen. Det föreföll rationellt och bra, men livet var ingen brottsutredning där allt till slut hängde ihop i klar logik. Det fanns ingen logik i att hon satt på detta plan på väg till Nice för vidare anslutning till Korsika, ingen som helst logik. Hade det inte funnits känslor så skulle hon inte ha suttit här.

Det var det som var svårt att erkänna. Hon var en medelålders, nej yngre medelålders välutbildad kvinna med ett yrke som övat henne i intelligenta slutledningar och att söka konkreta förklaringar till människors beteenden. En sådan kvinna kunde inte falla pladask för en främmande man som lät som fransk kaffereklam och sa att han var tjuv. Sakligt sett var det omöjligt. Se, nu var hon där igen. Sakligt sett?

Men det var ju det som hänt, obegripligt eller ej. Hon mindes när de stod i en hiss och snuddade vid varandra, hur det känts. Det gick inte att förneka, det var ju så. Och när Erik Ponti sagt henne att de båda såg självlysande ut hade hon inte kommit med minsta invändning, inte försökt skratta bort, inte fnyst, därför att hon genast erkänt inför sig själv.

Det kanske inte var klokt, men känslolivet var ju just det, inte klokt. Fast det bästa vore ändå att inte ligga med honom första kvällen, det var nog bättre att bygga upp lite spänning och förväntan.

Ärligt talat, ärligt talat med sig själv när ingen hörde, längtade hon. Det var länge sedan hon gett sig hän och ännu längre sedan hon älskat med någon annan man än Hasse, och det hade ju med tiden blivit mer av rutinmässiga prestationer än fysisk kärlek.

Hon insåg att hon började snurra runt i samma tankecirkel, hon försökte faktiskt sitta och planera sitt känsloliv. Egentligen vore det bättre att bara driva med strömmen av tillfälligheter, spänna av och se vad som hände. Livet var ju ändå obegripligt utanför arbetsplatsen. Hade Hasse inte varit så medgörlig hade hon inte fått så mycket tid över att hon kunde ta den där långpromenaden för att på något konstigt sätt uppleva första dagen i det nya livet. Och hade hon kommit tio minuter tidigare eller tio minuter senare till det där kaféet ute på Djurgården hade hon aldrig träffat Pierre och inte suttit på ett plan på väg till Nice. Hur många miljoner män fanns det i världen som i rätt ögonblick, eller fel ögonblick, skulle kunna dyka upp som den rätte? Och som man därefter, bara på grund av vissa tillfälligheter, en missad buss, en ny vikarie, en krånglande bil, kom att anpassa år, kanske decennier, kanske resten av livet efter. Med Hasse hade det varit en kokande kylare och hon hade först visat sig lite misstänksam mot alltför tjänstvillig man tills han lugnade henne med att han var polis och hon skrattande kunde hålla upp sin egen legitimation framför honom. Klart att det blev en öl, en middag och så vidare av det. Men om bilen inte pajat just där och då?

Meningslöst, nu var det ju som det var och planet var på väg ner i Nice och hon såg Medelhavet i starkt solsken. Hon hade en timme och tjugofem minuters väntetid på flygplatsen i Nice. Skulle kanske förnya sminkförrådet, hennes eyeliner var på upphällningen, och hitta en ny bikini och kanske några tunna sommarblusar?

När planet landade i Calvi på Korsika några timmar senare hade hon sovit med ansiktet inknycklat i flygplansfåtöljen så att en snabbkoll med spegeln i handväskans lock skoningslöst visade att hon liknade en tvättbjörn. Och när hon steg ur planet träffade hettan henne som ett slag i det redan mosiga ansiktet, en termometer på flygplatsterminalen visade på 34 grader. I panik smet hon in på damtoaletten invid bagageutlämningen och började med iskallt vatten innan hon försökte snabbrestaurera sitt ansikte. Vilket tydligen inte gick så snabbt, för när hon kom ut hade de flesta passagerarna på hennes flight redan hämtat sitt bagage och hon hann se hur hennes väska just åkte tillbaks in i rundeln vid inlastningsplatsen. Hon slet loss en vrenskande bagagevagn och gick ner till bandet och räknade lugnt till hundra medan hon väntade in sin väska.

Han var klädd i luftiga benvita byxor i något linnematerial och en tunn blå kortärmad skjorta, säkert elegant anpassat till klimatet, hann hon tänka när han kom emot henne och de båda blixtsnabbt måste bestämma hur de skulle hälsa; ta i hand vore inte klokt, vilda omfamningar och kyssar vore inte heller klokt, och att inom en sekund hinna kompromissa var omöjligt, han gjorde en ansats till att kyssa hennes hand men då slog hon snabbt armarna runt honom. De omfamnade varandra under några sekunder, men försiktigt framåtlutade med baken utåt.

Han frågade först hur resan hade varit när han tog hennes väska och hon svarade sådant man brukar svara, fast med någon extra tillfogad detalj om att hon arbetat ursinnigt inför ledigheten med den där O.P. Andersson. Han fortsatte med någonting om vädret på Korsika och lika självklart svarade hon att nu tycktes ordningen vara återställd, i några somrar hade ju Sverige varit varmast i Europa.

Han hade en liten blå Peugeot, vilket förvånade henne, hon hade inte väntat sig honom i en småbil, men på väg in mot staden noterade hon att de varken passerade eller mötte annat än just småbilar. Han körde fort och beslutsamt. Den lilla Peugeoten måste ha varit upphottad med extra motorstyrka och hon fick en association till att han i själva verket var polis, han körde i alla fall med den självklarhet som gällde för åtminstone de flesta yngre poliser hon kände. Som om de både stod över lagen och måste visa viss hänsyn mot andra trafikanter.

De åkte längs en stor blågrönglittrande havsvik med enorma stränder och rakt fram i körriktningen skymtade hon staden. Han berättade någonting om Korsikas historia, om tillhörigheten till handelsstaden Genua på 1200-talet. Trots den svalkande luftkonditioneringen på högsta varv kände hon att det snurrade i huvudet av trötthet.

Han svängde av och upp på en slingrande serpentinväg i en pinjeskog några kilometer före staden och snart såg hon en oändlig yta av Medelhavet. Huset var omgivet av en hög och lång vit mur och han öppnade stora järngrindar med en fjärrkontroll. Bakom murarna dolde sig en tilltagen villatomt och en delvis vildvuxen frodighet av stora buskage och tuktade palmer och agaver. Villan var i två plan, vit och med taktegel i samma ockranyans som hos alla andra hus hon skymtade nedåt sluttningen mot havet. Jo, visst var han förmögen.

En äldre bastant kvinna i vitt förkläde och svarta kläder öppnade ytterdörren för dem och han presenterade henne som Meralda som tyvärr inte talade annat än korsikanska och franska. Hon försökte ta ifrån honom Ewas väska men han höll överdrivet beslutsamt fast den med någon skämtsamhet som Ewa inte förstod mer av än att det var någonting om svenska kvinnor, *femmes suèdoises*, som dock inte gick ut på traditionella skämt om svenska blondiner eftersom Meralda bara skrattade snällt och hjärtligt. Han bad henne hämta något och ställde ner väskan på det glansiga marmorgolvet. Genom stora perspektivfönster såg man havet där nere, långväggen i rummet var täckt med böcker från golv till tak, det såg ut lite som hos Erik Ponti, tänkte hon, soffor och fåtöljer var ljusa och luftiga och kunde mycket väl vara skandinaviska, några afrikanska masker, spjut och liknande exotiska föremål dekorerade de mindre väggutrymmen där inga bokhyllor skulle ha fått plats. God smak och gott om pengar, det lär mig inte en enda ny sak om honom, insåg hon.

”Välkommen till mej och Korsika”, sade han när Meralda återvände med en bricka med stora immande glas med grågult innehåll. ”Vi har en sed här nere att den som gästar en annan korsikans hus genast måste få något att dricka, allt annat betyder otur eller fiendskap. Madame, varsågod!”

Det var någon sorts lemonad, förmodligen med lime och ytterligare en smak hon inte kunde identifiera, kallt fräscht och mycket bättre än det vin som hon väntat sig och som kunde ha blivit svårt att få ned.

"Jag har ett förslag", sade han när de druckit och nickat mot varandra. "Du gick upp mitt i natten och har haft en besvärlig resa. Jag gick upp mitt i natten jag också och nu är klockan lite efter tre. Vad sägs om att sova några timmar, en liten medelhavssiesta, så går vi ut och äter sen när hettan lagt sig?"

Om han bara menade sova så var det förstås ett ganska bra förslag, men när hon tvekade log han som om han genomskådat henne, tog hennes glas och ställde ned det på Meraldas bricka, ryckte upp hennes väska, förvånansvärt lätt, noterade hon, han var starkare än han såg ut, och visade med en nick att hon skulle följa honom en trappa upp. Trappan var i rosaskiftande marmor och omgavs av svarta smidda järnräcken.

Hon fick ett stort luftigt sovrum med fönster från golv till tak och en balkong som sträckte sig längs hela rummet. Fönsterdörrarna var stängda för att hålla hettan ute men luftkonditioneringen gjorde rummet för kyligt.

"Jag väcker dej om några timmar", sade han, ställde ned hennes väska mitt på golvet och log innan han gick och tyst stängde dörren efter sig.

Det susade i hennes huvud, eller om det var luftkonditioneringen. Hon såg sig omkring. Golvet var i glaserat mossgrönt kakel av något slag, väggarna vita och den pampiga dubbelsängens överkast citrongult, dekorerat med en grupp kuddar i rostbrunt, ockra och svart. Det såg ut som unisex, hälften manligt hälften kvinnligt, det kanske hade varit en inredningsarkitekt här också. Hon gick ut i badrummet inställd på att inte bli överraskad och lyckades nästan, det var rosaskimrande marmor och vitt, mer kvinnligt än manligt.

Det fanns rymliga garderober och hon lade upp sin resväska på sängen, packade upp och hängde in kläderna eller staplade dem i en sannolikt antik byrå. Sedan tvättade hon sig med hett vatten och smörjde in sig med lite hudkräm, slet med ett bestämt ryck bort det tunga överkastet från sängen, plockade bort dekorationskuddarna och borrade ned sig mellan mjuka vita lakan med en svag doft av samma främmande krydda som funnits i lemonaden. Hon somnade omedelbart utan att hålla sig vaken med någon oro, det var som om det värsta redan var över.

Staden Calvis centrum, åtminstone den gamla stadens, låg uppe på en klippa omgärdad av murar. Kvällen var ljum och en svag bris kom in från havet som låg nästan helt stilla.

Han hade inte valt någon lyxrestaurang utan ett ställe som verkade mer rustikt, kanske mer korsikanskt, med källarvalv, liten, ojämn stenterrass med vingliga bord och utsikt mot havet där solen var på väg ner. Han verkade välkänd på stället, eftersom de blivit så hjärtligt välkomnade när de kom in och folk som gick förbi eller satt vid bord intill hälsade på honom som en välbekant eller skålade med honom och gång på gång kallade honom för något som lät som Måns Kållenell.

Hans artighetsprat höll honom sysselsatt rätt länge, de visste båda om det och de visste båda att han inte kunde hålla på för evigt. Han hade avrått henne från att ta med en jacka att hänga ovanpå blusen som hon hade köpt i Nice, det skulle ha blivit för varmt. Havet låg för långt bort för att kyla all solstekt sten här uppe. Han berättade något mer om genovesarna, historien och 1200-talet och Christoffer Columbus födelsehus som fanns några gränder upp och fisksoppan och de grillade medelhavsräkorna som var typisk korsikansk sommarmat. Och vinet var lokalt och lite speciellt men lokala viner hade ofta en förunderlig förmåga att passa just till det man åt på stället och de gamla murarna de såg längre in i restaurangen tillhörde egentligen en medeltida fängelsehåla där de dödsdömda fick tillbringa sin sista natt, med utsikt över havet. De flesta som skulle hängas på den tiden var antagligen pirater, eller terrorister som man skulle säga idag; allt detta som kunde samtalas om fram tills den kryddstarka och saffransdoftande fisksoppan var uppäten och det oundvikligen måste bli slut på preludierna.

Han tystnade och tvekade, skulle just säga något men ångrade sig och höjde glaset mot henne på nytt.

"Nå?" sade hon för att hjälpa honom att komma igång. "Då kör vi väl?"

"Ja", sade han dröjande. "Då kör vi väl. Modern svenska låter ibland som militärspråk i mina öron. Vad vill du veta?"

"Vem är du?"

"Du menar inte filosofiskt, du menar mitt yrke?"

"Ja, till att börja med."

"Jag är överste i Främlingslegionen. Alldeles nyligen befälhavare för vår division som är stationerad här i den borg vi faktiskt sitter i. Numera pensionär."

"Du är alltså officer?"

"Ja, absolut. Det har jag varit större delen av mitt liv, hela mitt liv på sätt och vis."

"Varför sa du inte det mesamma?"

"Därför att jag blev så... jag vet inte hur jag ska säga, en ström av franska ord ligger i vägen, jag blev så tagen av dej. Man lever sitt liv, åren går, de planer man en gång hade sjunker samman till något mindre och gråare och man lär sig vissa saker, man tror i alla fall att man lär sig vissa saker. Jag visste att jag aldrig mer i livet skulle bli berörd av en kvinnas närvaro som jag kunde bli när jag var ung. Hur fungerar min svenska egentligen? Jag har läst nio svenska romaner, till och med några obegripliga moderna, i väntan på dej."

"Mycket bättre, jag tänkte inte på det förrän du frågade. Men du försöker byta ämne. Varför kunde du inte säga som det var från början?"

"Det var en reflex, insåg jag när det var för sent. När man är en ung legionär, säg 23 år gammal och sergeant, finns en period i livet då man mer än gärna, alltför gärna säger till den vackra kvinnan att man är sergeant i Främlingslegionen. Senare i livet, om vi tänker oss legionären som en 30-årig löjtnant, så säger man gärna till den... buse, kan man säga buse?"

"Javars, men det är faktiskt polisslang."

"Ja alltså då säger man gärna till den buse som vill bråka med en på krogen att man är löjtnant i legionen och att råskinnen runtomkring tillhör ens eget förband. Så slipper man bråk. När man är 40 år och högre upp i graderna så säger man inte till en kvinna som du att man är legionär. Det var det som var reflexen. Jag ville inte att du skulle resa dej upp och gå."

"Men det hade jag ju inte gjort. Det där hade bara väckt min nyfikenhet."

"Insåg jag för sent. Jag tänkte franskt."

"Hur hamnade du i Främlingslegionen av alla ställen?"

De avbröts av ett stort fat med grillade och rykande heta medelhavsräkor som bara var garnerade med några citronklyftor och det serverades nytt vin. De åt och drack en stund under tystnad.

Han började berätta sin historia på ett lågmält sakligt sätt, som för att dölja en tragik som Ewa ändå tyckte sig se genast.

Som ung hade han varit... ja, alltså som ung räknas nu tonåring, varit en sådan där kille som valt identiteten plugghäst. Först i efterhand förstår man hur tillfälligheterna spelar in när unga män väljer sitt eget jag, i hans fall var nog litteraturintresset det avgörande. Och plugghästen är den som är intelligentast i klassen, eller åtminstone vill framstå som sådan. Han är inte bara bäst i klassen, han vänjer sig tidigt vid att läsa mycket mer avancerad litteratur än klasskamraterna och han avskyr demonstrativt idrott, eftersom han anser att idrott är besläktat med fysiskt våld och till för idioter. Är man sådan så blir man naturligtvis mobbad av klasskamraterna, vilket på sätt och vis ingår i den självpåtagna rollen. Och är man mobbad och har föräldrar med ekonomiska resurser så blir man flyttad från skola till skola, åtminstone var det så förr. Och så kom det sig att han till slut hamnade på en skola som var den yttersta mardrömmen av pennalism och sadism i det dåvarande Sverige. Det var en internatskola som hette Solbacka.

Där var han under några terminer rumskamrat med Erik Ponti, som hade kommit till skolan av helt andra, för att inte säga omvända skäl. Ponti var verkligen en buse som omedelbart hamnade i konflikt med systemet på skolan. På sätt och vis var det djupt ironiskt att just de två skulle vara rumskamrater, eftersom de i allt framstod som varandras motsatser, slagskämpen och plugghästen, idrottsmannen och den inåtvände intellektuelle som hellre läste James Joyce – och begrep allting för det gör små plugghästar – än spelade fotboll.

Det fanns två problem som överskuggade allt annat. Det ena var smärtan. Det var det enklaste, även om det är svårt att lära sig stå emot smärta.

Det andra problemet var att den som på den tiden rymde från en realskola inte kunde komma in på gymnasium och följaktligen stängde av sig själv från all högre utbildning. Ur en plugghästs perspektiv skulle att rymma vara att förstöra hela livet.

Ändå rymde han en vacker dag när smärtan blev för stor. Kreditkort fanns visserligen inte på den tiden men han hade lite pengar och tog sig brinnande av skam och misslyckande ända ner till Marseille innan pengarna var slut. Där låg och ligger än idag Främlingslegionens rekryteringskontor.

Det finns förstås en närmast satanisk ironi i att en 16-årig skolpojke som rymmer på grund av pennalism i sin skola söker sig till just Främlingslegionen. Man skriver på för fem år första gången och nu går det inte längre att rymma och det är ingen dans på rosor som väntar. Året var 1960 och kriget i Algeriet pågick fortfarande.

Han hade allteftersom blivit mer lågmält tankfull, nästan som om historien var över. Han kastade sig över några grillräkor och åt ikapp Ewa. Det hade mörknat, solen tycktes ha försvunnit utan att de ens lade märke till den sista och mest spektakulära delen av skådespelet.

"Som du förstår har jag för många lumparminnen, och så mycket har jag lärt av livet att det är sånt man undviker i sällskap med en dam, särskilt någon man absolut inte vill se resa sig och gå", sade han till slut med en gest som hon uppfattade som till hälften ursäktande och till hälften skämtsam.

"Så du var främlingslegionär?" frågade hon onödigt för att hon inte kom på något bättre sätt att bryta tystnaden.

"Ja", sade han med ett kvävt leende, "jag inte bara var, jag är, jag har tillbringat 40 år i legionen och det här är mitt första år som civilist. Jag har ännu inte lärt mej att sova efter klockan 06:00 på morgonen."

"Ångrar du dej?"

"Naturligtvis och naturligtvis inte. Vid 16 års ålder var jag inte precis någon som föreföll som klippt och skuren för att skriva på över huvud taget, inbillat intellektuell, fysiskt otränad."

"Hur klarade du dom första åren?"

"För det första gick det inte att rymma längre, alltså återstod att uthärda och träna. Och fortsätta plugghästidentiteten på något sätt. Le Clézio hade just debuterat och han har ju ett komplicerat förhållande till det franska, och till kolonierna, på något sätt mycket tilltalande för en legionär. Och smärta är någonting man kan lära sig, förödmjukelse är mycket svårare. Dom första fem åren gick fort, jag var plötsligt korpral och dekorerad från dom första krigsinsatserna, gruppbefäl och instruktör åt nykomlingar."

"Men du skrev på för fem år igen?"

"Ja, närmast automatiskt. Jag hade klarat det, jag hade blivit man, man ser lätt saken så när man är 21 år. Och om jag åkt hem till Sverige, jag var fortfarande svensk medborgare så det hade väl i och för sig gått, så hade jag alltså omedelbart blivit inkallad till svensk militärtjänst. Jag kunde inte föreställa mig att bli degraderad till menig bland såna som jag själv varit men inte längre var. Hellre fem år till, bli sergeant och in på legionens officersskola."

"Men dina föräldrar måste ju ha varit dödens oroliga när du rymde. Hörde du av dej? Och var du inte efterlyst?"

"Det är möjligt att jag var efterlyst, men legionen lämnar aldrig ut efterlysta oavsett vad saken gäller. Först vågade jag inte höra av mej, sen skämdes jag för min tystnad. Min far var en relativt framgångsrik arkitekt fast med akademikerkomplex. Han talade alltid om mej som den blivande professorn i familjen. Vad han ansåg om att ha fått en son som avancerat till korpral var inte så svårt att föreställa sig. Jag hörde av mej två gånger tror jag, men jag fick aldrig något svar. Sista gången var i alla fall när jag gått ut officersskolan på Madagaskar och skickade hem en polaroidbild på mej i fänriksuniform som jag själv var väldigt stolt över, men som för mina föräldrar måste ha sett ut som om jag blivit cirkusvaktmästare eller nåt i den stilen."

"Jag har två frågor kvar."

"Jag vet åtminstone den ena. Vill du ha kaffe och dessert eller mera vin?"

"Hellre mera vin, gärna av det där första vi drack."

Han krånglade lite med vinet och annat var förstås inte att vänta, tog in något som var av samma "karaktär" som det första de druckit men lite mer påstått anpassat till snack och eftermatendryck, fast också det från Korsika.

Och så var det alltså det där med att han sagt att han var tjuv, där tydligen ena delen av förklaringen var att han inte ville förminska sig själv genom att säga att han var främlingslegionär. Men det var väl inte hela förklaringen?

Nej, det kunde man väl säga. I Centralafrikanska republiken fanns en gång en galen diktator som hette Jean Bedel Bokassa. 1977 lät han kröna sig till kejsare på en fågeltron översållad av diamanter och han hade en del konstiga affärer med Frankrikes dåvarande president Valéry Giscard d'Estaing, det var något om att presidenten fått diamanter vid sidan av.

Centralafrikanska republiken var ett av Afrikas rikaste länder när det gällde diamanter, och inte bojkottat av politiska skäl som Sydafrika. Men med galen diktator som kallade sig kejsare så slutade allt förstås i kaos och uppror, fattas bara, och det var många som ville dela bytet och Frankrike var snabbt att sätta in trupper och då självklart Främlingslegionen först.

Han var kapten på den tiden och ledde en kommandostyrka in i en liten ökenstad där man trodde att de av Bokassas fiender som Frankrike inte stödde gömde sig. De tog staden, eliminerade rebellerna och övertog deras kontor på huvudgatan.

I det sönderskjutna kontoret fanns en liten metallbox som rebellerna haft som krigskassa. Man fann den, öppnade den och konstaterade att den var full av rådiamanter och delade upp dem lika bland officerarna, det vill säga på tre man.

Det rätta, det lagliga, det anständiga och hederliga hade naturligtvis varit att upprätta beslagsprotokoll och överlämna bytet till Frankrike, det vill säga till de högre officerarna, såvida inte dessa diamanter också skulle vandra på förunderliga vägar upp till presidenten.

Men de stal alltså diamanterna och testamenterade dem inbördes något år senare. De två officerskamraterna dödades under de följande två, tre åren i strid, fast inte under hans befäl, och han ärvde dem. Därav villan där uppe, alltså tryggad ålderdom bättre än på legionens officerspension och alltså moraliskt tvivelaktigt. Å andra sidan var det mer än 25 år sedan och ett preskriberat brott. Eller hur?

I den meningen var han naturligtvis tjuv, eller hade varit 1978, även om det inte kändes så angenämt att sitta och säga det helt allvarligt utan snarare var något som borde sägas i förbigående så att man var både ärlig och bagatelliserande.

Men också i en annan mening var han i så fall tjuv, fastän det var mer tekniskt och dessutom lagligt. I sju år hade han varit chef för en specialenhet inom legionen som arbetade med operativ underrättelsetjänst, vilket i det här fallet var ett finare ord för att gå in först i ett område som skulle tas och säkra dokument, vapen eller ekonomiska tillgångar.

Men det han stulit under sådana omständigheter var aldrig för egen del och således inte ens stöld. Om det nu var en ursäkt mer än inför lagen.

Det fanns ändå ett val när man talade om sitt liv. Det ena var att omskriva och försköna, att exempelvis kalla stöld för omhändertagande, konfiskation, expropriering, resursallokering, omfördelningspolitik eller i värsta fall incentive, bonus eller förmögenhetstillväxt. En gång 1978 stal han och två officerskamrater några grabbnävar rådiamanter från tjuvar som i sin tur stulit dem, förmodligen från ett amerikanskt-franskt gruvbolag, som i sin tur stulit från den fattiga befolkningen i Centralafrikanska republiken. Och att beskriva händelsekedjan på så vis, visserligen helt sant, var ändå inget försvar i själva moralfrågan. En stöld var en stöld och ingenting annat.

Och så här mycket hade han nog aldrig i hela sitt liv, åtminstone inte i sitt vuxna liv, talat om sig själv.

"Det hjälps inte för jag har en fråga kvar", sade Ewa efter en stunds tankfull tystnad då han såg ut som om han hoppades att det var över och hon grubblade över om hon verkligen ville ställa den sista frågan.

"Om du verkligen är säker på att du vill veta svaret på den där sista frågan ska du naturligtvis ställa den, så att vi får det överstökat", sade han som om han redan förutsatt frågan. Vilket kanske inte var svårt.

"Är det du som är Père Noël?" frågade hon genast.

"Ja, naturligtvis, vem skulle det annars vara? Det var därför jag undrade om du verkligen ville ha ett explicit svar."

"Varför gjorde du det?"

"Lite för att det kändes moraliskt rätt, ungefär som en operation i tjänsten. Men mest för att jag ville hjälpa dej med något som var lätt för mej men tydligen omöjligt för dej."

"Varför ville du hjälpa mej?"

"Kanske av någon sorts sympati, kollegial sympati skulle man kunna säga, ungefär som man hjälper en kollega som fått avslag på en operation som förnuftsmässigt borde ha genomförts. Men mest för att jag ville att du skulle undra över mej, tänka på mej och vilja träffa mej igen."

Hon hejdade det hon först tänkt svara och tystnade. Det hade börjat bli högljutt inne på restaurangen upptäckte hon först nu, det var som om hon och han satt inne i en bubbla för sig själva, isolerade av mer än att de talade ett obegripligt språk. Vi måste vänta lite till, jag måste lugna mej lite till, jag måste bli mer säker på vad jag vill och vad jag gör, tänkte hon.

* * *

Henric Gundell hade haft ett mer än väntat givande besök av sin revisor. Världen var full av möjligheter och här vilade inga ledsamheter, för nu kände han sig fullständigt säker på projektet. Här fanns inte längre någon anledning att tveka eller hålla sig tillbaka.

Han hade ställt in några sammanträden och en revisionsföredragning för att kunna ägna hela dagen åt Håtuna, det var mer tidseffektivt om man kunde samla alla ärenden av samma karaktär till en enda dag.

När revisorn gått var det dags för anställningsintervju. Faktiskt var det en utmärkt idé att anställa en heltidsjägare på Håtuna. De var flitiga som bävrar de där unga killarna och på Jägarförbundets skola Öster-Malma utexaminerades en hel kull vartannat år som hade utomordentligt svårt att få fasta jobb, vilket gjorde dem rörande små i maten såväl som i löneanspråken. Men en anställd jägare var helt rätt, särskilt som hjorthägnet skulle komma att bli tre, fyra gånger så stort som tänkt från början och jaktmarken utökats med minst 1 600 hektar fantastisk ek- och blandskog som allmänhetens korkade och girige representant hade slumpat bort för en summa som han påstod låg strax över något inbillat marknadspris.

Han körde först runt jägarkillen i sin nyinhandlade Range Rover för att de gemensamt skulle kunna skaffa sig en uppfattning om förutsättningarna. Det var visserligen förbjudet att släppa ut vildsvin i den svenska naturen men alla gjorde det och hittills hade ingen åkt fast. Till saken hörde att detta allmänt accepterade sätt att förbättra naturen och höja livskvaliten, utom möjligen för potatisodlare och arrendebönder med havre eller vete på repertoaren, helst genomfördes med hjälp av anställda unga jägare. Unga morgonpigga pojkar som var rädda om jobbet skulle enligt vad Henric Gundell hört inte anlägga vare sig moraliska eller formaljuridiska synpunkter på frågan om de själva, i all diskretion i gryningen eller nattetid och när chefen var på en helt annan plats, tog på sig det praktiska ansvaret för denna lilla naturförbättring. Den unge jägaren hette Preben och var egentligen dansk men visade sig synnerligen lyhörd för alla Henric Gundells idéer. Ett mindre vildsvinshägn skulle hållas mest för avel, i vart fall inte för någon jakt och redan om något år kunde man börja släppa ut halvvuxna kultingar om man hade foderautomater i beredskap.

Med hjortarna var det lite kinkigare, mest därför att det tog längre tid. En hind födde normalt bara en kalv, en vildsvinssugga var inom några år uppe i en produktion av tio, tolv kultingar per omgång. Fast en intressant tanke med hjortarna var att Ungern inom ett år skulle bli medlem i EU och därmed var plötsligt världens förnämsta kronhjortsstam tillgänglig på en fri marknad. En mycket spännande tanke.

Anställningsintervjun var en ren njutning, eftersom Henric Gundell redan bestämt sig och det hela mest var på lek. Han förhörde sig allvarligt om löneläge, krav på tjänstebostad, rätt till husbehovsjakt och annat, låtsades räkna och tänka efter innan han på sitt mest charmerande och älskliga sätt bekände att det egentligen var alldeles för länge sedan han haft till uppgift att löneförhandla på den nivå det nu handlade om och att han kanske blivit lite för soft. Men, eftersom de ändå kom så väl överens och eftersom det fanns så mycket som kunde utvecklas rent jaktligt på Håtuna så... kunde han tänka sig en lön som var 30 procent högre än det som Preben föreslagit. Och så givetvis de andra förmånerna som fri bostad och viltkött i frysen och vad det nu var.

Det var en fin känsla att se en ung man lycklig för så lite. Om alla människor hade den inställningen till arbete och framtid skulle världen, eller åtminstone Sverige, vara betydligt bättre. Preben var dessutom nyförlovad och frågade blygt och svettigt nervöst om det gick för sig att hans fästmö också flyttade in i tjänstebostaden. Det var förtjusande.

Men den dagens main event var tvivelsutan leveransen från Barry, Rudd & Brothers i London, förmodligen Europas förnämsta vinleverantör. Europas förresten, det betydde väl världens, amerikanerna var trots allt inte världsledande i allt.

Deras vita, täckta lastbil, formad på det lådaktigt, engelska viset gled upp i allén på så exakt tid att de måste ha stannat i närheten och väntat in rätt klockslag.

Det hade varit mycket petighet och hade tagit en sjuhelvetes tid, men från och med nu hade han alltså en vinkällare som omfattade 6 000 nummer till ett värde av nära tio millar. Bara för själva vinet, givetvis. Det var en fin och rofylld känsla på något sätt att se den otympliga vita lastbilen försiktigt glida uppför allén, det såg så engelskt ut, som på film. Fattades bara betande dovhjortar i bakgrunden.

Idyllen stördes av hans mobiltelefon, det nummer som bara gällde ytterst viktiga ärenden. Det var byggfirman som tjatade. Närmare undersökningar av marknaden hade gett vid handen att koppartornen till Håtuna kunde rekonstrueras på två, men egentligen bara två ställen i Europa. Det ena var Polen och det andra Tjeckien och i båda länderna fanns ungefär likvärdig kompetens. Prag var i stora delar en rekonstruerad barockstad, men i Gamla stan i Warszawa var man på sätt och vis snäppet häftigare, eftersom hela stadsdelen hade utplånats under andra världskriget men återskapats perfekt på bara något årtionde med hjälp av inget mer än gamla fotografier. Eftersom båda länderna skulle komma med i EU nästa år, och affären självklart inte skulle kunna avslutas förrän dess i alla fall, så vägde det lika. Transportkostnaderna var en i sammanhanget tämligen ointressant skillnad, det gällde långtradartransporter från antingen Prag eller Warszawa och hundra mil hit eller dit var inte uppenbart intressant i sammanhanget. Henric Gundell bestämde sig omedelbart för det polska alternativet, mest för att få fort slut på samtalet så att han kunde återgå till att betrakta den engelska lastbilen som värdigt sakta, man kunde höra sådan där engelsk marschmusik i bakgrunden, svängde in på gruset framför Håtunas huvudentré.

Lite retfullt var det visserligen att vinet inte var avdragsgillt, det var ju en investering i Håtunas livskvalitet som var fullt jämförbar med hjortar eller koppartorn eller swimmingpool. Men där hade revisorn nästan förskräckt slagit ifrån sig och förklarat det omöjliga med socialdemokratisk beröringsskräck när det gällde alkohol, som om en av landets finaste vinkällare skulle ha varit någon sorts lantlig brännvinsdepå. Det fick alltså räcka med att själva vinkällaren var en skattefri investering ungefär som slottsjägare, den hade ju också gått på några millar att bygga, tack igen alla socialdemokrater.

Lite får man offra själv också, tänkte Henric Gundell och promenerade bort för att hälsa på de engelska vinleverantörerna. De var tre man i mörka kostymer med vita handskar, som de drog av när de hälsade och de hade redan fällt ut en lastbrygga bakom bilen och börjat förbereda urlastningen.

Chefen för den lilla engelska gruppen uppförde sig och lät som om han snarare representerade House of Lords än en vinfirma och han visade sig snart vara en sådan där extremt artig engelsman som var subtilt nedlåtande ju mer han hoverade sig och sade *naturligtvis sir, helt självklart sir* och *med största nöje, sir*. Han påminde om en kamel när han talade, lång var den jäveln också vilket inte gjorde saken bättre eftersom han betraktade en snett uppifrån även bokstavligen.

De började med att inspektera själva vinkällaren, som nu påminde om ett perfekt inrett akvarium fast utan fiskar. Kamelmannen hade ett gammaldags skrivstöd med datautskrifter som han högtidligt bar framför sig medan han förflyttade sig genom bygget och bockade av, nickade, visade godkänt och något aningen lite mindre godkänt, oklart vad, med hjälp av känsliga näsborrar och veck i pannan.

Springbrunnen fick godkänt, liksom spotbelysningen. Och det var ganska utmärkt sir, att golvet var av grovt tegel eftersom tegel absorberade den fukt man alltid måste hålla i en vinkällare, vilket således kunde läsas av på mätaren här och det var ju ganska strålande, sir.

En halvtimmes inspektion i snigelfart där nere visade att allt stämde med planen, vilket för helvete bara skulle fattas eftersom den skickats fram och tillbaka mellan Stockholm och London som en vävskyttel det senaste året. Vi uppskattar ert särdeles tålamod med vad som kan förefalla vara petigheter, sir, det är naturligtvis av största vikt att man har en skräddarsydd plan för respektive kunds behov sir, vi uppmuntrar detta starkt då det annars kan bli svårt att få en i varje ögonblick klar översikt av tillgångarna.

Det var inte planläggningen det var fel på, det var kameljäveln som snart retat gallfeber på Henric Gundell utan att han så mycket som kunde knysta om saken.

Det var framför allt när det gällde röda viner från Bordeaux, den största enskilda avdelningen, som det var mycket petigheter. De jävlarna hade indelat varje enskilt märke i tre klasser, placerade i tre lodräta rader fack intill varandra med grön, gul eller röd liten diskret färgprick. Tanken var enkel. Först drack man upp allt under grön prick. Men varje konsumerad flaska måste markeras i datorn, som stod i mejlkontakt med Barry, Rudd & Brothers i London. Därefter skulle kompletteringsbeställningen uppfyllas automatiskt, de nya vinerna skulle vid ankomsten vara klassificerade med pricksystemet, samt skulle kunden få nya instruktioner om vilka viner med tidigare gul prick som nu kunde få grönt ljus så att säga.

Det var naturligtvis ett utomordentligt system, det var inte det. Men när kameljäveln på sitt konstant artigt nedlåtande sätt för tredje gången upprepade att vi har faktiskt att göra med ett idiotsäkert system sir, till och med ett barn skulle kunna sköta det, fick Henric Gundell lust att ta en flaska och slå i skallen på den jävla snobben som dessutom märkte hans irritation men inte lät sig bekomma det minsta. Tvärtom tycktes Henric Gundells stigande blodtryck och därmed ansiktsfärg och hans alltmer flackande blick bara stimulera mannen att trappa upp oförskämdheterna.

"Enligt vår ganska långa erfarenhet sir, är det en fördel om ett såhärpass avancerat system redan från början anpassas så att även den, exempelvis någon i ert hushåll, som inte har extensiv erfarenhet av vin ändå förmår behålla vad man dagligdags kallar kollen, inte sant sir?"

Den jäveln menade alltså att han talade med en idiot som inte visste ett smack om vin.

"Jag skulle också helt ärligt vilja påpeka sir, att ett system på den här nivån kan te sig något skört under inkörningsperioden. För när allt kommer omkring tror jag det här nog är en av de tre mest avancerade vinkällarna vi har levererat till Sverige, trots att vinintresset tycks ha vuxit remarkabelt under senare år, åtminstone i vissa affärskretsar."

Den jäveln menade ungefär samma sak som förut, fast med tillägget att Henric Gundell bara var trea och att det var nyrika idioter som nyligen fått vin på hjärnan som var de stora kunderna. Vilket möjligen var sant men absolut inte gjorde saken bättre, tvärtom.

"När vi så slutligen kommer fram till den lilla särskilt belysta avdelning som får sägas utgöra kulmen på utställningen, eller hur jag ska uttrycka det, så hoppas jag ni förstår sir, att vi starkt uppmuntrat det här arrangemanget med låsta järngrindar. Med tanke på att genomsnittsvärdet på de flaskor vi placerar här torde överstiga £ 3 500 så kräver åtminstone försäkringsbolagen i Storbritannien särskilda låsanordningar. Men jag tror mig ha förstått att ni har extraordinär insyn i den svenska försäkringsbranschen, sir."

Den jäveln var förstås oförskämd igen, men oklart på vilket sätt. Vad menade han med extraordinär insyn, var det en syftning på insideraffärer? Henric Gundell mumlade och nickade instämmande.

"Om jag får drista mig att lägga till en personlig reflektion sir, så kan det ju vara förenat med vissa praktiska fördelar att just den här lilla specialutställningen är barnsäkrad, om jag så får säga. Vi har en del onödigt dramatiska erfarenheter av hur ett överförfriskat och upplivat litet tonårssällskap lyckats konsumera vin för avsevärda belopp under en och samma kväll. Jag vill minnas att rekordet dystert nog överstiger £ 500 000 men det var förstås ute på landsorten, i Kent eller om det var Somerset, just det minns jag inte riktigt."

Fanskapet menade alltså att hans kamelfina firma just krängt vin till en barbar omgiven av nyrika och kopiöst bortskämda barn som inte gärna kunde förväntas skilja på så enkla saker som ditt och mitt och Château Pétrus 1961 och Vino Tinto 2002 och det urjävliga var förstås att han rent sakligt hade rätt även den här gången. Och inte gick det att ens gnissla med tänderna åt förolämpningarna.

"Men å andra sidan sir, så ligger ju den upplysta promenadslingan genom vinkällaren enligt planläggningen så att varje liten exkursion ni gör med era särskilt vinintresserade vänner kommer att sluta just här framför våra, ska vi drista oss att säga paradnummer, sir?"

Vadå å andra sidan? Den sadistiskt artige kameljäveln menade alltså att här skulle värden ta ner vänner och bekanta, lika obildade som han själv, på en liten skrytrunda som skulle sluta vid en samling väl belysta flarror som per styck kostade en jägarårslön eller mer. Om det inte förefallit engelsmännen orimligt vulgärt skulle de väl ha satt prislappar på flaskorna.

"Det är fullt möjligt sir, att ni då och då måste byta ut eller fräscha upp de små ormbunksbuskagen runt promenadslingan. Ormbunkar är visserligen rätt tåliga såvitt jag förstår när det gäller mörker men det antar jag att ni får diskutera med er trädgårdsmästare. Hursomhelst torde ormbunksvården utgöra en i sammanhanget negligerbar kostnad, eller hur, sir?"

Den jäveln menade att det här inte var en seriös vinkällare utan ett skrytbygge med promenadslinga. Och det var ju delvis, men bara delvis, sant. I ett annat liv och en annan tid skulle Henric Gundell ha slagit ihjäl den engelska kamelen vid det här laget, eller åtminstone strypt honom i hans svarta slips och vita handskar.

"Om ni ursäktar sir, så har vi ett ganska drygt dagsverke framför oss. Vi lägger ut gångbroar och allt sånt där och lyckligtvis har datorerna packat er leverans i vårt transportfordon i den ordning vinet skall placeras här nere och… ja, var så artig och låt inte oss störa er längre sir."

Den jävla kamelen menade förstås att nu ville de vara för sig själva så att de svärande och hånande kunde slutföra sitt arbete.

Henric Gundell hade inget som helst alternativt förslag. Han hade inte känt sig så förnedrad någonsin, eller åtminstone så långt bakåt minnet sträckte sig. Men det fanns inga vittnen.

Den starkare kommer ändå alltid att vinna till slut, tänkte han när han betraktade engelsmännen några timmar senare. De stod nere vid "transportfordonets" lastbrygga iförda stora blåvitrandiga förkläden i stället för sina kavajer och de vita handskarna fästa vid en särskild liten stropp i deras hängslen. De hade tagit upp termosar, med te säkerligen, lagt upp en liten vit duk på lastbryggan och åt medhavda mackor. De hade möjligen, rentav högst sannolikt, väntat sig att bli inbjudna på lunch. Men det finns ett pris på allting, till och med oantastliga oförskämdheter. Och snart skulle de vara borta, på väg mot Göteborg och bilfärjan. Och själv hade han äntligen en vinkällare som såg kolossal ut men där man kunde hitta med hjälp av ett sinnrikt datasystem som till och med inkluderade förteckningar om vilket vin som passade till vilken mat, ett system som ett barn hade kunnat sköta, och det ingick i priset. Man fick ta det onda med det goda.

* * *

Hon lät sig sugas in i landskapets alla främmande synintryck när de reste söderut genom de uråldriga olivlundarna utanför Calvi, sedan de vindlande serpentinvägarna upp i bergen med höga barrträd och stora svarta ytor där skogsbränderna skapat spöklandskap, ut över högslätten mot Corte som såg ut som vanlig sydeuropeisk slätt, bönder, kärror, åsnor och åkrar, och därefter nedför mot havet på nya småvägar med hårnålskurvor och stup som mer än väl förklarade varför alla på Korsika höll sig till mycket små och smidiga bilar. De var på väg mot Bonifacio längst ner i söder och det lät vackert, påminde om Napoleon som hon på hans inrådan gott kunde hoppa över, det var bara ett trist hus där Napoleon bott som barn i en numera överhettad och bullrig stad och inte mycket mer. Hon tänkte inte, försökte tänka på ingenting och bara betrakta den dröm som var Korsika och som hon aldrig skulle ha upplevt om livet blev så som man gissade eller logiskt försökte föreställa sig det. Uppe i bergens svalka stängde de av luftkonditioneringen, drog ned sidorutorna och lät den kryddstarka vinden blåsa genom håret och hjärnan så att inget fanns utom dröm och synintryck, hon ville helst ha upplevelsen så, åtminstone än så länge, inte tänka, inte överväga för och emot, inte vara logisk.

Bonifacio var ännu mera dröm när de kom dit i kvällningen, en by eller en liten stad som klamrade sig fast högst uppe på en klippa med husväggar och murar bara någon meter från avgrundsfallet ned mot havet och det var underligt att folk kunde bo och sova i sådana hus utan att mardrömma om hur allt rasade ner i döden om någon nös för häftigt.

De promenerade i trånga gränder som då och då visade en bländande glipa ut mot havet långt borta och djupt där nere och han berättade om ett bröllop på 1200-talet då genovesarna hade passat på att erövra den annars ointagliga befästningsstaden, och en stund senare åt hon med glupande aptit av grovt vitt nybakat bröd, oliver, fårost och en lammgryta med helt främmande kryddsmaker. Han talade om sin korta tid i Algeriet och om romanerna av Albert Camus och hon ville egentligen inte prata jobb men nämnde åtminstone en del av vad som skulle bli följderna efter utredningen mot O.P. Andersson och om hennes resonemang om hur samhället kunde bjuda O.P. på två års fängelse mot tjugo år i gengäld fördelade på andra personer som man förmodligen inte kunnat få fast utan hans angiverier. Och då passade han på att påpeka att ett litet inbrott hos O.P. i så fall också borde vara förlåtet ur samhällets synvinkel. Hon höll genast med och kände att därmed behövde de aldrig återkomma till ämnet och hon behövde inte göra sig polisiära förebråelser, utan tänka mer på att ur Pierres synvinkel var lyckade fångster bland Stockholms ekoförbrytare bara en liten positiv sidoeffekt jämfört med det väsentliga: att hon faktiskt satt hos honom på en liten restaurang på södra Korsika med utsikt över ett kvällsskimrande hav med Sardinien längst bort i diset där himmel och hav möttes.

Hotellet hette Le Royal och låg inne i gyttret av uråldriga stenhus och såg lika romantiskt ut som hon hade väntat sig, liksom det överdådigt stora och ålderdomligt övermöblerade rummet. Men hon hade inte väntat sig att han skulle ha bokat varsitt rum åt dem och visste inte om hon skulle bli besviken, förvånad eller lättad.

Lakanen i den stora sängen kändes kalla och halkiga och om det inte varit för vinet så skulle hon haft svårt att somna eftersom hon längtade efter honom, hon erkände det utan att längre komma med reservationer. Och hon tänkte att hon borde ta det avgörande steget inför nästa natt, hon lovade sig själv att göra det. Allt annat skulle vid det här laget snarare vara larvigt än försiktigt.

Nästa dag körde de uppför den östra kusten till en liten by vid havet där han hade ett fritidshus som låg intill en tio meter lodrätt klippvägg som stupade rätt ner i den mörkt blåskimrande dyningen. En trappa uthuggen direkt ur klippan sicksackade sig ned till en liten terrass alldeles intill vattenytan. Hon hade sagt att hon längtade efter att bada efter två stekheta bildagar men då hade hon föreställt sig en strand med mycket folk, springande barn och hundar och cd-spelare, och det här var motsatsen. Terrassen låg helt skyddad från insyn och där stod en bred och bastant solstol som gott och väl rymde två personer och platsen passade överraskande väl till vad hon fantiserat om de sista milen längs den vindlande kustvägen. Inne i huset fanns bara ett stort sovrum med den typiska franska dubbelsängen.

Han lastade en liten korg med mineralvattenflaskor, en isbehållare och vin och rotade fram en kraftig madrass till solstolen och sprang ned med hela lasset och joggade tillbaks uppför trappan, blev andfådd, log urskuldande och föreslog att hon skulle installera sig nere vid vattnet medan han åkte till byn och handlade för kvällen och hon fick en känsla av att det var något han tänkt ut för att hon skulle få klä om ifred.

När hon hörde bilen accelerera iväg gick hon in i sovrummet, ställde ifrån sig sin väska och rotade fram bikini och solskyddsolja. Hon klädde fort av sig och tänjde och stretchade en stund, för att få bort bilstelheten, intalade hon sig. Men i en spegel ovanför byrån intill sängen såg hon sin egen nakna kropp i ögonvrån och det gjorde att hon förlängde rörelserna. Det var lite upphetsande, på ett mjukt och nästan oskuldsfullt sätt. Och det var skönt att smörja in sig med sololjan medan hon fortfarande var naken och hon gjorde det överdrivet länge och på ställen som knappast skulle bli de mest exponerade för solen tills hon upptäckte sin häftigare andhämtning, skämdes lite, snabbt drog på sig bikinin och svor över att hon glömt att trimma bikinilinjen, pressade in några hårstrån och inspekterade sig i spegeln. Hon var blond där nere och bikinin var gul vilket inte var särskilt snyggt men just nu i alla fall mer diskret än om den varit svart och snyggare skuren. Så gick hon nedför stentrapporna till solstolen intill det kluckande vattnet, lade sig på rygg med armar och ben isär, höll upp ansiktet mot den brännande solen och slöt ögonen. Hon kunde omöjligt hålla sexfantasierna borta, kunde inte somna och kunde inte ligga stilla och reste sig snart upp och dök ner i det salta klara vattnet, det måste ha varit åtminstone tio meters sikt, hon såg ett stort stim silverglänsande fiskar och djupt där nere i skuggan en botten som skiftade mellan ljus sand och stenformationer med vajande växtlighet.

En stund senare kunde hon lägga sig till rätta på solstolen igen, svalkad mot både den inre och den yttre hettan. Hon slöt ögonen och låg en stund med hans ansikte framför sig i den solskimrande fantasin bakom ögonlocken tills hon hörde ett våldsamt plask. När hon såg upp och ut mot vattnet upptäckte hon genast nedslagsplatsen och förstod innan hon såg hans huvud dyka upp att han använt terrassen som trampolin. Han vinkade åt henne att hoppa i och hon reste sig, gick fram till den lilla badtrappan, tog spjärn och dök i en djup båge ner och under honom så att hon kom upp bara några decimeter från hans ansikte, lade vänster arm runt hans nacke och kysste honom samtidigt som hon välte sig bakåt så att de både drogs ned under vattnet och svävade och roterade medan han häftigt besvarade hennes kyss och hon ville inte sluta och inte heller han och när de ändå måste upp för att få luft drog båda häftigt efter andan.

De flämtade och log och såg på varandra men sade ingenting utan simmade bara mot badstegen. Han smet förbi henne, klev upp först och räckte henne en hand och släppte den sedan inte när de gick de få stegen till solstolen, lade sig fort ner och kysste varandra på nytt.

All saknad och längtan på en gång, hon smekte honom, hon rev honom lekfullt med sina hyggligt långa naglar i de grå håren på hans bröst, hon tog honom om nacken och drog honom närmare, rev av sig bh:n och fortsatte att smeka honom överallt där hon kunde komma åt och kände hur upphetsningen brände i henne mer och mer för varje sekund och hur han kände hennes hetta och fort drogs med bortom all blygsel och tvekan och grep efter hennes bröst som hon höll fram emot honom och smekte hennes rygg och hennes stjärt och lår tills hon kysste sig nedåt hans bröst till magen så att hon kom åt att dra av honom badbyxorna och såg och kände hur hela hans kropp ville ha henne och darrade av iver och fumlig upphetsning när hon sparkade av sig sina bikinibyxor och grenslade honom och tog emot honom i ett andlöst stilla ögonblick innan lusten exploderade hos dem båda. Först nu lutade hon sig fram och såg honom i ögonen medan hon red vildare och kved av njutning och återhållen längtan och kände hur hans kropp darrade och spändes och såg och såg och såg igen hans vitt uppspärrade ögon när han flämtande ville säga någonting utan att lyckas och när han försökte vrida sig ur henne, hon trodde sig höra något ord som kunde betyda kondom, höll hon honom fast, skakade vilt på huvudet lutade sig fram och viskade att hon ville ha hela honom i sig allt av honom ända in och upp och mer och mer. Hans kropp spändes i en ursinnig kraftansträngning när han grep henne om höfterna nedanför midjan och mellan sina sammanpressade tänder kvävde han sitt skrik i utlösningen. Hon kände alldeles tydligt som i en efterlängtad och upprepad inbillning hur hans säd fyllde hennes kropp hela vägen upp till hjärtat och i en överväldigande lycka kom hennes våldsamma orgasm i våg efter våg som hetsade upp honom på nytt så att han inte slaknade utan lyfte henne, älskade henne ända fram till utmattningens befrielse när hon sjönk ner mot honom och grep med sina båda händer efter hans svettiga ansikte, smekte hans grova ärr och gråa snagg och kysste honom och kysste honom och kysste honom.

De låg stilla, flämtande och omslingrade och ingen ville bryta tystnaden.

"Pierre", viskade hon till slut. "Älskade Pierre, någon måste säga nåt först."

"Mm", svarade han.

"Jag tror, jag vet inte men jag tror, att jag har längtat efter det här sen vi sågs hemma hos din vän i Stockholm."

"Du menar i hissen upp från vinkällaren?"

"Mm. Hur kunde du veta det?"

"Det hände något i hissen när vi kom åt varandra, jag har ofta tänkt på det."

De hade åtminstone sagt något, inte för mycket och inte för lite, bara det allra nödvändigaste. Därefter var tystnaden bara befrielse från onödiga ord och de låg stilla och smekte varandra, först stilla men snart hetsigare och så kysstes de på nytt vilt och hämningslöst och när hon kände att han ville på nytt viskade hon att från och med nu ville hon älska med honom var tionde minut för resten av livet och han viskade tillbaks att han var en gammal man och att det måste bli var tjugonde minut och då vred hon sig runt och drog honom över sig ledde in honom och slog benen om hans rygg och ville skrika av lycka.

När solen sedan länge hade försvunnit bakom de höga bergstopparna ovanför deras läger badade de nakna, dök djupt tillsammans ner i det mörkt blå och förvånades över den andres förmåga. Det var en förunderlig känsla av nakenhet, som om vattnet var en plats man annars alltid brukade vara klädd, en starkare och känslosammare nakenhet och högtidlig renhet och svalka att låta det salta klara vattnet spola varje skrymsle av kroppen från all svett och saliv.

Stentrappan upp till huset var för smal för att de skulle kunna gå sida vid sida med armarna om varandra, insåg de efter några stegs försök. Han drog henne upp genom att hålla henne i handen, i andra handen bar han deras badkläder. De stod en stund i duschen för att spola av sig saltvattnet, han tog en tvål och smekte hennes bröst och hon övertog tvålen och låtsades först strängt skämtsamt tvätta hans kön ytterst noga och någon minut senare var de lika upphetsade som förvånade över att ingen återvändo fanns och hon vände sig om, böjde sig något framåt grep efter honom och ledde honom in.

Det fanns ingen hårtork i huset och hon hade glömt sin egen bland sitt kvarlämnade bagage i villan utanför Calvi. Han erbjöd sig visserligen att ta bilen och åka ner till byn för att se om diversehandeln var öppen, vilket den förstås var, stängt och öppet var mycket relativt på Korsika, och undersöka om de hade någon gammal hårtork till salu. Men hon ville inte följa med och ville inte att han skulle lämna henne och löste problemet genom att fråga om han stod ut med att se henne i rakt vått hår som självtorkade och sedan skulle krulla sig under natten. Han skrattade och bad henne i stället komma med ut i köket och hjälpa till med middagen.

I kylskåpet låg färsk fisk, *dorades*, som han hade köpt nere i hamnen och han tände en träkolsgrill, trollade en stund med något som såg ut som fänkål, hackade blixtsnabbt upp små bläckfiskar med grönsaker som han blandade med några andra skaldjur som hon inte kunde namnet på. Medan hon dukade vispade han samman en sås och blåste då och då på grillen så att den skulle ta sig jämnt och gick till sin vinkyl och tog fram några flaskor som inte alls var korsikanska, något han betonade noga, ångrade sig och ställde fram två champagneglas, hämtade en sabel eller om det var ett officerssvärd från en garderob och slog i nästa ögonblick av halsen på en champagneflaska med ett välriktat hugg och lyckades servera både henne och sig själv utan att spilla särskilt mycket.

"För oss", sade han när han höjde glaset och nästan överdrivet allvarligt såg henne i ögonen.

"För oss och för hissen och för idag och för imorgon", svarade hon, såg honom lika allvarligt i ögonen och drack utan att ta blicken från honom.

Vinet var underbart, maten var underbar och det var ett läge i livet där en varmkorv också skulle ha varit underbar. När de var framme vid den alldeles vita och saftiga och träkols- och fänkålsdoftande fisken och en "chardonnay", han kunde inte avstå från att skoja menande om det, fick hon en svindlande tanke om att ingenting kunde ta slut och att Sverige inte längre fanns.

"Lova mej en sak, älskade Pierre", sade hon.

"Jag lovar dej en sak. Men vad?"

"När vi älskar med varandra i natt vill jag göra allt allt allt med dej tills jag svimmar."

"Såvida inte jag svimmat först."

"Men när solen går upp över havet, just då, vill jag göra det igen."

"Det kan jag lova. Den korsikanska natten är mörk, men solen så här nära havet går upp som ett fyrverkeri. Vi drar inte för gardinerna. Vi vaknar i god tid tills du ser solen röd och stor vid horisonten, det är en klar natt."

VIII.

HENRIC GUNDELL var lycklig. Det fanns inget annat ord att vare
sig tänka eller uttala och det var ändå lika främmande i tanken som i
munnen. Men så var det, han var rakt av lycklig.

Det var märkligt, det var en känsla som påminde om en förälskel-
se i ungdomen eller något annat lika avlägset. Sedan dess hade han
varit trött, missmodig, utarbetad, på språng, taggad, jävligt nöjd
ibland eller urförbannad och alltid på väg någonstans, alltid med nå-
got framför sig som måste göras om man någonsin skulle bli, tja lyck-
lig åtminstone som teori. Det hade varit en ständig jakt efter regn-
bågens markfäste, det som en stor del av mänskligheten jagade livet
ur sig för att nå utan att ha minsta chans. Men han var framme. Och
där fanns mycket riktigt en kruka med guld och Henric Gundell och
ingen annan var den som tog hem potten.

Det hade inte varit minsta gnäll i medierna om hans affär med Svea-
landsskog, vilket förstås fick tvättsvampssossen i direktionen att andas
ut, betydligt mer lättad än Henric Gundell. Men eftersom det första
markköpet på 1 600 hektar gick så enkelt så hade det varit läge att
smida medan järnet var varmt för att komma över de resterande
1 000 hektar som Svealandsskog ägde runt Håtuna. Det hade varit
lätt att sockra anbudet så att det rentav skulle se affärsmässigt ut, som
om Svealandsskog gjorde en strålande vinst och direktör Tvättsvamp
följaktligen var en riktig klippare i allmänhetens tjänst.

Uppvuxen ekskog av den sort affären gällde var visserligen sällsynt
och ekonomiskt svårbedömd. Ollonen hade planterats på 1600- och
1700-talen och tidigt 1800-tal. Från början var avsikten att täcka den

svenska krigsflottans behov av bordläggning i massiv ek på 1900-talet. Tala om långsiktig investering.

Det knepiga var ekens olika värde vid olika åldrar. De äldsta ekarna, de från mer än 250 år bakåt i tiden, hade övergått från ekonomiskt till estetiskt värde. Men framför allt 1800-talsplanteringarna stod lagom höga och i räta led och kunde i värsta fall betinga ett värde av uppemot 250 000 kronor hektaret.

Det låg alltså ett blandat skönhetsvärde och rent råvaruvärde i potten och det ekonomiska värdet hänfördes i detta sammanhang till en tynande möbelindustri. IKEA hade i stort sett gjort rent hus med eken som möbel och ersatt den med litauiskt sågspån sammanpressat till spånplattor.

Den första affären hade de avslutat till det av Tvättsvampen påstådda marknadspriset 50 000 kronor per hektar. Och det hade alltså inte väckt några som helst sovande björnar vare sig hos revisorer på Svealandsskog eller bland journalistjävlarna. Alltså hade han nu föreslagit Tvättsvampen att de skulle höja priset dramatiskt till 75 000 kronor per hektar. För om den första affären hade godkänts av alla jävlar så vore det ju konstigt om inte en ännu bättre affär skulle möta samma fåraktiga reaktion. 75 miljoner alltså. Resten av klabbet för 75 miljoner.

Förutom att det var affärsmässigt attraktivt fanns det ju också synergivinster i form av förenklad logistik, svamlade Tvättsvampen. För om Svealandsskog bara hade 1 000 hektar kvar på en isolerad plats så skulle de alternativa underhålls- och transportkostnaderna komma in i bilden. Skitprat förstås, eftersom Tvättsvampen rätt och slätt motiverades av vad han trodde var en så gott som säkrad stol i direktionen på försäkringsbolaget med fem gånger högre lön och femtio gånger högre pensionsavtal, trygghetsförsäkringar, bonus och allt det andra. Tvättsvampen bedrog sig själv med sin egen girighet. Var och en sig själv närmast, vad de än säger.

Dessutom var det ändå skattebetalarna, de egentliga ägarna till Svealandsskog, som stod för fiolerna. Enbart i skogsköp hade Henric

Gundell snart överfört 130 miljoner från i högsta grad beskattningsbart aktieinnehav till en skattefri investering i Håtuna. Hans förmögenhet hade därmed i realiteten ökat med närmare det dubbla, eftersom sådana tillskott stegrade värdet på Håtuna än mer. Håtuna, en gång inköpt av en konkursmässig adelssprätt som knäckt ryggen när han lurades investera i golfbanor som nu byggdes om till hjorthägn, hade då betingat ett pris på ynka 35 miljoner. Nu var Håtuna snart, med skattebetalarnas benägna bistånd, särskilt den politiska majoritet som "av rättviseskäl" ville ha kvar det vansinniga systemet för förmögenhetsbeskattning, värt sina modiga 250 millar. Fast det inte räknades som förmögenhet.

Så att det som avundsjukans trogna tjänare i medierna kunde granska och räkna på och beskriva med sitt avskyvärda favorituttryck ("det sticker i ögona på folk") snart tedde sig som en modest och alls inte särskilt märkvärdig frukt av många års hårt slit inom ledningen för näringslivet. Det var förvisso en i alla avseenden strålande affär.

Men strålande affärer hade Henric Gundell gjort förr i livet, några dåliga också för den delen, den som inte tog risker och så vidare. Så det var på intet sätt enbart denna lyckade manöver som fick honom att tänka det främmande ordet lycklig.

Men han kunde bjuda på sin första jakt. Egna jakt vill säga, för jaktvärd hade han varit hundra gånger men det var en helt annan sak och inte alltigenom trevligt eftersom det var betaljakt hos någon greve eller baron som föraktade sina betalande gäster från industri- och affärsvärlden. På Häckeberga i Skåne där de översvämmades av dovhjortar och hade hårda avskjutningskrav på sig, liksom på några liknande slott i trakten, fick man komma på nåder om man betalade. Och klara av en stor del av godsets årliga avskjutningskrav, ungefär som anställt folk fast tvärtom. Det var inte pengarna som var det förargliga, det där gick ju ändå för det mesta på representationen, till och med Postverket hade mot slutet av sin levnad infört jakt som en naturlig kostnad i företagets verksamhet, men det var förnedringen. Somliga grevar och baroner hyrde ut sig själva med fru till middagen och låtsades att gästerna var riktiga gäster, fast man alltför tydligt kunde känna hur värdparet äcklades och rynkade på näsan om någon jävel fick för sig att äta dessert med skeden eller bryta mot någon annan av den gamla överklassens en miljon obegripliga regler. När värdinnan lade upp servetten på bordet, knyckligt, ty man fick aldrig vika ihop servetten, så var det dags att hålla tacktal. Om han nu mindes rätt så skulle man inte berömma maten, vilket verkade fånigt, han mindes nog fel. Kärnan i förnedringen var att dessa grevar och baroner aldrig skulle drömma om att bjuda någon Henric Gundell på riktigt och gratis, utan bara mot betalning. Vilket gjorde att de själva kände sig som prostituerade. Och att deras ekonomiskt mer lyckligt lottade klassbröder beklagade dem. Så att man mer eller mindre tvingades känna sig som hortorsk för att man jagade för exempelvis en halv miljon vilket motsvarade en lyckad andjaktskväll med några tusen skjutna ankjävlar. Avdragsgill kostnad men i alla fall. Betaljakten omsatte säkert ett par miljarder om året men ändå föraktade affärsföreståndarna sina kunder. Hade inte jakten blivit en så stor grej i affärsvärlden på 80-talet, då medelklassen trängde sig in i golfen, hade somliga adelsfjantar fått sälja sina gamla dragiga kåkar till mer driftigt folk med resurser och ambitioner. Men aldrig att dom jävlarna kunde visa minsta min av tacksamhet.

Därav lyckan att för första gången kunna arrangera egen jakt, för vänner och gratis. Det var ett paradigmskifte, ett helt nytt skede i livet.

Slottsjägare Preben hade varit vänlig nog att inte ta ut någon semester under sommaren utan i stället arbetat som en bäver med att röja skjutgator, plantera ut ällingar i dammarna, tjuvskjuta ett tjog rävar, snickra skjuttorn och framför allt lägga upp ett spaningsregister över de största råbockarnas revir. Han hade fått en skotsk jägarkostym i tweed som bonus och föreföll överlycklig för den lilla saken.

Och nu var det dags. Råbockspremiären den 16 augusti inföll dessutom så socialt praktiskt detta år att det var lördag. Gästerna kunde komma på fredagskvällen, *gentlemen only*, för en mer robust jägarmiddag med inte alltför mycket kröken och tidigt sänggående. Därefter skulle frukost serveras klockan 04:00 och jaktvärden själv och Preben skulle sätta ut gästerna på varsitt jakttorn som påstods ha lottats mellan dem, vilket naturligtvis var bullshit. Vid hemkomst kring 08:00, förstärkt frukost och därefter sömn fram till lunchdags, sedan en rundtur i Håtunas ekskogar och ytterligare någon timmes sömn eller vila innan det var dags att gå ut igen. Nästa morgon samma sak, men till söndagskvällen skulle fruarna komma för bättre middag med jaktkungens tal och allt som hörde till. Och ingen skulle betala ett öre för saken, utom möjligen skattebetalarna men det man inte vet har man inget ont av.

Rutinerna för råbocksjakt kunde Henric Gundell utan och innan. Såtillvida skulle allt vara detsamma. Men ändå var det en oändlig skillnad. Nu var det hans egna råbockar, på eget slott, med vänner som var bjudna på riktigt för att de var vänner. Det var frihet.

Om bara buffeln kom till hans 60-årsdag om halvannan månad så skulle allt vara perfekt. Ett nytt liv, ett lyckligt liv, total frihet från allt.

Till och med från löjliga jaktkläder. Han visste mycket väl hur Peppe och de andra grabbarna från tiden på Astra och Ericsson skulle se ut när alla samlades till första frukost på lördagsmorgonen strax före gryningen. Som små jävla imitationer av grevar och baroner, åtminstone den engelska varianten på sådant folk. Tweed förstås, och äppelknyckarbyxor med synliga strumpeband i antingen rött eller gult, kavaj med läderknappar, vit skjorta med tunna rutor och grön slips med viltmotiv, keps i matchande tweed och kängor av märket Meindl på fötterna. Det skulle alltid vara det schweiziska eller om det var österrikiska märket Meindl, förmodligen för att det var dyrast, som om man skulle ut på någon jävla alpvandring. Och över hela härligheten en oduglig, prasslande, kall och otät engelsk oljerock av märket Barbour. Det fanns visst något annat märke som också var godkänt, som den moderate statsministern skämt ut sig i när han var på statsbesök i Moskva.

Väderleksutsikterna var inte så lysande, beroende på hur man såg saken. Det skulle bli kallt och lite regnigt, inte de bästa förutsättning-arna men jakttornen stod inom de olika bockarnas revir och förr eller senare måste djuren ju äta och röra på sig och den som bara hade lite tålamod skulle säkert få skjuta, åtminstone på första passet. Men det fanns en viss poäng med kylan, för jävlar vad alla maskeradklädda grabbar skulle frysa efter några timmar, engelsk jaktmundering var till för en halvtimmes rörligt sportskytte på fasaner eller änder i milt klimat. Själv skulle Henric Gundell klä sig som vanligt folk, i fodrade stövlar, goretex från topp till tå, och hålla både värmen och humöret i väntan på bocken. Han var från och med nu riktig jaktvärd och kun-de göra som han ville, till och med klä sig praktiskt. Det var också en ny frihet, han hade förstås den löjeväckande engelska kostymeringen i någon garderob, komplett med gröna andslipsar och allt, men det var slut på den eftergiften nu. På Håtuna klädde han sig som han själv ville, åtminstone till jakt.

Han skulle inte säga ett ord om saken. Men det skulle bli intressant att se hur grabbarna såg ut nästa gång de kom på jakt, om de fort-farande ville frysa som de engelska lorder de inte var, eller om de tack-samt tagit emot värdens tysta erbjudande att klä sig funktionellt i stäl-let. För som jägare ofta sade, det finns inget dåligt väder, det finns bara dåliga kläder.

Det hade inte jagats på några år på Håtuna och det var förstås en utomordentligt gynnsam omständighet när det gällde bockjakt. En-ligt Preben fanns det tre säkra och två möjliga medaljbockar lokalise-rade och nybyggda jakttorn inom alla deras revir. En av bockarna var en nästan helt säker guldmedalj och det passet hade Preben varit vän-lig nog att lotta på sin husbonde och jaktvärd.

De andra hade fått pass av skiftande kvalitet där det fanns sämre bockar som borde skjutas bort. Det var nog inget problem, så skjut-kåta som grabbarna brukade vara på bockpremiären efter sommarens långa avhållsamhet så skulle det smälla såfort någon hornbärare sträckte fram första klöven. Och så usla jägare som grabbarna var skulle de bli mer än nöjda om djuret dog på platsen eller åtminstone så att Preben eller hans hundar kunde hitta det utan större mankemang. Det var med tanke på den där premiärnervositeten han inte hade bjudit CH. Det var inte bara det att CH var en undermålig skytt, han var troligen jakthatare, passade inte till jägare, en sådan där det fanns rätt många av inom näringslivet som jagade för att de måste av sociala skäl eller för karriärens skull. Men det senare var minst sagt dubbelt, för CH hade genom sina ständiga bravader med vapen i hand skadat sitt rykte som företagsledare. Han lyckades alltid med någon skadskjutning av det mer hopplösa slaget som att skjuta av ett framben i knäleden eller något i den stilen. Lite ljusrött blod och någon benflisa kvar på skottplatsen, bocken långt borta och långa bortförklaringar som på intet vis gjorde saken bättre. Bocken "kastade" av någon förunderlig anledning, kanske ett insektsbett, just i skottet, det kom ett flygplan just då, just när jag skulle trycka av dök det upp en bil och jag räddade snabbtänkt situationen genom att skjuta i luften (i stället för att avstå från att trycka av) och så vidare. Det var CH i ett nötskal. Det sätt en man dödade eller inte dödade på var mycket avslöjande, och om inte CH varit så kreativ i sitt räknande hade han aldrig kommit dit han nu kommit. Dödandet skiljde agnarna från vetet.

Allt gick som planerat. Sånär som på en liten obetydlig detalj.

Det var en råkall morgon med lite dimma och Henric Gundell satt i sitt torn med blicken stint riktad åt det håll där Preben sagt att bocken skulle komma ut, alldeles bakom ett nyponsnår. Han hade räknat till tre avlägsna skott, tre av grabbarna hade fått skjuta, det var utmärkt.

Det gällde att ha tålamod och han frös inte. Preben hade sagt att även om det inte hände något de första timmarna så var det nog lönt att vänta åtminstone ytterligare en halvtimme efter soluppgången, särskilt om värmen skulle stiga. Och Henric Gundell var inte den som gav upp i första taget, han var en vinnare och det hade han alltid varit.

Visserligen upptäckte han bocken, som Preben sett ut en stund efter soluppgången, men i ögonvrån till vänster halvvägs ute på fältet och rofyllt betande. Han hade inte ägnat någon särskild uppmärksamhet åt det hållet eftersom han haft nyponbuskaget fastskruvat i blickriktningen.

Men där ute gick han nu aningslöst betande med huvudet sänkt, inte mer än fyrtio meter bort.

Nackdelen med goretexkläder jämfört med tweed är att de inte är ljudlösa.

Så, oändligt sakta, när bocken sänkte sitt huvud och betade efter varje snabb och vaksam avspaning av omgivningen, vred Henric Gundell om kroppen, stel av att ha suttit inriktad åt samma håll i drygt två timmar, och lade upp geväret mot tornets ram. Han vred upp kikarsiktet på den största förstoringen och fick först inte in bocken i siktet men när han fann den kom han så nära att han kunde se varje strå i den rödbruna pälsen. Det var nu det gällde att inte förivra sig, inte skjuta snett bakifrån utan vänta tills det fanns en perfekt bredsida; när man visade upp sin bock var det en klar fördel om den var snyggt dödad.

Men bockjäveln som inte anade faran gjorde ändå på något förunderligt vis allting rätt, betade sig längre och längre ut på fältet, längre och längre bort, ständigt och retfullt snett så att lungor och hjärta blev svåra att komma åt på honom.

Ett alternativ var att avstå nu och komma tillbaks till kvällen.

Ett annat alternativ var att skjuta ett mycket svårt skott, snett genom djurets vänstra sida. Utan att träffa levern, alltså. Gjorde man det, från andra hållet, så brukade de inte gå så långt. Kanske var det bättre att avstå, att inte ta några onödiga risker.

Men om han skärpte till sig och sköt bra så skulle frågan om vem som var jaktkung till söndagsmiddagen redan vara avklarad, han hade nu fått en god bild av bockens horn när den då och då rest på huvudet och kontrollerat omgivningen och de var nog bland de största han hade sett, åtminstone i Sverige.

Han lade en vante under sin vänsterhand för att få bättre stöd mot tornets ram och sköt upp säkringsknappen med höger tumme. In genom buken, vidare genom åtminstone ena lungan och ut genom höger frambog. Det skulle bli ett tämligen snabbt dödande skott. Och eftersom han använde 300 Winchester Magnum, egentligen avsett för betydligt mer hårdskjutna antiloper i Afrika, till och med en gnu skulle gå ned för ett sådant skott om det placerades rätt, gjorde det nog inte så stor skillnad var han träffade. Det sista han tänkte på var att inte rycka utan lugnt krama av skottet men det gjorde han inte och när han samlade ihop sig efter rekylen såg han bocken landa på krumma ben efter ett högt akrobatiskt språng och starta en ursinnig rusning mot skogskanten. Det hördes ett dovt slaffande ljud från bockens sönderskjutna buk.

Strax innanför skogskanten stannade bocken och såg ut som om den tänkte lägga sig, men det var ingalunda säkert och Henric Gundell ville inte ha något eftersök utan siktade i vad som gavs, mitt i den vita akterspegeln och tryckte av på nytt. Bocken slungades snett framåt och blev liggande.

Han gick fram utan att göra sig någon brådska och såg genast vad som hade hänt. Han hade skjutit för lågt. Det första skottet hade rivit upp hela buken, det var i och för sig dödande, men han kunde ha levt någon timme, och med hjärta och lungor intakta kunde han ha trasslat sig iväg hundratals meter och det hade blivit eftersök med hund och en del gliringar.

Det andra skottet hade träffat snett nedanför analöppningen och exploderat i kontakt med bäcken och ryggrad och följaktligen förstört både sadeln och skinkorna. Det var inte så jägarmässigt. Men allt kan hända på jakt och den som inte har skadskjutit har bara inte jagat tillräckligt.

Han lutade sig ned och greppade bocken över hornen och såg in i den gröna döda ögonreflexen. Det var en praktfull gammal herre, helt säkert guldmedalj, den första som skjutits på Håtuna. Den första som skjutits under hans och hans ättlingars tid på Håtuna, rättade han sig.

Förklaringar till konstiga skott fanns alltid. Det sönderskjutna arslet syntes inte på utsidan, skinnet hade hållit ihop kring den inre explosionen. Och om han tog ur bocken och gjorde rent så skulle det se ganska normalt ut ända tills Preben om några dagar klädde av pälsen och insåg att det var en bock som måste kastas eller gå till rävfällorna. Men det hade blivit en vacker morgon och han var lycklig. Han var jaktkung på sin första egna, riktigt egna jakt och livet var från och med nu ett helt annat och med en helt annan kvalitet.

Till söndagsmiddagen skulle han som jaktkung ha sig själv till bordet, förmodligen orimligt och förmodligen fanns det någon jävla regel för bordsplacering för den händelse att värden själv blivit jaktkung. Skitsamma.

Han skulle föreslå Carin att hon vid tillfälle skulle ta fruarna med sig på en liten tur till vinkällaren. Så skulle de komma upp och prata och prata och då skulle grabbarna bli nyfikna och börja tjata. Lite blygt besvärat skulle han då låta sig övertalas om att de skulle få samma tur. Det hade verkligen blivit en fin början på Håtunas nya epok.

* * *

Måndagen den 11 augusti var alla tillbaks på jobbet, utom chefen Ewa Johnsén. Hon hade anmält en veckas senare ankomst med hänvisning till att hon jobbat över en vecka på EBM när de andra redan gett sig av. Hon var visst utomlands någonstans.

I Ewas frånvaro var Terje Lundsten befäl över gruppen uppe i de sommarheta och kvalmiga gamla Säpolokalerna. Det första han kollat var om det förekommit några nya inbrott som passade in på Vinkällarligans modus operandi under semestern. Men det hade det lyckligtvis inte, så chansningen hade gått hem. Sommaren var förvisso högsäsong för tjuvar, men inget enda av närmare 700 anmälda inbrott i Stockholmstrakten under deras semesterfrånvaro gav några som helst vibbar av att höra ihop med Vinkällarligans upplägg. Det var i stället det gamla vanliga, uppbrutna lägenheter med hjälp av bräckjärn eller kraftiga skruvmejslar, röriga brottsplatser och ett genomsnittligt stöldvärde under 30 000.

Antingen hade Vinkällarligan varit på semester precis som deras motståndarlag och precis som Ewa Johnsén kallt räknat med. Eller också hade de lagt av.

Terje Lundsten utgick från att man snart måste börja räkna med den möjligheten på allvar. Om han själv varit med i ligan skulle han i alla fall ha lagt av och det skulle väl varje förnuftig människa. Särskilt om han redan suttit i förhör och känt något av polisens flås i nacken. Och han var övertygad om att flera av tjuvarna vid det här laget redan hade förhörts.

För det han själv liksom de andra grabbarna hade börjat med när de kom tillbaks till jobbet var att läsa alla förhören, som nu fanns i prydliga och ovanligt perfekta utskrifter. Och alla hade samma intryck av läsningen, visst var de här ungdomarna inblandade.

Till exempel Lovisa Christensen, vars far hade råkat ut för ett av dessa inbrott i tiomiljonersklassen, som hade inlett med att påstå att hon inte kände någon enda person i kamratkretsen. Det hade avslöjats som lögn redan samma dag. Samtidigt hade hon undsluppit sig att det handlade om "många häftiga inbrott", vilket visserligen var fullkomligt sant.

Å andra sidan ljög hon just om det där med att inte känna någon av de andra därför att Gustav Gundell instruerat henne att ljuga på den punkten, vilket han erkänt.

I Ewa Johnséns minnesanteckningar till förhöret med Lovisas far, Carl Herman Christensen, fanns dessutom en detalj understruken med rött. Det var en avvikelse från alla andra brottsplatser och en klar indikation om ett insiderbrott. Tjuvarna hade som vanligt använt hans bil för att transportera godset. Men bilnycklarna hade legat i en silverskål på hans skrivbord vid arbetsplatsen i hemmet och där fanns inga som helst spår efter letande tjuvar. De hade gått rakt fram till silverskålen och hämtat bilnycklarna.

Sådan lokalkännedom har familjemedlemmar och städerskan. Men eftersom städerskan Krystyna Johansson inte på något vettigt

sätt kunde knytas till de andra inbrotten så återstod familjemedlem-
marna.

Det var inte många att välja mellan. Terje Lundsten antecknade
dottern Lovisa och hennes nye fästman Gustav Gundell som huvud-
kandidater. Och just på den här brottsplatsen hade tjuvarna lämnat
två DNA-prov efter sig på ölburkar ute i slasken.

Ungarna begick inbrott hemma hos varandra.

Men varför var inte lätt att förstå. Kanske hade de slutit någon
"pakt" som i sådana där teveprogram som fyllde kvällstidningarna,
kanske drog de lott om turordningen. Med den krets av misstänkta
som man hittills kände till återstod i så fall inbrott hos familjerna
Gundell på Strandvägen och Starling ute på Lidingö. Gundell hade
samma städerska som Christensen, men inte Starling.

Och om nu tjuvarna mot rim och reson fortsatte stöldturnén så
fanns alltid möjligheten att hitta nya spår, särskilt som man vid det
här laget skulle få ta hand om färska brottsplatser och kunna leta ex-
tra noga, plocka upp vartenda hårstrå om så behövdes.

Men det var klokare att hålla sig till rim och reson, tjuvarna måste
ha lagt av. De rika barnen var vidriga på många sätt men inte mer
korkade än andra och alltså måste de ha insett riskerna med att fort-
sätta.

Återstod visserligen ett mysterium, resten skulle man kanske kun-
na ordna med vanligt arbete med det man hittills hade i säcken. Mys-
teriet var deras motiv. I förhören med fyra eller fem av dem påpekade
de själva just denna logiska brist i misstanken. De minst sagt under-
strök att de alla var mångmiljonärer. Alltså hade de inget behov av att
skaffa pengar, vilket sedan urminnes tider var tjuvarnas garanterat
första och vanligtvis enda motiv. Men kunde man verkligen tänka sig
att det hela bara var på lek?

Terje Lundsten suckade. Han tyckte inte om att flyta ut i spekula-
tioner, även om det var svårt att undvika nu i sommarstiltjen, i väntan
på chefen dessutom.

Äh! tänkte han. Nu skiter vi i att sitta och gissa och jobbar med det vi har och utgår från att det inte blir fler inbrott.

Alltså. DNA-prov från två av tjuvarna, vad kunde man göra med det? Ja, fick man dem bara anhållna så var det inte så svårt, då kunde man tvinga av dem ett DNA-prov. Men det var förstås utsiktslöst att be dem göra det frivilligt. Och man kunde inte få dem anhållna innan man kunde visa att de lämnat DNA efter sig på en brottsplats. En sorts moment 22.

Terje Lundsten ringde några kolleger på Stockholms krim och lade fram problemet och fick åtminstone ett gott uppslag. Alla misstänkta var ju födda efter 1972 och alla svenskar födda efter den tidsgränsen fanns i ett gigantiskt DNA-register på Huddinge sjukhus, det var visst något forskningsprojekt. Efter 1972 tog man ett blodprov i hälen på varenda nyfödd bebis.

Någonstans i denna väldiga kunskapsbank fanns rimligtvis de två personer som lämnat saliv på varsin ölburk hemma hos direktör Christensen.

Men det blev moment 22 igen. När Terje Lundsten började telefonjaga byråkraterna på Huddinge sjukhus hänvisade de antingen till andra som fortfarande var på semester eller frånvarande av andra skäl, eller till någon sorts forskningsetik. Om polisen kom med ett specifikt namn på en anhållen person så kunde man kanske hjälpa till. Men man kunde omöjligt kontrollera några namnlistor i största allmänhet och vem skulle förresten betala för sådant?

Nästa fråga. Hur fick man tag på de misstänktas DNA utan att anhålla och tvinga dem?

Man fick förstås ta in dem på nya förhör, mer eller mindre motiverade, och hitta på något sätt att råna dem på exempelvis ett hårstrå, helst med hårsäcken kvar, eller ett tuggummi, en äppelskrott eller en snusprilla, nej förresten ingen av snorungarna snusade ens en gång.

Nästa fråga var om man kunde hitta deras tjuvgömma. Och därefter kom frågan om något av de två inblandade försäkringsbolagen hade fått anbud om att köpa kidnappade tavlor.

Men det var retfullt att ha genvägen via DNA på så nära håll utan att komma åt den. För fick man bara ett par av ungdomarna anhållna så skulle de erfarenhetsmässigt vara ytterst ovilliga att ta på sig hela skulden ensamma. Oerfarna kriminella hade nästan alltid en föreställning om att de på något sätt kunde späda ut sin egen skuld genom att dela med sig av den. Men hur man än försökte ta sig in DNA-vägen så föreföll den stängd.

Hade tjuvarna varit fattiga hade det varit enklare. Då skulle åklagarna ha vågat anhålla hela gänget bara för att ta ett salivprov. Men åklageriets beslutsamhet brukade reduceras i proportion till hur stora ekonomiska och juridiska resurser de misstänkta kunde mobilisera. Och här hade man att göra med tiopoängare. Det var inte mycket att säga om, så såg det ut i världen.

Återstod den betydligt längre, krokigare och mer osäkra vägen, ett långt gnetande i fastighetsregister och deklarationshandlingar.

För någonstans måste ju tjuvarna ta vägen när de lämnade brottsplatsen i de bestulnas bil. Framför allt måste ju sådant stöldgods som inte snabbt kunde förvandlas till pengar förvaras någonstans. Och det var knappast troligt att den platsen låg inne i stan, att de skulle ha vågat stå någonstans på Östermalm bland grannar och bekanta och lasta ur tavlor och vinbackar för att kånka upp på något vindskontor.

Det var troligare att de hade något stort förvaringsutrymme som låg mer avskilt och som inga utomstående hade tillgång till.

Så det var tyvärr bara att börja leta. Vem av ungdomarna hade tillgång till ett stort tomt hus på landet där man kunde parkera bilar och förvara tavlor?

Trist jobb, särskilt eftersom det inte var heltäckande. Någon av dem kunde ha lånat eller hyrt ett sådant utrymme och då var det nästan omöjligt att hitta. Men det var ett jobb som måste göras, det gick inte att komma ifrån.

Några småsaker återstod också efter de senaste förhören före semestern. Gustav Gundell hade en syster som hette Catharina och hon var inte förhörd. Samma var det med systern till hans fästmö, Anna Christensen, som tydligen både han själv och hans fästmö tog kraftigt avstånd från eftersom de beskrivit henne som "feminist" och i värsta fall också vegetarian och kommunist. Det senare var kanske bara ett uttryck för Gundell juniors överdrivna farhågor vad gällde innebörden i ordet feminist.

På denna punkt hade dock Terje Lundsten en viss förståelse för utredningens favorit bland de misstänkta, Gustav Gundell. Feminister kunde vara svåra att ha att göra med. Ur polisiärt perspektiv var det i första hand fråga om unga och vansinnigt ilskna och konstigt klädda kvinnor som demonstrerade för inskränkningar i rättssäkerheten och ville se fler män i fängelse.

Om man tänkte sig kombinationen av en våldsamt bortskämd och oförskämd överklassflicka, exempelvis en sådan som fått Erik Muhr till randen av hjärtinfarkt, och dessutom en folkilsken feminist så föreföll det inte som ett helt enkelt förhör att genomföra. Terje Lundsten fick en stark känsla av obehag när han föreställde sig själv i den situationen.

Desto enklare att spara de där två förhören till Ewa Johnsén så att hon hade något konkret att ta tag i så fort hon kom tillbaks till jobbet. I stället fick man börja det långa gnetiga letandet efter en tänkbar tjuvgömma i väntan på både utredningens chef och i bästa fall ett nytt inbrott i serien. Fast en fördel med att vara ställföreträdande chef var förstås att man kunde lägga ut husletandet på någon av kollegorna.

* * *

Ewa gnolade för sig själv och svängde nästan demonstrativt sin nya franska handväska fram och tillbaks när hon promenerade över Barnhusbron. Möjligen var kjolen till hennes nya svartgrårandiga Armanidräkt lite väl snäv och möjligen var hennes klackar lite för höga för att ta sig fram längre sträckor till fots. Men Erik Muhr hade av outgrundliga skäl fått sin tjänstebil indragen och lånat hennes eftersom han var ute och letade hus på landet och hon hade underskattat avståndet mellan Bergsgatan på Kungsholmen och Norrtullsgatan uppe i Vasastan. Men hon kände sig ovanligt stark och sund och det skulle till mycket mer än ett begynnande litet skoskav för att få henne på sämre humör. Hon såg redan fram emot kvällens möte med Anna Holt i polisens gym, eftersom hon hade så mycket att berätta efter semestern.

Och de två återstående förhören väntade hon sig inte mycket av, det var nog bara sådant som måste göras för ordningens skull. Den där Catharina Gundell var antagligen bara en kvinnlig variant på sin bror fläskkotlettsfrillan.

Hon fick gå uppför fyra trappor på grund av en strejkande hiss i den halvruffiga hyresfastigheten, men hon var i god form och tänkte att klockan 17:00 skulle hon och Anna ändå tillbringa en timme i trappmaskinen på gymet och en sådan timme måste väl motsvara närmare hundra våningar. Men när hon skulle ringa på dörren hejdade hon sig. Där fanns fyra namnskyltar, en i trä med handmålad rosa text och små feministsymboler, två i tryckbokstäver på plastremsa och en liten handskriven lapp där det bara stod Catta G.

Catharina Gundell bodde inte ensam i lyxvåning utan tillsammans med tre inneboende, förmodligen studentkompisar. Och hon ville inte stoltsera med sitt mycket kända eller ökända efternamn. Förutfattade meningar kan man inte göra mycket åt, men det gäller att hinna ändra sig i tid. Lillasyster hade nog inte fläskkotlettsfrisyr, tänkte hon när hon ringde på.

Catharina Gundell öppnade nästan genast och hon såg fullt klart ut att vara mycket mera Catta än Catharina. Håret var klippt i någon sorts kort rufs som spretade åt alla håll och var färgat i kolsvart och lila, och hon var klädd i en bylsig fleecetröja, träningsoverallbyxor och gympaskor. Mer uppseendeväckande var att hon hade en tunn blank metallring piercad genom höger ögonbryn. Ewa kände sig plötsligt extremt felklädd. Och de var båda lika förvånade att se den andra.

”Är du Catharina Gundell?” frågade Ewa för säkerhets skull.

”Ja, är du verkligen polis?”

”Absolut”, svarade Ewa med ett försök till avspänt leende medan hon höll upp sin legitimation. "Uniformen använder jag egentligen bara på begravningar, vilket dessbättre är ganska sällan. Får jag stiga in?"

De passerade en stökig hall med högar av träningsskor och en affisch som visade feta män i undertröjor med ölburkar i händerna, sinnebilden av amerikanska lastbilschaufförer, och den lakoniska fast ilsket röda texten "gubbslem". Efter en trång mörk serveringsgång kom de ut i ett luftigt men sjukhustråkigt halvmodernt kök där allting gick i vitt. Catta höll på att koka upp vatten och frågade om kaffe eller te och Ewa valde kaffe men ångrade sig, utan att säga något, när hon såg en burk pulverkaffe på den rostfria diskbänken. Hon hade skaffat sig en del nya vanor nere på Korsika och pulverkaffe fanns definitivt inte med på listan över nyheterna i hennes liv. De var båda tysta och lite besvärade när Catta sysslade med att ta fram mjölk och socker.

"Då så", sade Catta när hon sköt fram kaffemuggen över köksbordet. "Vad gäller saken, vad kan jag hjälpa polisen med?"

"Förmodligen inte så mycket, men det vet man inte innan man har frågat", svarade Ewa och rotade fram sin bandspelare som hon ställde upp på bordet mellan dem.

"Men det är ett bandat förhör?"

"Ja, helst. Vi gör många förhör i den här utredningen och man kan inte komma ihåg allt. Men jag kanske ska börja med att säga att du bara hörs upplysningsvis. Och det betyder att... "

"Tack, men jag vet vad det betyder. Jag läser juridik."

"Jaha. Vad kul! Hur långt har du kommit?"

"Just nu håller jag på med processrätt, fast ur genusperspektiv."

"Jasså minsann", svarade Ewa som om hon hade förstått allt, men så tog nyfikenheten ändå över och hon måste fråga. "Processrätt vet jag vad det är men processrätt ur genusperspektiv låter som ett nytt ämne. Vad betyder egentligen det?"

"Så det fick ni inte lära er på polisskolan?" retades Catta.

"Nej... ", svarade Ewa dröjande medan hon valde väg för fortsättningen och bestämde sig för att ta in på sidospåret, det kunde inte skada. "Men jag har inget minne av det ämnet när jag läste juridik heller."

"Har du läst juridik?"

"Jepp. Men jag har gått på polisskolan också. Vad var det nu med genusperspektiv på processrätten? Det låter spännande."

Sidospåret blev visserligen lite långt, men Catta tyckte tydligt om att berätta och det lättade upp den lite ansträngda stämningen mellan två kvinnor som åtminstone till utseende och ålder var extremt olika.

Processrätten var egentligen avsedd att fungera som en objektiv maskin, förklarade Catta. Som om det bara fanns bevisat och obevisat och som om det inte spelade någon roll om den som skulle ställas till svars var man eller kvinna, eller om den misstänkta brottsligheten riktat sig mot män eller kvinnor. Men med ett genusperspektiv på den påstått objektiva maskinen visade sig snart sprickorna i systemet. För ta bara en sådan sak som att 95 procent av alla anmälningar för våldtäkt som lämnades in i Stockholms- och Uppsalaområdet bara lades åt sidan av såväl polis som åklageri. Och aldrig att en man som kom in och anmälde misshandel fick frågor om hur han var klädd, om han brukade slåss på krogen eller om han hade sidenkalsonger. Catta hade själv varit med om att göra ett extraarbete i ämnet åt sin professor och hon skulle skriva sin uppsats om just dessa aspekter.

Ewa insåg genast vilken professor det handlade om, en minst sagt omdiskuterad men mycket frekvent figur i massmedierna. Hon bestämde sig för att inte med en min visa vad hon ansåg om mannen ifråga och inte börja gräla om någon av de säkert halsbrytande slutsatser som var på väg.

För ta bara en sådan sak som den senaste gruppvåldtäkten som lett till ett friande utslag med hela 5–0 i Högsta domstolen, fortsatte Catta alltmer engagerat. Justitieråden hade såklart käpprätt fel, eftersom de gjorde det så enkelt för sig att de bara tog för givet att den våldtagna kvinnan ljög. Och det var ju en logiskt orimlig slutsats. För det skulle innebära att en kvinna som såvitt man kunde förstå var vid sina sinnens fulla bruk först skulle ha frivilligt gruppsex med ett gäng betydligt yngre invandrarmän och därefter ändra sig och säga att det i stället var fråga om våldtäkt. Var fanns logiken i det? Och vad hade hennes tidigare eventuella erfarenheter av gruppsex med saken att göra? De omständigheterna drogs bara fram för att skuldbelägga offret, alltså att misstänkliggöra henne. Trots att en nyligen skärpt lagstiftning klargjort att just sådant som offrets klädsel eller påstådda sexvanor inte hade med saken att göra.

Vad ett genusperspektiv i detta fall visade var alltså att processrätten mycket enkelt kunde förflytta sig från den skenbart objektiva värderingsgrunden till vanligt enkelt gubbreaktionärt tänkande. Och så var det med den objektiviteten. Det enda raka i sådana här fall vore att vända på bevisbördan, annars gick ju alla män fria.

Ewa lyssnade med neutralt intresserad min och alltmer beslutsam att inte vare sig säga eller visa något av vad hon tyckte om exempelvis omvänd bevisbörda i brottmål – att alla misstänkta i så fall var skyldiga – eftersom hon hade ett förhör att genomföra och feministiskt gräl nog inte var bästa inledningen. Men när föreläsningen tenderade att dra ut tittade hon vänligt leende men ändå demonstrativt på klockan.

"Förlåt, jag blir lätt så ivrig", urskuldade sig Catta med blossande kinder.

"Mm. Det är lätt hänt när man kommer in på sånt här", intygade Ewa fullt sanningsenligt. "Vi kanske kan återkomma till ämnet när vi gjort vårt lilla jobb? Här har jag alltså en namnlista, vilka på listan känner du?"

"Alla mer eller mindre", medgav Catta med en grimas när hon snabbt ögnat igenom namnen. "Men det är mest barndomsvänner och lite så där. Idag umgås jag inte med nån av dom här idioterna. Vi delar liksom inte samma värderingar, om man ska uttrycka sig försiktigt?"

"Och om man ska uttrycka sig mindre försiktigt?"

"Det vill jag inte göra. Min bror Gurra är med på listan. Dom här mänskorna vill ingenting, kan ingenting och har inte lust med nåt annat än att sova på dagarna och spruta champagne på servitriser på nätterna."

"Varför är dom såna?"

"Dom är redan rika och kommer att vara det hela sitt liv."

"Men det är väl du med?"

"Ja, det kan jag förstås inte neka till. Men jag vill åtminstone försöka göra nåt meningsfullt, jag tror jag ska bli åklagare. Och pengar är ju inte direkt ett hinder i livet, exempelvis om man vill bli åklagare. Det håller på att bli ett kvinnligt låglöneyrke. Och man kan alltid ge bort pengar om man tycker man har för mycket."

"Då kanske vi ses på barrikaderna, jag menar om du blir åklagare hamnar vi ju i samma lag. Pengar att ge bort lär jag aldrig få. Men det gör du?"

"Självklart. Gurra och jag får femtusen i månaden insatta på våra American Express-kort och så betalas min hyra automatiskt och Gurra bor gratis hemma hos mamma och pappa, i sin jävla vindskupa."

"Femtusen i månaden och hyran betald. Det blir en veckopeng på lite drygt tusen spänn."

"Ja, jag vet. You are telling me. Du behöver inte tala om vad en undersköterska eller en nyutexaminerad polis för den delen har att leva på efter alla fasta utgifter."

"Men jag trodde du och Gustav redan var rika? Han har i alla fall mycket målande upplyst mej om att han äger mer än 100 miljoner. Är det bara han som fått, vad ska vi kalla det? Förskott på arv?"

"Nej, men typiskt Gurra. Jo för fan, vi har fått lika mycket pengar. Men dom hanteras av nån jäkla stiftelse tills vi är 35 eller nåt i den stilen, då upplöses stiftelsen. Innan dess får vi leva på veckopeng."

"Vad är vitsen med det?"

"Börjar inte det här bli lite väl privat?"

"Jovisst, men jag blev plötsligt så nyfiken. I praktiken har ni fått förskott på arv men reellt får ni inte pengarna förrän om mer än tio år?"

"Ja, så skulle man kunna uttrycka det. Skatteplanering, du vet, fast säkert helt lagligt. Men vi klarar oss ju gott och väl på veckopengen, åtminstone gör jag det."

"Och du får till och med pengar över att skänka bort?"

"Ja, därför skänker jag alltid bort hälften."

"Jag vet att det inte angår mej, men till vadå?"

"Alla Kvinnors Hus, Läkare utan gränser, that sort of things."

"Du har min beundran. Men tanken att ge er apanage eller vecko-peng eller vad vi ska kalla det är väl att ni ska leva som folk och inte bli bortskämda eller så?"

"Ja, såklart. I och för sig ingen osympatisk tanke. Fast det inte hjäl-per på somliga och vad har det här med nånting alls att göra egentli-gen?"

"Jag vet inte, kanske inget. Men era pengar sätts in på ett American Express guldkort eller något i den stilen?"

"Platinakort, faktiskt. Vi hade guldkort först, dom gick som familje-kort på pappas platinakort. Men så upptäckte Gurra att dom stod på Arlanda och delade ut guldkort till vem som helst och då ville han inte vara med. Han ville ha ett eget kort och eftersom han skulle ha det så skulle jag ha det och eftersom vi är taxerade som vi är så blev det platinakort."

Ewa hade fått en idé men hon ville inte pressa samtalet längre in i det privata, det var redan ett under att det gått så här långt, kanske för att hon hållit masken vid allt flummande om omvänd bevisbörda för män och vad det var. Det fanns fler och högst intressanta frågor att ställa om rikemansbarnens absurda ekonomi, men intuitivt anade Ewa att just nu och just här var det dags att lägga av.

"Vi kanske ska återgå till ämnet eller vad jag ska kalla det", log hon. "Ämnet för dagen är alltså en serie inbrott som inträffat hos de flesta av dom familjer du ser på den där namnlistan framför dej. Det har stulits för betydande belopp, som vi jurister brukar underdriva det. Kort sagt närmar vi oss 100 miljoner. Och det tycks märkligt nog vara en väldigt liten bekantskapskrets som drabbas."

"Och då anser du att det inte kan vara en tillfällighet?"

"Nej, det kan det inte. Och vad anser du?"

"Logiskt sett måste man ju hålla med."

"Men du umgås inte med någon av dina före detta barndoms-vänner?"

"Nej, verkligen inte. Men ni tror att dom springer runt och stjäl?"

"Vi tror ingenting. Men vi har ännu inte kunnat utesluta den möj-ligheten. Inbrotten är alldeles för perfekta i teknisk mening. Tjuvar-na, vilka dom nu är, forcerar alla elektroniska lås och larm, alla galler-grindar, allt. Och så stjäl dom bilen i garaget och lastar den lagom full med väl valda konstverk, juveler och till och med vin. Kände du inte till det här?"

"Nej, faktiskt inte. Men det skulle inte förvåna mej om ni är på rätt spår."

"Varför inte det? Det finns nämligen en sak som bekymrar oss."

"Vadå?"

"Motivet. Om man är så fruktansvärt rik som dom här dina före detta vänner tycks vara. Varför stjäla?"

"För pengar så klart."

"Men det är ju obegripligt."

"Nu var jag nästan nära att kalla dej lilla gumman eller nåt. Ur-snygga kläder för att vara polis förresten. Italienskt? Gucci?"

"Armani."

"Varför det?"

"Fått i present nyligen, var på gott humör när jag skulle gå ut. Jag tycker fortfarande att det är obegripligt och… "

"Och du har en ring för minst 100 000."

"Värst vad du kan!"

"Födsel och ohejdad vana. Jag tar avstånd från allt sånt där, men jag kan ju inte trolla bort mitt förflutna. Var var vi?"

"Vid det obegripliga."

"Javisst ja. Ta Gurra, han har 1 250 spänn i veckan för småutgifter. Enligt min erfarenhet går det mer än utmärkt, men jag hänger inte på dom där äckelsyltorna runt Stureplan var och varannan natt. Vet du vad en flaska hyfsad champagne kostar, inte det märkvärdigaste utan en hyfsad som en Bollinger eller Dom Pérignon till exempel?"

"Absolut inte."

"En flaska Dompan går jämnt ut med en veckopeng skulle man kunna säga."

Ewa ansträngde sig för att inte visa annat än road förvåning över nya kunskaper om champagne och hon ställde ytterligare en del frågor som var mer avsedda att måla över förhörets intressanta del än att gå vidare, drack ur sitt kalla pulverkaffe som hon först knappt hade rört och tackade för sig.

På vägen ner i trappan försökte hon minnas något fall där American Express lämnat ut en kortinnehavares årsredovisningar utan dokumentation om att han var föremål för en förundersökning eller anhållen. Men såvitt hon mindes hade det nog aldrig hänt. Att kolla betal- och kreditkortsnotor var annars ett av hennes typiska vardagsjobb på EBM. Modern redovisning var kusligt exakt, åtminstone ur de misstänktas perspektiv. Särskilt American Express Platinum Card Service. Varenda champagneflaska, vartenda helrör vodka, allt, liksom resorna, hotellen, bilhyrorna, taxiresorna med datum och allt. Om man kunde få ut unge Gundells årsredovisning på platinakortet skulle den ge en grafiskt tydlig bild av hela hans liv. Och livsstil. Förmodligen gjorde han av med en veckopeng om dagen.

Om man fick honom anhållen skulle man följaktligen kunna klä av honom både hans DNA och hans årsredovisning från American Express. Å andra sidan fanns just nu inga utsikter att få honom anhållen. Någon enkel lösning på problemet fanns inte.

Hon hann med ett besök hemma hos Anna Christensen, systern till unge Gundells fästmö, innan det var dags att träffa Anna i gymet. Den här gången var hon betydligt mer optimistisk inför mötet än när hon skulle träffa den långt över förväntan matnyttiga Catharina Gundell.

Anna Christensen bodde i en etagevåning uppe på Söder, studerade någon sorts genusteori vid högskolan på Södertörn, åtminstone kallade hon sig genusforskare, med inriktning på litteratur. Och så långt var allt ungefär lika med Catharina Gundell, eftersom även

Anna tog våldsamt avstånd från släkt och forna barndomsvänner. Men det tycktes mer ha med sexuella preferenser att göra än med ekonomiska principer och Ewa kände sig snart helt fel, med fel kläder, fel sorts ring och just i det här sammanhanget hopplöst heterosexuell. Det skar sig från början mellan dem eftersom Ewa började käfta emot redan på teorin att alla män alltid och i alla sammanhang var våldtäktsmän eller i vart fall något som kallades "strukturella våldtäktsmän." Hon blev mer eller mindre utkastad. Men dagen var ändå räddad tack vare juris studerande Catharina Gundell, kallad Catta G.

* * *

Ewas första möte med Anna Holt efter semestern blev till en början en dubbel besvikelse. Själv kom hon bubblande av iver till omklädningsrummet beredd att berätta allt, men där mötte hon en Anna som knappt hann säga hej innan hon med lika delar ilska och förtvivlan kastade sig ut i sin långa katastrofberättelse.

För nu hade lilla Nicke verkligen lyckats ställa till det och dessutom för första gången drabbat samman med sin far i tjänsten. Det senare var väl dömt att inträffa förr eller senare och skulle ha kunnat vara rätt komiskt om inte brottsanklagelsen varit så allvarlig.

Nickes politiska filosofi kunde väl enklast sammanfattas med att han koncentrerade sig på två brott, misshandel och skadegörelse i folkets och socialismens tjänst. När han uppträdde i skepnad av aktivist inom det som kallades AFA, antifascistisk aktion eller något ditåt, så fanns möjligen något förmildrande i att hans politiska ambitioner riktade sig mot skinnskallar och nazister. Men när han klädde om till aktivist inom en skenbart fredligare verksamhet som kallades Reclaim the Street – nåja klädde om gjorde han väl inte, det handlade om svarta kläder, munkhuva och maskering med palestinaschal i båda fallen – så riktades det samhälleliga engagemanget dels mot borgarklassens skyltfönster, McDonald's och en del banker. Men dels också mot polisen.

Anna Holt pratade fortfarande som ett vattenfall när de stod i sina trappmaskiner. Ewa förundrades över att väninnan fick luft för vare sig pratandet eller trampandet.

Nicke hade alltså lyckats bli anhållen för våldsamt upplopp och anstiftan till våldsamt upplopp, konkret påstods han med en bräda ha slagit in bakrutan på en piketbuss, kastat två eller tre gatstenar mot poliser och sedan naturligtvis gjort våldsamt motstånd när han greps.

Där kom möjligen en viss komik in i bilden, även om det nog skulle dröja några år innan man kunde skratta åt eländet. Befäl för ordningsstyrkan på platsen var nämligen Nickes pappa och det var han som hade skrivit rapporten och det var alltså han som särskilt iakttagit Nicke, beordrat hans gripande och dessutom klappat till honom några gånger med batongen när det blev sprattel och motstånd.

Anna hade förstås diskuterat saken med sin före detta man och ifrågasatt själva urvalet av brottsling bland trehundra skogstokiga demonstranter. Men kära pappa hade försäkrat att han inte haft en aning om vem han lät gripa förrän efter demaskeringen. Alla sådana där små svartklädda fanskap såg ju likadana ut, det var en bärande del i deras affärsidé. Så han hade helt enkelt tagit in sin egen son av den enkla och objektiva anledningen att han var en av de värsta på platsen och dessutom agerade som om han var någon sorts ledare för ligan. Snarast var lilla pappsen tacksam för att han inte förrän det var för sent insåg att Nicke var Nicke, det hade i vart fall underlättat hans objektiva beslutsfattande.

Anna hade varit och hämtat ut Nicke från häktet strax efter lunch. Då var han redan preliminärt förhörd och delgiven misstanke, men hade avsagt sig advokat och vägrat besvara frågor. I vanliga fall skulle de väl inte ha släppt honom så snabbt under sådana omständigheter men Anna kände åklagaren.

Och där hade hon stått, kokande av ilska snett bakom sin son när han kvitterade ut sina prylar, sånär som på en beslagtagen fjäderbatong, från vakthavande. Och Anna hade själv fått en rejäl utskällning av någon glop till polisinspektör som tog henne för att vara

AFA-sympatiserande morsa med vänsterläggning eller något i den stilen och han hade börjat undervisa henne i frågor rörande polisens ställning i ett demokratiskt samhälle och föräldrars skyldighet att uppfostra sina barn till annat än kriminella ochsåvidare. Till slut hade Anna fått nog och tryckt upp sitt leg i ansiktet på ärade kollegan som förstås omedelbart höll käften och kom på ett brådskande ärende någon annanstans. Sedan hade hon tagit hem Nicke och skällt ut honom någon timme, utan märkbart resultat vad gällde lilla gullponkens inställning till viss våldsbrottslighet. Gullponken ville till en början inte förstå att han faktiskt riskerade ett långt fängelsestraff. Efter demonstrationerna mot EU i Göteborg häromåret fick en del av busungarna uppemot tre år, eller i värsta fall fyra år, om de torskade på anstiftan och bedömdes som ledare för upploppen. Vid den upplysningen bytte Nicke bara taktik och började i stället spela heroisk och hävdade att sådant var ett pris man måste vara beredd att betala i kampen mot globalisering uppifrån, utsugning av tredje världen och USA:s imperialistiska krig.

Det dröjde mer än tjugo minuter innan Anna Holt storknade av att prata mitt under stenhård träning. De trampade på under sammanbiten tystnad en stund.

"Har han fyllt 18 än?" frågade Ewa när hon trodde att Anna hämtat sig tillräckligt för att åtminstone svara i korta meningar.

"Nej gudskelov, och det påverkar förstås straffets längd", flåsade Anna som måste ha överansträngt sig mer genom prat än tramp. Också hon verkade vara i god form, hade inte legat på latsidan under semestern hon heller.

"Är det alltså hans far som har skrivit rapporten om honom?" försökte Ewa efter en stund.

"Ja, dumt nog. Eller komiskt nog eller vad man ska säga."

"Men det är ju faktiskt Nickes smala lycka, förlåt men nu tror jag att jag garvar på mej. Lilla pappsen satte dit sin egen son. Fenomenalt!"

"Jag ser inte det roliga, kanske om några år men inte just nu", surade Anna.

"Jo, det är faktiskt rätt bra, vi tar det sen. Inte fuska nu, tio minuter kvar!"

Det var varmt och sommarkvavt i lokalen och de sista tio minuterna var alltid värst. De koncentrerade sig på ansträngningen och trampade ursinnigt vidare tiden ut allt mer flåsande till ackompanjemang av spridda vrål från yngre ordningspoliser som börjat komma tillbaks efter sommaren och demonstrerade sin manliga kraft i bänkpress och tunga marklyft.

De stapplade rakt in i duschen och satt sedan med vita frottébadlakan över axlarna på träbänken ute i omklädningsrummet och hällde i sig sportdryck som Anna varit och hämtat i automaten.

"Stön och stånk. Det är alltid lika tufft första gången man varit borta ett tag, ändå har jag kört rätt hårt med löpning i sommar", suckade Anna Holt tömd både på fysisk energi och den ilska hon fyllt sin berättelse med. "Du sa att nåt var bra. Vadå bra?"

"Att Nicke blev tagen av sin far, det kan bli hans smala lycka", log Ewa hemlighetsfullt. "Se bara till att han får en advokat över genomsnittet så går lilla grabben loss. Inte rättvist kanske, men kul för dej."

"Nu hänger jag inte med."

"Jo, så här. Ungarna blev inte häktade den här gången, som i Göteborg. Beror väl på att upphetsningen har lagt sig och vi har börjat få rutin på den här skiten nu. Men det betyder att det dröjer ganska länge innan det blir huvudförhandling, eller hur?"

"Jo, det kan man väl utgå från. Och?"

"Vem visar sig då vara vittne mot Nicke? Jo, hans far, alltså delikatessjäv, han får inte vittna. Och så har vi väl en trehundra anmälda enskilda brott att sortera ut. Och att någon av de andra kollegerna som hade sitt att tänka på och sina små svartklädda idioter att inte släppa med blicken och allt det där som det brukar heta... ja, ingen av dom kommer ju att kunna vittna mot Nicke i farsans ställe efter sex, sju månader eller vad det blir. Dessutom antar jag att Nicke nekar av princip även om han vill bli politisk fånge?"

Anna Holt tänkte efter några sekunder, sedan nickade hon liksom bekräftande för sig själv och sken upp.

"Jag ser faktiskt logiken i det du säger", bekräftade hon. "Lite inkonsekvent är jag förstås. Jag menar, helst såg jag ju att alla dom där skitungarna fick sej en rejäl minnesbeta redan första gången dom kastade sten på oss. Fast man är ju inte mer än mamma."

"Fast mamma med pistol och polisbricka... "

"Du! Öl eller vin, jag bjuder!"

"Vin. Vi går ner till kvarterskrogen på Hantverkargatan föreslår jag."

De eftersvettades fortfarande när de steg in på den lilla krogen. De hade inte pratat så mycket på vägen, bara ältat ett varv till på Nickes exceptionellt tursamma gripande när han lyckades få den ende ordningspolisen i stan på halsen som inte skulle kunna vittna mot honom i en rättegång.

Men när Ewa höll upp vinlistan framför sig för att leta upp något vitt franskt vin som hon förhoppningsvis skulle känna till numera stelnade Anna Holt till och slog generat båda händerna för ansiktet.

"Herregud Ewa! Förlåt! Här har jag bara snackat elände och vilken fantastisk ring du har! Är det ... ?"

"Ja! Det är en förlovningsring, vi dricker champagne och jag bjuder!"

Anna for upp och kastade sig över Ewa och björnkramade henne och vaggade henne fram och tillbaka i sina mycket starka armar medan hon mer gnydde av förtjusning än sade något begripligt.

De svepte sitt första glas och Anna gjorde en teatralisk gest som om hon skulle kasta det tömda glaset över axeln.

"Nu måste du berätta allt, Ewa! Och när jag säger allt menar jag allt", sade hon med eftertryck när hon fyllde deras champagneglas på nytt.

Ewa försökte göra sitt bästa när hon skulle berätta allt. Men det var till en början svårt att formulera sig med ord om det som varit en månads känslorus. Det var på något sätt för stort och för fint att sammanfatta i en rapport.

Hon försökte börja i en sorts saklig och logisk ordning. Jo, visst hade han visat sig vara officer, det hade han varit hela sitt liv men pensionerades just i år. Och det var ju precis vad Anna hade gissat, nej det hade hon inte glömt, och det var egentligen en ganska enkel och logisk slutsats men själv hade hon väl varit så störd av det där med att han sagt att han var tjuv, vilket egentligen inte var sant, det hade med en krigsplundring att göra, i Afrika på 70-talet.

Hon trevade sig fram i sin berättelse och kände själv att något var fel, att hon var för blyg eller något och att verkligheten blev mycket blekare när hon försökte beskriva den. Till slut skakade Anna Holt på huvudet och slog skrattande ut med båda armarna.

"Det här går ju inte Ewa, du vågar ju inte berätta. Ska jag förhöra dej i stället?"

"Ja, gör det, jag känner själv att jag inte får till det."

"Är det här mannen i ditt liv?"

"Ja, långt bortom varje rimligt tvivel."

"Och du är kvinnan i hans liv?"

"Ja, han säger det. Och jag tror honom."

"Hade ni bra sex?"

"Va? Jo det kan du ge dej på! Jag har nog aldrig kastat mej in i sex på samma sätt, aldrig tagit för mej så mycket, låtit mej uppslukas… äh, det är inte lätt att beskriva. Men… vi älskade som galningar hela tiden."

"Men vad var det som gjorde att det blev en sån fullträff, det måste ni ju ha börjat tala om efter nån vecka eller så när ni hämtade andan?"

"Jo, det gjorde vi förstås, fast det tog fjorton dar att faktiskt hämta andan och börja tänka efter och försöka förstå vad som hänt oss och vad vi höll på med egentligen. Men så här. Jag hade just skiljt mej, nästan 40 år gammal och efter två misslyckade förhållanden med poliser. Jag trodde allting som hade med kärlek och män att göra var över. Han skiljde sig för 10 år sen och nu pensionerades han och var säker på att det aldrig skulle kunna hända honom igen. Och sen när vi träffades så… jag vet precis hur det var men jag kan inte beskriva det. Som om hela tillvaron vändes upp och ned, kanske. Livet var inte slut, tvärtom började det just om."

"Ska ni gifta er?"

"Ja, absolut."

"När, var, hur?"

"I höst nån gång, här i Stockholm, han ska flytta hit, åtminstone till hälften, om jag bara kan hitta en bostadsrätt åt oss som har utsikt över vatten, plats för en vinkällare och stora bokhylleväggar. Han är nog mer för det där med kyrka än vad jag är, men det spelar inte så stor roll."

"Så du ska fortsätta kneget med att jaga bus, fast genom ett rosa skimmer?"

"Första tiden där nere föreställde jag mej nog att aldrig göra något mer utom att vara med honom. Men när man tänker efter lite så inser man ju snart att såna som du och jag inte direkt passar som hemmafru, man skulle väl bli tokig efter ett tag."

"Ja, det tror jag med. Men passar han som hemmaman, en före detta officer?"

"Ja, som klippt och skuren faktiskt. Han har dagboksanteckningar från sina 40 år i Främlingslegionen och han... "

"Va! Var han i Främlingslegionen?"

"Ja, sa jag inte det? I alla fall så har han alltid velat skriva och nu ska han äntligen ägna sig åt det. Han är förresten en jävel på mat och vin så det är inte så fjolligt som det låter. Om vi dricker en flaska till ska jag försöka berätta hur det egentligen var. Jag bjuder, jag är lycklig och totalt oansvarig!"

* * *

Henric Gundell var tvättäkta ursinnig, besinningslös i sin ilska på ett sätt som hans omgivning ytterst sällan, om ens någonsin, hade sett honom.

Att det fanns tjuvar där ute på marknaden, nej felsägning, han menade förstås samhället där ute där de andra människorna levde, var väl ingen sensationell nyhet. Världen var full av tjuvar som stal från pensionärer och åldringar och från varandra och från radhusägare och från enklare olarmade lägenheter både inne i stan och ute i förorterna och ibland till och med från bättre folk, som hos CH.

Men att tjuvar skulle ha fräckheten att ge sig på honom, Henric Gundell, var en närmast ofattbar kränkning. Det värsta var inte att tjuvjävlarna hade tillskansat sig vin för någon miljon, vinet skulle gå att ersätta och var dessutom försäkrat som allt annat i tillvaron, inklusive fruar och barn. Men det var en närmast ofattbar förolämpning att han själv skulle behöva belasta försäkringsbolagets kostnadsmassa med ersättning för stulen privategendom. Och dessutom kände han sig besudlad, nedsmetad med tjuvnad så att han trodde sig kunna känna hur vittringen, som var en blandning mellan vildsvin och kloak, låg kvar efter tjuvarna nere i vinkällaren.

Och sen alla dessa enfaldiga poliser! Först hade det infunnit sig några lokala förmågor från Sörmland som klampat runt där nere och letat fingeravtryck och lämnat platsen ostädad efter sig. Och som om inte det var nog kom snart ett nytt team från Stockholm på två man från kriminalen som sade sig ha tagit över och den som hade befälet, och hette Stålmus eller nåt i den stilen, hade faktiskt propsat på att Henric Gundell själv skulle följa med ner och titta på eländet. Som om det skulle hjälpa! Där fanns ju bara ett uppbrutet skåp där de förnämsta dyrgriparna hade legat och där det nu inte fanns en enda flaska kvar. Och då började den jävla Stålmusen att mer eller mindre förhöra honom och ställa de mest idiotiska och oförskämda frågor som exempelvis hur många av hans vänner som kände till den här vinkällaren eller hade sett den stulna specialutställningen.

Det var i och för sig lätt att svara totalt avväpnande på. Det var ju bara hans familj och ett litet gäng kolleger i ledningen för hans eget försäkringsbolag och för Astra och Ericsson. Inte precis några särskilt troliga tjuvar, så där fick den tröge snuten så han teg, eller åtminstone borde haft vett att tiga. Men i stället fortsatte han med de mest insinuanta frågor om varför Henric Gundell hade samlat de 36 dyraste flaskorna på ett och samma ställe, med tanke på att det "underlättade väsentligt för en tjuv att hitta i vinkällaren". Som om en liten snut skulle kunnat ha någon uppfattning om hur man placerade sortimentet i en vinkällare för omkring tio millar.

Och den fan gav sig inte. När Henric Gundell försökte fnysa bort frågeställningen och demonstrativt tittade på klockan och annat som brukade få omgivningen att snabbt fatta vinken, tjatade snuten bara på.

Var det alltså en särskild liten utställning med bara det dyraste? Ungefär som om man tänker sig en frimärkssamling med de mest sällsynta exemplaren samlade på en och samma sida i albumet? Det var alltså vin som inte var till för att dricka till middag hursomhelst utan mer för att visa upp för vinintresserade vänner? Men borde man då inte ha övervägt risken för hur en tjuv skulle ha resonerat om han kom till platsen? Jo, det var visserligen en upprepning av en redan ställd fråga. Men en vanlig tjuv i en så här stor vinkällare skulle ju aldrig ha kunnat leta fram dyrgriparna om de inte stått på parad längst fram med särskild spotbelysning?

Den fräcke jäveln och hans tydligen dövstumme kollega insinuerade alltså att han, Henric Gundell, skulle ha haft en avdelning med vin som bara var till för skryt. Han skällde ut de två polismännen efter noter och påpekade hur han noga skulle följa utredningens gång eftersom han sannerligen inte saknade kanaler till polisledningen i Stockholm och att det här vinet ville han se tillbaks på sin plats inom fjorton dagar. Stålmusen som fullt klart borde ha begripit vad han blev tillsagd rörde ändå inte en min utan bad bara om att få en datautskrift separat på vad som hade stulits och ännu en utskrift som förtecknade hela vinkällarens innehåll. Det senare vägrade Henric Gundell, liksom han för andra gången vägrade att lämna fingeravtryck. Men den jävla Stålmusen rörde fortfarande inte en min utan frågade i stället hur han kunde komma i kontakt med de anställda på gården.

* * *

Inbrottet i försäkringsdirektören Gundells vinkällare hade kommit som en glad nyhet för Ewa och hennes mannar. Fler inbrott gav fler spaningsuppslag och till slut kom genombrottet. Ewa hade annars delat Terje Lundstens pessimism och också hon hållit för troligt att tjuvarna nu borde ha dragit öronen åt sig och avbrutit sin serie. Det var nästan så att man skulle kunna börja tro att tjuvarna mot all logik var några andra än dem man misstänkte.

Så fort meddelandet kom från KUT, kriminalunderrättelsetjänsten, lade hon in en begäran om att hennes specialkommission skulle få överta ärendet, vilket omedelbart beviljades. Men tyvärr var de ändå för sent ute. Inbrott i stora och avsides belägna sörmlandsbostäder var väl inte det hottaste den lokala polisen kunde tänka sig, men Henric Gundells kändisskap hade tydligen haft en starkt uppiggande verkan på kollegerna där ute. Så när Claes Stålhammar och Erik Muhr kom fram hade det redan varit för mycket spring och kladd på själva brottsplatsen för att det skulle löna sig att ta dit specialtekniker och leta fotavtryck och hårstrån och annat smått.

När Stålhammar och Muhr gett sig iväg mot Gundell blev Ewa ensam på kontoret eftersom Gunilla Österman var hemma med sjukt barn och Terje Lundsten och Börje Sandén hade avlöst de andra två ett slag med det mer sega jobbet att leta tjuvgömma och spana efter tillbommade lador och annat i närheten av de misstänktas sommarbostäder. Tanken var god, rimligtvis måste det finnas en tjuvgömma någonstans eftersom merparten av den stulna konsten knappast kunde ha smugglats utomlands men inte heller hade dykt upp i form av något erbjudande om återköp till försäkringsbolagen.

Men det var som att leta efter en nål i en höstack.

Däremot fanns det en sak som i och med det nya läget, inbrottet hos Gundell, låg inom närmare räckhåll. Om man var lite ful och fräck. Och det var tjuvarnas motiv. För hur var det nu Gundell junior hade sagt? 100 000-dollarsfrågan eller något i den stilen, varför

316

skulle han som hade en förmögenhet på nio siffror behöva stjäla?

Den som möjligen kunde sprida ljus över den frågan var hans mor Carin. Men då måste man dels föra henne bakom ljuset, dels under samtalets gång avslöja vilka misstankar som fanns i utredningen. Och det var ett problem.

Eller det kanske ändå inte spelade någon roll. För om man nu verkligen var inne på rätt personer så var ju ingenting nytt för dem själva, eftersom de flesta av de misstänkta antagligen redan varit i förhör och dessutom stämt av förhören med varandra efteråt.

Och trots det genomfört nästa inbrott? Tydligen helt övertygade om att dumma snuten inte skulle kunna sätta fast dem därför att de var för smarta. Eller för att de var för rika.

Alltså gjorde det varken till eller från om man avslöjade ett och annat för mamma Carin. Möjligen skulle det röra om lite i myrstacken, men det var knappast fel.

Ewa letade en stund efter sina bilnycklar tills hon insåg att Muhr hade hennes tjänstebil, ringde efter en taxi och åkte ner till Gundells residens på Strandvägen. Den här gången tog hon sig lätt in genom porten eftersom hon kom ihåg vilken kod den misstänksamma gamla damen slagit när de skulle upp och ha sitt första möte med lille Gundell i vindskupan.

Det var utan tvekan Carin Gundell själv som öppnade, förvånansvärt snabbt och omisstänksamt. Hon var en stilig kvinna något över 50 och klädd i starka färger men ändå väldigt elegant.

"Hej", sade Ewa och höll upp sin legitimation. "Jag heter Ewa Johnsén och är polisintendent vid Stockholmspolisen, får jag komma in och ställa några frågor?"

"Det var värst!" skrattade Carin Gundell. "Polisintendent, är inte det finare än kommissarie? Ja, i så fall vågar jag inte neka, jag antar att det gäller inbrottet ute på landet?"

Märkligt, tänkte Ewa när hon leddes in till en salong med fönster ut mot Strandvägen – lägenheten verkade vara gjord av samma inredningsarkitekt som hos den där Christensen några kvarter bort – att hon genast förutsatte att det gällde inbrottet. Folk brukar inte koppla sådana samband direkt. Hon avvisade alla förslag om kaffe eller te.

"Jaha", sade Carin Gundell fullständigt obesvärat när de hade satt sig till rätta i en bylsig soffgrupp under en gigantisk tavla där två havsörnar jagade en sjöfågel av något slag. "Jag antar att jag ska försöka komma med några upplysningar?"

"Ja, just det", instämde Ewa med blicken fortfarande på den stora tavlan som hon numera utan tvekan skulle tillskriva Bruno Liljefors. "Det är ju mest rutin, men det har du tydligen redan klart för dej?"

"Min hemliga last är polisromaner, ja alltså bara vissa polisromaner där poliserna är mer realistiska om du förstår vad jag menar."

"Måste erkänna att jag har en bildningslucka på det området, vi som är poliser har väl andra fritidsbehov antar jag. Men till upplysningarna alltså. Ni har haft inbrott i er vinkällare ute på landet och enligt anmälan har det stulits för ungefär en miljon."

"Ja, står det så i anmälan är det säkert riktigt, allt är ju försäkrat och noga förtecknat."

"Men ni är rätt så nyinflyttade ute på... Håtuna heter väl stället?"

"Ja, sen förra året, det har mest varit renoveringsarbete fram tills nu."

"Det betyder att vinkällaren också är ny?"

"Ja, den kom för en fjorton dar sen."

"Den kom? Alltså allt på en gång?"

"Ja, det är en firma i London som har specialiserat sig på att leverera färdiga vinkällare."

"Fjorton dar säger du. Vilka kände till att ni hade såna dyrbarheter i vinkällaren?"

"Inte många, skulle jag tro. Henric har haft jaktgäster där, det är nog det enda hittills och vi fruar var med på avslutningsmiddagen på söndagen. Men snälla, rara! Vi tycks ha en liten exklusiv krets av misstänkta i så fall, vd och styrelseordförande på Astra, folk från ledningen på Ericsson och sånt. Om inte dom här grabbarna har egna vinkällare så går dom väl inte och stjäl från sina vänner och kolleger?"

"Nej, det låter ytterst osannolikt. Men vad tror du gjorde att tjuvarna så snabbt kunde hitta en begränsad mängd flaskor, det står 36 i anmälan tror jag, men ändå till ett så högt värde?"

"Faktiskt pinsamt enkelt. Dom allra dyraste vinflaskorna var samlade i ett litet skrytskåp med belysning och allt. Det var väl bara att ta det skåpet och efter vad Henric sa på telefon var det just vad dom gjorde."

"Det leder ju till slutsatsen att tjuvarna inte behövde vara några vinexperter precis."

"Nej, nej. Så som skrytskåpet stod placerat var det ingen som helst tvekan för någon som kom in där."

"Jag förstår. Och sen tog dom bilen, antar jag?"

"Det vet jag ingenting om. Henric har nog inte tittat i garaget än, så uppjagad som han blev av det här."

Ewa låtsades grubbla en stund innan hon tog fram namnlistan och sköt den över idegransbordet mellan dem.

"Jag ska vara fullkomligt uppriktig", sade hon. "Dom vi misstänker finns på den här listan, jag antar att det är bekanta namn."

När Carin Gundell snabbt ögnat igenom listan tappade hon omedelbart sin vänliga säkerhet och annat var förstås inte att vänta. Ewa försökte att inte spänna sig inför fortsättningen, det var nu hon kanske skulle komma fram till det som var avsikten med det här besöket, allt det andra hade väl grabbarna redan tagit fram på plats ute hos mannen Gundell.

"Ni misstänker våra barn", sade Carin Gundell, rösten nästan sprickfärdig, när hon sköt tillbaks namnlistan över bordet. "Det är ju oerhört allvarligt, har ni verkligen fog för det här?"

"På den där namnlistan finns nog tjuvarna, det är vad vi tror", fortsatte Ewa på stigen in mot det okända. "Men somliga kan vara oskyldiga och vårt problem är att vi inte vet vilka som är vilka. Får jag ställa några personliga frågor?"

"Ja, lite har jag ju tappat lusten för samtalet men… missförstå mej inte, om jag kan hjälpa dej så gör jag det. Men kul är det inte. Vad undrar du över?"

"Dom här ungdomarnas ekonomi. Flera av dom har förmögenheter som är taxerade över tiotals miljoner eller, i just fallet med Gustav och Catharina, mer än 100 miljoner. Vad gör ni för att dom inte bara ska lägga sig på rygg och njuta av livet eller hur jag ska uttrycka saken?"

Äntligen var hon framme och Carin Gundell såg förstås störd ut men hade inte rusat upp och pekat mot dörren, vilket varit hennes fulla rätt. Ewa fick ett spontant intryck av att de kommit åt en känslig nerv.

Och det blev alltmer tydligt ju mer Carin Gundell berättade. För hon började med att suckande konstatera att Ewa hade satt fingret rakt på en mycket öm punkt.

Arvsskatten var ett evinnerligt bekymmer för alla som var rika genom födsel och ohejdad vana eller som blivit det under karriärens gång, ungefär som hennes man Henric och de flesta andra på den där namnlistan, föräldrarna alltså. Man kunde successivt överföra förmögenhet till sina barn i livstiden genom en serie manövrer med aktier och annat som Carin Gundell själv uppriktigt sagt inte intresserade sig för så mycket när det gällde själva tekniken, hon utgick givetvis från att allt var lagligt.

Den goda sidan av saken var alltså den lagliga skatteplaneringen. Problemet var att unga människor som varken avslutat sin utbildning eller valt väg i livet försågs med ekonomiska resurser på fantasinivå. Och då börjar man som förälder oroa sig för att barnen inte ska göra något vettigt alls i livet. Ungdomar åren efter studenten är ju mycket utåtriktade och riskerar att snabbt lägga sig till med ett alldeles för flamboyant nöjesliv.

Så hur undvika att fullständigt spoliera barnen genom att dränka dem i pengar?

Fler mammor än hon hade grubblat över den saken och naturligtvis hade det varit ett ständigt samtalsämne i bekantskapskretsen såfort åtminstone mammorna var tillsammans, papporna var tyvärr inte särskilt bekymrade utan mer inriktade på sina fiffiga ekonomiska arrangemang.

En lösning som nog var ganska vanlig var just den hon själv tjatat fram i den egna familjen. Hon hade bett sin man hitta på något sätt att låsa barnens förmögenhet tills de kom upp i mer mogen ålder och redan studerat färdigt och skaffat sig ett yrke. Teknikaliteterna kunde man hoppa över, det handlade om att ordna med stiftelser med begränsad livstid och det ena med det andra, många företagsjurister hade fått lägga sina pannor i djupa veck. Men huvudsaken var att barnen inte fick en sjövild personlig ekonomi. Att bekosta deras studier och bostäder under studietiden var väl vad varje förälder som var tillräckligt lyckligt lottad rent ekonomiskt skulle ha gjort. Men avigsidan var alltså att barnen uppe i vuxen ålder, åtminstone på gränsen mellan ungdomen och vuxenvärlden, fortfarande måste ha en sorts veckopeng. Alternativet att de skulle komma och tjata om pengar för varje enskild utgift blev snabbt outhärdligt för båda parter. Så det vanliga var att man satte in ett belopp på ett kreditkort som barnen disponerade, en jämn summa för varje månad och därefter slapp allt tjat och tjafs. Det var bara att instruera banken och så kunde man låtsas som ingenting efter det. Resor och annat utöver det vanliga fick man visserligen ordna på det gamla vanliga sättet, just nu var till exempel Gustav i London eftersom en av hans gamla klasskamrater skulle gifta sig.

Ewa bestämde sig för att det var nu eller aldrig som det gällde att plötsligt skärpa frågeställningen. Moderliga omsorger fanns hos hög som låg och rik som fattig men nu måste hon få veta.

"Och då fick Gustav en särskild, kan man kalla det tilldelning för London, för jag antar att han lever på... sådär 10 000 i månaden på American Express?"

"Det var värst vad du vet! Är han en av de misstänkta?"

"Nja... och det är inte så konstigt att jag vet det, jag har talat med Catharina. Men han ska klara sig på 10 000 i månaden, Catharina får ju bara 5 000?"

"Jo, men hon har en helt annan, ska vi säga moralistisk och strikt inställning till livet, åtminstone om man jämför med Gustav. Dessutom är han nyförlovad."

"Men 10 000 i månaden räcker bara till två flaskor champagne i veckan om man går på vissa kändisställen och sånt runt Stureplan?"

"Ja, det där livet är verkligen ingenting att uppmuntra! Vilka människor man ser i skvallerpressen! Nej, men jag tänkte att det verkligen gällde att hålla Gustav, eller Gurra som vi säger i familjen, borta från sånt."

"Och det här har ni mammor diskuterat fram och tillbaka, så jag antar att dom andra ungdomarna här på namnlistan lever under ungefär samma ekonomiska villkor?"

"Ja, den vanliga veckopengen, eller vad man ska kalla det, ligger väl lite under Gurras skulle jag tro. Alltså det här låter absurt, jag vet det och om vanliga anständiga människor hörde oss sitta och nämna dom här summorna så vet jag inte vad. Men allting gick så fort i familjens liv, allt blev så grandiost med slott i Sörmland, hjortar och viner för miljoner. Egentligen borde man ligga på knä och tacka försynen varje dag."

"Men det gör du inte?"

"Nej, konstigt nog."

"Därför att du oroar dej för att barnen ska drunkna i champagne?"

"Det var en drastisk bild må jag säga. Men visst, nånting åt det hållet."

"Fast Catharina verkar ju ha båda fötterna på jorden, en tuff tjej."

"Javisst! Och det är ändå rätt märkligt att man som mamma faktiskt kan bli glad över sånt som en förfärligt ful ring genom ögonbrynet, igelkottsfrisyr och säckiga kläder och ett extremt politiskt engagemang. Men hellre det än... ja."

"Än playboyliv?"

"Självklart, men jag undrar om du inte går som katten runt het gröt. Kan du säga mej en sak alldeles uppriktigt?"

"Jag är polis så det finns frågor jag varken kan eller får svara på. Men vi kan ju försöka."

"Är Gustav en av de misstänkta?"

"Ja, eftersom alla på den där namnlistan av ungdomar är misstänkta tills vi vet hur det ligger till. Men att vara misstänkt är inte detsamma som att vara skyldig."

Där slocknade deras samtal som av syrebrist. Det gick inte att ta ett steg till och Ewa visste redan vad hon behövde veta. Hon reste sig och såg urskuldande på klockan och var på väg att sträcka fram handen när hon kom på att fint folk sa adjö vid dörren. Carin Gundell reste sig också och följde henne ut. När de tog i hand vid dörren dröjde Carin Gundell och höll fast Ewas hand och tvekade inför vad hon ville säga.

"Kan du lova mej en sak?" frågade hon till slut. Hon såg plågad ut.

"Jag kan försöka", svarade Ewa och drog åt sig handen.

"Om Gustav verkligen är en av de skyldiga, kan jag få bli den första att veta?"

"Ja, det lovar jag dej", svarade Ewa, försökte le tröstande och gick.

Hon struntade i hissen och gick energiskt nedför de vita marmortrapporna för nu visste hon hur hon skulle komma åt den där lille spätten som erbjudit pengar som han inte hade för samlag bakifrån eller vad det nu var. Nu skulle hon koncentrera sig ett tag på just Gustav Gundell eftersom hon hade en tydlig och klar ingång på honom. Det gällde bara att tala med åklagaren och hyfsa till den pågående förundersökningen något. Förundersökning var nyckelordet. Och så fick det bli en del mejlväxling med Metropolitan Police i London.

Hon promenerade upp till Kungsholmen medan hon funderade på hur de olika uppslagen skulle utformas. Just nu var i alla fall Gustav Gundell det mest självklara målet för attack, så mycket var klart.

När hon kom upp på kontoret hade Claes Stålhammar och Erik Muhr just kommit tillbaks från sitt besök på Gundells slott i Sörmland och Muhr såg ut ungefär som när han fått sadistiska fobier efter sitt förhör med en av de där överklassflickorna före semestern. Deras personliga omdömen om den superkände försäkringsdirektören Gundell var i princip åtalbara om de skulle ha yttrats offentligt. Den jäveln hade varit så fixerad vid sitt vin att han inte ens observerat att hans bil för trekvarts miljon också var stulen, en Range Rover som han hade "för jakt och andra lantliga ändamål". Men den var såklart borta. Tjuvarna hade hållit sig till sitt vanliga MO och kommit till fots. Fast någon måste ha kört dem ner till Sörmland och släppt av dem i närheten, och denne någon måste ha kunnat trakten, för ingen bil hade passerat jägarbostaden vid den kritiska tidpunkten och jägarbostaden låg på den vanliga uppfarten till huvudbyggnaden. Hundarna skulle ha skällt i hundgården, nämligen.

Det fanns en krånglig bakväg, men då måste man hitta väl. Claes Stålhammar menade att den här gången var nog lille Gundell junior med på expeditionen.

Kanske, kanske inte, medgav Ewa. Nu var han i alla fall i London, vilket var en i sammanhanget särskilt intressant plats. Det var sannolikt bara där man kunde sälja vin för en miljon på ett och samma ställe. Dessutom kunde man väl kränga en Range Rover också även om ratten satt på vänster sida. Hon skulle skriva en pm till dem som höll i utlandsförfrågningar och så skulle kollegerna i London nog kunna ta reda på om just den särskilda Håtuna-listan på exceptionellt dyrt vin hade utbjudits till försäljning nyligen. Och av vem.

Tusen spänn på Gundell junior, menade Claes Stålhammar. Ingen av de två andra gjorde minsta min av att bjuda emot.

"En sak till", triumferade Ewa, "Junior är från och med nu högt prioriterad i vår pågående förundersökning, eller hur?"

De andra nickade entusiastiskt.

"Och då är det så här. Han betalar alla sina privata utgifter med ett American Express platinakort. Om vi kan visa att han är föremål för förundersökning så lämnar dom ut hela årsredovisningar, det är sånt som vi har en viss rutin på nere på EBM. Och det är detaljerade redovisningar, kan jag meddela. Vi kan följa hela hans utgiftsliv under dom senaste två åren eller ännu längre tillbaks om vi vill. Stalltipset är att det uppstår en dramatisk skillnad mellan de faktiska utgifterna och hans månadspeng hemifrån på 10 000. Bra, va?"

"Har den jäveln 10 000 i månadspeng!" skrek Muhr och såg ut som om han på nytt var inne i sina strypfantasier.

"Oh ja", log Ewa oskuldsfullt. "Skattefritt. Fast egentligen inte, men det är en omöjlig sak att kontrollera."

"Det här börjar faktiskt se rätt lovande ut", sade Claes Stålhammar.

"Med lite tur får vi fram hans vinförsäljning i London och dessutom en kostnadsbild för ung fetthårig mans hårda liv i Stockholmsnatten. Och då har vi honom väl?"

Ingen sade emot, tvärtom. Och två minuter senare kom ytterligare påfyllning till deras stigande optimism.

Det var en kollega från Sörmland som hörde av sig och sötsurt undrade vad man skulle göra med en beslagtagen keps av märket Versace som hade hittats där man förmodade att tjuvarna tagit sig ut och in. Ewa bad översvallande vänligt att få en bild på kepsen upp till Stockholm, men att själva beslaget kunde gå direkt till Linköping för analys. Hon underströk att det kunde röra sig om ett mycket viktigt fynd, och något lyckades hon väl blidka kollegan.

Hon ropade tillbaks Muhr och Stålhammar som hade gått in på sitt rum för att fortsätta att pula med den tröstlösa raden av misstänkta tjuvgömmor.

Nu gällde egentligen bara frågan om det här var bra eller mycket bra. För vad ville man helst ha från kepsen, DNA från någon av de två individer man redan hade för att binda honom till ytterligare en brottsplats? Eller var det bättre med en tredje individ?

De enades om att det var bättre att få en tredje fisk i håven.

Ewa kände sig som om hon nästan dansade sig igenom den resterande eftermiddagen, hade svårt att inte småsjunga för sig själv och kom i förbifarten på att man naturligtvis skulle undersöka om inte Gundells stulna Range Rover hade tagit bilfärja över till London från Göteborg strax efter stölden på Håtuna, gjorde upp tid för sammanträde med den åklagare som formellt var förundersökningsledare och förberedde framställningen till Metropolitan Police i London. Det var som om hon var dubbelt lycklig, tänkte hon, dels ett jobb som från början sett hopplöst ut men som nu blivit mycket hoppfullt, dels att han skulle komma upp till Stockholm över helgen.

Såfort hon blivit ensam på kontoret kastade hon sig på mobilen, hon hade redan övervägt frågan om privatsamtal på tjänstetelefon och kommit fram till att hon kunde motivera det genom några frågor om vin, så att hon slapp hålla sig tills hon kom hem till sin egen telefon.

De talade i munnen på varandra, hans röst fick henne att återuppleva dofterna och hon inbillade sig att hon hörde havet i bakgrunden. Hon lovade att försöka ta fram några lägenheter till påseende över helgen, det var mest då det var visningar, och han påminde skrattande om att sju, åtta miljoner gick bra så länge det inte var euro, som han först trott när hon nämnt något om vad bostadsrätter i Stockholm kostade. Och så att vinkällarutrymme, bokhylleväggar och utsikt över vatten var det enda han begärde. Och hon sade något om att hon längtade och att han inte fick se sig omkring när han kom hem till henne eftersom hon bodde i en halvplundrad och ostädad ruin.

Mot slutet av samtalet tog hon fram listan på de stulna vinerna hos Henric Gundell och läste med stapplande uttal en stund innan han avbröt henne och frågade om hon skämtade. Hon försäkrade att det hade hon knappast förmåga till, alltså att hitta på den här typen av viner och årgångar där bara ett par flaskor föreföll bekanta, de som de hade druckit den där gången hos Ponti.

Men när hon fortsatte uppräkningen så hann hon ändå inte komma till slutet innan han först började småfnissa och snart vrålade av skratt så att hon kom av sig.

Han hade två kommentarer, mellan alla skämt om den nyrike fåne som varit stolt ägare till vinerna ifråga. För det första att det mesta av det uppräknade vid det här laget blivit för gammalt för att dricka och bara var dyra samlarobjekt. För det andra att om man ville sälja sådana flaskor som på den här listan så fick man nog vända sig till Sotheby's i London.

Sedan sade han att han älskade henne mer än livet självt.

IX.

NATTEN MELLAN DEN 10 och 11 september 2003 var helt fel läge att stå och hålla på med en vanlig simpel körkorts- och rattfylle-kontroll på av- och påfarterna till bron mellan Lidingö och Stockholms innerstad. Åtminstone kändes det helt fel för de trafikpoliser som enligt långt i förväg fastställt schema stod där och sysslade med vad som föreföll till och med dem själva meningslöst.

Sveriges utrikesminister Anna Lindh hade tidigare på dagen kniv-huggits av en dåre på NK och de hade just fått besked över polis-radion om desperata blodtransporter kors och tvärs och att läget var ytterst kritiskt. Det såg ut som om man snart skulle stå inför faktum att Sverige på nytt jagade en mördare som gett sig på regeringen, landet självt. Mardrömmen från tiden efter mordet på Olof Palme kunde vara på väg att upprepas.

Det enda länstrafikgruppen kunde bidra med var möjligen att vara extra observanta om någon bilförare föreföll sinnesrubbad eller farlig. Det första var väl inte helt ovanligt när det gällde bättre bemedlade Lidingöbor när de framförde synpunkter på trafikpolisen, men det senare var ytterst sällsynt. Glada över sitt jobb var hursomhelst inte polis-männen just då och trafiken var gles och de var kanske övermåttan petiga och ovänliga mot trafikanter som i regel inte bara var oskyldiga till allt, utan dessutom sågott som samtliga påpekade, mer eller mind-re oförskämt, dock alltid oförskämt, vad polisen hellre borde syssla med just nu. Inför allmänheten var alla poliser bara just poliser och det var inte meningsfullt att försöka förklara att trafikenheten syssla-de med trafik och ingenting annat om så jorden var på väg att gå under, kanske särskilt då förresten.

De tog ytterst få rattfyllon och något annat var inte att vänta en natt mellan onsdag och torsdag. Men det ingick i någon sorts vis strategi att den här typen av kontroller skulle spridas mellan både rimliga och orimliga tidpunkter så att allmänheten fick intrycket att man kunde åka fast "närsomhelst".

En beige Lexus av största modellen med fyra ungdomar som verkade nyktra på väg från Lidingö in mot Stockholm var alltså inte direkt pulshöjande för de två unga och rätt färska poliser som vinkade in bilen. Ingen av dem hade en tanke på att stanna på trafikenheten, det här var bara sådant som man ofrivilligt skickades ut på efter polisskolan, flera olika jobb, för att senare kunna välja var man ville stanna.

Men eftersom de var unga och oerfarna och i stort sett fullständigt delade de synpunkter de inhämtat från kvällens trafikanter, nämligen om vad polisen snarare borde syssla med en natt som denna, så hade de börjat få låg tolerans mot oförskämdheter. Det blev avgörande.

För när den långhårige unge föraren retades med att dra ner fönsterhissen bara en aning så att det inte blev mer än en springa att tala genom uppstod den första lilla dispyten.

Dessvärre visade sig den lille skiten bara ha så svagt spår av alkohol i utandningsluften att han måste gå loss utan vidare insatser. Men just när han fick tillbaks körkortet sa han att han inte kunde förstå vilka idioter det var som frivilligt valde att bli poliser. Men å andra sidan såg ju båda herrarna konstapel ut som idioter. Och så fnös han och skickade upp fönsterhissen.

Extra polisman Julander blev då vansinnig, bankade med sin behandskade hand på bilens sidoruta och skrek att föraren måste vrida av tändningen och stå kvar och pekade med hela handen och gick med långa steg över till sin chef, en luggsliten gammal björn med så många allmänhetens spottloskor i pälsen att han definitivt inte skulle lägga märke till ytterligare en. Men ändå kände han en nästan sentimental förtjusning över ungdomar i jobbet som vägrade att ta skit, så han vankade över till Lexusen och knackade försiktigt på den stängda sidorutan. Där inne dunkade rockmusiken och där satt fyra både propra och nyktra ungdomar.

"Gomorron, gomorron", hälsade han avsiktligt lent när han fick ögonkontakt med den långhårige bilföraren och även fått honom att dra ner fönstret. "Till att börja med får du ta och stänga av den där musiken så att vi hör varandra", kommenderade han fortfarande godmodigt. Nu skulle han roa sig med att visa de yngre kollegerna hur man på ett fullkomligt oantastligt sätt gav igen mot sådana lustigkurrar bland allmänheten som gått över gränsen för vanliga hyggliga synpunkter på polisens prioriteringar.

"Och sen om jag får be om körkortet", fortsatte han.

"Men det har ni ju redan tittat på!" fnös ynglingen och såg på klockan som om han hade bråttom. En flicka i baksätet väste åt honom att sluta trassla. Hon verkade nervös och arg.

"Just det, men nu vill vi nog titta på det igen. Och så om du är så snäll och räcker över bilnycklarna?"

Det blev naturligtvis tjafs, precis som den luttrade polisinspektören avsett, diskussioner om något som den långhårige kallade polistrakasseri och hot om advokater och stämma polisen och annat uppiggande som bara förlängde situationen. Och tydligt skapade en stigande ovänskap mellan bilens förare och passagerare. De i baksätet började tjata på honom att ge med sig och han fräste ilsket tillbaka. De två unga polismännen stod snett bakom sin chef och ansträngde sig att inte börja garva åt uppvisningen.

När polisinspektören fått bilnycklarna stoppade han dem lugnt i fickan, körkortet räckte han över till en av sina yngre kolleger.

"Jutterström eller vad du hette, kolla det här körkortet så att det inte är indraget och ta en ägarupplysning på bilen, va?"

"Julander var det, jo det ska bli", svarade den yngre kollegan och började ytterst sävligt röra sig mot en av polisbilarna. Han hade alltså fattat galoppen.

Det dröjde förstås förvånansvärt länge innan extra polisman Julander kom tillbaks med besked och under väntetiden hade det blivit mol tyst inne i Lexusen.

Körkortet var det som väntat inget fel på och bilen tillhörde en direktör Starling på Lidingö och var inte anmäld stulen.

"Jaha, då ska vi se", fortsatte polisinspektören jovialiskt. "Du som kör heter Lundbäck, vem av er där inne heter Starling?"

Det enda svaret blev en påtagligt nervös tystnad. Det här kanske skulle gå att förlänga lite till trots allt, tänkte polisinspektören och blinkade åt sina yngre kolleger.

"Har vi alltså ingen Starling här i sällskapet? Varför åker ni då omkring i Starlings bil?" frågade han som om han verkligen grubblade över problemet.

"Det är vänner till oss, dom är bortresta och vi har lånat bilen", svarade den långhårige chauffören som visat sig heta John Lundbäck, född 1980.

"Och eftersom bilens ägare är bortresta kan vi praktiskt nog, eller oturligt nog beroende på hur man ser det, inte kontrollera uppgiften om att ni lånat bilen? Jaha. Får jag be dej öppna bakluckan!"

"Det har ni ingen rätt till! Det här är polistrakasseri igen och ni får inte begå husrannsakan eller kroppsvisitation hursomhelst!" invände chauffören med en påtaglig blandning av aggression och nervositet. Det började se allt bättre ut.

Polisinspektören suckade djupt bekymrad. Hans yngre kolleger hade mungiporna ända uppe vid öronen.

"Nu är det så här, unge man, att 'polistrakasseri' inte finns på svenska. Vi svenska poliser förväntas alltid vara snälla. Och så till din finurliga invändning om husrannsakan eller vad det var. Du vet, vi är ju bara trafikpoliser och får såklart inte hålla på med husrannsakan utan vidare. Men som trafikpoliser har vi skyldighet att kontrollera att du har en varningstriangel på plats. Det måste man nämligen ha. Så öppna bakluckan nu innan vi måste bryta upp den!"

Scenförändringen blev total inom några sekunder. Flickan i baksätet slog händerna för ansiktet och började gråta och for ut i en lång serie svordomar på någon sorts engelska. Förstärkning från nattligt sysslolösa kolleger bland trafikpoliserna kallades fram till bilen, dörrarna slets upp och bilens passagerare radades upp framför kylaren medan man öppnade bakluckan och undersökte bilens baksäte.

Bilen var full med konst, staplad huller om buller, en låda vin och en plasthink fylld med juveler. Slutsatserna gav sig själva, särskilt med tanke på den alltmer hysteriskt gråtande unga kvinnan och den nu lika hysteriskt rädde och ytterst bleke bilföraren.

Tekniskt sett hade nu John Lundbäck, kallad John-John, bilens förare, Robert Elgin, 24, Ludwig Johansson, 26, och Anne Louise Hermelius, 24, gripits på färsk gärning, på goda grunder misstänkta för grov stöld, alternativt grovt häleri.

I vanliga fall skulle det bara ha varit att ringa krim och skicka efter en transport, men denna natt var ingen vanlig natt utan natten då Sveriges utrikesminister dog till följd av ett ännu så länge okänt antal knivhugg från en ännu så länge okänd gärningsman. Det fanns inte resurser över för något så i sammanhanget ytterst lågprioriterat som att hämta in några tjuvar.

Det fick bli en improviserad lösning på problemet. Så mycket stod ändå klart för även trafikpoliser att de misstänkta var sågott som anhållna, bara man kunde få iväg dem till jouråklagare och häkte. Men eftersom man inte skulle bryta sin insats på ett tag och det inte gick att rekvirera transport fick man be dem sitta och vänta i sin Lexus så länge. Dock försedda med handfängsel och med sina mobiltelefoner beslagtagna.

När ungdomarna hämtat sig något från den första chocken började de hota med advokater. De hade någon föreställning om att "advokater" skulle kunna komma farande till Lidingöbron, svepa med någon sorts lagens trollspö och få dem "fria på nolltid" och det var inte helt lätt att förstå vad de byggde den överoptimistiska prognosen på.

* * *

Ewa väcktes av telefonen klockan halv sex på morgonen den första dagen i Stockholmspolisens nya mardröm, ännu ett mord på en framträdande svensk minister och mördaren okänd och på fri fot. Men hon hade varit långt borta i drömmar om något helt annat och svarade keligt stönande om något som jouråklagaren i andra änden omedelbart valde att inte höra. Tio sekunder senare var Ewa klarvaken och på väg mot duschen.

Kommissionen för avancerade villa- och lägenhetsinbrott i Storstockholm sammanträffade klockan halv sju den morgonen och det var en helvetes morgon och den uppsluppna glädje de alla normalt skulle ha känt kunde omöjligt infinna sig. Deras samtal blev närmast schizofrent när det pendlade mellan jakten på den okände mördaren, det fruktansvärda misslyckandet efter mordet på Olof Palme och det slutliga genombrottet i jakten på Vinkällarligan. Ewa hade lika stora svårigheter som alla andra att hålla koncentrationen, men hon måste ju ta tag i det hela och bad till slut alla att hålla käften.

"Så här", sade hon med fingertopparna mot pannan och med slutna ögon, "nu måste vi ta det kallt. På internmejlen har jag nödrop om all tillgänglig personal som kan avvaras för mördarjakten. Vi har ett osorterat beslag i en plomberad Lexus nere i polisens garage och vi har fyra anhållna medlemmar av Vinkällarligan, nämligen vår favorit nummer två John-John, din särskilda favorit, Muhr, en viss Anne Louise Hermelius, Robert Elgin och Ludwig Johansson, det var han med en halvpanna whisky för en kvarts miljon. Kul att de vittjade Starlings hus för andra gången. Så, det jobb som ska göras är alltså upprättande av beslagsprotokoll och inledande förhör. Det klarar vi på tre man om nödvändigt och nödvändigt är det. Alltså. Börje och Claes, ni jobbar ju redan på Stockholmskrim och kan liksom bara ställa in er i ledet. Gör så och lycka till i mördarjakten! Vi andra börjar med att kånka upp det beslagtagna stöldgodset hit. Några frågor?"

Inga frågor fanns och Börje Sandén och Claes Stålhammar gick in till sina skrivbord, plockade upp en del dokument som de staplade upp framför Terje Lundsten och mumlade spridda förklaringar, bland annat att man kunde stryka alla misstänkta adresser på Lidingö nu, Lexusen hade ju varit på väg därifrån. Och så gick de sammanbitna iväg för att träffa den nyupprättade spaningsledningen för mördarjakten.

De andra tre hjälptes åt med att kånka upp allt stöldgods som fanns nere i den beslagtagna bilen och sorterade det i olika högar innan Ewa och Gunilla Österman satte igång med det visserligen minst spännande men likväl nödvändiga arbetet att upprätta beslagsprotokoll. Det var enkelt med tavlorna, man numrerade dem allteftersom och noterade konstnärens signatur om den var läslig, beskrev annars motivet och om det var oljemålning eller något annat. Juvelerna noterades med en något preliminär men rätt komisk beteckning, 1 st blå plasthink fylld med diverse smycken. De 12 vinflaskorna noterades dock en och en med årgång och allt, Ewa tyckte sig känna igen en och annan som tydligen tillhörde nyrika människors absoluta favoriter.

På Erik Muhrs bestämda inrådan hade han och Terje Lundsten börjat med att hämta ner Anne Louise Hermelius från häktet. Muhr stortrivdes, han hade ju en gås att plocka med den oförskämt rika, arbetsskygga skönhetsdrottningen.

Och nu halvlåg hon där i stolen mitt emot honom och Terje Lundsten. Utan solglasögon, med utkladdat smink och förstås både sur och rädd.

Erik Muhr såg opassande förtjust ut när han läste in förhörsuppgifterna.

"Förhör hållet med Anne Louise Hermelius torsdagen den 11 september 2003 vid polisen i Stockholm, klockan 07:37. Förhörare kriminalinspektör Erik Muhr, förhörsvittne kriminalkommissarie Terje Lundsten."

Erik Muhr tystnade och såg på sitt offer, dock inte så triumferande som Terje Lundsten hade väntat sig, snarare omåttligt road. Terje Lundsten hade inte lagt sig i förhörsordningen, normalt skulle han själv ha lett förhöret i kraft av sin högre grad. Men sakligt sett gjorde det ingen större skillnad och det hade sina goda sidor att sitta bredvid som åskådare också.

"Jaha Anne Louise, så ses vi igen", började Erik Muhr. "Får jag först fråga dej hur du mår idag?"

"Vafan tror du, gubbjävel."

"Ja, att du är uppskakad efter nattens gripande förstår jag. Men du är tydligen fullt i stånd att svara på frågor?"

"Ja, men jag har inget att säga."

"Det har du nog. Det är min skyldighet att upplysa dej om att du nu förhörs som misstänkt för grov stöld alternativt grovt häleri. Då vill jag först veta din inställning till den anklagelsen."

"Jag är oskyldig till allt, jag har bara suttit i en bil."

"En bil fylld med stöldgods för antagligen flera miljoner, det är ju ungefär så mycket ni brukar stjäla, eller hur?"

"Jag har inte stulit nåt. När får jag gå hem?"

"Om ett år skulle jag tro. Jag skulle gissa att du får din första permission då."

"Jag vill ha hit familjens advokat, jag har rätt till advokat eller hur?"

"Jadå. Lämna bara namn och telefonnummer till oss så kommer han. Ska jag fatta det som att du inte vill fortsätta förhöret förrän du har din advokat vid din sida?"

"Shit! Du är inte så jävla puckad som du ser ut i alla fall."

"Utmärkt, då säger vi så. Men så var det en liten sak till, vi behöver nämligen ta ett litet DNA-prov på dej."

"Det kan du ju se dej om efter. Min advokat kommer att fixa ut mej på direkten, fattar ni inte era jävla losers vilka ni har att göra med den här gången?"

"Vi fattar precis, du och jag har ju träffats förut och vi enkla poliser har läst på en hel del sen dess. Sen måste jag väl påpeka att det där med advokater som kommer och fixar nåt så att den misstänkte vandrar ut på fri fot är en ren vanföreställning."

"Men det är väl inget problem om man har råd och gissa en gång om jag har."

"Det där har du lärt dej på bio. I Amerika har dom ett system med att lämna borgenssumma, i ditt fall skulle det väl bli nån miljon, inga problem i och för sig som du redan påpekat. Bara det att vi inte har det systemet i Sverige så det är väl lika bra att jag berättar för dej hur det går till hemma hos oss. Om några dagar kommer du att häktas, det betyder att en domstol beslutar att du ska hållas inlåst tills huvudförhandlingen börjar, rättegången alltså. Under rättegången är du fortsatt frihetsberövad och sen döms du till ett par år eller vad det kan bli. Du kommer nog undan med ett par år, du är ju ung och ostraffad. Sen kanske du vill överklaga domen, gå till hovrätten och riskera ett ännu längre straff och då är du fortfarande häktad. När domen ägt laga kraft som det heter kommer du att överföras från häktet till kriminalvårdsanstalt, fint ord va? Hinseberg blir det väl i ditt fall. Och där sitter du alltså tills första permission, om ett år. Fast det är bara min gissning, det kan dröja ännu längre. Har du nu allt det här klart för dej?"

"Såna losers som er kan aldrig få fast såna som mej, att du inte fattat det. Vi är inga små tjuvar."

"Nej, men stora tjuvar. Så var det det här med DNA… "

"Det kan du leta efter i ditt eget arsle om du vill, men mej rör du inte!"

Erik Muhr lät sig inte störas utan rotade lugnt i sin skrivbordslåda tills han hittade en plastpåse som legat och väntat länge med sin lilla träpinne där båda ändarna var omlindade med bomull. Han höll leende upp paketet framför ansiktet på sitt offer medan han långsamt öppnade det och tog upp pinnen och viftade lite med den.

"Du förstår min vän", sade han nästan bekymrat vänskapligt. "En del kamrater i ligan har haft oförsiktigheten att lämna DNA-spår efter sig i den här serien av inbrott som märkligt nog bara drabbat din egen bekantskapskrets. Har vi tur så är du en av dom, har vi ännu mera tur är det någon annan eller några andra som vi ännu inte gripit. Du är ju redan fast. Gapa nu snällt så ska vi se!"

"Inbilla dej inget gubbjävel! Vem tar du mej för? Du är bara en liten snut och mej rör du inte!"

"Det är alldeles riktigt att jag är polis", log Muhr fryntligt. "Och just därför har jag och min kollega rätt att ta av dej ditt DNA med våld om så behövs. Och det vill du väl ändå inte? Så gapa nu snällt!"

* * *

Advokaternas intåg på scenen fick något lätt surrealistiskt över sig redan genom att de tycktes svepa med sig en vind av berömmelse och stora rättegångar in i Ewas nedgångna lokaler. Det var visserligen inte oväntat, ingen hade ju trott att landets rikaste barn skulle försvaras av några anonyma medelmåttor.

Anne Louise Hermelius företräddes av advokaten Leif Alphin och Robert Elgin av Peter Silbermann, båda med en avsevärd meritlista när det gällde överraskande frikännanden i brottmål där bevisningen föreföll vara mycket god. Båda talade dessutom samma sorts ädelskånska vilket än mer förstärkte känslan av att de uppträdde som ett team cirkusartister.

John Lundbäck hade tydligen själv valt en advokat som han kände väl från Stockholms nattliv och som var mer berömd för sitt egenartade umgänge med gangsters och för sina kvinnofientliga uttalanden i våldtäktsmål än för rättsliga framgångar. Fast någon dumskalle var han inte.

Familjen Johansson hade möjligen valt advokat med sämre omdöme eftersom de utsett sin affärsjurist att sköta sonen Ludwigs försvar. Affärsjuristen var lika elegant klädd som de två brottmålsstjärnorna, men han förvandlades snabbt till rundningsmärke i deras diskussioner.

Så kallat vanliga människor, varmed poliser förstod civilister och åklagare icke-jurister, skulle möjligen ha föreställt sig att det var ett rätt hopplöst läge för den som greps nattetid i en stulen bil med stöldgods för närmare 10 miljoner.

Men även om de anhållnas belägenhet skulle te sig utomordentligt dyster för var och en som inte var polis eller jurist, vanlig människa således, så syntes ingenting av denna eventuella osäkerhet eller pessimism i advokaternas agerande. Det var som väntat Alphin och Silbermann som tog täten.

Invändningarna haglade. För det första var det ingalunda frågan om någon stöld eftersom det inte var visat att ungdomarna verkligen haft för avsikt att införliva det återfunna godset i sin förmögenhetsmassa. Vad såväl Alphin som Silbermann möjligen kunde erbjuda var egenmäktigt förfarande, Brottsbalken 7:8, eller olovligt förfogande, dito 10:4. Ty det fanns visserligen fog för uppfattningen att det var lite olämpligt att nattetid färdas i annans bil fylld med annans egendom, det medgavs. Men när det gällde de objektiva rekvisiten var det närmast en smaksak om man skulle välja egenmäktigt förfarande eller olovligt förfogande. Det väsentliga var att man därmed hamnade på en straffskala som gick från böter och upp till högst sex månaders fängelse.

Och när det sedan kom till de subjektiva rekvisiten, frågan om vad ungdomarna haft för avsikter med sitt busande, så kunde man förvisso välja mellan en hel del smått och gott. De hade långtråkigt och ville skoja med sina vänner? De tyckte att deras föräldrar varit lite snåla på sista tiden? De ville visa för några kompisar hur lätt det var att begå "inbrott"? Eller de kanske hade slagit vad?

Allt detta vore i och för sig både barnsligt och olämpligt, det fick man också medge. Men det var likväl åklagarens sak att bevisa om det fanns andra avsikter än de uppräknade möjligheterna och hittills förelåg ju ingen som helst bevisning i den, subjektiva, delen.

I två dagar fick Ewa sitta och lyssna på advokaternas cirkuskonster. Hon såg det faktiskt som rena cirkuskonster och hon kunde inte undgå att känna en viss beundran för deras förmåga och energi och även om hon själv var jurist så var det bara att tyst erkänna att här låg hon hästlängder efter. I svarta stunder fick hon för sig att det nästan kunde bli som samtliga ligamedlemmar hade försäkrat henne, att de skulle vandra ut i det fria vid häktningsförhandlingen om inte förr. Det var en grotesk tanke men svår att undvika, att överklassbarn med tillgång till rätt sorts advokater kunde stjäla för 100 miljoner och komma undan med böter som inte skulle kosta dem mer än en eller ett par veckopengar.

Från åklageriet fick hon inte så mycket hjälp eftersom hennes förundersökningsledare fanns på den specialrotel som nu jobbade häcken av sig i jakten på Anna Lindhs mördare. Först hade Peter Kristerson, ordinarie förundersökningsledare, varit uppe och lyssnat på några förhör och noterat invändningarna men sedan hade han skickat den visserligen fruktade Karin Karsk, vanligen kallad Kärran, i sitt ställe. Men också hon verkade något disträ, åtminstone föga imponerad av de konstrande advokaterna.

Kärran såg inget problem inför häktningsförhandlingen annat än att det tog tid nere på rättsgenetiska i Linköping, där alla tillgängliga krafter nu satt lutade över en amerikansk baseballkeps och en moraknivar som hade tillhört Anna Lindhs mördare. Två ölburkar och en låt vara betydligt flottare keps från ett par inbrott glömdes lätt bort i den upphetsningen. Men under en häktningsförhandling kunde man alltid hänvisa till att teknisk bevisning var på ingående och dessutom borde väl tingsrätten ha en viss förståelse för dröjsmålet nere på rättsgenetiska i just det här prekära läget.

Däremot hade hon en del tips till Ewa om att dels själv komplettera med ytterligare ett par förhör, dels skjuta in sig på den svagaste länken, vilket antingen var killen med gangsteradvokaten Martinger eller killen med affärsjuristen. Det senare var väl möjligen som att skjuta på sittande fågel. Kärran skrev ner några minnespunkter vad gällde just egenmäktigt förfarande och olovligt förfogande och ångade därefter tillbaks mot den stora mordutredningen.

Nya förhör med Anne Louise Hermelius eller Robert Elgin skulle inte tillföra ett smack inför häktningsförhandlingen, bedömde Ewa. Advokater som Alphin och Silbermann vek sig inte en tum innan de tvingades av ny bevisning och då kvickt kastade sig ned bakom nästa barrikad av invändningar. Så med deras klienter stod allt tills vidare stilla.

Återstod att välja mellan John-John med gangsteradvokaten eller

Whisky-Ludwig med affärsjuristen.

Hon skickade ut Terje Lundsten och Erik Muhr på fortsatt letande efter nålen i höstacken. För om man mot all förmodan fann tjuvgömman så var väl saken ändå klar, det var alltså värt stora ansträngningar.

Sedan satt hon en stund och valde mellan gangsteradvokat eller affärsjurist och bestämde sig mer av nyfikenhet, eller om det var tävlingsinstinkt, för att börja med gangsteradvokaten och använda Gunilla Österman som förhörsvittne.

Advokaten och John-John såg på något komiskt vis ut som far och son när de satt sig ner mitt emot henne och Gunilla. De hade samma frisyr till att börja med. Och definitivt samma överlägsna attityd gentemot två kvinnor. Det kunde bli roligare än man först skulle kunna tro.

"Jaha, John-John", började hon när hon läst in förhörsuppgifterna på bandet, men längre kom hon inte.

"Jag är faktiskt inte du med er och John-John säger bara mina vänner", avbröt den jävla slyngeln och kastade ett nöjt ögonkast mot gangsteradvokaten som för att håva in lite beröm.

"Nå, men då kör vi väl med herr Lundbäck i stället", fortsatte Ewa. "Som herr Lundbäck kanske är medveten om har er försvarare anfört en del invändningar som gäller själva brottsrubriceringen, alltså frågan om stöld, häleri, eller eventuellt egenmäktigt förfarande?"

"Ja, vi har båda bilden klar för oss", svarade advokaten.

"Jag tror säkert att du förstår innebörden i det här, Martinger, men nu var det din klient jag frågade."

"Det går bra att säga advokat Martinger, jag är inte heller du med polisintendent Johnsén", flinade han.

"Då tar vi det igen, herr Lundbäck", fortsatte Ewa, nöjd med att motståndaren ödslade så mycket krut på rena barnsligheter. "Alltså. Er advokat, herr Lundbäck, har redogjort för rättsläget?"

"Just det och det går ut på att jag inte har stulit nåt", svarade John-John påklistrat glatt.

"Eftersom du bara gjort dej skyl... förlåt, eftersom herr Lundbäck bara gjort sej skyldig till egenmäktigt förfarande för 100 miljoner, är det rätt uppfattat?"

"Nu fanns det ju knappast gods för 100 miljoner i den där kärran utan bara 8,75 mille om jag minns rätt", invände gangsteradvokaten.

"Alldeles riktigt", svarade Ewa. "Men er klient har delgivits misstanke om delaktighet i samtliga tillgrepp i den här brottsserien. Vill herr Lundbäck vara så vänlig att svara nu?"

"Ja alltså... ", började John-John och sneglade mot advokaten som bara nickade åt honom, "jag har ju nekat till stöld alltså och jag var inte med på nåt av dom andra inbrotten."

"Vilka andra inbrott?"

"Dom som påstås ingå i er serie", svarade gangsteradvokaten snabbt.

"Nu får jag nog erinra advokat Martinger om att vi har vissa regler här som omfattas även av Advokatsamfundet", sade Ewa nästan njutningsfullt, för det här såg ut att arta sig. "Så jag vill helst inte bli avbruten annat än om jag skulle ställa någon otillåten fråga. Är det klart? Bra. Då fortsätter vi med herr Lundbäck. Herr Lundbäck hade alltså inte för avsikt att stjäla dom tavlor av Hill, Picasso, Josephson med flera, eller dom vinflaskor eller juveler som återfanns i den bil som tillhör familjen Starling?"

"Nej."

"Vad hade du då för avsikter?"

"Det kan jag inte svara på just nu. Och nu duade du mej igen."

"Varför kan herr Lundbäck inte svara på det?"

"På inrådan från min advokat svarar jag inte på såna frågor."

"Va? Det låter väldigt konstigt, eller hur advokat Martinger? Inte har väl ni gett er klient instruktioner att vägra svara på välmotiverade frågor?"

"Nej, naturligtvis inte. Svara du, John-John."

Gangsteradvokaten höll stenhårt masken och det uppstod en stunds laddad tystnad där man nästan kunde se hur osäkerheten började krypa uppför ryggraden på John-John.

För det här spelet kunde en aldrig så smart förstagångsförbrytare inte genomskåda. Ingen advokat skulle vilja höra ett band uppspelat inför rätten där han rådde sin klient att sabotera förhören. Att ge sådana råd var en sak – och det hade han gjort och därför förstod inte John-John varför han nu ljög om saken – att få sådana råd uppspelade inför rätten skulle försätta både advokat och klient i svår knipa.

Och att avbryta förhöret nu skulle också se skumt ut. Och om allt detta hade John-John förstås ingen aning utan såg bara snopen ut som om han plötsligt blivit övergiven.

"Då ställer jag frågan igen", fortsatte Ewa med lite uttråkad min. "Varför kan herr Lundbäck inte svara på frågan om ni hade för avsikt att stjäla det gods som återfanns i Starlings Lexus, som ni själv körde?"

"Därför att det var bara en ploj alltså, det var i alla fall inte stöld utan bara en ploj", klämde John-John fram efter lång tvekan.

"Och vad var innebörden i den plojen?"

"Ja, inte fan vet jag, bara en ploj alltså."

"Men om herr Lundbäck kör en bil med annans tillhörigheter för nära 10 miljoner så måste väl herr Lundbäck ha tänkt igenom saken?"

"Nä, säger jag ju!"

"Jag tror min klient börjar bli trött och att det kanske vore dags för lite vädring", avbröt gangsteradvokaten.

"Naturligtvis", svarade Ewa snabbt. "Vi avbryter förhöret här och så får advokaten och herr Lundbäck dra sig tillbaks en stund inne i det andra rummet där borta, det är ledigt. Ska vi säga tio minuter?"

Gangsteradvokaten reste sig med en nick och lade armen om John-John och ledde honom ut och stängde dörren efter dem.

"Fan! Just när du hade greppet om ballarna på dom", stönade Gunilla Österman.

"Oroa dej inte", log Ewa. "Det har jag fortfarande. Om en liten stund måste dom vara tillbaks och då har dom två obehagliga saker att välja mellan. Att vägra svara på frågan och torska i häktningsförhandlingen. Eller att hitta på nåt utan att kunna konferera med målskamraterna."

"Och helst vill du att dom kommer tillbaks och ljuger?"

"Ja, självklart. Dom skulle ha skyllt på trötthet, depression eller vad som helst för att undvika ett förhör innan det fanns någon gemensam version. Men John-John trodde han var säker med sin gangsteradvokat. Och Martinger själv trodde väl att en kvinnlig polis inte var något att bry sig om."

"Jag har sett dom där två tillsammans, dom känner varandra."

"Va? Umgås du i såna kretsar, det trodde jag inte om dej Gunilla."

"Äh, larva dej inte. Du vet första dan när jag var så jävla bakis? Jag och en kompis hade slagit klackarna för högt i taket, men i alla fall så var vi på det där Kharma-plejset där John-John hade en kompis som skulle visa sin rakade pung och där han morsade på advokat Martinger och grattade för att han gått loss på nån häktningsförhandling eller vad det var. Har det nån betydelse?"

"Nej, inte rättsligt. Men domstolarna avskyr den där Martinger och det vet förstås inte lille John-John som ju ändå tycks ha dåligt omdöme när det gäller att välja sina vänner. Ska vi slå vad om att dom kommer in med en story nu?"

Det gjorde de. Advokaten Martinger ledde in sin klient på samma sätt som de gått ut, med armen beskyddande runt den unge mannens skuldror. De satte sig och förhöret kunde återupptas.

John-John berättade först tvekande, snart alltmer målande hur han och kompisen Starling hade kommit överens om ett litet skämt, men att avsikten naturligtvis aldrig hade varit att stjäla någonting och att man vid gripandet hade varit på väg hem till en kompis som han just nu inte ville avslöja namnet på. Och där skulle de ha burit upp alla grejorna och förvarat dem några dagar och i den följande veckan fyllde pappa Starling år och skulle ha ett gardenparty och då skulle de komma med rubbet inslagna som födelsedagspresenter. Ett practical joke alltså. No more, no less.

Ewa tackade överdrivet vänligt herr Lundbäck och herr advokaten för deras tid och ringde efter häktespersonal som kunde hämta tillbaks John-John upp till cellen. Hon såg mycket nöjd ut.

"Vad händer nu?" frågade Gunilla Österman indignerat när de två lögnhalsarna äntligen var borta.

"Nu har vi dom ännu mer runt ballarna som du sa", skrattade Ewa befriat av att kunna återgå till ett spontant minspel och sträckte båda armarna uppåt och tänjde kroppen bakåt några gånger. "Ring in Terje och Erik, vi har tre nya förhör. Familjen Starling kan Martinger visserligen ringa upp och meddela den glada nyheten om att sonen i huset och John-John förberedde ett litet skämt. Men det vet ju dom andra uppe på häktet ingenting om och nu har dom fått en konkret version att ta ställning till. Om dom vägrar är det utmärkt och om dom har en annan version är det ännu mera utmärkt. På tisdag häktas hela gänget, den saken är klar nu."

* * *

Vildsvin skriker för djävligt när man skjuter frambenen av dem. Nu fanns det visserligen en del av grabbarna som tyckte det där lät kul och roade sig med att härma tjuten när man återsamlades efter dreven.

Men sådant tog Henric Gundell kraftigt avstånd från, åtminstone inombords. För den som vanligtvis blev jaktkung måste visa viss återhållsamhet när det gällde att kritisera sina jaktkamrater. Det var dessutom allmänt sett en bra regel, för skadskjutningar kunde hända alla och den som sade att han aldrig begått det misstaget var antingen en skrytpelle eller någon som jagat för lite.

Det avgörande efter en skadskjutning var att ha den psykiska styrkan att komma igen, att vara oberörd när nästa skottchans dök upp. Det var det som skiljde agnarna från vetet och det var samma i jakten som i affärslivet.

Och så gällde det att tänka positivt. Någon svårighet i det avseendet hade sannerligen inte Henric Gundell denna klassiskt vackra septemberdag med klar och kall luft som hade föregåtts av några frostnätter så att lövskogen runt honom brann i rött och gult. Allt hade klaffat och just nu var livet som en enda fest.

Buffeln hade kommit precis i tid till hans 60-årsdag, efter åtskilliga telefonsamtal och en del små extrautgifter visserligen, men nu hängde den på plats ute på Håtuna i väntan på morgondagens fest med 120 gäster och till och med inbjuden press. Nåja, viss press, exempelvis sådan som fruarna tyckte om att se sig själva i, särskilt i sina festblåsor. Och så chefredaktörerna på affärspressen så att deras anställda hyenor inte hittade på något djävulskap.

Och grabbarnas 60-årspresent överträffade alla förväntningar. De hade överraskat honom under gårdagen med ett påhittat krismöte rörande någon lika påhittad krissituation om att journalistjävlarna hade kommit vissa bonusprogram på spåren och han hade infunnit sig som ett åskmoln till sammanträdet men möttes med sång av en inhyrd studentkör.

Och dubbelstudsaren var nog det mest imponerande vapen han någonsin sett. Det var en specialbeställd Holland & Holland i kaliber 416 Rigby, för storvilt alltså, med en serie gravyrer av Österrikes förnämsta gravör där man såg alla The Big Five glänsa i guldrelieffer runt gevärets underbeslag. Få män hade ett jaktvapen för över en miljon, men det kändes helt rätt att han tillhörde den utvalda kretsen och nu var han ju praktiskt taget tvungen att beställa en noshörningsjakt. Det fick alltså bli Sydafrika igen, det enda stället i Afrika där de hade hägnade vita noshörningar för jaktändamål, i övriga Afrika fanns bara ett trettiotal vilda exemplar kvar i livet. Det var de där satans barbariska tjuvskyttarna som trodde att noshörningshorn var som Viagra eller också någon sorts muslimer som prompt skulle ha noshörningshorn till sina dolkskaft för att räknas som män. Ibland fanns inga gränser för manlig enfald, åtminstone inte bland muslimer och liknande typer. Men i alla fall så fick det bli noshörningsjakt nu, han kunde ju inte ha en storviltbössa med de fem stora i guldgravyr utan att ha skjutit dem alla. Han borde hinna med saken före jul, det tog väl bara en vecka från port till port.

Buffeln hade kommit, han hade fått ett gevär i internationell toppklass och uppskattning och beundran strömmade emot honom från alla håll. Financial Times hade just rankat honom som en av världens tio mest framgångsrika företagsledare. Det var nog få förunnat att stå på toppen just när man skulle dra sig tillbaks ungefär som en obesegrad tungviktschampion, fastän de vanligtvis inte hade förstånd till det beslutet.

Det var en sorts lycka som han känt allt oftare på sista tiden, han hade ju till och med tänkt själva ordet. Mot det vägde ett avskjutet framben och lite vildsvinstjut ganska lätt.

I grabbarnas överraskningsuppvaktning ingick den här jakten på vildsvin och hjort nere på Lindesholm som hade landets proffsigaste köpjakter på klövvilt och stora hägn som gav bättre naturkänsla. Ett normalt resultat på tio bössor var väl åtminstone tjugo eller tjugofem svin och hjortar och så mycket vilt var klart utslagsgivande i tävlingen om vem som skulle bli jaktkung eftersom alla fick skottchanser under dagen och den vann som höll bäst i grejorna.

Reglerna var förenklade. Jaktkung blev den som sköt flest vilt, punkt slut. Man behövde inte hålla på att räkna en kronspets mot två dovkalvar och liknande utan flest döda djur vann. Och som döda räknades sådana som låg, inte sådana som sprungit vidare med blodspår efter sig. Klart och koncist.

Yrkesjägaren på stället hade naturligtvis rabblat förhållningsreglerna efter sitt lilla välkomsttal. Hindar med kalv fick inte skjutas, om man inte kunde skjuta kalven först, bara två kapitala kronhjortar, resten spetsar, inga hornbärande dovhjortar och vad gällde vildsvinen var det förstås de vanliga reglerna att alla galtar var lovliga oavsett storlek, liksom alla kultingar, men att förande sugga, det vill säga en sugga med en rad kultingar efter sig, var absolut förbjuden. Och så det vanliga tjafset om säkerheten, inte ladda vapnet förrän man var på passet, plocka ur patronerna när man gick därifrån och så vidare.

Grabbarna hade tyckt att han borde inviga den nya bössan till den här jakten men det hade han till deras besvikelse avböjt mycket bestämt. Visserligen hade han anfört jaktetiska skäl: kaliber 416 Rigby skulle få en liten griskulting att explodera, så här i september var de ju så små att man fortfarande såg lite av ränderna i pälsen på dom. Och ett normalt bogskott på en dovkalv skulle ha nästan samma förstörelsekraft och det var således oetiskt.

Men till saken hörde också att en dubbelstudsare bara laddas med två patroner, efter två skott måste man avbryta och ladda om. Det var fullt i sin ordning om man bara var ute efter ett djur, ett lejon till exempel. Men det var hopplöst att bli jaktkung med sådana begränsningar, kom ett gäng dovvilt så skulle man med lite flyt kunna få ner fyra om man hade en normal repeterstudsare i handen. Och det var ingen tvekan om vem som borde bli jaktkung den här gången, man hade till och med riggat lottningen av pass så att Henric Gundell skulle få en promenadseger.

Men jakt är en lika oberäknelig affär som börsen. På lång sikt kan man göra prognoser för vissa pass, men inte för en enda bestämd dag. Således gick två drev fram till lunch utan att Henric Gundell fått håll på mer än en dovkalv som dessutom trasslat sig undan och försvunnit efter skottet.

Vid lunchen med ärtsoppa och punsch som intogs utomhus vid stockeldar kom visserligen en av jakteleverna med det positiva beskedet att direktör Gundells kalv var hittad och avfångad, den hade bara träffats lite långt bak.

Men med två drev kvar låg han bara på en poäng, till och med efter den fjollige CH som svammelskröt om hur han lyckats fälla en tolvtaggad kronhjort.

Fast jaktkung blir den som håller sig kallast och slår till beslutsamt när rätt läge dyker upp och Henric Gundell förberedde sig mentalt på att det kunde bli frågan om vissa okonventionella metoder under de två återstående dreven efter lunch. Han hade inte kommit till sin egen födelsedagsjakt för att bli tvåa.

Han stod i ett litet skjuttorn på en berghäll med utsikt ner mot en väl upptrampad viltstig där de skulle komma tassande på parad, en efter en. Men det gjorde de inte och det dröjde till slutet av drevet innan han upptäckte en mycket stor sugga komma försiktigt travande med en hel rad kultingar efter sig. Då och då stannade hon och vädrade misstänksamt. Djur som hon blev inte gamla av en tillfällighet. Det var dags att gå till beslut och tiden var knapp. Kunde han skjuta suggan så att hon föll på platsen skulle de tio eller tolv kultingarna snällt stanna kvar och vänta på att dö en efter en. De var inte tillräckligt gamla, åtminstone inte enligt Henric Gundells bedömning, för att ta egna initiativ och fly utan att ha mammas knorr att följa.

Han väntade tills hon kom närmare för att kunna sätta ett säkert skott genom halskotpelaren. Som hon rört sig hittills stannade hon var tjugonde meter och nästa station borde bli just nedanför honom. Vinden låg rätt, hon kunde inte ana hans närvaro.

Framför allt gällde det att hålla sig kall när avgörandet närmade sig. Ingen panik, lugnt vänta tills hon stannade och lägga hårkorset mitt i den tjocka svarta halsen.

Men hon stannade inte, fast det var ändå ganska nära så Henric Gundell försökte skjuta halsskottet i flykten och det var då han sköt av hennes högra framben och hon skrek så att det måste ha hörts hundratals meter och vinglade runt ett varv innan hon plötsligt fick fart och sprang iväg på sina tre ben och mycket fortare än man skulle kunnat tro och han fick iväg ett skott mot en av kultingarna som också träffades men lyckades linka iväg efter mamma.

Henric Gundell svor och förbannade men insåg att det inte tjänade mycket till utan att det snarare gällde att snabbt tänka ut en förklaring.

Han hade alltså försökt skjuta en kulting? Men kulan måste ha ändrat riktning efter att den slagit in i den lilla kroppen och vinklat upp i suggan. Det var därför hon skrek. Och det var alltså första skottet. Sedan hade han försökt träffa den skadade kultingen med ännu ett skott men kunde inte avgöra hur det gick.

Så fick förklaringen se ut. Ingen skulle ifrågasätta den och förresten var det en hyfsad förklaring.

Allt ordnade sedan ändå upp sig till det bästa. Dels hittade man kultingen och dels fick Henric Gundell sexton dovvilt på sig i sista drevet och fick ner tre, visserligen två hindar men var de döda så räknades de också och låg snyggt gjorde de och därmed var jaktkungsplaceringen till middagen räddad.

När han höll jaktkungens tal drog han först de vanliga klädsamma blygsamheterna om att tur och jakt hör ihop innan han började skoja lite om sig själv som villebrådet som också haft lite tur och kunnat smyga undan. Journalistjävlarna var visserligen fullt och rättvist jämförbara med flockar av hyenor eller framför allt afrikanska vildhundar, dreglande och fula men fruktansvärda när de jagat sitt byte trött och kom fram och slet det i stycken. Men de kunde distraheras och det var vad som lyckligtvis just inträffat. Det fanns inte en hyena där ute just nu som tänkte på att jaga näringslivet. För nu gick drevet åt ett helt annat håll, efter utrikesministerns mördare och snart efter den värdelösa polisen som naturligtvis aldrig skulle få tag på den här mördaren heller. Och ju längre tiden led desto större fiasko, och desto mer skulle flockarna förfölja polisen, och desto lugnare blev tillvaron för näringslivet som kunde ägna sig åt väsentligheter för landets bästa i stället för att värja sig mot galna hundar. Så inget ont som inte hade något gott med sig.

Hans tal blev mycket uppskattat och väckte många glada skratt. Vid konjaken och brasan var det något ljushuvud, någon ny och lite yngre kille på Ericsson, som började berätta om vildsvinsjakten i Telki i Ungern. Som om han skulle ha varit den ende som varit där. Men Henric Gundell avstod från att platta till honom. Vilket hade varit lätt gjort eftersom han själv skjutit tre galtar i guldmedaljklass just i Telki. Men han ville inte förlänga samtalsämnet.

För det var det där med hororna. Varje gång man kom till Telki samma sak. Och det märkliga var att man aldrig kunde se på en kille i förväg om han var hortorsk eller ren. Det visade sig alltid bli ungefär fifty-fifty. Hälften av grabbarna reagerade som Henric Gundell, att det var för jävligt och hit kom man ju för att skjuta svin och inte för att bete sig som sådana. Och lukten av fitta, svett och billig parfym var en synnerligen osmaklig kombination.

Men andra hälften av grabbarna hade alltså en inställning som Henric Gundell aldrig riktigt kunnat förlika sig med, som om de på något sätt menade att den som satte på flest horor vann den andra tävlingen, den om att bli horkung.

Henric Gundells dolska tystnad märktes, precis som avsett. Och samtalsämnet vildsvin och Ungern dog snabbt ut.

Men snart blev det full fart igen.

Sammantaget således en lysande start på Henric Gundells 60-års-firande på toppen av hans karriär, stark, osårbar och rentav lycklig. Just det, hur kärringaktigt det än kunde verka att tänka så. Han var lycklig.

X.

HON KÄMPADE EMOT uppvaknandet och försökte hålla fast drömmen, slog täcket över huvudet och drog åt sig den kudde som hade mest av hans doft. Men de verkliga minnena av helgen började snart tränga sig fram och plötsligt satte hon sig upp alldeles klarvaken. Det var ju tvärtom! Det fanns ingen dröm att ta tillbaks för att hålla undan verkligheten, det verkliga minnet var mycket skönare och vid fullt medvetande var hon lyckligare än hon någonsin kunde minnas.

Han hade rest tillbaks till Korsika redan på söndagskvällen, efter att han följt henne till vallokalen när hon skulle rösta för euron. Sedan hade han tagit en taxi ut till Arlanda.

Nu skulle han sälja det stora huset utanför Calvi, det lilla fritidshuset på östkusten där de älskat första gången skulle de behålla livet ut. Och så skulle han ordna med någon sorts komplicerad vibrationsfri lastbilstransport för allt sitt vin och för böckerna.

Sedan mindre än ett dygn ägde de en sexrummare högst upp i ett stenhus på Norr Mälarstrand, med utsikt över Riddarfjärden och goda utrymmen för en vinkällare och det var helt enkelt inte klokt. Allt hade gått obegripligt fort och visserligen var det en hel del som skulle byggas om och tiden för sådana projekt kanske man underskattade men de var ändå långt på väg. Verkligheten var mycket mer drömlik än drömmarna.

Hon kastade sig bakåt i sängen, såg upp i några tasksprickor som hon inte hade tänkt på förut och slog armarna om den kudde som hade hans doft och tryckte den mot ansiktet.

Var det verkligen möjligt att intressera sig för jobbet en sådan här morgon? Att gå ned till polishuset och upp till kommissionens lokaler för att harva vidare med några nästintill outhärdliga små tjuvar från den nya överklassen? Varför inte bara ta flyget ner till Korsika och överraska honom?

Hon skrattade åt sig själv, kastade undan kudden och välte båda benen samtidigt över sängkanten och reste sig i samma rörelse och gick mot duschen och sjöng snart när hon duschade. Det hade hon aldrig gjort förut.

Jobbet skulle alltid finnas kvar eftersom hon aldrig skulle bli hemmafru och så mycket bättre då en dag som just den här att det egentligen var rätt kul saker som återstod. Häktningsförhandlingen med de fyra som redan var fast skulle köras igenom nästa dag utan några som helst problem. Och av dem som återstod skulle hon ta den där lille Gustav Gundell först.

På sin korta promenad nedför Wargentinsgatan och runt kvarteret till den gamla Säpo-ingången upptäckte hon på tidningarnas löpsedlar att hon och Pierre tydligen måste växla pengar även i fortsättningen när de reste mellan Korsika och Stockholm. Men det var som det mesta andra i tillvaron just nu fullkomligt betydelselöst.

Från Norr Mälarstrand skulle hon förresten få nästan lika nära till jobbet som från Wargentinsgatan, ännu närmare om hon skulle tillbaks till Ekobrottsmyndigheten, vilket hon väl skulle.

Dokumenten från American Express Platinum Card Service låg och väntade på hennes skrivbord och redan efter några minuters läsning visste hon att hon inte ens i sina mest optimistiska stunder vågat gissa på ett så förkrossande övertygande material. Så nu var det bara att beställa hämtning av unge Gustav Gundell någon gång före lunch när han förmodligen tänkte sig att kravla ur sängen. Det var alltså ingen överhängande brådska med den saken, men som läget var på Stockholmspolisen nu under mördarjakten var det säkert svårt att få handräckningshjälp, så förmodligen fick hon och Terje eller Erik själva åka ner och väcka den unge mannen på Strandvägen. Tur förresten att det inte blev den där lägenheten på Strandvägen, det var det enda alternativet som kunde konkurrera med Norr Mälarstrand när det gällde utsikt över vatten och vinkällarutrymme och Pierre hade verkat rätt förtjust. Men när hon bad att få slippa den omgivningen gav han sig genast utan att fråga eller diskutera. För att vara en man som tillbringat större delen av sitt liv med att ge order åt andra var han förvånansvärt medgörlig. Men Strandvägen hade känts alldeles fel, som att hamna i något gangsterkvarter.

Hon hade tydligen såsat lite med tiden och kom för en gångs skull sist till jobbet, men eftersom Erik Muhr och Terje Lundsten var kvar båda två och satt och planerade dagens sökande efter tjuvgömman bad hon dem börja med att åka ner till Strandvägen och hämta upp unge Gundell till förhör. Det föreföll dem båda som en klart uppiggande uppgift.

Morgonens överraskning bestod i att hon hade ett oväntat besök. Unge herr Jesper Starling satt ute i det lilla improviserade väntrummet mot ytterdörren, extra konstigt med tanke på tiden på dygnet. Enligt Gunilla Österman hade han uppgett att han "hade kompletterande upplysningar att lämna i utredningen rörande påstått egenmäktigt förfarande".

"Va? Uttryckte han det verkligen just så?" frågade Ewa roat.

"Jadå, och han såg jävla mallig ut när han sa det", intygade Gunilla Österman.

"Jag tror vi har en självmordspilot på ingång, det här kommer att bli roligt. Släpp genast in honom!" kommenderade Ewa och drog fram sin bandspelare och ställde upp mikrofonerna.

Jesper Starling föreföll blek men samlad när han kom in och presenterade sig. Vad som fått honom att stiga upp på morgonen, tidigt på morgonen till och med, var inte gott att veta. Men det var lätt att gissa att han måste ha utsatts för betydande påtryckningar för att så radikalt bryta sin dygnsrytm.

Han hade inte fläskkotlettfrisyr, på den punkten avvek han från det förväntade. Han hade håret uppkammat mot mitten på skulten så att det bildade en liten tuppkam, det påminde om någon av David Beckhams tidiga kreationer. I övrigt var han standardutrustad med kavaj, jeans och svindyra italienska skor som Ewa till och med kände igen från butikerna på Korsika, det var Bruno Magli. Fick fötterna att se oproportionerligt långa ut.

"Jaha?" sade Ewa. "Du ville lämna upplysningar i samband med en utredning som vi håller på med och du vill att det du säger ska ingå i utredningen?"

"Ja just det. Och nu är det så att… "

"Ett ögonblick! Ska bara fixa det här med bandspelaren."

Ewa betraktade honom lite i smyg medan hon slog på bandspelaren och läste in förhörsuppgifterna. Han var nervös men koncentrerad, skulle man väl kunna säga.

"Varsågod! Vad har du att säga som har betydelse för vår utredning?" inledde hon med ett tonfall som om hon var mycket och positivt förväntansfull. Vilket hon på sätt och vis var.

"Jo, så här va?" började han och tänkte efter innan han kom igång. "I förra veckan kom jag och John-John, alltså John Lundbäck, en nära vän till mej, överens om att vi skulle genomföra ett practical joke inför min fars 49-årsdag. Vi skulle alltså fingera ett inbrott och vår avsikt var ingenting annat än det. Tanken var att vi skulle återlämna dom lånade grejorna inslagna som presenter på pappas gardenparty."

"Jag förstår. Men varför var inte du själv med och organiserade den saken, det hade väl om inte annat varit mindre nervöst för dom inblandade?"

"Nej alltså, det skulle ju verka riktigt. Vi var bortresta hos några släktingar hela familjen och då kunde ju ingen tro att jag hade med saken att göra. Eftersom jag var med familjen, alltså."

"Nej, det verkar ju helt logiskt. Så er avsikt var bara att skämta lite?"

"Ja, just det. Och den omständigheten att det hela under någon kort tid anmäldes som stulet kan ju inte läggas oss till last. Och inte mina föräldrar heller eftersom dom var i god tro. Och så fort det hela avslöjades, fast på ett onödigt dramatiskt vis, så togs ju stöldanmälan tillbaka. Det betyder alltså att ingen inblandad haft något brottsligt uppsåt. För om mina kompisar lånade grejorna med mitt uttryckliga tillstånd så är det ju inte ens frågan om egenmäktigt förfarande."

"Nej, det låter ju också alldeles logiskt. Väldigt logiskt, faktiskt. Säg, får jag fråga, läser du möjligen juridik?"

"Nä, företagsekonomi. Hurså?"

"Har du snabbutbildats i uppsåtslära och lite sånt där på sista tiden? Sen i förrgår till exempel?"

"Nä. Och jag kom ju hit av egen fri vilja så att säga."

"Det undrar jag. Men... känner du advokat Martinger och när träffades ni senast?"

"Det har väl inte med saken att göra."

"Jo."

"Men det behöver jag inte svara på, jag behöver bara hålla mej till det som är relevant i själva saken."

"Alldeles riktigt. Träffade du händelsevis advokat Martinger igår? Det är nämligen relevant."

"Nej, det gjorde jag inte."

"Träffade du honom i förrgår?"

"Nej."

"Aha! Det var i fredags ni träffades?"

"Det behöver jag inte svara på."

"Känner du advokat Martinger?"

"Det behöver jag inte heller svara på."

"Men det har du redan svarat på. Nu måste jag nog varna dej, Jesper. Du befinner dej nämligen en hårsmån från att bli frihetsberövad, så tänk efter nu. När John-John, Anne Louise och de andra kamraterna åkte in i den där trafikkontrollen på Lidingöbron var dom alltså på väg för att deponera grejerna hos en god vän?"

"Ja, det stämmer precis."

"Och vad heter den vännen, namn och adress tack!"

"Jag behöver inte blanda in någon ytterligare oskyldig i den här utredningen, det är i så fall er sak att bevisa att det vi säger inte stämmer."

"Vilka vi?"

"Ja? John-John och jag till exempel."

"Till exempel? Och vad tror du Anne Louise och dom andra sa? För du måste väl begripa att så fort John-John och advokat Martinger varit här och dragit den där valsen om den hemliga kompisen så förhörde vi dina kamrater ett varv till. Och vad tror du dom sa då?"

"Jag tror inte dom heller avslöjade vem dom var på väg till. Det är en ganska känd familj och dom vill inte ha några skriverier."

"Vi avbryter förhöret här, klockan 09:43."

Ewa lutade sig bakåt och vände bort blicken från Jesper Starling, tog upp sin mobiltelefon och slog direktnumret till biträdande överåklagare Karsk och fick genast svar och förklarade att hon var ledsen att behöva störa men att hon behövde hjälp med ett anhållande och att det bara skulle ta några minuter, nickade lättad åt beskedet hon fick, tryckte av samtalet och vände sig på nytt mot den Beckhamkammade tjuven.

"Om tio minuter Jesper, är du anhållen och på väg upp till häktet mellan två trötta plitar som ser ut som sumobrottare. Det här försöket var väl ändå inte så smart? Tror du och dina kompisar verkligen själva på det där snacket om att ni är så smarta och vi snutar så korkade?"

"Det är inte brottsligt att ljuga inför polisen, du kan inte anhålla mej för det!"

"Nej, just det. Värst vad du har fått lära dej på sista tiden, är det också från advokat Martingers snabbkurs? Men då kan jag säga att det inte är för att du ljuger, vilket du visserligen gör, som du blir anhållen."

"Då ska jag ha en advokat och han kommer att fixa ut mej in no time at all! Vafan inbillar du dej jävla bitch!"

"Det där låtsas jag att jag inte hörde. Nej, vänta nu innan du säger det igen! Lyssna nu! Det är polisens skyldighet att avvärja brott. Så nu varnar jag dej. Flera såna skitord och du har redan snackat på dej en månads fängelse. Jag skulle föreslå att du går ut och sätter dej i väntrummet och coolar ner tills åklagaren kommer. Gunilla, visa ut tjyven innan du och jag gör eller säger nåt vi får ångra!"

De höll stenhårt allvarlig mask tills de blev ensamma, då Ewa viftade upp och ner med ögonbrynen i sin specialgrimas och båda brast ut i kvävt fnitter.

"Vilka jävla ljushuven!" stönade Gunilla Österman. "Och den där advokaten Martinger, vafan tror han egentligen?"

Det var inte så lätt att svara på, eftersom advokaten levde farligt just nu. Skulle hans visserligen läraktige men ofrivillige klient Jesper Starling bli förbannad och vända sig mot honom, exempelvis anklaga honom för så dåliga råd att han blivit frihetsberövad, vilket delvis var sant, och få för sig att göra en anmälan till Advokatsamfundet så blev det inte så kul för gangsteradvokaten.

Åklagare Kärran kom på smattrande klackar med andan i halsen och sade något om att man var nära ett genombrott i mördarjakten och Ewa gav henne en mycket kort och mycket snabb föredragning innan de satte sig. Gunilla Österman gick och hämtade den unge mannen och Ewa slog på bandspelaren och återupptog det formella förhöret med nu närvarande biträdande överåklagare Karin Karsk.

Jesper Starling var påtagligt spakare när han visades in och fick sätta sig ned mitt emot de två kvinnorna som båda gav honom onda ögat.

"Jesper Starling, du är nu anhållen", förklarade åklagaren när hon presenterat sig. "Brottsmisstanken är grov stöld, jag har skälig grund att tro att du ingår i stöldligan och att dina lögner här idag, som visserligen inte är brottsliga i sig ändå gör att man måste hålla för visst att du är medskyldig till hela brottsserien. Du kommer att förses med en offentlig försvarare och tills du har en advokat vid din sida är det väl ingen idé att ställa fler frågor?"

"Men du kan väl inte bara anhålla mej sådär! Även om jag ljög så..."

"Jo! Jag gjorde just det. Och då var det väl inget mer och jag ilar vidare och överlämnar det här lilla brottsgeniet i er ömma omvårdnad."

Åklagaren reste sig och gjorde sig beredd att gå, Ewa avslutade förhöret och tog upp en pinne med bomull omlindad i båda ändarna och bad Jesper Starling gapa. Först förstod han inte vad saken gällde och när Ewa förklarade att det bara var frågan om att ta ett litet DNA-prov vägrade han och förklarade att "tre kärringar" ändå aldrig skulle kunna bända upp käften på honom.

Karin Karsk hade hunnit till dörren och var redan på väg ut, men nu ångrade hon sig, stängde dörren och gick med långsamma tunga steg tillbaks till den anhållne som sjunkit ner i någon sorts halvliggande ställning i stolen som om han lättare skulle kunna försvara sig på så vis.

"Det skulle inte falla oss *tre kvinnor* in att börja brottas med dej, Jesper", förklarade hon med ett leende så tillgjort vänligt att det såg mycket elakt ut. "Men ett litet telefonsamtal från mej och vips har vi en samling mycket stora och mycket arga uniformerade poliser här som ridderligt slåss för vår räkning. Så om jag vore du skulle jag gapa snällt just nu."

Jesper Starling övervägde med sig själv några sekunder innan han gapade och Kärran skyndade iväg mot den just då betydligt hetare utredningen som gällde mordet på landets utrikesminister. Hon hade lämnat ett par anknytningsnummer till specialåklagargruppen eftersom Ewa sagt att det snart kunde bli dags för ett nytt anhållande.

Ewa ringde efter häktespersonal och betraktade den nyss anhållne Starling junior under kort tankfull tystnad.

"Jag ska bara ge dej ett tips, Jesper", sade hon. "Vi har DNA-spår från vissa brottsplatser, kanske åker du dit på det, kanske inte. Men andra kommer att göra det. Och vet du vad som händer då?"

"Jag vill ha advokat Leif Alphin!"

"Han är upptagen av en av dina målskamrater."

"Då vill jag ha Peter Silbermann!"

"Han är också upptagen, först till kvarn du vet. Men det där ordnar sig. Jo, här kommer att utbryta en liten tävling om vem som skvallrar först. Alla som är anhållna kommer att ha ett intresse av att visa att brotten inte är så allvarliga, eller hur?"

"Fatta en sak, bitch! Du är upp mot landets dyraste advokater och dom kommer att fixa det här. Våra föräldrar är kanske lite sura just nu, men tror du dom vill ha oss i fängelse?"

"Jag skulle gissa att du får mellan två och tre år, med eller utan Alphin eller Silbermann. Men lyssna nu, det här är inget förhör, bandspelaren är inte på och jag vill bara ge dej något att tänka på dom närmsta dagarna i cellen. För att ni inte ska få en ännu hårdare på-följd än det jag nämnde så måste en hel del av stöldgodset komma tillbaks. Och det finns ju nånstans, åtminstone tavlorna. Den av er som först säger var nånstans hamnar i ett bättre läge än dom andra."

"Det kan du glömma, jag vet inget om några tavlor."

"Men då låter det ju som om du kommer att förlora tävlingen mot dom andra. Och tänk om dom skyller på dej? Som sagt, jag ville bara vara snäll och ge dej lite att tänka på i din ensamhet dom närmsta dagarna."

När Jesper Starling letts iväg av häktespersonalen gick Ewa och Gunilla Österman ut i det lilla pentryt och gjorde kaffe. Men de fick bara några minuters lugn och ro innan de avbröts av gorm och skrik.

Det var Gustav Gundell, nyvaknad men arg och med det flottiga håret i oordning som leddes in mellan två mycket nöjda och glada kolleger.

"Pojkjäveln är lite stökig, klarar ni det här själva flickor eller vill ni att nån av oss stannar?" frågade Erik Muhr när han med förvånans-värt milt våld tryckte ned Gustav Gundell i förhörsstolen.

"Vi fixar det här, eller hur Gustav?" sade Ewa och bytte band i bandspelaren.

"Ni vill föfan bara tracka mej lite och det blir väl som förra gången. Jag antar att det handlar om nån sorts klasskamp, ni har väl komplex för att ni är losers och nollor utan stålar. Jag ska anmäla er om jag bara orkar bry mej", svarade han med lite raspig röst som gav Ewa intryck-et att han fortfarande var berusad snarare än bakfull.

Terje Lundsten och Erik Muhr suckade och ryckte på axlarna och lomade iväg, förmodligen för att återuppta sökandet efter tjuvgömman.

Ewa gjorde bandspelaren klar och sträckte lite på sig, kände sig nöjd på ett nästan elakt sätt och undrade tyst för sig själv om det var hennes allmänna lyckotillstånd som gjorde att hon var så glad nu när hon skulle krossa en ung mans hela tillvaro. Han hade sig själv att skylla, urskuldade hon sig genast. Men ändå. Det var som om livet blivit en lek och lägenheten på Norr Mälarstrand flöt fort förbi i tankarna, och Pierre där han höll på att ordna med konstiga vintransporter nere på Korsika.

"Jag har läst igenom vårt tidigare förhör och kommit fram till att du är en smart kille som man inte snackar bort i första taget", ljög hon nästan sadistiskt muntert när hon började. "Men det är en sak som jag undrar över, som jag inte riktigt förstår."

"Okay, shoot lady and you will be enlightened."

"Du vet den där gången när du erbjöd mej pengar för vissa sexuella tjänster?"

"Ja vadårå, är det brottsligt?"

"Ja, om erbjudandet är seriöst menat och exempelvis riktar sig till en prostituerad. Sånt är förbjudet, du vet."

"Men inte till en snut?"

"Nej, för då kan det ju uppenbart inte vara seriöst menat utan bara avsett som en förolämpning, men… "

"Som att du skulle få ett par hundra lakan för en påsättning bakifrån? Det erbjudandet står fortfarande kvar om du behöver pengar. Här på ditt skrivbord skulle väl… "

"Stopp nu, Gustav! Det var verkligen inte min mening att lura dej att förolämpa mej igen och jag måste faktiskt varna dej för att det kan vara brottsligt. Nej, det var en helt annan sak. Du har ju inte dom där pengarna som du skryter med, eller hur?"

"Jag taxar i alla fall för en förmögenhet på mer än hundra millar och vad har du att komma med?"

"Inte så mycket förstås, men du har inte vunnit på hästar eller nåt annat oväntat och glädjande?"

"Fatta en sak kära lilla snuten. Jag är jävligt tät alltså, hur illa du än tycker om den saken. Sorry baby, livet är inte rättvist och allt det där."

"Och ingen konstig men jättestor lotterivinst?"

"Nej, jag sysslar verkligen inte med spel och dobbel, det är bara losers och knegare som håller på med sånt. Behöver inte, är rik."

"Ja, jag är förstås hemskt imponerad av din förmögenhet Gustav, men problemet är att du lever på veckopeng."

"Du! Enbart räntorna på min förmögenhet är ett par årslöner för dej. Eller kanske tio årslöner, jag vet inte så mycket om snutlöner och städerskor och sånt."

"Ja, är inte livet väldigt orättvist?"

"It sucks, baby!"

"Just det, men du lever alltså på veckopeng. Den där förmögenheten kommer du ju inte åt. Och inte har du vunnit på hästar eller lotteri din stackare. Hur klarar du dej egentligen?"

"Det går liksom ingen nöd på såna som mej, va?"

"Jo, men med bara 10 000 i månaden?"

"Vad har du fått det ifrån?"

"Från din mamma."

"Shit! Har du trackat min mamma också?"

"Nej, verkligen inte. Men vi hade ett givande samtal om din ekonomi. Månadspeng på 10 000 för småutgifter och extra anslag om du ska resa nånstans, som till London exempelvis. Det stämmer väl?"

"Det har väl inte du med att göra!"

"Jo."

"Min privata ekonomi är väl min ensak?"

"Nej."

"Och vafan har den med nånting att göra?"

"Vilka är dina favoritmärken när det gäller champagne, förutom Louis Roederer Cristal och Krug, menar jag?"

"Hyfsad bildning för att vara snut. Men det är väl min ensak?"

"Nej."

"Jag dricker väl vilken champagne jag vill och såna som du behöver för fan inte ens gräma er, för vad vet du om sånt?"

"Du har under det senaste året konsumerat för närmare 100 000 i månaden och det går ju inte ihop med en månadspeng på 10 000. Tycker åtminstone inte jag men det är kanske nåt i den här ekonomin som jag inte förstår så då får du hjälpa mej."

"Shit alltså. Hundra lakan i månaden, blir ju över en mille på ett år."

"Ja, så har jag också räknat."

"Du drömmer, lady!"

"Nej, absolut inte. Du vet, jag är en sån där liten trist revisorssnut som sitter och läser kreditkortsutdrag hela dagarna. Det här till exempel. Year End Summary från The Platinum Card. Ditt kort nämligen!"

Ewa tog fram de grå redovisningsarken från American Express som förmodligen var avsedda att se platinafärgade ut och hällde ut dem i en hög framför Gustav Gundell. Han ägnade dem inte en blick.

"Nu är du ute på tunn is, snuten!" fräste han utan att visa någon rädsla, som om han ännu inte riktigt fattat innebörden i dokumenten.

"Hurså tunn is?"

"Därför att du har snokat i mina privata angelägenheter och snott dokument från ett amerikanskt företag så nu är du väl mer torsk än jag, om man säger så."

"American Express är mycket samarbetsvilliga när vi undersöker misstänkta förbrytare som du", suckade Ewa som om hon var trött på allt tjafs. "Men titta på det här till exempel. Du har rest med bilfärja till England nyligen."

"Ja? Det är väl förfan inget brottsligt med det och nu vill jag ha en advokat."

"Det får du inte, för du är inte anhållen eller delgiven misstanke om brott än. Du reste över med pappas Range Rover till London. Så står det i alla fall i dokumenten från Stena Line. Så det måste väl stämma?"

"Ja kanske det. Och?"

"Men snälla Gustav, du som är lika smart som din far, tänk efter nu!"

"Advokat, sa jag ju!"

"Ett ögonblick. Vi avbryter förhöret med Gustav Gundell klockan 11:04."

Ewa slog av bandspelaren, tog upp sin mobiltelefon och slog ett nummer utantill utan att släppa sitt offer med blicken. Hon fick svar nästan genast.

"Ja hej Carin, det här är polisintendent Ewa Johnsén", sade hon. "Du vet, jag lovade ringa dej om det skulle bli tal om att rikta misstankar mot Gustav... Ja, han sitter här mitt emot mej uppe hos polisen i Stockholm, ett ögonblick... "

Hon räckte över luren.

"Hej mamma, oroa dej inte, jag sitter bara här och blir polistrakasserad", började han.

Ewa reste på sig, gick ett varv ut till pentryt och hämtade nytt kaffe och lyssnade bara med ett halvt öra på Gustav Gundells försäkringar att han hade läget under kontroll och att det inte fanns något att oroa sig för.

Sedan sade hon åt Gunilla Österman att komma och sätta sig på förhörsvittnets plats, gick tillbaks och ställde ned kaffekoppen på skrivbordet innan hon tog ifrån Gustav Gundell telefonen och satte sig.

"Ja hej Carin, det är jag igen", började hon bryskt. "Ett löfte är ett löfte och därför är det min trista skyldighet att meddela dej att jag inom några minuter kommer att delge din son Gustav misstanke om delaktighet i bland annat grov stöld, alltså att han ingår i själva ligan som vi talade om. Han kommer att anhållas om ungefär en halvtimme. Och nu måste jag tyvärr avsluta det här samtalet."

Hon ringde av, sippade lite på sitt kaffe, låtsades fumla en stund med bandspelaren för att dra ut på tystnaden och återupptog sedan förhöret med Gunilla Österman som förhörsvittne med stenansikte.

"Vi befann oss alltså vid frågan om pappas bil som du körde till London", började hon.

"Jag var i London, men det var för att en av mina kompisar skulle gifta sig och det är väl inget brott", försökte han skämta bort den underförstådda frågan.

"Brott att gifta sig? Nej det hoppas jag verkligen inte! Men problemet med den där resan är inte bara bilen. Jag har fått en liten men precis utredning från Scotland Yard, Londonpolisen du vet. Dom berättar att du sålde 36 flaskor vin till Sotheby's."

"Fortfarande inget brottsligt, vinsmuggling finns inte längre. Och jag handlar lite med vin ibland. Extraknäck, du vet."

"Jo, men problemet är att det råkade bli samma flaskor som stals några dagar tidigare hos din far."

"Det kan en sån som du inte ha en aning om, det var liksom inte viner i din prisklass."

"Nej, verkligen inte. Men inte i min smak heller, jag dricker inte sönderlagrat vin. Men du vet, Rothschildviner från 1900 jämnt är extremt sällsynta. Särskilt i kombination med Château d'Yquem 1848 och Romanée Conti 1945. Vet du vad som är särskilt lustigt?"

"Det skulle väl vara dina pattar."

"Vinfirman Barry, Rudd & Brothers fick en beställning från din far, en lista på de 36 viner som stulits. Och då gick dom till Sotheby's och gissa vad dom till sin förvåning hittade där?"

"Inom familjen Gundell har vi rätt att sälja vilka viner vi vill."

"Inte stulna viner. Härmed delger jag dej formellt misstanke om brott, grov stöld alternativt grovt häleri. Du har nu rätt till en advokat, fastän jag kan meddela att Alphin och Silbermann redan är upptagna av dina målskamrater. Jag ska ringa efter en åklagare, som kommer hit för att ge dej det formella beskedet att du är anhållen. Några frågor?"

"Nu ska du passa dej jävligt noga, bitch!"

"Men lille vän, inte ska du hota en polis, det är väl inte så smart?"

"Försök att tänka lite för en gångs skull. Såna som jag är inte ditt bekymmer helt enkelt, du kan hålla på och jaga tjuvar så mycket du har lust till men du ska ge fan i såna som oss. För dina lagar gäller ändå inte över en viss nivå, hajar du?"

"Nej, men jag blir väldigt nyfiken. Hur menar du då?"

"Jag äger över hundra millar, eller hur?"

"Som du inte kommer åt förrän du blir 35, ja jag är med. Och?"

"Vafan kommer dom ifrån tror du?"

"Från pappa skulle jag tro, han är så orolig för arvsskatten."

"Ja, och varifrån har han fått sina pengar?"

"Strävsamt slit som företagsledare eller nåt sånt?"

"Bullshit! Han har snott dom från Försäkringsbolaget fast det kallas för finare saker och är lagligt. Han och Lovas farsa gjorde en scam bara för några månader sen där dom kunde kapa åt sig nåt i stil med ett par hundra millar var!"

"Jaha. Men vad har det med dina stölder att göra?"

"Om jag ärver dom pengar som pappa har lyft ut från ett jävla anonymt försäkringsbolag utan några särskilda ägare så blir väl åtminstone mitt arv lagligt, va!"

"Det är fullt möjligt, rentav sannolikt. Men jag förstår fortfarande inte vad det har med dina stölder att göra?"

"Samma stålar, samma källa. Om våra farsor hämtar hinkar med stålar så är det lagligt, vad är skillnaden om vi gör det?"

"Ska jag uppfatta det här som ett erkännande? Du har alltså hela tiden ingått i den här ligan? Ni fick så orättvist små veckopengar att ni måste kompensera er?"

"Fattar du i din lilla inskränkta snuthjärna ingenting? Mina stålar kommer ju från samma källa som farsans och hans stålar är lagliga och så sitter du och kallar oss tjuvar. Men tjuvar är små skitiga knarkare som luktar piss och dricker hembränt i bästa fall, blanda inte ihop mej med såna! Snart börjar du väl snacka rättvisa också."

"Då har jag bara en fråga kvar."

"Shit! En fråga till? Du är fanimej sanslös. Vad är det du inte förstått?"

"Din fästmö Lovisa, kallad Lova, saknar hon en Versace-keps?"

"Möjligt, hon gillar Versace. Hurså?"

"Dyrt märke, tänkte väl det. Jo, det låg en kvarglömd Versace-keps på brottsplatsen ute på Håtuna. Vi har DNA från kepsen, så Lova är väl den sista vi behöver gripa i er lilla liga. Eller finns det några fler jag inte känner till?"

"Du är ju för fan inte riktigt klok! Lovas pappa är Carl Herman Christensen på Försäkringsbolaget. Nu ska jag förklara det här långsamt så att du hänger med. Han jobbar med min far, eller hur?"

"Jo, jag har träffat honom."

"Vet du hur jävla rik han är?"

"Nej, och det bryr jag mej uppriktigt sagt inte om. Var Lova med vid inbrottet ute på Håtuna alltså? Om det är hennes keps så har vi ju ändå bevis så det är lika bra att vi får det avklarat. Var hon med?"

"Äh fan! Jag ger upp. Du har inte förstått nånting. Har du en aning om hur många miljoner Lovas pappa kan lägga ut på advokater? Nån liten aning?"

"Spelar ingen roll. Hur lustigt det än kan förefalla så har såna som du och Lova rätt till gratis advokat. Betalas av skattebetalarna, demokrati, rättvisa, likhet inför lagen och sån där shit, du vet. Fast dom två bästa advokaterna är redan upptagna av era kompisar. Det är väl lika bra vi lägger av nu, eller vad säger du?"

"Ja, att snacka med dej är ju som att diskutera med krogfyllon, du fattar ju inte ett shit om vilket samhälle vi lever i. Rättvisa och demokrati, du är för jävla patetisk. Förresten vill jag ha Henning Sjöstrand!"

"Han är pensionerad såvitt jag vet. Men pappa kommer nog att ordna nån smart affärsjurist, så oroa dej inte för det. Förhöret med Gustav Gundell avslutades klockan 12:17."

Biträdande överåklagaren Kärran var upptagen och det fick bli Peter Kristerson som kom ner och genomförde det formella anhållandet av Gustav Gundell.

Men när det något senare skulle tas DNA-prov och Peter Krister-son redan stressat tillbaks till jakten på utrikesministerns mördare sat-te sig unge Gundell på tvären och hotade med att börja slåss och tala-de om respekt. Ewa som själv inte hade minsta lust att ta i honom rekvirerade ett gäng jäktade och argsinta piketpoliser för det bestyret och då begick Gustav Gundell misstaget att kalla dem för bögjävlar så att de plötsligt inte hade lika bråttom längre. De erbjöd sig vänligt att åka hiss med det lilla fanskapet upp till häktet, så att Ewa skulle slip-pa att sitta och vänta på häktesplitar. Hon tackade för erbjudandet och avstod från en och annan förmaning hon haft på tungan om att gossen borde stiga hel och fin ur den där hissen. Det var faktiskt inte hennes ansvar.

Ewa och Gunilla Österman gick upp till polisrestaurangen och åt en trött jägarbiff med sås på burkchampinjoner. Båda förvånade den andra med en sorts eftertänksam fåordighet under lunchen. Det hade ju varit en minst sagt händelserik förmiddag och två nya fiskar låg i sumpen och den som återstod, Lovisa Christensen, skulle sannolikt åka fast på sin tretusenkronorskeps. De borde ha känt sig som ett fotbollslandslag efter seger mot Brasilien och därför var deras melan-koliska återhållsamhet svår att förstå. Förmodligen hade det något att göra med konfrontationen med en främmande och obegriplig värld som väckte mer grubbel än ilska.

Så även om resten av dagens arbete var självklart kändes det för-vånansvärt tungt. Gunilla Österman hade flera förhör att skriva ut och Ewa skulle satsa på att knäcka Ludwig Johansson, han med en affärsjurist som försvarare. För nu hade man definitivt kommit in i det stadium av utredningen där det gällde att spela ut ungdomarna mot varandra och få dem att tro att den som golade först kunde räd-da sitt eget skinn. Det borde inte bli alltför svårt. Osjälvisk solidaritet eller tjyvheder var inte det mest kännetecknande för medlemmarna i Vinkällarligan.

Affärsjuristen kunde inte komma förrän klockan 16:00, men Ewa bedömde att det nog skulle passa, det vill säga att hon skulle hinna bli klar till strax före fem när hon skulle träffa Anna Holt nere i gymet. Hon ägnade eftermiddagen åt att hjälpa Gunilla med utskrifterna. Muhr och Lundsten letade fortfarande efter tjuvgömman.

Affärsjuristen såg parodisk ut, han hade kritstrecksrandig kostym med väst, ljusblå skjorta med vit krage och en noppig råsidenslips i gredelint, Ewa trodde att allt det där hade blivit hopplöst omodernt. Men han var artig och förbindlig fastän han luktade parfym och uppträdde med så kallad charm, på gränsen till flirtighet.

Ludwig Johansson var som väntat mer butter och framhöll att han nekade till allt.

Det tog Ewa knappt tio minuter att "klargöra rättsläget" som hon presenterade sitt anbud att gola ner kompisarna. För om man skulle tänka sig mildare brottsrubricering eller kortare påföljd så kokade ju allt ner till en enda liten men mycket konkret fråga: var fanns stöldgodset?

Om det återfanns kunde man tänka sig flera teoretiska chanser till mildare straff. Om det inte återfanns så var det närmast en garanti för ett mycket långt fängelsestraff. Klart som korvspad.

Affärsjuristen såg mycket förhandlingsvillig ut och menade att förlikning alltid var att föredra eftersom båda parter brukade tjäna såväl tid som pengar på att komma överens. Och så bad han att få tala en stund i enrum med sin klient. Ewa såg på klockan, nickade att det gick utmärkt och visade in dem i det tomma arbetsrummet intill. De blev bara borta några minuter, Ewa hade knappt hunnit rigga bandspelaren och ta sig en kopp kaffe innan de var tillbaks. De såg lite högtidliga ut, särskilt advokaten.

"Min klient har fattat ett beslut som jag bedömer som klokt och realistiskt", tillkännagav han när de steg fram mot Ewas skrivbord och hon med handen bjöd dem att sitta ned, slog på bandspelaren och läste in förhörsuppgifterna.

"Jaha? Du hade något du ville berätta, Ludwig?" började hon och höjde frågande på ögonbrynen.

"Jo alltså… vadheterdet? Så här va", inledde han osäkert. "Just nu vill jag inte gå in närmare på vadheterdet våra motiv för dom kan, eh, te sig något långsökta. Det var väl mest att vi ville ha lite kul och så där. En dokusåpa liksom. Men det var aldrig vår mening att vadheterdet stjäla. Det vill jag understryka."

"Javisst det förstår jag, på den punkten tycks ni ju alla i kamratkretsen vara överens. Även om era förklaringar varierar lite konstigt. Men vad var det du ville säga?"

"Jo, alltså vadheterdet det mesta av stöld... av grejorna finns ju kvar i en lada två kilometer öster om Håtuna, alltså det slott som... "

"Tack, jag vet! Men kan du ge en mer exakt vägbeskrivning?"

"Ja... innan man kommer fram till Håtuna, en kilometer innan ungefär, finns ett vadheterdet avtag till vänster där det står Hult 2 på vägskylten. Alltså det är en sån där gul skylt dom har på landet med röd kant liksom."

"Jatack, jag förstår. Där tar man alltså av? Och sen?"

"Efter precis en vadheterdet kilometer ligger det ett vitt hus på höger hand som har varit nån frikyrka eller nåt, ser rätt tillbommat ut. Där svänger man in på en liten grusväg och fortsätter fyra, femhundra meter förbi en skylt som säger vadheterdet enskild väg eller nåt sånt. Och framme vid sjöstranden ligger ett båthus med en skylt där det står Lux Marin. Där är det."

"Och vad finns där?'

"Alla bilarna. Och tavlorna och lite annat smått och gott. En del vin också faktiskt även om det inte är nån bra vadheterdet lagringstemperatur. En del äldre viner är lite känsliga för sånt och... "

"Tack, jag förstår. Är det nåt mer du vill tillägga?"

"För ögonblicket är det vad min klient ville framföra", avbröt advokaten.

"Utmärkt! Då avslutar vi förhöret klockan 16:32."

Ewa stängde av bandspelaren och nickade uppmuntrande mot Ludwig Johansson.

"Det här är inte att tjalla", sade hon med välspelad övertygelse. "Utan den här upplysningen hade ingen av er haft en chans i domstolen, eller hur advokat Swartzing?"

"Nej, det är också min bedömning. Nu rensar vi ju spelbordet kan man säga, men ju förr dess bättre och jag utgår från att det kommer att räknas min klient till godo att han bidrog med avgörande upplysningar i utredningen."

"Visst, naturligtvis", ljög Ewa.

När advokaten gått och häktespersonalen hämtat Ludwig Johansson som egendomligt nog såg något lättad ut ringde hon upp Erik Muhr på mobilen och angav den adress och vägbeskrivning hon just hade fått och han blev fullkomligt tyst som om linjen hade dött.

"Hallå, är du kvar! Vill du att jag ska repetera?" frågade hon med hög röst.

"Behövs inte", svarade Muhr hest som om han var torr i munnen. "Vi har hundra meter kvar till Lux Marin, jag ser skylten."

"Va?!"

"Jo, du hörde rätt. Det här stället var näst sist på vår lista, det är den där Gundell junior som hyrt ut till Robert Elgin. Skulle ha nåt med racingbåtar att göra men ser lite väl stort ut. Hur gör vi nu?"

"Ni kan inleda husrannsakan, jag fixar åklagarbeslutet. Det var ju som fan."

"Ja. Var det nån av dom unga förmågorna som golade till slut?"

"Ja. Det hade vi kanske kunnat försöka lite tidigare."

"Mm. Hade sparat arbete. Vi är framme nu. Klart slut."

* * *

Hon kände sig något bakfull på tisdagsmorgonen. Eller om det var något annat, för hon brukade aldrig bli illamående av vin. Men både Anna och hon hade varit sprängfyllda av adrenalin som inte ens trappmaskinerna på gymet kunde göra av med, Anna var mitt inne i jakten på Anna Lindhs mördare och Ewa hade till slut fångat sin tjuvliga och det fanns ett myller av detaljer att berätta. Viktigast var förstås mördarjakten. Anna och några av hennes närmaste medarbetare såg numera ut som lappugglor påstod hon. Inte för att Ewa kopplade ihop den ornitologiska jämförelsen med något särskilt men det tycktes ha att göra med ett de suttit timme ut och timme in och letat bilder på mördaren från mängder av videoband från NK:s övervakningskameror. Men läget var faktiskt mycket gott, det här skulle tvärt emot vad folk gick och gnisslade tänder om inte bli någon mordutredning à la Olof Palme. För den här gången hade man mördaren på bild. Och dessutom hans DNA och alltså var det bara en tidsfråga innan man tog in honom och med de förutsättningarna skulle inte ens spaningsledningen från fiaskot med jakten på Olof Palmes mördare ha kunnat misslyckas. Jo, möjligen de.

För närvarande var man nere i tre heta namn och deras DNA kollades redan ute på Huddinge sjukhus eftersom alla var födda efter 1972. Det var alltså läge att slå vad om det skulle dröja kortare eller längre tid än en vecka och det var inihelvete jävla störtskönt för varenda polis i landet.

Inför den kommande säkra fångsten av Anna Lindhs mördare framstod Ewas polisiära framgångar som något torftiga. Så hon fick bjuda på sitt privatliv i stället och de gick till den vanliga kvarterskrogen för att fira att det var där de firat Ewas förlovning med champagne och för att fira att mördaren snart var gripen och för att fira Ewas nya lägenhet på Norr Mälarstrand.

Hon berättade att Pierre var tillbaks nere på Korsika för att ordna med flytten av det enda som betydde något, böckerna och vinet. Han skulle lämna alla möbler, det var faktiskt han själv som kommit på att om han och Ewa nu skulle starta ett nytt liv tillsammans, tills döden skiljde dem åt, så skulle allt vara nytt och bara utvalt av de två tillsammans. Sånär som på korsikansk marmor han ville ha på något av de gistna gamla parkettgolven.

Erik Ponti hade förresten varit nere hos Pierre sista veckan, de hade ätit middag alla tre i helgen, och uträkningen med semester i september var för Pontis del att han skulle slippa folkomröstningen om euron. Alltså det där med att tvingas intervjua trilskande politiker, att vara mikrofonkypare som han kallade det. Och så långt hade den listiga planen hållit, men i stället kom han tillbaks till en arbetsplats i kaos där alla gapade om ett nytt Palmemord och var allmänt stirriga så att han måste ägna all tid åt att bromsa intervjuer med galna professorer och kändisadvokater och alla andra jävla förståsigpåare som var tidigt ute för att underkänna polisens arbete. Och utan att ens Ewa hade påpekat det hade han muttrat något om att ifall ryktet om mördarens DNA var sant så skulle han åta sig att uppdra åt några av Dagens ekos semestervikarier att klara det lilla polisiära arbete som återstod. Och apropos NK så hade hon tänkt på att köpa franska sidenlakan innan Pierre kom och det var ett klipp. Alltså inte siden men satin, faktiskt en härlig sensuell känsla och så hade de älskat som galningar. Tills de svimmade. De sa alltid det, tills de svimmade.

När Ewa var på väg att beställa in en andra vinflaska protesterade Anna Holt och såg lite konstig ut och lade sin hand över hennes vänstra med förlovningsringen.

"Ska du verkligen dricka mer?" frågade hon med så sträng min att Ewa först fnittrade till som för ett grovt skämt.

Men Anna var alldeles allvarlig.

"När hade du din mens sist?" frågade hon.

Och det var en mycket stor fråga. Det är klart att Ewa hade snuddat vid tanken då och då men inte vågat fortsätta. Jo, såfort hon och Hasse hade gått olika vägar hade hon slängt sina p-piller, vilket på sitt sätt kändes som en befrielse. Nej, hon och Pierre hade inte varit i närheten av kondom eller något i den stilen, jo i närheten kanske, första gången, men inte mer än så.

Och nej, hon hade alltså inte haft någon mens sedan dess och hur det än låg till med den saken skulle ju allt visa sig i sinom tid. Hon ville inte börja hoppas och sedan bli besviken. Jo, så var det förstås. Hon ville inte börja hoppas och sedan bli besviken och därför hade hon, faktiskt med förvånansvärd framgång, gått omkring och ljugit för sig själv. Mensen var snart sju veckor försenad, så låg det till rent sakligt.

Men å andra sidan var hon ju på gränsen, skulle snart fylla fyrtio

och det visste man ju att tjejer som slutar med p-piller i just den ål-
dern kan få konstiga oregelbundenheter. Hon ville inte tänka tanken
på barn, det var ju något som hon redan räknat bort ur sitt liv och
började hon hoppas skulle hon säkert som amen i kyrkan omedelbart
få sin mens.

Så låg det till. För närvarande.

Anna Holt kramade henne och förbjöd henne än mer övertygat att
dricka mer vin fast hon påpekade också att gympa inte var skadligt så
Ewa hade i alla fall inget att skylla på när det gällde den, åtminstone
inte än på ett tag.

Så denna tisdagsmorgon frågade sig Ewa om hennes lätta illa-
mående hade med en förhoppning att göra, eller om hon bara druck-
it för mycket vin. Eller om hon suggererade illamående för att hon
plötsligt börjat tänka intensivt på det hon inte vågat tänka på.

De första morgontimmarna drack hon te i stället för kaffe medan
Terje Lundsten och Erik Muhr vällustigt redogjorde för den prelimi-
nära inventeringen ute i tjuvgömman. Något förenklat kunde man
väl säga att alla tavlor och alla bilar utom en, Range Rovern som ju
var såld i England, fanns där ute. Men juveler och vin, det som ung-
jävlarna haft lättare att sälja, var det sämre beställt med.

Och nu efter att Lovisa Christensen hade anhållits så hade man
tillgång till samtliga mobiltelefoner i gänget. Alltså var det bara att
sätta igång att kolla upp vem som ringt vem och var de befunnit sig
vid de kritiska tidpunkterna. Ganska trist jobb och dessutom var man
i händerna på olika tekniker som aldrig hade tid. Men gjorde man
bara den där läxan så hade man till slut hela gänget som i en liten ask.
Men eftersom det var mycket gnetjobb både med telefonerna och in-
venteringen av tjuvgömman föreslog Terje Lundsten att Ewa skulle
försöka få tillbaks Claes Stålhammar och Börje Sandén från mördar-
jakten. Ryktet sa ju att det där snart skulle vara klart. Vilket förresten
var jävligt skönt.

Men Ewa beklagade ironiskt att det inte gick att slingra sig ifrån
telefonjobbet utan överlämnade det med varm men fast hand, som

hon sade, till Terje Lundsten. Och Erik Muhr fick knega på ensam med inventeringen. Allt detta var ofrånkomligt jobb, trist eller inte.

Själv satte hon sig med ett ännu tristare jobb, att skriva ut förhör. Det var samma sak där, sådant som bara måste göras. Men hon hann inte särskilt långt innan hon avbröts av ett telefonsamtal som var ett av de mest överraskande hon fått i hela livet.

"Polisintendent Johnsén? Ett ögonblick så kommer direktör Gundell", meddelade den svala sekreterarrösten.

"Johnsén", svarade hon förvånat och slog samtidigt på bandspelaren till telefonen.

"Ja det här är Henric Gundell, hej. Är det du som håller i utredningen om vad kvällspressen kallar Miljonärsligan?" frågade han i kommandoton.

"Om du menar den utredning där din son är en av dom som häktas nu i eftermiddag så är svaret ja", svarade Ewa avvaktande och undrande. Hon kunde inte se något vettigt skäl för honom att ringa.

"Utmärkt! Då har jag glada nyheter", fortsatte mannen som lät som om han vankade omkring. "Ni kan lägga ner utredningen mot min son Gustav, jag har tagit tillbaks stöldanmälan eftersom allt visade sig vara ett missförstånd."

"Det är faktiskt jag som leder den här utredningen", svarade Ewa vaksamt eftersom hon svagt misstänkte att det var någon som drev med henne. "Och jag känner inte till att någon stöldanmälan har tagits tillbaka."

"Nehe. Men då är det ett faktum från och med nu och jag förutsätter att fru kommissarien vidtar lämpliga åtgärder snarast möjligt!" kommenderade han.

"Var befinner du dej just nu?" frågade Ewa.

"Vad har det med saken att göra!"

"Jo, jag tänkte att du kanske kunde komma över och göra den här avbeställningen eller vad vi ska kalla det personligen. Det är lite okonventionellt att ta emot en sån här anmälan per telefon från någon man inte känner."

"Det har jag inte tid med, jag har sammanträden här på kontoret hela eftermiddagen!"

"Jag förstår. Men då kanske du kan komma in i morgon bitti?"

"Men lilla kommissarien! Häktningsförhandlingen är ju i eftermiddag och du hörde mycket väl vad jag sa. Härmed gäller inte den där stöldanmälan, ingen stöld har ägt rum punkt slut. Vidta nu lämpliga åtgärder och ha en bra dag!"

Därmed slängde han på luren.

Ewa ringde omedelbart upp biträdande överåklagaren Karin Karsk, som inte direkt oväntat lät lite jäktad och smått ointresserad. Ewa insåg att hon borde vara kortfattad. Och övertygande.

"Jag vet att du har mycket att göra, Kärran", sade hon urskuldande. "Men nu är det så här att vi behöver vidta tvångsåtgärder, helst omedelbart, mot försäkringsdirektören Henric Gundell. Ja, du hörde rätt. Jag har ett telefonsamtal här som du bör lyssna på och jag vet var han finns."

"Jag är där om tio minuter", svarade åklagaren och lade på luren.

Hon kom inom fem minuter. Hon lyssnade på telefonsamtalet och beslöt att direktör Henric Gundell skulle hämtas till förhör. Inga ursäkter om sammanträden eller annat gällde, han skulle tas in omedelbart och när han fanns på plats ville hon själv delta i förhöret.

Beslutet var sakligt sett mycket enkelt. Enbart i Stockholmsområdet fattas sådana beslut av polis eller åklagare tiotals gånger varje dag utan att det väcker minsta uppseende eller diskussioner. Men att hämta in en av landets mest uppburna företagsledare, med våld om så krävdes, var en händelse som aldrig tidigare hade ägt rum. På så vis var det lätt svindlande, som Ewa och Terje Lundsten, på väg i hans bil mot Försäkringsbolagets huvudkontor, gång på gång, nästan som en sorts besvärjelse, måste intala sig att lagen var lika för alla. Vilket den ju inte var, vilket de om några visste bättre än de flesta.

Men order är order och en biträdande överåklagare och inte vilken liten åklagarpraktikant som helst väntade på att få in objektet.

"Tänk två saker, Ewa", log Terje Lundsten när han felparkerade

374

mitt utanför Försäkringsbolaget nere i city och viftade undan en be-
skäftigt framrusande vakt med sin polislegitimation. "Först ska vi få
se nåt som få snutar har sett och det blir väl kul. Sen är det faktiskt du
av alla som ska förhöra killen och det måste jag säga att jag ser fram
emot."

Ewa log bara lite generat till tack för komplimangen och försökte
intala sig att allt bara var vanlig rutin. Särskilt sådana som Terje Lund-
sten hade gjort det de nu skulle göra hundratals gånger. På samma
lagliga grunder.

Ewa och Terje gick med legitimationerna sträckta framför sig mot
vakten i mottagningskuren av pansarglas nere i Försäkringsbolagets
lobby: Ewa ljög att de skulle träffa direktör Gundells sekreterare och
först på väg upp i hissen begrep Terje Lundsten det smarta i den
undanmanövern.

Direktionsvåningen låg högst upp och var klädd i djupblå heltäck-
ande mattor och väggar i ekpanel med tydliga namnskyltar i mässing
och svart text, de hittade omedelbart in till chefssekreteraren som blev
så perplex av deras burdusa entré att hon inte förrän det var försent
insåg misstaget att säga att direktör Gundell var oanträffbar eftersom
han befann sig i stora sammanträdesrummet.

Det var bara att följa korridoren tillbaks och upptäcka den röda
sammanträdeslampan ovanför en svartbetsad ekdörr med guldliknan-
de handtag och beslag och en skylt som aviserade Tritonsalen.

De steg in utan att knacka. Vid ett långt ovalt bord i svart- och
rödflammigt trä satt ett femtontal slipsnissar av nästan identiskt ut-
seende. Men det var ingen som helst tvekan om hackordningen,
eftersom Henric Gundell satt högst upp vid kortänden och var den
ende som hade tagit av sig i skjortärmarna.

"Du är Henric Gundell förstår jag, hej jag är polisintendent Ewa
Johnsén", hälsade Ewa på väg fram mot mannen samtidigt som hon
sträckte sin polislegitimation framför sig på rak arm och vred den
demonstrativt mot alla i rummet.

"Efter beslut av biträdande överåklagare Karin Karsk ska vi hämta dej till förhör och det betyder nu genast!" fortsatte Ewa och stoppade ner sin polislegitimation och vinkade med handen att han skulle resa sig.

Det blev dödstyst i rummet.

"Om ni vill mej något så får ni göra upp en tid med min sekreterare och nu får jag be herrskapet att omedelbart avlägsna sej eftersom ni stör vårt möte", svarade Henric Gundell sammanbitet, koncentrerat och utan att höja rösten.

"Det där har du fått om bakfoten är jag rädd", fortsatte Ewa med bankande hjärta, och retade sig på den detaljen, den här mannen lydde under samma lagar som alla andra. "Nu reser du dej och kommer med!"

"Absolut inte och nu ber jag vänligt och för sista gången att ni försvinner!" röt Henric Gundell.

Ny spänd tystnad. Ewa bytte en kort blick med Terje Lundsten, men han bara log och nickade. Det betydde förmodligen att hon skulle köra vidare.

"Henric Gundell, nu är det jag som för sista gången ber snällt och vänligt att du bara reser på dej och följer med oss. Tvinga oss inte, för din egen skull och lite för vår skull, att ta in dej med våld."

"CH! Ring genast Security och meddela att vi har en situation och att vi behöver få folk utkastade från styrelserummet!" kommenderade Henric Gundell.

Men ingen rörde sig i rummet. Den man som Ewa kände igen som Carl Herman Christensen såg sig villrådigt omkring men ingen av de andra slipsnissarna ville möta hans blick.

"Förlåt om jag lägger mej i", sade Terje Lundsten med trött tonfall. "Hej förresten, jag är kriminalkommissarie Terje Lundsten och Ewa här är alltså min närmaste chef. Men om du kallar upp civila vakter här och dom försöker lägga sej i vårt arbete så kan vi i värsta fall skjuta dom. Lagligt alltså. Och räcker inte det så får vi kalla in förstärkning, eller hur Ewa?"

"Absolut!" sade Ewa och höll upp sin mobiltelefon. "Om jag ringer larmnumret och meddelar signalen *kollega i underläge* så vänder dom tre närmaste piketbussarna i stan omedelbart och kommer hit. Behöver jag förklara mer? Jag menar, vi kan naturligtvis ställa till med fantastiska scener här, men det slutar i alla fall med att du sitter i min och åklagarens förhörsstol. Så varför inte göra det utan bråk?"

Ytterligare förtätad tystnad tills en av de äldre slipsnissarna vid andra änden av bordet mumlade något halvt hörbart om att det kanske var klokast att klara av saken lite diskret.

Henric Gundell svettades och var röd i ansiktet. Högt blodtryck, tänkte Ewa. Men han samlade ihop sig, nickade och drog på sig kavajen. På väg ut uttalade han några av de vanliga hotelserna som alla busar säger till alla poliser, fastän hans ordval var lite mer formellt och innan de lämnade sammanträdesrummet lovade han att vara tillbaks inom en halvtimme och föreslog att mötet skulle ajourneras så länge.

De sade inte ett ljud till varandra på väg ner i hissen. Ewa och Terje Lundsten ville inte dra på sig klagomål för kränkande behandling eller ordval. Och Henric Gundell hade börjat inse att han mot allt förnuft men dock i verkligheten stött på den enda makten i Sverige som har laglig rätt att använda våld.

De höll inte i honom, de försökte verkligen få det att se ut som om de bara händelsevis promenerade ut med Försäkringsbolagets direktör mot en väntande svart Volvo som stod så demonstrativt felparkerad att den mycket väl kunde ha med direktörsprivilegier att göra. De hade inget som helst ont uppsåt.

Men när Terje Lundsten artigt öppnade bakdörren på Volvon kom den invanda reflexen. Han tog direktör Henric Gundell rakt över flinten och böjde ner hans huvud så att han inte skulle slå sig när han steg in.

Det blev för mycket för Henric Gundell. Han blev besinningslöst rasande, vände sig om och försökte få in en örfil i ansiktet på Terje Lundsten. I nästa ögonblick låg han med ena kinden hårt tryckt mot trottoaren och båda poliserna över sig och blev handbojad av fruntimret.

Han fick för sig att han hörde en kamera. Sedan lyftes han snabbt och omilt in i baksätet och kvinnan gick runt och satte sig vid ratten medan den långe och tydligen ytterst stridsduglige polismannen satte sig bredvid honom i baksätet och bilen startade med skrikande däck och lukt av bränt gummi.

Ingen sade något i bilen på en stund. När de närmade sig Kungsholmen tog kvinnan vid ratten upp sin telefon och slog ett kortnummer med ena handen utan att ta blicken från körriktningen och det hon sade retade upp Henric Gundell ännu mer.

"Paketet på plats inom fem minuter, klart slut."

De ledde in honom med försiktiga grepp om överarmarna, eftersom han var handbojad med händerna på ryggen, allt enligt den polisinstruktion som i princip skulle gälla vilken som helst medborgare i Henric Gundells situation.

Vid ett skrivbord i förvånansvärt ruffiga och gammaldags lokaler satt ett imposant fruntimmer i glasögon och såg stint på honom när han trycktes ned i förhörsstolen framför henne. Henric Gundell hade aldrig i sitt liv, inte sedan han var barn åtminstone, kanske den där gången i Rättvik, känt sig så förorättad.

"Han försökte slå en högerkrok i ansiktet på kriminalkommissarie Lundsten, därför handfängsel", förklarade Ewa när hon gick runt och satte sig bredvid Kärran.

"Goddag direktör Gundell, mitt namn är Karin Karsk och jag är alltså den åklagare som har begärt att du skall hämtas till förhör. Jag tror vi kan ta av handfängslen nu eftersom jag utgår från att du tänker hålla dej lugn i fortsättningen."

"Jag är inte du med dej!"

"Nehe. Och hur vill du bli tilltalad?"

"Jag är verkställande direktör vid Försäkringsbolaget!"

"Jag förstår. Då säger vi så. Varsågod, polisintendent Johnsén, att inleda förhöret!"

Terje Lundsten drog sig undan några meter och satte sig bakom Henric Gundell med armarna i kors och ett lyckligt flin när Ewa startade bandspelaren och läste in formalia.

Äntligen kände hon sig kall och lugn.

"Då börjar vi. Jag noterar att ni har ett skrubbsår på vänster kind, verkställande direktör Gundell. Om ni behöver omvårdnad så kan vi genast avbryta förhöret och kalla på en sjukvårdare uppe från häktet."

"Nej, det är en skitsak. Vad ni än har för avsikter med det här så vill jag ha det avklarat så fort som möjligt. Så kör på bara!"

"Utmärkt. Vi kanske ska klara av det enklaste först. Verkställande direktören inser väl att ni kommer att åtalas för våld mot tjänsteman och våldsamt motstånd?"

"Det ser jag närmast som en hederssak under de omständigheter som rådde."

"Bra, då behöver vi inte orda mer om det. Då övergår jag till själva saken. Idag ringde verkställande direktören mej och meddelade att verkställande direktören hade för avsikt att ta tillbaks sin stöldanmälan. Har jag uppfattat verkställande direktören rätt på den punkten?"

"Ja, men jag föreslår att vi säger du i fortsättningen, det underlättar. Vi lever ju ändå i ett demokratiskt land."

"Utmärkt. Vad menade du med det samtalet?"

"Precis vad jag sa. Stöldanmälan gäller inte längre."

"Varför inte det?'

"Det är en familjeangelägenhet."

"Men när du gjorde din anmälan så var du tydligen inte medveten om det? Eftersom du gjorde anmälan alltså?"

"Det är korrekt uppfattat."

"Så efter att din son anhölls och delgavs misstanke för inbrottet så klarnade dina vyer eller vad vi ska säga?"

"Jag undanber mej ironier av det slaget. Min son har inte begått inbrott i vårt hem, han bor ju där till att börja med och då kan han ju inte gärna stjäla. Han lånade lite vin och det var ett skämt och jag är ledsen om jag orsakat myndigheterna onödigt besvär."

"Han lånade lite vin? Han lånade i så fall din Range Rover också och så reste han till England och sålde allting. Och du var fortfarande inte medveten om att det bara var ett skämt?"

"Jo, vid det här laget hade det väl så sakteliga börjat gå upp för mej."

"Men då förstår jag inte varför du gav Barry, Rudd & Brothers i London uppdraget att, som det står i din beställning, *ersätta följande olyckligtvis stulna viner?*"

"Jag ville ha tillbaks vinerna, det är väl rätt enkelt."

"Genom att köpa dina egna viner, medan stöldanmälan fortfarande gällde. Det är försäkringsbedrägeri i så fall."

"Jag undanber mej den typen av oförskämdheter, tänk på vem jag är."

"Det är just det jag gör. Du måste väl ändå inse att det här är ohållbart? Dina förklaringar är ju löjeväckande."

"Det är bara din uppfattning, den får stå för dej."

"Men, om det är så att du har planer på att framföra dom här valserna under ed inför domstol så råkar du med säkerhet illa ut. Du måste nog förlika dej med tanken att du inte hjälper din son. Han är misstänkt för delaktighet i ett flertal inbrott till ett stöldvärde av närmare 100 miljoner. Hans närmaste kamratkrets har samma misstankar mot sej. Jag utgår från att du har diskuterat det här med din fru?"

"Naturligtvis."

"Och hon bad dej väl som dom flesta mammor skulle ha gjort att agera kraftfullt eller nåt i den stilen?"

"Naturligtvis."

"Så då gjorde du det. Jaha? Då kan vi väl bara glömma den här historien?"

"Min son har icke, jag säger icke, stulit från mej!'"

Ewa suckade och såg ut som om hon tänkte slå av bandspelaren. Terje Lundsten som njutit i fulla drag av förhöret, det var som musik i hans öron, såg hur hon först tvekade och sedan bestämde sig. Nu tänker hon nita den jäveln, tänkte han.

"Du säger att din son inte har stulit från dej", fortsatte Ewa dröjande. "Det har han nog men det är ju vår sak att bevisa. Å andra sidan hänvisade han till att du och han stal från samma källa som han sa, nämligen från Försäkringsbolaget och att han ändå skulle ärva efter dej. Så jag måste nog för formens skull fråga vad du har för kommentar till det resonemanget?"

Frågan var formellt sett inte omöjlig men förhöret borde ha avslutats eftersom det inte kunde vara någon mening med att fortsätta. Men Ewa såg ut som om hon var kolossalt intresserad av ett svar som hon rimligtvis inte skulle få.

Terje Lundsten stirrade som förhäxad på henne, hon var så ovanligt vacker i konventionell mening att hon såg barnslig ut, kanske rentav dum, när hon log så där frågande. I själva verket var hon iskall just nu, tänkte han. Förmodligen hatade hon honom, eller allt som hade med honom att göra och kunde inte hålla sig från att få honom att tappa balansen.

"Nåå? Hjälp mej lite för jag förstår inte det här", nästan vädjade hon. "Har du och din son stulit från samma källa?"

"Tacka fan för att du inte förstår någonting utifrån ditt lilla tjänstemannaperspektiv!" röt Henric Gundell. "Ni är alla lika, såna som du. Vi tycks ibland leva i en galen värld där såna som ni bara tjatar om rättvisa!"

"Nu var väl frågan knappast filosofisk utan snarare ganska konkret", avbröt åklagaren som för den som kände henne närmare visade avsevärda svårigheter att hålla sig helt allvarlig.

"Konkret fråga! Skulle jag ha stulit från Försäkringsbolaget! Ni vet vem jag är och ändå understår ni er, era jävla små fittor, att komma med den sortens anklagelser och… "

"Nu måste jag avbryta!" röt Kärran. "Du är på väg att yttra dej brottsligt och då är det min skyldighet att… "

"Hängfitta! En hängfitta och en surfitta!" röt Henric Gundell röd i ansiktet och med bultande svällande ådror vid tinningarna och ingen kom sig längre för att avbryta honom, häpnaden var för stor.

"Horor är bättre än ni! Dom kan man åtminstone göra raka affärer med men ni är inte ute efter nånting rakt, ni är bara avundsjuka era jävlar och ni läser väl förmodligen all sån skit som journalistjävlarna skriver också. Slickar och lapar i er med välbehag och dillar sen om rättvisa. Det finns ingen rättvisa! Den som är lite smartare än vad ni är tar helt enkelt bättre för sej i livet och just det gäller nog mej och min son i lika hög grad och det fattar ni aldrig eftersom avundsjukan hos såna som ni är mycket starkare än sexualdriften!"

Ewa hade ingen ytterligare fråga och det blev tyst. Hon sneglade på Terje Lundsten bakom ryggen på Henric Gundell, men han flinade inte längre. Han gapade snarare av förvåning, förtjust förvåning visserligen eftersom han lika väl som åklagaren och Ewa förstod vad som hade hänt.

"Direktör Gundell, du kommer att åtalas på följande punkter", sade Kärran långsamt och överdrivet tydligt. "Våld mot tjänsteman, våldsamt motstånd, förolämpning mot tjänsteman och sexuellt ofredande och du kan vara förvissad om att jag kommer att se till att det yrkas på minst tre månaders fängelse. Av tekniska skäl kan jag inte sköta åtalet, eftersom jag är målsägande. Men vi ses i rätten."

"Förhöret avslutades klockan 11:03. Du kan gå nu, Gundell", sade Ewa. "Terje, vill du vara snäll att visa Gundell dörren?"

I det ögonblicket visste hon inte säkert. Men hon anade att det var slutet för Henric Gundell, även om hon inte kunde förutse hela vidden av det som skulle följa efter att hennes förhör med honom hade spelats fram och tillbaks mer än femtio gånger i Sveriges Radios ekosändningar.

Kärran såg nämligen till att förhöret med Henric Gundell ledde såväl till ett separat åtal som att det ingick i förundersökningen mot Gustav Gundell med flera. Därmed blev det offentlig handling. Även ljudbanden är i sådana lägen offentlig handling och kan erbjudas exempelvis Dagens eko mot en mindre kopieringsavgift.

När Ewa träffade Anna Holt till gympan den eftermiddagen hade hon visserligen en märklig historia att berätta.

Men den historien överskuggades av något mycket större. Anna

Holt hade tagit med sig ett enkelt graviditetstest som man kan köpa på apotek. Ewa kinkade lite till en början men måste naturligtvis ge med sig. Testet visade sig vara positivt.

EPILOG

UTRIKESMINISTER Anna Lindhs mördare Mijailo Mijailovic greps inom kort. DNA-bevisningen var förkrossande och man kunde utreda allt i skeendet fram till och med hans till synes oprovocerade attack på NK. Utom hans motiv.

Kanske fanns det inget motiv. Då och då inträffar det att galna människor knivhugger vilt omkring sig utan att kunna förklara varför. Eller slår ihjäl personer som bara råkar stå i närheten på tunnelbanan, med hänvisning till onda andar. Eller hugger ner sina grannar med samurajsvärd därför att de tror att de är hemliga agenter i rikets tjänst. Eller mördar med bil på en gågata för att rösterna har beordrat det. Just dessa händelser råkade inträffa samma heta sommar som utrikesminister Anna Lindh dödades med ett stort antal knivhugg på NK mitt i Stockholm.

Det är möjligt, rent av sannolikt, att sommarepidemin av mordisk galenskap år 2003 påverkade påföljden för utrikesministerns mördare. De svenska mördarna hade visserligen tillfrisknat högst dramatiskt under de senaste 30 åren. Kring 1970 betraktade den medicinska sakkunskapen ungefär 75 procent av landets mördare som galna i juridisk mening, så att de dömdes till sluten psykiatrisk vård i stället för livstids fängelse. Men år 2003 var den siffran nere i 25 procent. Den stora förändringen hade givetvis inte medicinska utan politiska orsaker. Opinionen hade börjat uppfatta sluten psykiatrisk vård som dalt.

Men eftersom mördarna sommaren 2003 dömdes till just sluten psykiatrisk vård var det inte så egendomligt att även Mijailo Mijailovic fick samma dom i Svea hovrätt. Det väckte dock politisk ilska och krav på friskare mördare i åtminstone särskilt ömmande fall.

Domen mot Mijailo Mijailovic kom således att inom kort göra svenska mördare ännu friskare.

* * *

En av många små sidoeffekter efter Mijailovics gripande var att Statens Kriminaltekniska Laboratorium i Linköping, liksom Rättsgenetiska Institutet i samma stad, kunde återuppta arbetet med en del sådant som lagts åt sidan medan jakten på utrikesministerns mördare pågick.

Versace-kepsen som hittats efter inbrottet hos Henric Gundell visade sig med 99,998 procents sannolikhet tillhöra Lovisa Christensen. Ölburkarna som funnits på brottsplatsen hos hennes far, före detta direktör Carl Herman Christensen, visade sig med samma grad av sannolikhet ha hanterats av Robert Elgin och John Lundbäck, kallad John-John.

Den så kallade Miljonärsligan dömdes i Stockholms tingsrätt för grov stöld. Alltför mycket juveler och extremt dyrbart vin saknades bland det återfunna stöldgodset för att olika förklaringar om andra avsikter än att stjäla skulle kunna bli framgångsrika inför domstol.

En minutiös kartläggning av alla mobiltelefonsamtal som ringts mellan ungdomarna, och också en del kända förbrytare som vistas nattetid på restaurangerna runt Stureplan, band förvisso samman alla misstänkta vid kritiska tidpunkter och placerade dem på platser där de påstod sig absolut inte ha varit. En del kända hälare och andra förbrytare som spårades via dessa samtal togs in på förhör och uppgav att de var oskyldiga till allt, eftersom de nekat åta sig uppdraget att sälja osäljbara tavlor till ett par försäkringsbolag.

Samtliga ungdomar dömdes i tingsrätten till två års fängelse, eftersom det ansågs fullt bevisat att de agerat i samverkan och samförstånd. De hade slutit avtal som de beskrev som "en pakt", en idé de tycktes ha hämtat från någon av televisionens dokusåpor.

De överklagade domen, som de ansåg för hård, eftersom de var så unga och så rika att de inte var riktiga tjuvar. Åklagaren i målet, kallad Kärran av vänner och arbetskamrater, var klok nog att som det heter anslutningsvädja. Det vill säga hon överklagade också och krävde längre straff. Med framgång.

Svea hovrätt höjde fängelsestraffet till tre år.

Samtidigt fast alls inte under tillnärmelsevis så stor medial uppmärksamhet dömdes den för allmänheten okände ekonomiske förbrytaren Orvar Peter Andersson för en serie tämligen avancerade brott till två års fängelse. Också den domen kunde möjligen te sig förvånansvärt mild. Men varken han själv eller åklagaren, Bodil Walström, fann skäl att överklaga domen.

Henric Gundell fick dock bara tre månaders fängelse för den brottslighet om vilken han var överbevisad. Han överklagade inte heller och avtjänade straffet på en öppen anstalt, ett så kallat direktörsfängelse utanför Stockholm.

* * *

Men konsekvenserna för Henric Gundell blev, efter vad han själv och många i liknande situationer brukar anse, värre av mediastormen än av själva fängelset. På sätt och vis var själva fotot värst. Någon förbipasserande hade haft en mobiltelefon som kunde ta bilder och nog med mer tur än skicklighet fumlat ihop inte bara Årets Bild alla kategorier utan ett evigt klassiskt pressfoto. Bilden visade med god skärpa hur en manlig polis tryckte ner Gundells ansikte mot trottoaren samtidigt som en kvinnlig polis med ena knäet mot hans rygg bände upp hans armar på ryggen och försåg honom med handbojor. Men den slagkraftiga bilden utgjorde på sätt och vis bara början.

För sedan blev förhöret med hans son Gustav också det ett klassiskt radioinslag som ständigt skulle komma att repriseras. Det som gjorde starkast intryck var avsnittet där Gustav Gundell menade att hans far och kollegan till fadern, finansdirektören Carl Herman

Christensen, hade stulit mycket mer och med mycket större fram-gång och att han själv fullt lagligt skulle ärva frukterna av den stölden.

Men det blev än värre när radion började sända förhöret med Hen-ric Gundell där han bland annat gjorde sig skyldig till sexuellt ofred-ande mot en kvinnlig åklagare och en kvinnlig polis. Financial Times strök honom genast från listan över världens tio mest framgångsrika direktörer.

De ständiga upprepningarna i Dagens eko och senare i uppföljan-de program i Sveriges Radio utlöste en lavin av publicitet. Det för-lopp som vanligtvis beskrivs som mediadrevet.

Det ena gav det andra. Det började med att journalistjävlarna, som Henric Gundell skulle ha sagt, hittade avdraget i Försäkringsbolagets redovisning för ett gevär till det häpnadsväckande priset av en dryg miljon. Därefter upptäcktes en del utomordentligt konstiga lägen-hetsaffärer och så vandrade skandalen över till bonusprogram, ytterst speciella pensioner och andra former av rofferi som till och med på affärsjuridiskt språk snart kom att jämställas med plundring. Det var en skandal som inte tycktes ha något slut, som bara oemotståndligt rullade vidare.

Och många av de underlydande och underdåniga medarbetare som den store Henric Gundell en gång haft och som aldrig skulle ha vågat ringa en journalist kastade sig nu på telefonerna och tipsade om än det ena än det andra. Snart blev det en allmän sanning, till och med i affärspressen, att Gundell genom en serie idiotiska beslut, och genom att oftast ha viktigare saker för sig än att vara på jobbet, hade orsakat miljardförluster i de företag han plundrat för egen vinnings skull.

Men pengarna, Håtuna slott och lägenheten på Strandvägen fick han behålla. Fast han sålde rätt snart lägenheten, eftersom grannarna hade slutat hälsa. Han fick sparken från allt.

De polska koppartornen till Håtuna levererades emellertid i per-fekt skick och inom avtalad tid och var lika lagligt avdragsgilla som förut.

* * *

Terje Lundsten återvände till sitt tjänsterum ute i Västernorrort med blandade känslor. Han hade varit med om ett högst kompetent genomfört polisarbete och det var alltid ett glädjeämne. Dessutom hade han blivit vän med en kvinnlig kollega som inte gärna kunde beskrivas som annat än ett rent geni när det gällde förhör. Han hade tagit med sig kopior från alla hennes förhör i utredningen för att ha hemma i bokhyllan som ren nöjesläsning.

Men själv hade han mest sysslat med grovjobb genom att vara inne i skiten och röja bland misstänkta lador och mobiltelefonsamtal. Arbetet hade visserligen lett till att man grep ungjävlarna till slut men man kunde diskutera det samhälleliga värdet av den saken. Familjen Gundell skulle för hundratals år framåt tillhöra den svenska överheten i kraft av alla lagligt stulna pengar och det verkade inte som om den där Henric Gundell skulle få mer än de tre månaders fängelse som Ewa Johnsén lurat på honom med en överrumplande och kanske inte helt motiverad avslutningsfråga på sitt förhör. En fenomenalt snygg manöver.

Men nu var Terje Lundsten tillbaks i sitt trista rum med flimrande ljusrör, det hade just röjts och städats lite nödtorftigt. Andra hade förstås utnyttjat utrymmet i hans frånvaro och det var inte mycket att säga om.

Så då var det dags att ta vid där han befunnit sig för några månader sedan när han fick den lika egendomliga som ovanliga instruktionen att bege sig in till city för att delta i något så jämförelsevis oviktigt som en stöldutredning. Och vad var det nu han höll på med just då? Jo!

Han plockade ned de tre röda mapparna som innehöll ett utredningsmaterial som omöjligt hade kunnat avskrivas, eftersom det innefattade ett mord och två grova mordförsök med kniv.

En mumlande jugge med keps var det visst. Han letade i anmälan efter en eventuell komplettering från något vittne som skulle ha hört av sig med ett namn och han suckade nöjt när han sorterade upp papperen. Någon hade varit där och rört om och kanske stoppat in något nytt. Men nu var han i alla fall tillbaks till ett mer normalt jobb, tänkte han. Nu ska vi ta en mördare som jag egentligen borde ha burat in för flera månader sedan.

Plötsligt stannade tiden. Han stirrade på kompletteringsanmälan med namnet på den misstänkte, den som han skulle ha tagit om inte stölder hos rika människor hade blivit så oerhört högt prioriterat av Gud vet vilket skäl.

Det var ingen tvekan. Stavningen var så speciell. Mijailo Mijailovic. Anmäld långt innan hans namn blev världsberömt.